本书系2018年度上海市重大文艺创作项目

孔海珠◎著

上海文坛
红色记忆

俯仰之间

上海人民出版社

目　录

三　红色记忆

四　爬梳偶得

五　作品本事

六 谈谈我自己

书香门第气象新

——序《俯仰之间——上海文坛红色记忆》

童蒙初开时，我在故乡村办小学，读过"孟母三迁，择邻而居"之类的故事，至今难忘。现在居住的小区，也曾倡导睦邻、乐邻建设，颇受欢迎，也有成效。

在我接触的邻居中，有位孔海珠女士，书香门第，对文学创作孜孜以求，不断有新贡献。近日她前来我处，欣喜地告诉我说：自己的又一新作散文集《俯仰之间——上海文坛红色记忆》即将付梓，且已填写"上海市重大文艺创作资助申请表"，并获得通过，嘱我写序。我婉言请免不成，只得勉为其难，在这里说几句浅显的感想。

《俯仰之间——上海文坛红色记忆》，是作者继《聚散之间》《沉浮之间》出版后的又一新作，初读我就觉得颇有特色，尤其在钩沉和爬梳鲜为人知的上海文坛红色旧事方面，有着独到之处。这与她有着得天独厚的红色文化家庭背景有关，也与她长期以来重视积累并研究相关史料有着密切关系，所以非常耐读，有着很高的史料价值和珍贵的第一手贡献。现在结集出版，值得推荐。

地处祖国东南沿海的城市上海，是一座世界闻名的中国新兴城市，随着工商业的迅速发展，工人阶级队伍的不断壮大，成就了中国共产党在这里诞生的条件和环境，也形成了富有地域特色的城市文化，亦即海派文化。海派文化中包含着红色基因。事实证明，海派文化为丰富和发展中华文化作出了应有的独特贡献！这从孔海珠女士已面世的著作《聚散之间》《沉浮之间》，和即将面世的《俯仰之间》等这一系列著作中得到印证，并有这方面具体而深切的感受。

笔者多年来生活工作在上海老城厢地区，深感对中华文化中富有特色的地域文化——海派文化研究不够，弘扬和传承工作做得更少。孔海珠的作品，在这方面作出了贡献！如今她又一新作即将面世，继续在这方面又有着不同层面的展现，红色记忆更深远博大，激荡心灵。书香门第，万象更新，可喜可贺！

我期待着孔海珠女士继续有这方面的新作面世！企盼着海派文化研究新成果不断涌现！希望有越来越多的书香之家涌现！

耕夫（李伦新）

2019 年 1 月 2 日

云迷故人

柔石的故事

在中国现代历史上，左联五烈士是彪炳革命史册的人物，柔石是其中重要的一位。在中国现代文学史上，二三十年代的著名青年作家中，柔石是其中无产阶级革命文学的前驱战士之一员，他用自己的鲜血，写下了中国无产阶级革命文学历史的第一页。

"金桥柔石"

柔石，1902年9月28日诞生于浙江宁海县城内市门头。这是个历史悠久的县城。柔石的祖上几代都是读书人，到他祖父时家境已穷落，落到父亲手上，家境更坏，不得不出门帮人做小生意。柔石到十岁时，才能入小学读书。

柔石本名赵平复，柔石是他的笔名，源于他小时候，家门前有一座小石桥，上面镌有"金桥柔石"四个字。后来柔石就用"金桥""柔石"做他的笔名，用得最多的是刚柔相济的"柔石"两字。

柔石自幼体弱多病，虽然上学很晚，但学习勤奋，成绩总是优等。因家庭经济拮据，他的父母在他小学毕业之后，要他去学生意，可柔石求学心切，亲友们也都说他学习好，有前途，才勉强给他升中学。

这年，柔石告别家乡，进入浙江省立第六中学念书，次年考入

柔石

省府杭州的浙江省立第一师范。这是一所官费的学校，五年后（1923年）毕业。这五年的学习生活，正是五四运动爆发、全国响应、新文化运动高涨的时期。很快，浙江省立第一师范学校成为当时中国东南部文化运动的重镇。一师的学生大多是贫家子弟，特别容易接受新思想的影响，倾向革命，据说，有个统计，当时四百八十多名学生中间，每次销售《新青年》《星期评论》《新潮》等就达四百多份，省内新办的《浙江新潮》《钱江评论》等也受到学生们的欢迎。柔石是这些新刊物的热心读者，还经常把这些白话文写的报纸杂志，寄给家乡的亲友。

当时，校内除学生自治会以外，又有各种各样的小团体，爱好文学的学生们在师长的带动下，组织了一个文学社团——晨光社。社员中有老师，有学生，也有校外的人，由潘漠华负责，参加者除柔石外，尚有魏金枝、冯雪峰、汪静之、周辅仁等二十余人。他们请国文教员叶圣陶、朱自清和刘延陵担任顾问，经常在星期天到孤山的西泠印社，或西湖中央的三潭印月集会，畅谈新文学作品，交流各人的习作，互相切磋讨论。并在杭州的报纸上开辟了一个由"晨光文学社"编撰的《晨光》副刊，十天一期。虽然没有稿费，大家的创作热情还是很高。柔石也在其上发表作品。

"去帆总望风顺"

当他从省立第一师范学校毕业，一踏上生活的路，他的希望、他的理想，马上就受到挫折。于是，他只好回到家乡闲居。以后，他曾当过家庭教师，也经介绍到慈溪县普迪小学教书。在教学之余，坐在灯下，专心致志地写他的诗歌和小说。普迪小学的夜晚是很清静的，他继续着从学生时代开始了的文学创作的理想。

就在这年年底，他把自己较满意的六篇短篇小说，结为一集，定名为《疯人》。因为找不到出版的地方，就将自己省吃俭用积起来的钱，托人在宁波华升书局印刷，自己设计封面，自己校对，署名赵平复，这是柔石的第一本小说集。

1925 年初，柔石抱着求知的渴望，来到北京，住在沙滩孟家大院（现为金丝胡同）通和公寓，和老同学邬光（宁海人）同住一屋。住在隔壁的是潘漠华和冯雪峰，是他们在浙江第一师范的校友，已在北京大学读书。不久，他到北京大学办了旁听手续。当时鲁迅先生也在北京大学兼课，讲授中国小说史和文艺理论。柔石早就十分景慕鲁迅，也赶去听课。鲁迅先生的课旁征博引，见解精深独到，使柔石得到很大的启发和满足。柔石在北京期间，虽然和鲁迅接触不多，但鲁迅对他产生的影响却是深刻的。

北京是政治斗争的中心，和柔石以往生活在闭塞的宁海、慈城不一样，它经常爆发着重大的政治事件。柔石在北京求学其间，目睹了军阀的反动统治，也对学生运动充满感情，最受震动的是五卅反帝爱国运动。事件发生在上海，得到全国纷纷响应。

景云里暖流

大革命失败以后，许多革命作家从政治斗争的漩涡里退了出来，聚集在上海。文学社团、文学活动日见增多。1927 年 10 月，鲁迅偕许广平亦从广州来到上海，上海成了革命文学的中心。柔石初来上海的时候，住在法租界的亭子间里，生活很困难，他想到了鲁迅先生，产生了向鲁迅求助的勇气。

和鲁迅先生初次见面在景云里。鲁迅先生在《为了忘却的记念》中回忆说："我和柔石最初的相见，不知道是何时，在那里。他仿佛说过，曾在北京听过我的讲义，那么，当在八九年之前了。我也忘记了在上海怎么来往起来，总之，他那时住在景云里，离我的寓所不过四五家门面，不知怎么一来，就来往起来了。"

这时，鲁迅因景云里 23 号紧邻大兴坊，环境嘈杂，就搬到了17 号，把 23 号房子让给了柔石、王方仁、崔真吾三人。次年，王育和也搬来 23 号一起住。在商务印书馆工作的鲁迅弟弟周建人和鲁迅两家一起合伙吃饭后，看到柔石等青年人无有家眷，饮食上诸多不便，于是便请他们一起搭伙用饭。不仅解决了这些青年人的饮食起居，使他们有更多的机会向鲁迅请教，请鲁迅批阅作品，鲁迅总是详细地提出意见，既指出优点，也指出缺点，柔石非常悦服这种诚恳而具体的批评，长进很快。可以说，依傍了伟人，柔石的羽翼丰满了，起飞更有力量。

据《鲁迅日记》记载，鲁迅和柔石接触就有九十余次；在《柔石日记》的记载也达一百来次，实际次数自然还要多得多。鲁迅把柔石当作一家人，忙不过来时，一些杂务如去邮局寄书、汇款、去银行取款、书店购书就托柔石去做，柔石总是认真地去完成。鲁迅经常邀请柔石一起上街，如鲁迅想搬家，柔石曾四次陪同鲁迅到四川北路、老靶子路、蓬莱路、海宁路等处看房。鲁迅每月总有两三次看电影，或参观画展，或出席会议，或会晤朋友，难得游玩公园也邀柔石同去，还一起访问美国友人史沫特莱，到内山书店看望内山完造。

鲁迅对柔石的关怀是真诚的。在鲁迅的心目中，柔石是"无论从旧道德，从新道德，只要是损己利人的，他就挑选上，自己背起来"这样一位具有高尚的道德和情操的革命青年。

"朝花"和"语丝"

在景云里住下以后，周围邻居不少是文学界的知名人士，尤其在鲁迅家里搭伙吃饭，茶余饭后闲谈文学上的事多了起来，几个青年想办个刊物，"绍介东欧和北欧文学，输入外国的版画，因为我们都以为应该来扶植一点刚健质朴的文艺"。有了鲁迅先生的支持，决定成立朝花社。出版刊物除发表创作之外，还鼓励翻译作品。

朝花社成立于1928年10月，参加者主要是鲁迅和柔石、王方仁、崔真吾等四人。创办经费以分股集资，柔石身无分文，鲁迅先生除拿出自己的一股外，柔石这一股由鲁迅垫付，后来又以许广平名义再入一股，所以，鲁迅承担了经费的五分之三。朝花社成立以后，创刊了《朝花周刊》，由柔石与鲁迅合编，共出版了二十期。随后又出版《朝花旬刊》。两个刊物历时九个多月，柔石在上面发表了不少作品，如小说《死猫》《一个白色的梦》《摧残》，诗《夜半的孤零的心》《果筵散后》《晚歌》，翻译《大小孩》《母亲》《教堂中的船》，散文《人间杂记》六篇等。鲁迅、冯雪峰、潘漠华等人的重要作品也在上面发表。朝花社比起其他文学社团来，它的突出贡献在于积极介绍外国进步的美术作品，尤其是输

柔石作品

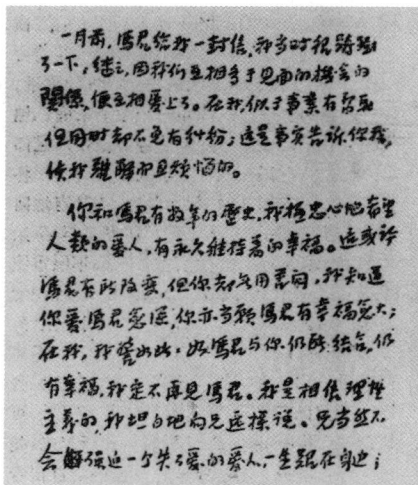

柔石手迹

入新兴木刻艺术作品，对于发展中国新木刻有特殊贡献。柔石在上海，光以稿费收入，无法维持生活，鲁迅为了帮助其谋一较为固定的职业，让柔石在经济上有固定的收入，可以安心创作，就向北新书局推荐，让柔石接替自己所编的《语丝》工作。

柔石接编《语丝》，对初涉文坛、没有编刊经验的青年来说，许多事还要靠鲁迅从旁指点和掌握，他从"看来稿并校对"开始，在半年的时间里，不但锻炼了编辑能力，并且对开拓眼界、结交朋友、从事文学工作有很大的帮助。

《二月》，创作丰收的季节

自从他在《奔流》第一卷第五期（1928年10月30日）发表短篇小说《人鬼和他底妻的故事》，第一次用了他的笔名：柔石。从此，这个笔名代替了他的本名，留在中国现代文学史上和人们的心里。

1929年他出版了三部小说。除了长篇小说《旧时代之死》是以前写就的，又有中篇小说《三姐妹》由上海水沫书店出版，长篇小说《二月》由上海春潮书店出版。

《二月》是柔石写得最成功的作品。萧涧秋这个人物在二十年代小资产阶级知识分子中有一定的代表性。小说反映了这个时代青年的内心世界，或者说融入了作者自己的生活感受，使许多同型青年从萧涧秋已经碰壁的种种表现，"照见自己的姿态"。而且，作者描绘的生活场景，是他最为熟悉的江南集镇，通过他细致、真实的画面和人物的性格发展相融，使人们感受到它是真实的存在。尤其是作品出现的小桥、微风、浅草、落瓣的梅花、细细的春雨、平缓的流水、娟秀的月色，无不点染出江南农村特有的情趣，有着田园般的诗情画意。

被鲁迅誉为"优秀之作"的《二月》，以其独特的人物形象和抒情的艺术风格，赢得了广大中国读者，也为国外读者所欢迎。小说译为英、德、法、印度、泰等国文字，成为中国小说中有世界影响的作品之一。

公啡咖啡馆

和鲁迅先生过从、合作，认真地追随并效法鲁迅的思想变革与政治抉择，柔石成了鲁迅事业的亲密同道者。这个时候的柔石性格开朗了许多，他青春焕发，充满力量。

当"左联"筹备小组成立时，柔石是十二个筹备成员之一，在公啡咖啡馆举行"左联"第一次筹备会。公啡咖啡馆位虹口北四川路（今四川北路）窦乐安路（今多伦路）角998号。这是外国人开的一家咖啡店，一般中国人是不去的，楼下卖糖果，楼上有两间小房间，供喝咖啡和饮料等。外国人对来二楼喝咖啡的人不大注意，所以，开会比较安全。

当"左联"于1930年3月2日召开正式成立大会时，柔石陪同鲁迅从景云里住处步行到窦乐安路（今多伦路）233号的中华艺大会场。中华艺术大学是中国共产党地下组织创办的一所大学，校

公啡咖啡馆（四川北路）

长陈望道，地点离鲁迅、柔石他们的寓所不远。成立会举行了一个下午，鲁迅做了《对于左翼作家联盟成立大会的意见》的讲话。当时，党组织还作出安排，由柔石和冯雪峰负责鲁迅的安全，如遇到紧急情况，就陪同鲁迅从后门迅速退走。可见，柔石这时的政治态度和社会活动的能力。

1930 年 5 月，经冯雪峰介绍，柔石参加了中国共产党。

"左联"时期，诞生了一篇有国际影响的短篇小说——《为奴隶的母亲》，小说讲述一个发生在浙东农村"典妻"的故事，也是柔石最后完成的一个短篇。这个反映中国封建制度下，贫困妇女的悲惨故事，被许多中国作家选集刊出，还译成多种文字，罗曼·罗兰从法文版读了这部小说以后称赞道："这篇故事使我深深地感动。"

苏维埃代表会

从参加"左联"，到投入实际革命工作，柔石跨出了一大步。1930 年 5 月，柔石以"左联"代表的身份，和胡也频、冯铿一起参加了在沪西租界的一幢洋房里召开的全国苏维埃区域代表大会。这是一个秘密会议，由党中央和全国总工会发起，各地苏维埃区域的代表，红军和游击队的代表，城市赤色工会的代表等约五十人参加开会。参加这次会议对柔石的触动很大。

面对着马克思与列宁的画像，四十八个人，同聚在四壁红色的包围中，两手垂直地站立着，齐声兴奋地唱《国际歌》……会场的一切按照"秘密的生活条例"发言、讲话、走路，为了减少椅子搬动的声音，他们和士兵一样站着吃饭。睡觉在一间寝室的地板上。

柔石和胡也频作为"左联"的代表，代表"左联"向这次大会发表了祝词。在这次非常政治性的会议上，代表们对革命文艺的渴求和对文艺工作者的尊重，使柔石更懂得左翼文艺工作的责任。他在《世界文化》上发表了通讯：《一个伟大的印象》。他在文章中非常热情地赞扬会议的胜利闭幕，激昂而热情地欢呼："中国，红起来吧！中国，红起来吧！全世界底火焰，也将由我们底点着而要焚烧起来了！"柔石的心经过锤炼在燃烧！我们看到了一个全新的柔石正向我们走来。

被捕在开会时

1931 年 1 月 17 日下午，柔石参加一个党内的秘密会议。这个秘密会议是为了反对十天前突然召开的中共六届四中全会。上午开的会，均未遭到破坏。中午，国民党市党部得到情报：17 日、18 日，共产党召开重要会议，地点在东方旅社 31 号房间、中山旅社 6 号房间，……下午 1 点 40 分，便派人到公共租界的工部局请求协助，共同行动。于是，大搜捕开始了，警车出动，迅速包围地处租界的东方旅社，特务、军警、西捕直扑 31 号房间，逮捕了林育南、柔石、冯铿、殷夫、胡也频、彭砚耕等同志。

柔石被捕的当天下午，巡捕把他押到明日书店，问经理是否认识，经理见柔石两手上了铐，咬牙示意，知道案情严重，就坚说并不认识。等巡捕一走，马上跑去找王育和说："不好了，赵先生出事了。"王育和派魏金枝从速通知鲁迅先生。

　　在柔石被捕的前一天，他刚去过鲁迅家里，为的是明日书店想印鲁迅的译著，托柔石向鲁迅问版税的办法。鲁迅将北新书局所订的合同抄了一份以供参考，柔石往衣袋一塞就走了。想不到这次平常的相见，竟是鲁迅和柔石的最后一面。因为，柔石口袋里揣有鲁迅的印书合同，搜出后才有了上面说的带人去书店盘问的事。这时，朋友都劝鲁迅暂时离寓避祸。1 月 20 日，鲁迅烧掉朋友们的信札，举家避居黄陆路（今黄渡路）花园庄旅馆。

英雄就义

　　几天后，英租界法院开庭，决定把全部犯人引渡给中国当局。这是违反凡是租界内发生的案件，应由租界地方法院审处的规定的。但是，即使律师依法力争，法庭也不予理睬。1 月 23 日上午，警车把这批犯人全部押到龙华警备司令部。

　　党的组织、被捕者家属和社会上的进步人士都在多方设法营救这批青年人。

　　在龙华警备司令部，三十六名同志分成两组钉镣，直到傍晚才钉完。这时，大家做了长期坐牢的准备，柔石抓紧时间向殷夫学习德文，危难之中仍然保持勤奋好学的习惯。同狱人柴颖堂入狱时间较早，将他了解的狱中同志们英勇斗争的故事向柔石等人做介绍。柔石一边听一边记录下来，写成文章，编号包扎好，打算将来出一本书。狱中没有纸和笔，他就劈开一支筷子，夹上铅笔头，扎着线写起来。可惜的是，被柴颖堂保存的这些文稿，藏在地板下，后来被敌人发现拿走了。柔石曾对柴说，自己过去没有做什么，将来出狱了，一定要更好地为党工作。可见其革命的决心在狱中更坚定了。

但是，各方面的营救都没有希望。国民党给上海警备司令部下了一道处死革命者的密令。2月7日晚收封时，看守长亲自带人指挥看守提人。林育南、李求实、柔石、胡也频、殷夫等被叫了出来，他们早已做好牺牲的准备，坦然地提着脚镣向前走，和狱中的其他同志点头告别。

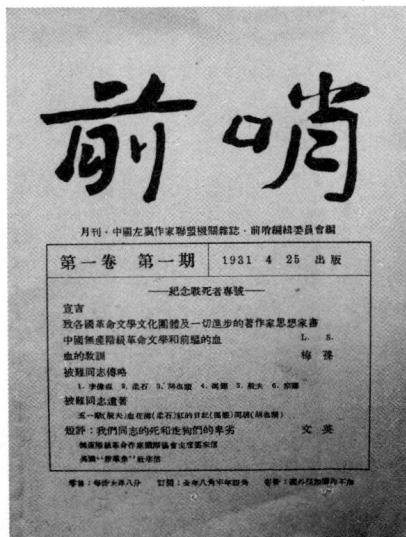

左联机关刊《前哨》创刊号为"纪念战死者专号"。

二十三人排成一行，气宇轩昂地走向刑场，哗哗的铁镣声打破沉寂的黑夜。敌人在小桥旁摆了一张茶几，放着照片，每过一人和照片对一下。行刑的士兵躲在屋子里，枪从窗口伸出来，突然，一阵枪响，第一排的同志没有准备，来不及喊口号就倒下了。第二排的同志勇敢地走上前，高喊："中国革命成功万岁！""世界革命成功万岁！"又一阵密集的枪声，不少同志中弹倒下，但是，只要还有一口气，他们仍坚持喊口号。柔石倒下去了，他头部和胸部连中十弹。

鲁迅在得知五位青年作家遇害的消息后，悲愤中吟成著名的七律《无题·惯于长夜过春时》一诗，抒发了自己对烈士们无限悼惜和对反动派无比愤怒的感情。"左联"机关刊《前哨》创刊号，鲁迅和冯雪峰决定把已经预告的内容改为"纪念战死者专号"。这是一期充满愤怒控诉反动派的凶狠残暴、呼吁世界舆论起来主持正义、反对中国白色恐怖的专号。

柔石虽然只活了三十年，但他的生命是非常有价值的三十年，他为我们留下了一百四十多万字的作品，这丰富的精神财富，至今值得人们去研究，去欣赏。尤其是他的壮烈牺牲，他的追求真理的勇气和决心，是可歌可泣的。柔石英名永存！

原载《红蔓》2017 年第 18 期

凝望父亲孔另境的革命足迹

　　我的父亲孔另境和姑父沈雁冰（茅盾）、姑妈孔德沚、二姑父沈泽民，他们都是从浙江桐乡乌镇走出来的中共早期党员，先进文化的引导者和传播者，党的实际工作者。凝望父辈革命足迹，我由衷地感受到父辈有着执着的信念和追求，他们不枉是先进知识分子的代表，是我们生命的楷模。

　　让我们随着他们的足迹，感受着他们生命的底色……

一、从乌镇走出的孔氏第 76 代孙

　　我父亲孔另境是孔姓第 76 代"令"字辈，原名孔令俊，字若君。他的祖上曾几代为官，颇爱风雅，爱好琴棋书画，喜种花木，创造庸园，俗称孔家花园。父亲的祖父也曾有一官半职的头衔，每天坚持读书练字，用水在一块大方砖上写字。现在保存下来的条屏即是他的手泽。他的字还经常应邀题写在匾额上和镇上商店的招牌上。与他有书法

少年孔令俊（另境）

年轻时的沈雁冰、孔德沚

同好的沈雁冰祖父与父亲的祖父是世交，因交好而结亲。他们是沈雁冰和孔德沚四五岁时定亲的长辈。也成就了父亲的姐姐和姐夫的姻缘。

　　虽然家庭富裕，但是个旧式家庭，对于后辈的教育，除了读四书五经之外，什么教科书之类是祖父所极力反对的。父亲是家里的长房长孙，深得曾祖父、祖父喜爱。可是我父亲脾气耿直，不愿继承祖业和家产，想早早外出读书，接受新思想。幸亏有姐夫沈雁冰的帮助，终于获得了离家赴嘉兴读中学的机会，就像鸟儿飞出笼子，在时代的感应下，积极参加新桐乡青年社等活动。这个社团沈雁冰、沈泽民兄弟是核心人物。

　　1922年我父亲因带头闹学潮被迫停学。其祖父要求他回家乡从商，继承祖业，作为长孙的父亲却不愿株守家园，拟赴上海升读大学，保守的祖父不以为然。此时，父亲又幸得其姐夫沈雁冰的帮助，最后祖父只得退让，父亲考入当时的革命学府——上海大学，就此走向大城市更为广阔的"舞台"。

二、在上海大学革命的摇篮里成长

父亲18岁入上海大学中文系学习，旁听哲学系的课，瞿秋白是哲学系主任，他的课同学们非常爱听，父亲告诉我，瞿秋白上课教室常常爆满，去晚了只能站着听。他与戴望舒、施蛰存等同窗。他如饥似渴地吸收新思想、新学识，浑身充满着青年的革命激情。丁玲说，孔另境在上海大学时是很活跃的人。上海大学是我们党大力支持下的红色学府，秘密培养革命干部的学校。有"武黄浦，文上大"之称。当时姐夫沈雁冰、沈泽民兄弟都是这个学校的教员。父亲因寄居在姐夫家中，邻居又是瞿秋白夫妇和沈泽民夫妇，所以，在求学期间不仅学习革命理论，关注时事动向，参加政治斗争，还接触到不少中国革命的先驱人物，父亲被他们的先进思想、高尚理念、伟大抱负、人格魅力所吸引，成了他们的热烈追随者。对他确立正确的世界观和人生观有很大的影响。

当时，沈雁冰在上海商务印书馆工作，主编《小说月报》，是文学研究会的主干人物，为宣传无产阶级文学、马克思主义理论，为推动我国新文化运动，传播革命思想而摇旗呐喊。同时，他还担任许多党内重要职务，包括任党的秘密交通局工作，等等。常常有各地的信件寄到商务印书局，写着"沈雁冰先生转钟英小姐台启"。不知道的，一度猜测"钟英"是雁冰的女朋友。实际这个"钟英"即是中央的谐音。茅盾成了各地党组织的联络员，由

在上海大学就读时的父亲

他向党中央传递信件。他介绍弟弟沈泽民入党。沈泽民在青年团第一次全国代表大会上当选为团中央委员，还是中共上海地委委员兼国民党上海执行部宣传部干事。兄弟俩一面从事工人运动，一面在平民女校、上海大学等处担任义务教员，为培养党的后备干部不懈努力。1924年沈泽民与张琴秋结婚。孔德沚是他们的介绍人。婚后，他们过着职业革命家的生活。还动员孔德沚走出家庭，从事女工工作，瞿秋白夫人杨之华介绍孔德沚加入了中国共产党。当时组织上要求党员不能坐在书斋里革命，要到基层去宣传，参加飞行集会等。父亲和姑妈生活在旧式的家庭里，姑妈小时候被缠小脚，她的哭闹被定亲的沈雁冰母亲知道了，坚决反对，关照不要缠小脚。因为以后要嫁过去，成为沈家的媳妇，这样孔德沚才被放了脚。然而放大的脚毕竟受了伤。入党以后，有一次，和夏衍他们一些男青年上街贴标语，听到警察过来了，赶快要跑，孔德沚跑不快还把脚崴了，情急中两个年轻人架着她狂奔……这一幕，夏衍见到我时，笑着对我回忆起当时的情景。我心里的敬佩油然而生。

入党后，他们的家即是党组织活动的场所。包括茅盾的母亲，她看茅盾经常在外面开会很晚回家，茅盾也不瞒母亲已经加入了共产党。深明大义的母亲说，开会可以到我们家来。他们是一批信仰相同、追求相同的亲人，他们是从浙江桐乡乌镇走出来的中共资格最老的党员。

1925年初，父亲21岁，被吸收加入中国共产党。他住在工厂区，课余从事工人教育。他积极参加"五卅"等政治运动，上海大学是五卅运动的大本营，父亲在南京路上街宣传撒传单时被巡捕房逮捕，关在老闸捕房，半个月后经中国济难会营救而释放。这是他一生经历的四次坐牢的第一次。出狱后，思想更激进，信念更坚定。

三、大革命时期，父亲在广州国民党中央宣传部任职，与毛泽东比邻而居

那时上海正是军阀孙传芳统治着，父亲一面就读于上海大学，一面在课外参加校外活动，还在国民党上海特别市党部宣传部担任干事。那时宣传部部长是杨贤江。就在临大学毕业前夕，1926年春，姐夫沈雁冰召他赴广州工作。当时广州是革命的中心。父亲是1926年的3月21日，即是有名的中山舰事变后一日踏上了广州的长堤。他是第一次出远门，姐姐替他找到了一个同伴，就是大个子张秋人。张秋人去做黄埔军校教官，父亲在国民党中央宣传部担任助理干事。那时毛泽东为代理部长，沈雁冰为秘书。父亲与他们同处一个办公室达半年。最初，父亲借宿在沈雁冰的宿舍，与毛泽东和杨开慧是邻居。业余常随萧楚女、张秋人去毛部长家打牌，杨开慧招待他们。不久国共关系恶化，毛泽东脱离中宣部，主持农民运动讲习所，沈雁冰则回沪主持国民通讯社。父亲参加国民革命军总司令部政治部，在北伐军前敌总指挥部第八师政治部任宣传科长。

四、参加北伐革命军

关于参加北伐革命的具体情况，1980年，我在北京曾拜访过北伐时与父亲同在政治部的李立中先生，据他介绍：政治部有二十多名共产党员，成立了党支部，他是支部书记，父亲是副书记。党支部一方面在教导师内开展党的宣传教育和组织发动工作，一方面同湘西地方党密切联系，协助地方开展群众工作。

李老回忆教导师在常德城驻扎时，"面对敌众我寡之势，我政治部采取争取许克祥中立、孤立何厚光部的策略，并对北伐军官兵进

行宣传鼓动，由于万众一心，勇敢奋战，我们很快消灭了常德城何厚光的一个师，接着全歼了袁祖铭的队伍。创立了以少胜多的一个战例"。他说我父亲在这次战斗动员中，显示出他的组织才干和鼓动能力。

攻下武汉后，他们与潘漠华等人一起编入北伐军先遣队第三十六军第二师政治部，协同张发奎、叶挺、贺龙攻打奉系军阀张作霖。他随军转战鄂豫，至郑州与冯玉祥部西北军会师。凯旋至湖北孝感时，接到党的命令：国共已分裂。这时，共产党转入地下。

五、杭州遇险记

自国共分裂后，我党同志即离职候命，父亲回沪后，接浙江省委秘密通知去杭州工作。这时杭州县委新成立，父亲被派在宣传部任秘书。县委书记为池菊庄兼宣传部部长。此时正值盲动路线之时，组织要求基层起事革命。之前，他们有过一次暗杀警察局长的行动，埋伏了半天却因射击不准，子弹打到黄包车车夫身上，那个坏蛋却逃走了。1928 年春，县委借湖滨饭店开会，商谈组织暴动事宜，嘱咐我父亲留守机关，约定第二天和一位周同志去饭店听取会议情况。第二天他与周同志走到湖滨饭店，该饭店进门后有一较大的空地，他们两人刚走到空地前，忽然见到一位穿工役服之人，约四五十岁，遥遥地向他们无声地摇手。显然事有意外。秘密工作状态下的警惕性还是有的，父亲大惊，知道事情不好，马上和周同志掉头分路离开，没有被蹲守的人发现。真是命悬一线，死里逃生。

我父亲是经过世事的，镇定地返回住处，告知机关的同志：出事了。同时，马上携个人行李及池菊庄一截断指，至戴望舒杭州老家躲避。后来证实当天参加会议的人全数被捕。怎么办呢？父亲与

留守的同志碰了一次面，商量
由父亲赴省委（其时省委在
宁波，书记夏曦，秘书长梅电
龙）报告并请示。他秘密去宁
波后，向梅电龙汇报杭州组织
被破坏的情况，梅电龙第二日
通知他返杭候命。

孔另境在杭州

　　回到杭州后，仍住在戴望
舒家。约一二个月未得任何指
示。一日，他出外至湖滨，亲
眼所见有短工十多人，抬了
七八口白皮棺材，沿湖滨而
来。驻足而观，见每一材头约有黑字标明"共匪×××"之姓名。
其中除县委池菊庄、沈资田、马东林等人外，尚有一口为张秋人。
至此，他亲眼所见被捕诸人都为反动派杀害了！杭州白色恐怖如此
严重，他又得不到省委的新指示，于是束装返沪，仍住姐家，一方
面写信通知宁波省委，报告在杭州所见情况。书记夏曦嘱其在沪候
命，并指示须找公开职业，等待时机继续奋斗。革命转入低潮……

　　在上海，杭州组织被破坏的情况，瞿秋白在上海主编的党内秘
密刊物《布尔什维克》上马上刊出了悼念池菊庄烈士的消息。这是
一件大事……

　　戴望舒以创作《雨巷》出名。《雨巷》里的姑娘，撑着油纸伞，独
自在悠长又寂寞的雨巷彷徨。反映了小资产阶级知识分子在大革命失
败后的低沉心理。然而与创作《雨巷》相差几个月，取材于同一地点，
他的家乡杭州，他看到听到的故事，不是故事，是现实，是实实在在

发生革命志士牺牲的严酷事实，面对孔另境带来的一截断指，他悲愤又崇敬地用朴实的语言，近乎口语的诗语写下了《断指》这首诗。

他写道：

> 在一口老旧的、满积着灰尘的书橱中，
> 我保存着一个浸在酒精瓶中的断指；
> 它是被截下来的，从我一个已牺牲了的朋友的手上，
> 它是惨白的，枯瘦的，和我的友人一样，
> ……
> 这断指常带了轻微又黏着的悲哀给我，
> 但是它在我又是一件很有用的珍品，
> 每当为了一件琐事而颓丧的时候，我会说：
> "好，让我拿出那个玻璃瓶来罢。"

六、在天津孔另境第二次被捕

我父亲接受组织指示寻找公开的职业，他经潘漠华介绍，赴天津南开中学教书，半年后转入河北省立女子师范学院，任出版部主任。在天津三年，父亲被安排任党办的小型报《好报》编辑，以他的公开地址作为党与国外联络通讯处，苏联寄来的许多宣传品都寄到学校，邮件屡被没收，1931年初夏，他因共产党嫌疑被天津警备司令部捕去。后转解北平行营军法处。经鲁迅托许寿裳、汤尔和与北平行营张学良说情，百日羁拘后由李霁野、台静农保释出狱。

这年冬天，父亲回到上海姐姐的家，他的第一桩心事，一定要去结织这个富有侠义心肠的老头儿。找到先生寓所的大楼，也顾不

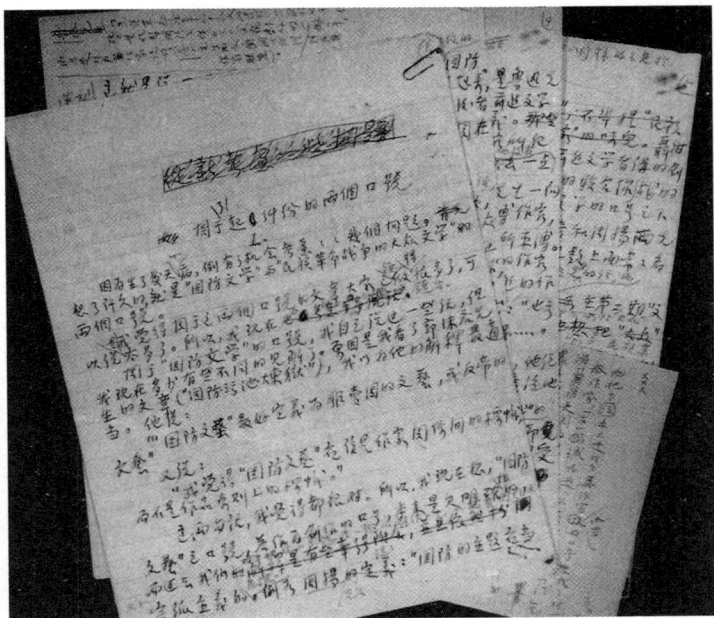

左联时期，茅盾的重要文章《关于两个口号的论争》
由孔另境起草，上面有茅盾修改笔迹（原件藏上海图书馆）

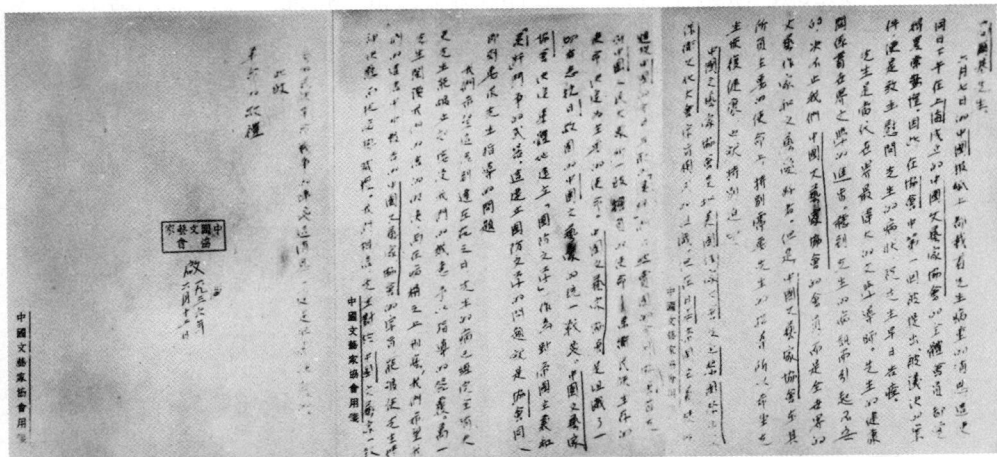

左联时期，由孔另境执笔的国际信件：致高尔基病重的慰问信，
现存于前苏联的有关档案中。此件是戈宝权先生从苏联档案中复制带回

得家人的警告什么，一直就冲上三楼，怀着仿佛要暴烈出来的满腔热情，拼命揿那电铃，一会儿里面一阵响声，出来开门的正是鲁迅先生自己。鲁迅惊讶地说："想不到你竟出来了！"还幽默地说："没事，当然要放的，他们的口粮也紧得很呀！"无论如何不承认有他的力量在内。而我父亲一直想讲几句感谢的话，或者热烈地拥抱一下，却始终没有表达出来。

父亲的这次牢狱之灾惊动了那么多人，也使父亲结识了那么多人，尤其鲁迅先生待青年人至诚的心，父亲感佩一生。平日里，父亲总说鲁迅是他崇敬的第一人。他以鲁迅为人生楷模、继承鲁迅文风。鲁迅去世，协助办理丧事。他收藏的全套鲁迅葬仪照片，为我以后撰写《痛别鲁迅》提供了重要资料。

1933年回到上海后，父亲开始从事职业写作。在鲁迅、茅盾等人的影响下，父亲积极投身于新文化运动，为左翼文化的传扬积极工作，留下了不少有关的文化印记和文献档案。

1936年10月19日鲁迅在上海寓所去世，得此噩耗，父亲马上赶到其寓所致哀，并担任治丧委员会干事，协助办理丧事。办好鲁迅丧仪后第三天，父亲接连在《立报·言林》上刊载《读鲁迅文札记》二十篇，成为学习鲁迅作品的先声。

孔另境参加鲁迅葬仪时的影像之一、之二

七、投奔苏北新四军

1936 年冬，父亲与上海大学同学接办华华中学，任教导主任。上海抗战爆发后，华华中学师生相当活跃，学校一度成为接纳和救治伤病员的场所。为了避免日敌迫害，学校迁到福州路生活书店原址，并为适应宣传抗战的需要，又创办了华光戏剧专科学校，于晚间在华华中学校舍内上课。上官云珠、谢晋、周正行、董鼎山等曾是这个学校的学生。当时留在上海的左翼文化人，几乎都和这两所学校发生过关系，或教课，或演讲，或学习，或秘密集会。学校曾组织过五次公演，在抗战文化宣传工作上，产生一定影响。父亲是这两所学校的实际负责人。

同时，父亲协助茅盾、楼适夷主编《文艺阵地》，在上海负责秘密的编校印务等工作。1939 年他和郑振铎、王任叔主编《大时代文艺丛书》十一种。他参加《鲁迅风》的创办，任经理，并参与发表《我们对于"鲁迅风"杂文问题的意见》等。

太平洋战争爆发，租界被冲破，学校停办。1942 年的春末夏初，上海抗战已维持四年的"孤岛"局面最终被打破，面对日渐险恶的环境，沦陷的悲苦和民族自尊，父亲接受新四军联络员的意见，秘密离开了上海这座文化城市，潜入苏北垦区，到一个陌生而贫瘠的农村，然而他义无反顾，变卖了家里的一切，一路上化装潜行，父亲扮成一名商人，带着家眷，行程五六天，从一个个联络接待站里悄悄地进出，又一次次地沉着对付关卡的盘问，才栖止在一个海滨的乡下，以后又移居过几个地方。总算到了新四军的属地，呼吸到自由清新的空气，那里一切都充满了生机。

父亲的欣喜还在于这三口之家的集体，几个月以后，成了四

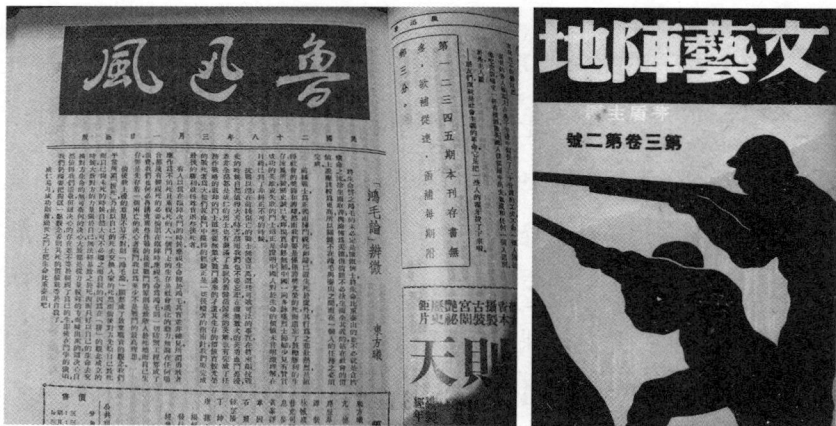

《鲁迅风》《文艺阵地》杂志

口之家，那是因为我这个女儿在苏北出生了。"小苏北"，成为我的昵称。

我的母亲也够大胆的。她离开上海时已有了身孕，没有考虑第一次生育儿子时的难产危险，没有考虑苏北生活很艰苦，更没有考虑路途很危险，随时可能发生意外。他们完全信任那位新四军的联络员安排的路线。一路上，父母亲关照才两岁半的儿子，不要乱动，不要多说话，他背上的绒毛小狗肚子不会饿，不用取下来，你要管好它。因为小狗肚子里悄悄塞满了叫金鸡纳桑的药品。这种药能治疗疟疾，新四军缺少此药。儿子很听话，不吵不闹，还对此行起到了掩护作用。

这对一个在城市里生活惯的妇女，要在农村生孩子，又是在非常时期，这安全就很难说了。母亲告诉我，请接生婆在农村生养孩子，是她七个子女中唯一的一次。其实这个接生婆，是个女孩子，毫无经验也缺少常识，让她去洗沾染了血的被子，她居然把整条被子放在河里洗涤。之前，母亲生我哥哥时，是不足月的难产，胎位不正又是头生，生产时很危险。而我的出生非常顺利，白白胖胖的，头发又黑又浓，非常讨人喜欢，父亲尤其高兴，给艰苦的生活带来了愉悦。我这个小苏北，在新四军的庇护下，生活了十几个月。由

父亲出狱后与"小苏北"合影

于敌军"扫荡"，父亲受命（当时管文蔚是领导）告别了这块已经熟悉的土地。

回到上海只能在尊德里岳父母家中盘桓。为养家糊口，父亲受托为世界书局主编《剧本丛刊》五集，共五十册。内容为激发民族正气及讽刺现实的改编之作。作者均为当时留沪不愿与日伪妥协、生活窘迫的作家。其中有姚克、杨绛、鲁思、李健吾等。父亲本人也创作或改编了五部剧本，其中《凤还巢》曾由吴仞之导演搬上舞台。由于进步立场明显，1945 年 5 月，父亲又遭日本宪兵拘捕，受尽严刑拷打。父亲说，这第三次坐牢日本人最为凶狠残酷，他被上过老虎凳，摔背包、灌自来水……临近抗战胜利，四十一天后被释。身体留下了伤病的后遗症。

八、"这一天终于来到了"

我父亲早年的革命经历和丰富的人生阅历并没有给他带来多少荣耀，他长期安静地从事文化教育出版工作。然而，父亲一生以追求进步、正直坦荡作为他的立身之本和生命底色，不能不说是与他的革命经历有着密切关系。他，1965 年退休。"文革"中，被"保

主编《新文学》半月刊

护性拘留",再一次坐牢,1972年去世。终年68岁。平反后骨灰安放在龙华烈士陵园干部陈列室。2007年家乡人民没有忘记他,在乌镇西栅建有"孔另境纪念馆"。

我父亲晚年写了一段话,他说:不忘过去,才能认识现在,理想将来。是呀,凝望父辈革命足迹,我们心潮起伏,他们所做的一切终将被历史铭记。

2018年4月

原载《档案春秋》2018年7月号

文化老人百岁传奇

——记夏征农

在秋日清爽的日子里，有着八十二年党龄的夏征农老人，走完了 105 岁的传奇人生。得到这个噩耗，我为这位老人的平静离世感到不舍，在我心里，他虽说年事已高，但思维一直很清晰，行走自如。在他 74 岁那年，担任《辞海》主编；在 98 岁时，欣然出任我国第一部特大型综合性辞典《大辞海》主编。堪称世界最年长的辞书主编。99 岁那年，他曾对我说，身体没有什么大病，主要是老年了器官老化了，说完此话，他乐呵呵的……在场的人都被这位长眉寿星的乐观所感动，祝愿他活过百岁。他做到了！

可是，前不久，九月的一天，我在华东医院的电梯里听得护工们在说，今天来了上海各大医院的院长、专家会诊夏老的病，他百岁高龄了，比较难办。我马上意识到这位病人是夏征农，于是赶到病房探视。只见房病的窗帘被拉上了，房里暗暗的，有不少医生围在病床边轻声地交谈，那检查仪也悄无声息地在病人的腹部上移动，夏老的女儿和夏老的秘书在门外等候。我在门口与他们小声交谈，才知夏老的胆囊出了问题，医生们讨论是否可以做这个胆囊手术，主要是年岁大了有风险，如果年轻一些，医生肯定不会犹豫的。当医生们纷纷退出，从他们凝重的表情，可以猜测情况不可乐观。果然，就是这个病因在作怪，引发了其他器官的衰竭，以致……

平时，我与夏老的接触不多，然而，有那么两件事印象特别深刻。

"我们没有见过面"

1996 年 11 月 20 日，我去参加虹口区为十大文化名人故居挂牌仪式，夏老和杜宣老是揭幕式的主宾。在休息室，夏老说，他要坐硬的椅子，不坐沙发，否则站起来困难。我很同意，引他到硬座上，有人向他介绍我是茅盾的内侄女，他很高兴地向我讲述他和茅公交往的一些事情，可是，他的江西口音使我怎么也没有听懂全部，正要继续听下去时，仪式开始了。

接下去的会议议程，有前辈老人讲话，有领导讲话，主持方也要我上去发个言。我说，十大名人之中的茅盾故居如果建起来，我们家可以捐献茅盾当年用过的整套家具和物品，使它发挥更大的作用。没想到会后集体摄影时，夏老特意过来对我说上面还没说完的话题，他说："你姑父对我的帮助很大，只是我们没有见过面。"我想，他们怎么可能没有见过面呢？我还是没有弄懂。谈话间，我只能移步跟随他站到前面的中间位置，这个情景被定格下来，这照片显然不合"规格"。当我意识到此时不便聆听时，赶紧说："以后来访问您好吗？"他热情地说："欢迎欢迎。"

回去以后，我从他讲述的只字片语中揣测，他提到《禾场上》，谈到《文学》，我知道这是他的一个成功的短篇小说，或者说是他的早年代表作品。1936 年鲁迅和茅盾曾将这篇农村题材的小说编入《草鞋脚》，向伊罗生推荐。这是左翼文学创作的优秀成果。

再一次听他讲这个话题是几年以后，我为了写《痛别鲁迅》，访问曾在当年参加过葬礼的老人，夏老是其中的一位。正题讲好以后，他又对我说茅盾对他的《禾场上》评价很高，对他鼓励很大，很感激茅公对青年人的提携，但他们始终没有见面谈过话。究竟怎么回事呢？

原来，1933 年之前，夏征农还在县城当教师，由于对佃农生活的了解，创作了短篇小说《禾场上》，反映农民辛苦劳作一年，只是替地主做牛马，到头来收获的谷子被地主抢走。29 岁的夏征农抱着试试的心情，从外地投稿到上海的《文学》杂志。没有想到，稿子转到茅盾手上，不仅这个大型文学刊物第二期即采用了这篇小说，主编茅盾还郑重地在"社谈"中对这篇小说大加赞赏。同时，还写信给他这个文坛上的无名小卒，说"寄上一个慰问"。当时夏征农激动的心情是可想而知的。

就在这年，夏征农来到上海，参加了"左联"，并继续写作和从事编辑工作。不能不说茅盾对他的鼓励和首肯至为重要。可是，在以后的岁月里，他们一直没有见面的机会。他向我解释说："第一次，我去《文学》社取稿费时，曾去看茅盾的，他不在，就再也没有去见他。"他说，我就是这么一个人，不喜欢"那一套"。

我还是有点不相信这个话，我说："你们怎么可能没有见过面？至少解放后多次文代会上总能见面吧。"

"没有。"他说，"我不喜欢到主席台上去握手。只是远远地看到他。他并不认识我。"

那么，茅盾当年是怎么评价的呢？为什么赞赏这个短篇？茅盾在晚年写作回忆录《我走过的道路》（中册，第 203 页）上还特意提到这部作品，他说，空喊"革命"口号的文章，读者已经厌倦了，我介绍《关于禾场上》，是我们看过很多描写农村生活的小说，那是一定有"公式"的；农民们怨气冲天，但是没有办法，忽然一个"革命知识分子"——或男或女，到这农村中来说教了，于是那些走投无路的农民有了"出路"了，于是斗争了，而结果必然胜利。

《禾场上》却不然。"作者也许并没意识地要写革命的农村小说。他只把农村中收获时的一幕老老实实写了出来；然而农民被剥削的实况却已经表现得非常生动了。拿这《禾场上》和早年那些'革命的'农村小说一比较，到底哪些个是实感，哪些个是空壳，让读者们去评判罢！"

作为批评家的茅盾，和"左联"领导人，当时抵制文学创作上的机械化、公式化、口号化，认为这已经成为左翼文学创作中的重要问题。所以，他和鲁迅一致举荐夏征农的小说《禾场上》。

参加鲁迅葬礼

夏征农到上海以后，曾协助陈望道先生主持《太白》半月刊的编辑工作，以后，他还参与筹办和编辑了《春光》《读书生活》《新认识》等杂志。以及为送书、寄杂志，送稿费等事宜的联络。查《鲁迅日记》，这一时期，他与鲁迅先生的通信联系多达十一次。因为，鲁迅先生是《太白》的主笔，许多名篇都是发表在《太白》上的。那么，鲁迅先生去世时，夏征农是否去参加葬礼了？带着这个问题，我与夏老的秘书钦浩联系，约好访问的时间。

2003年4月1日上午，我来到在上海宛平路上一个幽静的小区，5号是夏老的寓所。我在客厅等候时，只见夏老扶着楼梯自己慢慢地走下来，钦秘书在旁注意着，他99岁高龄独自走楼梯，不要

送葬队伍声势浩大

人扶助，让我吃惊不小。更让我吃惊的是他脑子反应很灵，思维很清爽，记忆力也很强。

讲起鲁迅，夏老的话多了起来，他说："纪念鲁迅的文章我写得很多。鲁迅去世后我写过两篇，可以找出来给你。"

我问："1936 年 10 月 19 日鲁迅去世时您在上海吗？"

他说："我在上海，我去送葬的。送葬时准备被巡捕房抓的，结果没有，送葬的行列中有宋庆龄、蔡元培、七君子等一些有名的人，所以没有动手。"

他果然参加葬礼了。我找对人了，心里很激动："请您具体地讲一点那时的细节，现在要找到您这样的参加过葬仪的人很少。"

"给你讲一点故事：鲁迅先生逝世之后，出殡的时候，胡风、黄源、萧军他们争着抬灵柩，李公朴看到了说，这不成话。抬棺材争什么？抬棺材就是对鲁迅先生的尊重？当时的情形是戒严的，参加出殡的人，我们是准备被抓的。因为有名的人在那里，所以没有抓人。"他介绍。

夏征农与孔海珠

我又问："你是一个人去的还是结伴去的？你没有到大陆新村去？还是到万国殡仪馆去了？"

老人回答："我记得没有到万国殡仪馆去，是在路上参加送殡的行列，很多人参加了。"

哦，是这样。我介绍说："鲁迅先生去世已经六十七年了，当年送葬的队伍有一里多长，参加的人很多，情形很感人。可是，反映当时葬仪情形的书，到现在还没有出版过。我父亲收藏出殡时的全套原始照片，我想做这件事，多收集些资料，写一本有关葬礼专题的图文书。和周海婴联络过了。"

夏老说："很好。海婴当时年纪很小，知道的不多。浙江还有黄源……有很多人参加。"

我问："送葬的队伍到了万国公墓，你是否听到当时有很多人演讲？书上记载有韬奋、宋庆龄、蔡元培等人演说。"

夏老说："没有听到。不记得了。人很多，也看不到。我们送到那里就走了。"

他又说："我写纪念鲁迅的文章最多，有《我们从鲁迅先生那里学习什么》《纪念中的鲁迅先生》……"

是的。今天从这些文章中，仍能读出他对鲁迅先生的感情和理解。我请夏老介绍与鲁迅有过什么交往，他思维敏捷，接口就说：

"因为当时我在帮助陈望道编《太白》，经常要约鲁迅写稿子，送稿费，所以介绍我见一次面，请鲁迅先生，我们三个人吃饭。"

"你还记得那时的情况吧！在哪里吃的饭？吃了什么？"我追问道。

"哪里吃饭我不记得了，只记得鲁迅很能讲，两人谈笑风生，我很少插话，坐在那里。"

夏老讲得很真实。这是夏征农第一次与鲁迅先生会面，显得有些拘束。而先生非常健谈，两个多小时几乎没有停顿，总是带着笑意。夏征农感觉，先生本人比他的文章更为可亲。

当我问到当时关于取稿子、送稿费，你是到他家里吗？夏老说："我住在法租界吕班路上的什么弄堂。没有去见过他，写信就是了，稿费是寄到内山书店，拿稿子也在内山书店。约稿信也是寄到内山书店。""我自己没有到内山书店去找过他，我不喜欢和大人物……"

但是，他没有想到，上面这是第一次也是最后一次面见鲁迅先生。他又说："所以，茅盾先生我都也没有见过面，虽然他对我帮助很大。解放之后可以见他，我都没有见他。我这个人是这样，不喜欢和大人物……因为没有什么好讲。"

夏老的个性这样。"半是战士半书生，一行政治一行诗"，晚年后夏征农这样概括自己。

他是1904年1月出生，江西丰城人。1926年10月加入中国共产党。1927年参加八一南昌起义。之后，抗日战争期间，在新四军、苏中军区等任政治部、统战部、民运部，历任部长、副部长、秘书长等职。还在新四军的苏中公学、华中建设大学任教育长、副校长等职。有很长一段时间里，他是穿军服的文职军人，有着"战士"情结。

新中国成立后，他在中共中央山东分局，先后任委员、宣传部副部长、部长和山东省委常委、宣传部部长、书记处书记等职。1958年因反"右派"不力、对文艺工作"领导不力"等原因被免去职务，下放到莱芜县一个公社任党委书记。1961年重新启用，调中共中央华东局，任宣传部部长。"文革"时期遭受迫害。1978年任复旦大学党委书记期间，做了许多人的"平反"工作，我曾听贾植芳先生说，夏征农使他"鸡犬升天"。之后，夏老曾担任上海市委书记、市文联主席等职。

夏老长期担任行政职务，然后，在他103岁时，出版了八卷本《夏征农文集》。笔者和他有过这样的对话：

"夏老不得了，你最近出版那么大一套文集！"

他说："现在的文章掐头去尾，原来的文章找不到了，难办。"又说，"我在军队里也写过一些，还有在山东时的文章，都找不到了。不是说我的文章有什么意义。所以写了就算了。"

说到底，"书生"还是他的本色。他关心文史研究，对于我在做左翼文史方面的研究很支持。拙作《左翼·上海》《聚散之间》出版了，面呈指教时，他说"左联"研究很重要，要坚持下去，现在研究的人越来越少了。指着我送上的两本著作，笑着说："谢谢。吃点什么东西……"

打开录音机，里面传来他的亲切话语，好像他就在我身边。

2008 年 10 月 13 日上海龙华殡仪馆大厅哀乐低回，我和上千名群众向这位百岁传奇的文化老人告别。简朴肃穆的灵堂中，遗像两侧高挂着一副挽联，描绘出他的一生：

革命八十年一腔正气毋骄毋诌未负党员称号；
学问无止境数卷诗文有风有骨可供后人品评。

2008 年 10 月 15 日

原载《中国社会科学院报》2008 年 10 月 23 日
原题：《夏征农与茅盾、鲁迅的交往》

敬忆王元化先生

那天清晨，从广播里意外地听到王元化先生过世的噩耗，虽这不幸迟早要发生，仍然感到莫名的痛楚和失落。

四月三十日，参加了贾植芳先生追悼会的第二天，我约妹妹明珠一同去瑞金医院探望已经病重的王元化先生，不能再拖延了。贾先生匆匆忙忙地走，我还没有准备，甚至还没有到他的病榻前问候，对自己的拖沓后悔莫及。但是，当我看到躺在病床上虚弱的王叔叔，呶呶地不知道说些什么才好，还是明珠机灵，说了一套宽慰的话，我一直在旁点头，心里觉着很虚。事过十天，王叔叔撒手人寰。

痛惜之余，一切过往，在脑海浮现，历历在目……

初次识荆

第一次见到他是在文学研究所的会议上，那时，姜彬、王道乾是所长，经常邀请学术界名流来所做报告，让我们学子增加见闻，并有识荆之机会。王元化先生很儒雅，学者风度，说话音量不大，慢慢的，很谦和，见解却掷地有声，很受大家欢迎。

后来有一次，由一位同事带路，去他在长乐路的家，摸上楼梯，在昏暗的灯光下，他躺在屋子中央的大床上，说腰肌有病不能起身，连看书写字也在床上。原来，正巧在病休。当他得知我是孔另境的女儿，他说和我父亲曾同在新文艺出版社一起工作过。他保存着上海作家协会最早的一张集体照片，有一次向我指认，这是你父亲。真是不易！因他指认了，我才细辨明白。后来知道，他对我父亲很了解，连四十年代在上海，父亲与林淡秋、蒋天佐、钟望阳等人的交谊情况，都能数出一二。更知道父亲在"孤岛"时期的操守和表现。

记得有一次，他提议文学所访问钟望阳，请钟望阳谈谈四十年代上海地下党文委的情况，点名要我也加入。他的理由是，谈话录音，要有熟悉的人在边上搭腔，能引发钟先生的回忆。由他带领，去敲钟望阳家的门，当钟伯伯开门见到有我时说："哦！你也来了。"他就开心地笑了。从这些时候起，我称他"王叔叔"，每年过年去电话问候一声，算是执小辈之礼。

于伶的拐杖

因为搞于伶研究的关系，从 1978 年起，经常走访于老的家，在他家曾多次碰到王元化；于老宴请，记得有一次在梅笼镇的包房里，王叔叔大谈中国足球，头头是道，差不多由他包了"全场"。在纪念于伶创作生涯六十年的座谈会上，他发言的题目是《说不尽的于伶》，侃侃而谈，条析分明，留下很深印象。后来，于伶对我说，王元化是搞莎士比亚研究的学者，起用这样的题目，他实不敢当。

他们相知久远。我曾在民国时期的旧报纸《大晚报》上查到他化名"洛蚀文"，评点于伶剧作的文章。我把文章收在编著的《于伶研究专集》中，并上门呈教时，他说，不止这一篇，他还写过其他。

当我紧追线索时，他又推托，认为是少时之作，不想留存。现在想来是我犯了傻，听任流失，很是可惜。

于伶老去世后，于伶夫人柏李，把于伶平时用的拐杖送给了王元化。那天，在庆余别墅，他座椅边上放着一根"司的克"。王叔叔问我，你认识它吗？

慈祥又严厉

其实，我有些怕他。有一次，听我同事讲，他们早在上个世纪五十年代就有交情，知道这位同事对资料的爱好，三十多年后，这位同事仍然去看望他，王元化严厉地批评他，"怎么些年来你没有长进，仍然写些豆腐干文章。"说得这位同事毫无颜面。我宽慰他，这是王先生关心你！当然，我也害怕哪一天也会受到这样的批评。

好在他倒是很看得起我，表扬我为茅盾、于伶做了不少资料工作，发掘了不少鲜为人知的史料。知道鲁迅为我父亲编就的《现代作家书简》写过序，问起我续编的情况，介绍他收藏的书信全部捐给上海档案馆，我需要的话可以去查阅。当我呈上刚编就的一本文史钩沉方面的散文集目录，请他指点时，他说，有些文章在《绿土》上见过。我惊奇地叫出来："你也看虹口区图书馆的内部小报？"他说每期寄过来总翻一翻。他看重小报上第一手史料的披露，称赞这份报纸。他对我的目录编排提出建议，还说，由他来题写书名，现在的书名太长，拟浓缩用《聚散旧事》。并鼓励我继续写作上海文坛旧事，记录老学者的人事学问，"有读者喜欢看的"。我记住了这句话。

有人说，他的题签为我这书小本增添了"重量"，说得极是。

题写孔另境纪念馆馆名

这件事说起来至今很过意不去。2006 年秋，家乡乌镇筹建孔另境的纪念馆，由谁来题写馆名？家乡人提出由我这个长女去物色人选，想来想去请书法家写不妥，还是请文化人比较好。那天，我约妹妹明珠一同去看望王元化叔叔，知道他病情已有所稳定。我们商量一切看情况再说。

没有料想，说起此事，王叔叔主动提出："我来题写馆名。"吩咐在旁的蓝云女士摆开桌子，拿出笔墨，当场书写。顿时，我们不知说什么才好，一股暖流从心里升起。父亲生前一直受批判，没有受到过如此的礼遇！我想王叔叔看重的是我父亲的正直和坦荡。

只见他勉强起身，认真提笔书写，横条的、竖写的，各写了好几张大字，已经挥汗如雨。蓝云在旁拖纸、吸墨、盖印，忙了好一阵子。在旁观看的过程中，我们几次哽咽难言，又几次自责太冒失。

王元化为孔另境纪念馆题字

据说从这次书写后，他再也没有提笔写大字。事后才知道，为防止癌细胞扩散，他注射的一种药剂有明显的副作用，就是动则出大汗。那天，他的心意，他消耗的体力，他擦拭汗水的情景，永远令我们难以忘怀。

次年，纪念馆开馆时，王叔叔请蓝云代表出席了开馆仪式，并送了花篮。这样的深情隆谊，小辈我终生铭感在心。

最后的感动

戊子年初一，照例电话拜年，接线的同志说他住院了，告诉我医院的电话，我想太麻烦，打搅不好。问候拖了下来，一次致电蓝云女士，才知王叔叔病情加重。我要求探望，时间不会太长。约好妹妹明珠，带了花篮。心里想希望不是最后一面！

经常处于昏睡的他被叫醒，他说，来了，我没力气说话。我们看着很难过，只见他在雪白的枕头上垫有一块蓝印花布，这是精心挑选的枕巾，看着很舒服。让座后，他姐姐拄着拐杖来探视，刚坐下，王叔叔关照身边的蓝云："给她们介绍一下"。哦，病榻上的他还保持一贯的绅士气度！尊重来客，尽管是小辈。这是我第一次见长他三岁的姐姐，很健朗，每天过来陪伴弟弟，温柔地关注他的呼吸状况。我说，王叔叔脸好像胖了。"是肿。"王叔叔解释说。我们不想让他多说话，默默地在旁坐着。

过一会儿，他有了动静，唤身边的人，打电话给报社，还要自己讲话。对着话筒，"喂"了一下，气力实在不够，也听不见对方的声音。蓝云接过话筒做传话，他才安心。原来，年初时，他身体状况尚可，曾接待了一位海外学者，他们的谈话被整理后发表了上半部分，还有一部分尚未发表。这是他最后的学术谈话。他身体虽然很虚弱，思维一直很清晰，心里始终关心学术，渴望自己的思想为大家所了解。

明珠按下了照相机快门，记录了这一时刻的感动！

如今，他安详地走了，不要抢救，不要……终年 88 岁。

原载《社会科学报》2008 年 5 月 29 日；

《上海作家》2008 年第 3 期

于伶"孤岛"掇影

泥泞中苦战

1937 年 11 月 12 日，侵华日军占领上海华界，英美法等租界立即沦为四面受日伪势力包围，只有一条通向海外水道的孤岛。刹时间，乌云密布，报纸停刊，戏院歇业，有的销毁文件旗帜，有的含泪相见时不知出路在哪里。面对这严峻的局势，于伶和他的战友们

于伶

英勇地担当了"在荆棘里潜行，在泥泞中苦战"孤岛剧运的任务。首先，由留沪的剧人组织成立了青鸟剧社。当时一向占领上海影剧场的美国电影，这时也不能进来，致使很多电影院空了出来，"巴黎""卡尔登""辣斐""兰心"等电影院相继改为了话剧场所。演出的场地不成问题了，但上演的剧目颇费心思。一些老的剧目如《雷雨》

《日出》，不能演了又演，总要有新的剧本充实。正是在这种需求的情况下，于伶一面忙于"青鸟"的社务工作，一面在深夜吞着头痛粉熬夜赶写《女子公寓》。

《女子公寓》描绘了当时上海青年女子的群像。通过两个交际花和公寓主人母女的遭遇，揭露了国民党统治下社会的腐败，尤其是对女性的摧残。而女子要和这社会抗争，光有良好的愿望是不够的，作者借女子公寓主人赵松韵的口悔悟地说：

> 唔，这是我的错，不该开这个女子公寓，让冠英有机会跟这些无聊的女人一道，学时髦，我是想经营点事业，为女人们争点气的。我在闸北开过工厂，给"一·二八"的炮火毁了。我又开过妇女生产合作社，也失败了。在试验过几件事业之后，我才决定开这个女子公寓，让妇女们有高尚的生活场所。哪里知道，自己的女儿，倒在这中间学坏了！

整个剧作的时代背景，作者考虑反映上海沦为孤岛之前，傅作义率部在百灵庙抗日，国民党专员却在上海纸醉金迷、投机贩卖……使其既有一种抗战的时代特征，又有大都会的现实风貌。上演后极为轰动，在一年中被公演了七次，共四十个场次。并在1939年由陈铿然改编并导演，艺华演业公司拍摄成电影。

成立上海剧艺社

上海剧艺社于1938年7月17日在中法联谊会礼堂成立，于伶是具体组织者和负责人，在法租界登记注册时用化名任用樑。于伶曾告诉笔者，当初去登记时，他由李健吾陪同前往，因为李健吾懂

上海剧艺社出刊

法语。这样，一个较为健全的组织，挂着洋人的招牌在孤岛的租界，团结了更多的热心剧运的同志和知名的剧人，开始了他们新一轮的剧运。

既然挂了中法联谊会的牌子，总得要演些法国戏，于是选择由法国巴若来原著、顾仲彝改编的《人之初》，作为上海剧艺社正式成立后出演的第一炮，后来还演了《爱与死的搏斗》等。但是，光演改编、翻译外国戏剧，已不能满足观众需要，于是，于伶开始了创作上的新起点。上海剧艺社集中了上海众多优秀的女演员，于伶的创作离不开"孤岛"现实的题材和女性的世界，五幕剧《花溅泪》由此诞生。这是一部描写抗战开始后，上海的妇女如何争取光明前途的作品。作者把这个主题放在灯红酒绿的典型场所——舞厅——里展开，通过三个舞女的惨痛生活揭示了沉迷生活的不幸，时代教育了她们应该如何生活。题材的现实意义使《花溅泪》一上演便获得成功，产生了很大的影响。为什么会有如此巨大的反响呢？钟望阳曾分析："舞场在'孤岛'蓬勃产生。而一般穷苦家庭的少女，也

于伶剧作

认为当一个舞女是比做妓女是略胜一筹，做舞女的多了，而给舞场抛一个《花溅泪》的炸弹，我认为这是很有意义的。"内地不少剧团也纷纷演出《花溅泪》，欧阳予倩在香港导演时，用广东方言演出，影响很广。以后该剧又拍摄成电影（金星影业公司出品。由张石川、郑小秋导演，舒适、胡枫担任男女主角），使该剧的影响倍增。

孤岛史诗剧《夜上海》

上海剧艺社的第三期公演是正式打进璇宫剧院，做长期职业性演出。"璇宫"是在爱多亚路浦东大楼内，以前是一所舞厅。1939年6月，于伶创作五幕剧《夜上海》，被夏衍誉为"沦陷后的上海的最真实的史诗"。《夜上海》通过开明绅士一家从家乡逃难到上海后的经历，展现了上海失陷后各个阶层的生活面貌，以及人民的苦难和反抗。如一场在租界"阴阳界"的戏，惊心动魄地再现了那个时代生活的真实画面，无怪赵景深称誉《夜上海》是"近三年来上海的诗史"。李健吾是懂于伶的，他说："不怕俗浅，从俗浅之中提炼惊心动魄的气韵，是于伶先生敏感的灵魂的非常的成就。也就是这种奇怪的聚拢，诗和俗的化合，让我们不时感到一种亲切的情趣……假如有谁问道，什么戏最能说出上海生活？我们马上回答：在'八·一三'以前，有夏衍先生的《上海屋檐下》，在'八·一三'以后，有于伶先生的《夜上海》。"

的确，作品上演的成功给观众留下很深的印象。我曾听家母说过，当时他们就是追着于伶的剧作上演，《夜上海》尤其轰动。据说，此剧首演时，社会秩序正乱，璇宫剧场门口不远处还筑有碉垒，剧场两边还断绝交通，尽管如此，不少观众依然不惧怕恶劣的环境，除了步行来观剧外，还冒着散戏时被戒严的可能，他们互相传递着关于上演的信息，召来越来越多的观众。为什么会这样呢？有评说：《夜上海》对于逃避现实的人是一根针，因为它把血淋淋的、活生生的现实带到我们面前来，不仅对于少数人，对整个孤岛大众将是一个教育。"《夜上海》演出成功以后，"好评如潮"的报道很多，同时，文学、戏剧界人士也纷纷召开相当规模的座谈会、笔谈会，充分肯定这部力作。次年，在重庆、桂林等地也有演出此剧。1941年8月《夜上海》由罗志雄导演，香港大观公司拍摄成电影。

茅丽瑛之死

岁末，上海发生了一件触目惊心的事，继《大美晚报》朱惺公被刺后，敌人的黑手伸向了"孤岛"妇女的杰出领导人茅丽瑛。

茅丽瑛，1910年出生于浙江杭州，五岁丧父，后随母亲到上海。1930年考入苏州东吴大学法学系，因家境贫寒，中途退学，1931年在上海江海关任英文打字员。1935年茅丽瑛参加了上海职业妇女会，开始从事进步活动。1937年八一三事变后，她毅然辞去江海关工作，投身抗日救亡运动。她原是江海关俱乐部戏剧组的领队，这时，她先后参加战时服务队，组织八一三救亡长征队，和缪一凡

茅丽瑛烈士

一起出发宣传抗战，由闽浙沿海到香港、广州，缪不幸在长征中死去，茅则回沪组织职业妇女俱乐部，任主席，并加入了中国共产党。她采用读书会、演戏、歌咏、募捐、义卖等多种形式，团结和带动社会各界职业妇女参加抗日救亡活动，成绩卓著。

茅丽瑛与于伶、王季愚夫妇是好

朋友，尤其和王季愚在工作上交往甚密，情感深厚。茅丽瑛的活动，引起日伪汉奸的忌恨，他们通过打入职业妇女俱乐部的女特务，掌握了茅丽瑛的活动规律，1939年12月12日黄昏，茅丽瑛在南京路参加职业妇女俱乐部理事会议，会议结束后，刚走下楼梯，便遭到汪伪特务的枪击暗杀。12月15日，茅丽瑛在仁济医院不治身亡，年仅二十九岁。成千上万的上海市民怀着敬仰、悲愤的心情，到万国殡仪馆瞻仰遗容，于伶夫妇带着女儿力凡，一起参加了隆重的治丧活动。他们送去挽联表示哀悼，上书：

> 继惺公成仁，万民痛哭，孤岛孤女不孤
> 与鉴湖同仇，无限哀愁，秋风秋雨千秋

于伶在公祭茅丽瑛的灵堂前立下誓愿，将来一定要为她写一部戏！以后，茅丽瑛的形象一直在于伶的脑海里盘旋，他要书写这样的抗日爱国的妇女，并收集了一些材料，可是一直没有机会实现。当田汉打算创作描写时代女性形象的剧本时，于伶曾向他提供过茅丽瑛的素材，致使田汉的《丽人行》中有茅丽瑛的活跃的身影。而于伶在解放后创作的第一个多幕剧，即是《七月流水》。该剧以"孤岛"时期的斗争为时代背景，成功地塑造了以茅丽瑛为原型的剧中主人公华素英的形象，通过她团结各阶层职业妇女从事抗日救亡活动，惨遭日伪特务暗杀的事迹，展示了气壮山河的历史画卷。以后，剧本被拍摄成电影，则是后话了。

之后，于伶创作上做了新的尝试，他创作的《女儿国》是一部风格迥异的新型喜剧。以梦幻象征的手法讽喻一群侵略者的贪得无厌。而五幕历史剧《大明英烈传》是作者以历史的曲笔隐喻现实——上海市民绝不向侵略者屈服的正气。历史剧在"孤岛"上演获得极大的成功，阿英的《明末遗恨》、于伶的《大明英烈传》、阳翰笙的《李秀成之死》、吴祖光的《正气歌》等历史剧在"孤岛"产生了受压抑民族的反抗声，这是任何"武器"不能达到的。于伶作为剧社负责人不仅看到了历史剧的现实效果，使这么多优秀剧目上演，而且自己也贡献了一部五幕剧，这是组织者的积极态度和眼光。

1941年12月8日太平洋战争爆发，"孤岛"沦于敌手，剧艺社前期活动也就结束了。在这两年又三个月时间里上海剧艺社坚持着"在此时此地环境下"尽可能地教育"孤岛"上的民众的方针是成功的，于伶创作的那些大大小小的艺术形象深深烙在孤岛观众的心里，为"孤岛"的都市文化平添了几条彩虹。

原载《红蔓》2016年第6期

于伶东江历险记

　　1941 年 12 月 8 日，太平洋战争爆发，香港沦陷。一个月后，夏衍、蔡楚生、司徒慧敏和金山等人，从已沦陷了的香港，偷渡海洋，登岸澳门，先后经台山、玉林、桂林等地，辗转到了重庆。而另外一路人马，在廖承志与中共中央南方局安排下，于伶、章泯、宋之的与茅盾、邹韬奋、柳亚子等，以及"旅港剧人协会"的全体人员共计二百余文化人，化装从香港进入广东东江抗日游击区。

　　具体的情况怎么样？一路有什么危险？当事人于伶曾对我说，茅盾写的《脱险杂记》用的是文艺笔调，在文章中提到他时有些夸张。我看过这本书，茅盾在书中记叙了他和夫人孔德沚，在逃难路上，需要通过一个检查站时的情景：

　　　　当路拦着铁丝架，留两个缺口；四五个中国人和印度人执行检查，一个日本兵在旁监视。约有十余人分成两堆在那里受检。我们拣人少的一堆走去，希望快快检查完毕；不料立即受到大声的呵斥。正弄得莫名其妙，我听得背后有人用上海话说："男女分开检查的，那边，那边！"我回头一看，说话的是一个熟朋友，戴一副黑眼镜，背一个相当大的包袱，躬着腰，像一个大蜘蛛，我们相视笑了笑，就各走各的。①

那时那景，其实并不轻松，如果稍许有些疏忽，就会被扣押闯大祸。对于"大蜘蛛"的描写，于伶解释说他并没有背那么大的包袱。当时过检查站时，大家互相装着不认识，其实都是一路走过来的同伴。于伶夫人柏李也说，认识茅盾夫人孔德沚就在这个时候，同是患难中人，相互照应，尤其孔德沚摸黑过小桥失足掉进河里，给大家印象很深。那时候，大家都很揪心着急，茅盾夫人却表现得很勇敢……

于伶曾详细地向我介绍过当时从香港撤退的情况。他说："1941年12月7日凌晨，日本军国主义侵略军发动了太平洋战争，香港与九龙突然处于空袭警报声、飞机轰炸声与大炮声交织的混乱中。战争来势的猛烈，这里的混乱和恐怖气氛的严重，比之1937年上海'八·一三'抗战初期我所经历与经受过的更强烈得多。"

当时，于伶住在九龙山林道。说来也巧，于伶刚刚等来柏李，即柏李从上海来香港与他结婚的第三天，就马上当了难民双双逃难。12月8日那天，年轻的保姆阿妹仓皇地从小菜场回来，交给于伶一张字条，是夏衍交给他的保姆转交于伶的。字条上说，他赶过海去和廖承志开会，安排一切，叫于伶速做走的准备。从这个时候开始，大家忙乱着做种种撤退准备。9日，天没亮，一位自称阿梁的广东青年叫开于伶家的门，说是党派他来接人的。他连声说快，快，日用东西越少带越好，快跟他走。蒙蒙小雨，天光昏沉中，不知走了多少路，于伶夫妇被带到一只小木船上。定神一看，同船的还有柳

---

① 茅盾：《脱险杂记》，香港时代图书有限公司1980年版。

亚子一家人。船到香港上岸，找到华商报馆，又跟着大家到香港大酒店楼下大厅躲警报。这时汇集在这里的文化人多了起来，大厅内外挤满了人，但是在大炮声中谁也无法入眠。

11日一早，夏衍等人挤进大厅对大家说，九龙沦陷，大家赶快分散隐蔽。于伶和柏李来到湾仔上海中国电工公司香港分公司去躲避。这里，于伶初来香港时曾下榻过此地，与经理小朱很熟，他是蔡叔厚夫人朱文泆的堂弟，小朱对他们很热情并较长时间地掩护了他们。直到次年1月7日，于伶得到联络员小潘的通知，经过廖承志、连贯、刘少文、夏衍等中共南方局的周密安排，决定把民主人士和文化文艺工作同志分批撤到东江游击区去。要求于伶和柏李在两天之内，备好唐装，扮作难民，秘密撤走。

1月8日，于伶等第一批"难民"在小潘的领导下，一律改穿广东式工人农民的衣服唐装，肩背包袱，手提小衣包或藤筐，通过日兵的几重检查岗哨与铁丝网架，悄悄地陆续到了湾仔的海边，由小木船渡到一条大游船上。这时，于伶看到有不少文化名人：韬奋、茅盾和夫人、叶以群、戈宝权、胡绳和夫人、恽逸群、黎澍、胡仲持、廖沫沙等。连贯向大家介绍了东江游击队来接应的便衣向导人员，说定黎明之前偷渡过海到九龙等安排。经过一个月的潜伏，大家期盼着明天的行程顺利进行，殊不知，这次行动还只是刚刚开始的第一部分……

黎明来到之前，当他们分头潜伏在四条小艇的舱内，在日本军舰的探照灯光和巡逻电艇巡视的间隙中间，小艇飞快地在天亮之前靠上九龙海岸。向导付了保护费，买路过"鬼门关"，后隐伏在地下交通站内一天一夜，大家相互化装得更像难民，次日，混入一批成万的难民群队伍，沿着青山公路前行。一路在交通站休息、打尖，步行了三天三夜，向导换了又换，从山道间翻过两三个山头，在向导的交涉下，闯过一道道持枪的关卡和土匪区，以及日军封锁线。

第一天居然赶了七十多里山路，来到一座祠堂休息，于伶才知道，这房子是"绿林好汉"王大哥的司令部。他是这一带地方的统治者，国民党不敢碰他，日本兵也一时难以对付他。东江游击队这次为了营救被困在港九的大批同志，跟王大哥打了交道，他才肯帮忙，接待这一行人过境。

这个时候，戏剧性地发生了一幕"真假韬公"的活剧。

于伶几次对我说起此事，脸上总是笑眯眯的。他说，我们都尊邹韬奋为"韬公"，在太平洋战争爆发时，我们这批文化人由当地的东江游击队护送，从香港撤离，这一路上颠簸，险难种种，发生了不少事，和韬奋一家相处前后共三个多月之久，最有趣的是于伶他充当了一回"韬公"。

那天，他们进入到"绿林好汉"王大哥的地盘。王大哥听说他们此行中有韬公、茅公，心想见上一面。在一次与大家"见面"问候说话时，他铆准于伶这个瘦高个儿，戴着一副茶色眼镜的斯文人，招手请入指挥部，客气地让座、倒茶、敬烟，不由瘦高个儿分说，称其为"邹韬奋先生"，连声讲着久仰、幸会等客套话。

此人长得怎么样？于伶说，倒是一个文质彬彬的大汉，身穿新的皮夹克，腰上插着飘着红绸的左轮手枪。他进门时，一帮弟兄都起立叫他王大哥。

于伶发现他认错人了，这事怎么办？在局促不安中听完对方连声叙述如何爱看邹先生办的刊物，拜读邹先生的文章，赞成邹先生的主张，钦佩邹先生的为人等。于伶这时处于点头不是，摇头也不是的尴尬境地。他心想保护韬奋，又不能指认说：真的韬奋就在外面大厅内的三四十个难民群里。他怕给韬奋带来麻烦，因为反动派的"重金悬赏令"这时并没有取消。

面对这个山大王，于伶说：今天相见，三生有幸……于伶只能硬着头皮，既不完全否认，也不完全承受对方的尊敬，只是滑稽地用半吊子广东话唯唯诺诺，支支吾吾，忽而又讲国语，让王大哥听不全懂，还时而做出恭敬地摸出香烟回敬等动作。幸好向导发现了这情况，冲进来嚷着：出发，上路，走！一面跟王大哥打招呼，一面扶着于伶到大厅去。这时，韬奋正在等待集合的人群里，一点也没有察觉发生了这件"真假韬公"的滑稽剧。①

沾了"韬公"光的于伶，这下子行动更小心了。他们新到一个地界，新老向导交接，还领着伪组织开的难民过境证明条子，朝着向导指出的公路前行，不时有日本兵卡车从身边开过，也有日本兵对他们这群难民叽叽咕咕，或者哇啦哇啦，于伶和柏李在向导示意下，只是闷头赶路。天黑时，到一家破旧而空荡的大房子里住夜。第二天，一早排好队，立在路边，等了好几个小时，才见一个伪乡长领了四个荷枪的日本兵，要他们列好队伍，点数之后才挥手叫走。两个日本兵走在队首，另两个在后面押队，还不时听到日本兵的嬉笑声。直到紧张地被押送了六七里路，来到一条大河边，日本兵回去了，大家才松了一口气。这时，懂日语的叶以群才慢吞吞地说：刚才押送的日本兵议论，我们中间有几位"花姑娘"大大的好看。这时，女同志面面相觑，庆幸逃过一关。

没有想到，大家坐木船渡江上岸时，又碰到情况：河岸边上有个岗哨，三个日本兵持枪对着上岸的每一个低头走过的女同志仔细

---

① 于伶：《韬奋同志在东江游击区》，载《上海文史资料选辑》第47期，1984年6月。

地盯看。新向导见状用日语与他们搭腔，同时交给他们一些钞票，另一向导领着大家快步向山峦起伏的小路奔走。翻上了一座林木茂盛的高山顶，向导手指着山谷远处隐隐约约的村庄说：大家安心休息吧，这里是我们的地方了。

到了东江游击队总部，游击队的曾生、王作尧、林平等领导和大家见面、慰问。大家心情放松了许多，生活也丰富了许多，这个"丰富"包括不断会突然转移的夜行军。因为，东江支队处于惠阳、东莞、宝安三县交界、四面受敌的三角地带，要保卫这些客人的安全，需要有战斗力外，大队部时时流动搬家，客队也必须游击。所以一有紧急转移时，黑夜里摸索，大雨中滑行，或钻进茂密的山林，穿过刺人的菠萝地等，对于毫无战地行军经验的文化人来说，这个考验很大。茅盾夫妇年高望重，很难适应这种常常要夜行军，并紧密转移的游击生活。经游击队林平政委和临时党支部多方研究，布置了妥帖的路线，决定由叶以群陪伴茅盾夫妇先行离队去桂林。廖沫沙与胡仲持同行。还派了几批向导在前面开路，三五位短枪队员左右护卫，以防不测。①

有一次，在东江游击队指挥下，一路辛苦，当宣布休息后，大家倒地即睡，第二天才看清睡在柴堆上，有只大公鸡停在于伶胸口大叫才被叫醒。碰到小股土匪，看上队伍中的女演员，要他们唱歌、跳舞，她们虽说已经化装成老太，但难掩饰年轻相貌。于是，于伶对他们说，要有好酒好菜让大家吃饱，才有力气跳舞、唱歌。于是，吃饭时向土匪们灌酒，让女演员从后面走掉，保护了她们。②就这样，

---

① 于伶：《忆风云 咀霜雪——怀以群》，载《以群文艺论文集》，上海文艺出版社 1983 年 9 月。

② 据于伶女儿于力文 2010 年 5 月 20 日与笔者的谈话记录。

他们在一个多月的时间里，紧张地迁移过七八个山林与村庄。最后转移到阳台山顶。这里山岭连绵、森林茂密，高峰上经常飘荡着浓雾。在山谷间小片竹地上搭上两座人字形的大竹寮，寮内铺上厚厚的稻草，每个寮可住二三十人。破庙里也住了不少人。这时段，不断有大批文化人涌入，大家苦中作乐，玩出不少花样，办演讲，开生日联欢，甚至办起了油印刊物……

在这些据点里，有上万的文化人士经游击队派人接了出来，送到这里，或在游击区里住下，或者转道路过走了，分散到全国各地，安排从事公开或隐蔽的文化工作。于伶接到周恩来的指示，由他与柏李、章泯、江韵辉组成一个小队，暂留在游击区工作一个时期，准备待上海党组织略为稳定时，经上海转往苏北，以前有派他们去新四军盐城"鲁艺"的决定仍没有取消。然而紧张艰危的战事一直没有休止，因为敌人侦察到这些人员结集的动向，向据点发起了进攻和扫荡。据于伶说，他们第一批到达大部队的所在地白石龙，接连受到敌人几次进攻，辗转移动了两个多月，最后转移到东江游击队新驻地，一个叫光头仔的小山村。高高的阳台山上两个大寮改成伤兵医疗站。

从1942年1月9日，于伶夫妇第一批进入东江游击区，直到1942年5月，有五个多月的时间，他们一直在"游击"，一路上把所有的东西都丢光，以便轻装撤离。最后，于伶、柏李、章泯、江韵辉小队离开游击区时，差不多成了最后一批离开光头仔的文化人。他们5月1日抵曲江，原先安排他们在韶关等搭邮政车，经上海转往新四军苏北盐城"鲁艺"的，因日军在闽浙边境和浙西兰溪等地扫荡，久等未能成行。5月中旬，突然得到联络员通知，要他们立即离开，到桂林去等交通。直到5月22日，他们四人才抵达桂林。

这半年的辛苦体验是难以忘怀的。多少年过去了，茅盾在回忆起这次转移，不无感慨地说：这是"开始抗战以来（简直可说是有史以来）最伟大的'抢救'工作：在东江游击队的保护与招待之下，几千文化人安然脱离虎口，回到内地。"

原载《档案春秋》2015 年第 4 期

王会悟：中共一大的见证者

在浙江省桐乡市乌镇的西栅，有个叫灵水居的园落，风景优美，绿叶成荫，迈步其间心旷神怡，在秀色中可以发现有座二层的古典木建筑，门楣上挂着"王会悟纪念馆"的牌匾，这可是乌镇著名的女性，不仅在乌镇，乃至全国，大凡讲述中共党史，都要提到这位女性。我不止一次来到这个纪念馆探寻前辈的足迹，亲近她的人生，回味十九世纪末期至二十世纪初期，这位妇女解放实践者的努力和奋斗。她对中国社会发展进程中的贡献，不仅仅是参与创建共产主义青年团，还创办第一份宣传妇女解放的杂志《妇女声》，并协助李达创办了党的第一所女校——平民女校，他们培养了一批具有先进思想的杰出女性，功绩不胜枚举。

今年是王会悟诞辰 120 周年，对于这位乡贤，尊敬由来已久，早就听得父辈讲述，从而领悟乌镇虽然是个小地方，却人才辈出，仅限与我们沾亲带故的亲戚之中，在对革命作出贡献的名单里，她的大名早有耳闻。

对于这样的传奇人物，有幸的是，我曾在 1990 至 1991 年两次赴京期间，抓紧拜会过两次，并且承她老人家邀请，在她家小住，亲炙教示，聆听往事，感受亲情，这样的时日难以忘怀。在我眼中，她是我的亲戚长辈，是平易近人的老人，是经过世面的革命者，更是一位珍贵史实的叙述者，虽然有的存史话语，仅限聊备一格，有待印证，然而，我们要尊重她的叙说，抢救印存在她脑际的记忆，这是我们的责任。

对于这样一位中国妇女的时代先锋，她的经历和奋斗历程，她的无奈和苦涩回味，那样真切地打动着每一个熟悉或并不熟悉她的人们，引发人们思考她人生中的平凡和不平凡。笔者将讲述的仅仅是以我对史实的判断和理解，叙说我所认识的她……

书香门第

1898 年 5 月 20 日，乌镇观后街 14 号，在一幢普通的民宅内，晚清秀才王彦臣家的第五个孩子诞生了，是一个女婴，王彦臣为其取名"会悟"。

王氏家族世代以教书为业，名闻乡里。王彦臣在乌镇东栅办有私塾，由于其执教认真严谨，因而在当地颇受欢迎，人们纷纷将孩子送到王彦臣的私塾就读，茅盾小时候也曾在该私塾读过书。

王会悟的母亲贤淑能干，她一边操持家务，一边又兼做些手工活以补贴家用。她的刺绣技艺在家乡颇有名气，故一年到头活计不断。这位勤苦善良的母亲生养了九个孩子，活下来的只有四女一男。

王彦臣很早接受新思想，读梁启超、章太炎的书，崇尚革命，是位开

王会悟父亲王彦臣

明的父亲和平易的老师。王会悟从小没有缠过脚,这在她这个年纪并不多见,对她的思想走在时代的前面,起着良好的促进作用。王彦臣办学堂"有教无类",据王会悟介绍,父亲对教小摊贩的孩子也一视同仁。乌镇在她爸手上开办了中西学堂,在东栅这学堂蛮有名。王会悟和她的哥、姐也在这学校读过书。她的祖母学问也蛮好,王会悟小时候祖母教她读书识字。在崇尚"女子无才便是德"的旧社会,王会悟无疑是幸运的。由于父母思想比较开明,四个女儿中有两个(王会悟与小妹王会贞)没有像其他旧社会妇女一样被封建思想禁锢在家中,而是外出求学,接受新知识、新思想。

然而,不幸的是,父亲因涉讼蒙冤,发配东北关外,最终客死他乡,时年四十一岁。家中生活靠母亲绣花度日,故孩子的教育也因家道中落受阻。这时,王会悟只得从省立(嘉兴)二中师范科辍学回家。

小王先生

回到乌镇后,王会悟接替父业在家乡教起书来。她向本镇宝阁寺的和尚借了一个殿堂,独自办起了桐乡县第一所女子小学,学生们亲切地称她"小王先生"。

其时,这位小王先生只读过一年多的师范,年龄也只有十三岁,怎么能当老师?当我面对王会悟老人的时候,还是不敢相信这是真的。我们曾经有这样的对话:

孔海珠:你十三岁教书,你读过多少书?

王会悟:我读过嘉兴师范,一年多。

王会悟女儿李心怡:她爸死了,她外祖父也死了,接着王会悟教书。学历浅，人很聪明，给她的钱少一点（拿五只洋），后来出去念师范了。到师范碰到熟人，告诉她湖州有个学校。所以，先读了嘉兴师范，又去读了湖州的学校。

王会悟：是嘉兴读了预科一年，回去教书，后又去湖州的。

没过多久，由于王会悟受新潮思想影响，在她办的女子小学校反对童养媳，倡导新风俗，鼓励女孩子剪辫子、放脚、破除缠足等陋习，引起了镇上保守乡绅的不满，王会悟的女子小学遭到了当地顽固势力的激烈反对，学校被迫停办。

湖郡女校

1917 年，王会悟以半工半读的方式进入湖州湖郡女校读书。这是一所由美国人创办的教会学校，以学英文为主。那么，她是怎么进这所外国人办的教会学校的呢？

王会悟曾对我说起："她与嘉兴师范的女同学一起去的。这位同学的丈夫出国去了，她们结伴想找求学的地方。正巧在路上碰到一个在湖州教书的外国人，他中文很好，讲湖州也有类似上海的中西女塾，还介绍这学校怎么怎么好，并说，可以马上写信给他太太介绍我们。说你们两个人一起去。还说，他们把我们当先生看待，可以教外国太太中文。"

于是，王会悟进了这所学校，一边学习英语，一边起先兼做清洁工作以补贴学费，后来经过考查，校长决定让王会悟为在校牧师的夫人们教习中文，办一个"娘娘班"，这样王会悟便有一份比较适宜的勤工俭学的工作。

关于这所学校的情况，王会悟的同学毛彦文在回忆录《往事》

（百花文艺出版社 2007 年）中有些介绍。她说：

在湖郡女校时 17 岁

"湖郡女校在海岛（地名），为吴兴县有名学校，当地人称它为贵族学校，规模不大，风景甚佳。有男女两校，是间隔一礼拜堂，校长是一位美国女传教士。这是中学（四年）及小学混合的学校，没有向我政府立案，课程由学校自由编排，与立案的中小学课程不一样。学生约一百五十人左右，中学生住宿。我从未接触过教会式教育……对教会的一切也一无所知。"

王会悟似乎还能适应，她还向我介绍说："我们到那里很好，一边教书，一边工读，读英文。一个从上海来的教我练钢琴。他同情我们，说你们这么苦，钢琴也没有，这位上海同学家里有钢琴。"

我奇怪地问道："你为啥学钢琴？"

王会悟回答："我这人当然要学英文、钢琴，才能做中文先生。"

她女儿心怡解释道："当时，这类老师少，教女学生。女的只能在文科方面、艺术方面发展。"

看来学习英语、学习弹琴都是谋生当教师的本领。当时，王会悟学习英语是很刻苦的，据她说，每天早晨独自朗读两个小时还多，所以英文很好，她还有出国留洋进一步深造的想法，因为学校免费保送。但是学校有规定：必须信教。对于外教人，不会考虑。所以，这条出国路也只是空中楼阁而已。有意思的是孔德沚到湖郡女校也来读过书。

我的姑妈孔德沚，与沈雁冰结婚以后，因为王会悟在这所学校读书的关系，婆婆让她来看看，试验一下。但是，这学校上课用英文，讲话也用英文。每天早上起来都讲英文。孔德沚连基础的 ABC 也不懂，从小学读起年龄又偏大，实在没有决心读下去，三个月后，回到家乡转进别的学校读书了。

在学校里，王会悟接触了大量的宣传新思想、新文化的书刊，其中陈独秀创办的《新青年》便是她最喜欢的杂志之一。《新青年》对压迫妇女的"三纲五常""三从四德"进行猛烈轰击，提倡恢复妇女"独立自主之人格"。这种妇女解放的民主呼唤激荡着王会悟的心扉，她勇敢地用白话文给陈独秀写信，表达自己决心为民主自由而战的豪情壮志。陈独秀欣喜地回信说："没想到我们的新思想影响到教会学堂了。"

1919 年，五月四日，在北京发生了以北京大学学生为首的学生运动，抗议第一次世界大战后，巴黎和平会议对于我国不公平的待遇，即将以前德国人在我国青岛取得的特权让与日本。初则北大学生联络北京其他学校学生罢课游行示威，逐渐扩展到全国工商界罢课罢工，这便是五四运动。当时王会悟就学的湖郡女校也受到这股风潮的冲击。仍据毛彦文的回忆：

"那时吴兴县中小学也联合起来响应罢课游行。湖郡女校系教会学校，非常保守，洋校长是不许我们参加的。有一天，一群男学生在我们校门外大喊：'有胆量的洋奴滚出来！'我们听了非常激动，认为这是奇耻大辱，立即要求洋校长让我们参加游行，终被拒绝。校长说：'你们这些女孩子，如果要出去游行，那么全体离开学校，我把校门关起来。'于是全校骚乱，不顾一切，立刻召开全校紧急会议，为首的学生是朱曦、张维桢、张佩英、陈达人、毛忆春、毛彦文六人。同学推我们六个为代表，向吴兴县学生联合会求援，请他们协助我们全校一百五十余人迁出学校。他们替我们找到一所会馆，我们六人即引导全校同学离开湖郡女校。洋校长此时无法阻止，自悔说错了话。大约离校一星期光景，校长觉得无处世经验的年轻女孩，如果在外出了差错，她得负很大责任，故派人来与我们商量，要我们搬回学校，照常上课，倘学生会通知游行、演讲等事，允许我们参加。校长已让步，我们在外不舒适，乐得答应回校。于是，我们忙着写标语、演讲、游行，还办了一份《吴兴妇女周刊》，由我编辑，这些活动对于功课当然有妨碍。"

在这段回忆里，毛彦文没有提到王会悟的名字，而我在《往事》上看到一张五人合影，其中有：张维桢、王会悟、陈达人、张佩英、毛彦文。照片说明是"1920年湖郡女校同学合影"。据王会悟说，她也有一张这样的照片，是"文革"之后，张维桢从美国寄予的。她们当年是好朋友，年老了还保持友谊，寻找少女时的伴侣。依照王会悟活泼勇敢的个性，这么一场大的运动，她肯定会参与其间，并影响到今后的行为走向和思想发展。

笔谈恋爱

五四运动以后，王会悟结束了湖郡女校三年（一说四年）的学业，来到了新思想荟萃、先进人物聚集的上海，经上海学联介绍，王会悟在上海中华女界联合会担任文秘工作。这是她真正从事妇女解放工作的开始。由于王会悟工作热情负责，聪明能干，深得会长徐宗汉（辛亥革命元老黄兴夫人）的器重。当时在女界联合会工作，除了吃饭，没有工资。吃饭时，男的女的各一桌，大家互不认识。王会悟在一所学校教书，另外也做家教，收入有二十元一个月。住在黄兴夫人家里。

1920 年，王会悟在上海加入社会主义青年团，成为最早加入社会主义青年团的成员之一。由于她思想进步，又是社会主义青年团成员，深得陈独秀赏识。陈独秀派夫人高君曼来接王会悟参加他们的工作。由于工作关系，她经常出入陈独秀的寓所，在这里，她遇到了对她一生影响最大的人。

从日本留学归来的李达（1890—1966），字鹤鸣，常发表介绍马克思主义的文章，宣传革命。1920 年，李达与陈独秀、李汉俊在上海发起成立共产主义小组，主编《共产党》月刊。积极指导全国各地的建党工作。当时，李达寄住在陈独秀寓所，根据形势需要，写下大量宣传救国、针砭时弊的文章，王会悟帮助誊抄付印，志趣相近，接触又多，遂萌生爱情。据说他们俩相识还是沈雁冰做的介绍。

1921 年 4 月，这一对志同道合的革命情侣，在上海法租界环龙路渔阳里二号陈独秀家的客厅里，举行了朴素简单的婚礼，只办了一桌酒席，请了几位朋友，陈独秀的夫人高君曼成为他们婚礼的见证人。婚后不久，移居成都路辅德里 625 号（今成都北路 7 弄 30 号）。

李达是湖南人，王会悟是江南乌镇人，天南地北的，他们之间通话交流会有一定的困难，不知怎么谈恋爱的？我的这个问题真是问到点子上了，王会悟老太太向我回忆，他们起先是从笔谈开始的，原来……

"李达志愿要找我这样的人，他拼命拉我去干革命。就是一点不通，说话不通，用笔。我还可以讲些官话，他一口湖南话，听不懂，两人用笔交谈。别人说，你们写情书。我非常崇拜马列主义，后来高君曼看到我们这样交谈，她告诉陈独秀，讲李达没有爱人，独身，他们两个人真正在谈恋爱。两个穷光蛋，靠他翻翻书，后来在中华书局工作。"

幕后功臣

李达是中国共产党主要创始人之一，王会悟为中国共产党的建党，特别是"一大"改址南湖作出过重大贡献，被誉为"一大"幕后功臣。"一大"后，李达为党中央三位领导人之一，担任宣传主任。其时中央局书记陈独秀任职广州，各地与中央联系多找李达，辅德里寓所成为中央秘密办公地点和通讯联络站，忙于工作，李达遂辞去中华书局的职务。王会悟协助李达做了大量党务工作。第二年的"二大"就是在辅德里李家秘密召开的，王会悟同样为大会竭尽全力。

这里，叙述一下 1920 年 10 月间，由李汉俊介绍加入共产党小组的沈雁冰（茅盾）的情况。沈雁冰和孔德沚夫妻与王会悟有亲戚关系，王会悟对我说："德沚应叫我姑妈，然而她一直叫我王会悟。"在乌镇时两家是邻居，相当熟悉。所以，王会悟刚到上海，曾找到沈雁冰家，她说："我本来想住到雁冰家里的，他妈妈讲，你不好好教书，跑出来做啥！"这是老长辈说的话，很真实。于是，王会悟住到中华女界联合会黄兴夫人家里。

那时，入了党的沈雁冰每周参加一次支部会议，时间差不多在晚上八时起到十一时，有时则至深夜十二时，或凌晨一时。会议地点随时有变动，有时在"李公馆"，因李汉俊寄居在他哥哥李书城将军家里；有时在陈独秀的寓所，法租界环龙路渔阳里 2 号；有时也在沈雁冰宝山路鸿兴坊的家。沈泽民入党时的支部会，即在鸿兴坊举行的。

关于召开"一大"的情况，茅盾（沈雁冰）在《我走过的道路》[①]中说：

---

① 茅盾：《我走过的道路》上册，人民文学出版社 1981 年版，第 176 页。

1920 年 12 月，陈独秀应陈炯明的邀请到广州办教育去了，我和李汉俊等都去送行。……李汉俊此时忙于召开共产党一大的筹备工作，已经够忙了，仍努力为《新青年》写稿，……"一大"选出陈独秀为总书记，但陈独秀当时尚在广州，并未出席"一大"。上海出席"一大"的是李汉俊和李达。……

茅盾对于召开"一大"是完全知情的，然而介绍中并没有提到王会悟的功绩，只是着重说李汉俊在"忙于召开共产党一大的筹备工作"。也可能茅盾并不知详情。当时，出席中共一大的代表分散各地，住宿的选定让王会悟着实费了一番心思，调动了她的社会关系。因为她在中华女界联合会任职，得到会长徐宗汉的器重，徐还身兼博文女校董事长。由于这层关系，王会悟选择位于法租界白尔路 389 号（今太仓路 127 号）的博文女校。她考虑这里正值学校放暑假，师生离校易于保密，于是就以"北京大学暑期旅行团"名义向校长黄绍兰租借了该校的三间教室，因为相识，黄校长爽快地同意了。

代表中除上海代表住在家中，陈公博夫妇住大东旅社外，毛泽东、董必武、何叔衡、陈潭秋、王尽美等都下榻于此。

会址的确定，考虑还是"李公馆"比较合适。李汉俊本人是会议筹备人，"一大"会议的人数比起参加支部会议的人数多不少，其胞兄在法租界望志路上的一幢老式石库门房子，环境还僻静，行动十分方便，又有李书城当"大官"的身份，可起掩护作用，用来开会再好不过了。

1921 年 7 月 23 日晚，中国共产党第一次全国代表大会在"李公馆"的小客堂里如期举行。在 7 月 30 日晚举行的第六次会议开始不久，一个陌生的中年男子从虚掩的后门闯入，正在警惕望风的王会悟立即问他找谁，那人随口报了一个显然臆造的名字，说声"对不起"便匆忙离去。王会悟马上报告了这一可疑情况，正在发言的共产国际代表马林建议会议立即停止，代表们抓紧时间撤离了会场。

事实证明，王会悟的报警十分重要。那个神秘男子正是受雇于法国巡捕房的侦探，仅过十多分钟，法国巡捕房就开来警车，全副武装的巡捕和士兵包围了房子。代表们因为及时疏散，未受到任何损失。事后李达对王会悟竖起了大拇指："你立了大功！"

嘉兴南湖

显然，李书城的寓所已不能开会了，到哪儿去继续把会开完呢？代表们意见不一：有的建议在上海找个旅馆，有的则主张到杭州西湖。值此紧急关头，王会悟献上良策："我的家乡嘉兴有个南湖，离火车站很近，湖上有船可以租。如果到南湖租条船，在船上

南湖革命纪念船

开会，又安全又方便。游南湖的人，比游西湖的人少，容易隐蔽。"
她的提议令代表们豁然开朗：借游湖为掩护在船上开会，在当时无
疑是"万无一失"的选择，大家纷纷投了赞成票。

于是，王会悟立即受命了解上海到嘉兴的火车班次，又先行赶
往嘉兴安排一切之后，便到车站迎接代表们的到来。

关于王会悟在嘉兴操办的一切，近年有新史料出现，我注意到
韦韬、陈小曼著《我的父亲茅盾》（辽宁人民出版社 2004 年版）第
一章第二节"中国共产党最早的党员之一"，全书第 8 页上讲到：

> 由于经常为《共产党》写稿，父亲（茅盾——笔者注）与
> 李达的交往也就日趋密切。……党的一大召开时，临时把会址
> 转移到嘉兴南湖，就是王会悟出的主意；而在嘉兴租借南湖的
> 游船，则是父亲的内弟孔另境（当时他正在嘉兴中学念书）出
> 力联系的。

其实，关于南湖租船人的史事，我早年已从父亲孔另境（令俊）
口中得知，只是苦于没有文字记载可以佐证。现在，有这样明确地
叙说，孔另境是"一大"在嘉兴南湖开会时的租船人，他曾配合过
王会悟的秘密工作。为了准确无误，2008 年 3 月 29 日，我拨通了
北京韦韬家的电话，向他核实情况。如今已八十四岁高龄的他，再
次肯定他在书中的记述是准确的。据他说明："当时，王会悟曾与孔
德沚商量过去南湖租船的事，孔德沚向她推荐弟弟令俊在嘉兴二中
上学，可以找他帮忙。"王会悟与孔令俊很熟悉，找他也不难。韦韬
父母亲在世时讲述的这件史实，他耳熟能详并记忆犹新。

虽然已是错过的历史，至今有人补充述说它的过往细节，把

一段历史的真实记录下来，仍是很重要的史料。可以想象，王会悟突然回到久别的家乡，寻找当地的熟人亲戚协助办事，这样顺当并安全多了。

青年孔另境

再说，为了确保会议安全进行，王会悟做了周到细致的安排。她让船主把船撑到离烟雨楼东南方向二百米左右比较僻静的水域用篙插住，让代表们围坐在中舱客堂间的八仙桌前安心开会。她自己则坐在船头望风放哨，一旦有别的游船靠近，就哼起嘉兴小调，手指敲着舱门打节拍，提醒代表们注意。为掩人耳目，她还特意准备了一副麻将牌，放在代表们开会的桌上。就连作为午餐预定的酒菜，她也让船主用拖梢小船送至大船。

王会悟虽然不是正式代表，也不是共产党员，但她用自己的机智和勇敢出色地确保了"一大"会议的顺利召开和圆满结束。中国革命从此翻开了新的一页！

妇女工作

二十世纪二十年代的妇女工作，还处在讨论女性解放问题，讨论童养媳问题，讨论"娜拉出走之后怎么办？"的时候，王会悟以其优于其他女性的智慧和果敢，进入教会女子学校念书，自己曾开办过女子小学，甚至到上海的第一份工作是中华女界联合会的文秘。她有着女性解放是反对封建主义的第一要务的认识，同时，王会悟所在工作的进步团体——"上海中华女界联合会"给予帮助，该会会长徐宗汉是赞成新文化运动的进步人士，"她同意我们党以该会名义出版女刊与经办女校"。这是重要的基础。

党的第一个妇女刊物《妇女声》半月刊于1921年12月出版，王会悟、王剑虹编辑，李达改稿与审稿。难怪我查到的1922年3月5日出版的第六期《妇女声》半月刊，上面注明是由"上海中华女界联合会出版"，会址在：上海法租界贝勒路375号。在第六期上撰稿人有：陈独秀、沈泽民、李达、邵力子，以及学生代表的文章。王会悟在《妇女声》上撰写稿件有不少，发表过《本年世界妇女运动概况》《中国妇女运动新动向》《入平民女校一星期之感想》等多篇文章。

1922年2月开学的上海平民女子学校，是中共领导的第一所半工半读学校，李达任校务主任（即校长），王会悟负责工作部事务。该校不仅为党培养了一批优秀的妇女干部，而且成为党的一个秘密联络点，一些党内会议就在该校秘密召开。

关于平民女校，茅盾有一段回忆很珍贵，[①] 他说：

> 1921年底，我到李达兼任校长的平民女校教英文（一大后，李达在中央任宣传主任）。平民女校是党办的，以半工半读为号召，目的是培养一批妇运工作者。最初设想，这个新事业必然大有可为，不料本地学生一个也没有，都是外地学生，有从湖南来的，其他地方也有几个，全校学生不过二三十人。要学英文的，是王剑虹、王一知和蒋冰之（丁玲）等六人，王剑虹、王一知和丁玲都是湖南来的。我教的就是这六个学生。一

---

① 茅盾：《我走过的道路》上册，人民文学出版社1981年版，第224页。

星期去三次，都是在晚上，每次一小时三十分钟。……大约教了半年，因为彼此忙于别事，教英文的事也就停止了。平民女校的教员都是尽义务的，当时陈独秀、陈望道、邵力子都去讲课，泽民入党后也在那里讲过课。

对于课程情况，茅盾说："课程内容除了社会科学的一般常识外，也教文学、英语等，但主课是妇女运动。并无固定的教学大纲和教材，教员分到一个题目，准备一下（甚至不做准备）就去讲，因此所谓讲课，实际上是演说。"

平民女校的学生不多，李达和王会悟就想出办法吸收青年女工办夜校，不是正式的，除了教识字，就讲资本家如何剥削工人，工人如何要团结等。甚至于平民女校原来的学生也有做夜校的老师的。我曾经问王会悟怎么认识秦德君的？她说："是在平民女校认识的。她是学生，四川人，蛮吃苦的，劳动方面蛮好，主要是工读。"

王会悟参加办女刊女校成绩显著，起了"多面手"作用。她既做女刊编辑，又能同女校学生上街募捐声援纱厂女工罢工；她既管女校工作部半工半读的事务，又兼初级班语文教员。还在《妇女声》上，以"会悟"署名文章。可谓"能者多劳"。

国共分裂

在上海两年多以后，1922年11月，李达应毛泽东邀请，带王会悟及女儿去长沙任湖南自修大学校长，主持教务。王会悟在该校所属补习学校教英文。两人与毛泽东杨开慧同住清水塘一个多月。

由于湖南自修大学红色旗帜鲜明，引起了当时的湖南省长赵恒惕的不满。1923年4月，自修大学被武力封闭。之后李达继续在湖南、武汉、武昌、长沙等地讲课授学，坚定不移的宣传马克思主义。

1923 年夏为国共合作问题在上海交换意见。李达去上海，王会悟因怀第二胎有病也同回上海。李达与陈独秀在国共合作方针问题上发生严重争执。陈独秀和李达争吵起来，陈大发雷霆，打茶碗，拍桌子，骂李达说："你违反党的主张，我有权开除你！"李达也倔强地说："为保住无产者的革命政党，被开除不要紧，原则性决不让步！"从此李达就不和中央往来了，也未参加不久召开的第三次代表大会。

同年，李达仍回湖南工作。虽然他已脱党，但长沙方面的党员仍当他党内同志一样看待，有什么工作仍交他做。但此后二十年，李达走南闯北，或任编辑，或做教师，并一度参加北伐，不顾环境险恶，始终保持爱国救国之志，继续传播马克思主义。王会悟始终与之并肩战。在这期间，二儿子李心天、小女儿李心怡相继出世。1927 年底，由于遭到国民党的搜捕，王会悟一家四口从长沙逃离至上海法租界的一条偏僻弄堂里。

出逃的日子是很紧急的，王会悟的机智和果敢品质再次显露。她在《忆往事》（写于 1967 年）一文中有详细而生动地记述：

> 1927 年春，某日上午，李达去党校演讲，我在家里，组织上突来人通知，要发生事变。党的一些负责人已陆续转移，要李达速离长沙。我内心知道紧迫的日子真的到来了。
>
> 李达一回家，我立即转告此讯，这时已是下午三点，李达作出决定：早点吃晚饭，请他大哥去河边看看，包雇一木船，送老父、大哥大侄子及一乡戚小姑娘（他们已来长沙月余）回家，他自己也同行。李达离零陵家乡近二十年，现在暂回家乡

避难，我带孩子留居长沙不可出门，留心时事，注意去下江的交通情况。当晚李达等即匆匆离家而去。

自他们走后，一直未见李达从零陵来信。……马日反革命事件后，长沙笼罩着一片白色恐怖。我心内充满了愤怒和仇恨，我第一个计划就是设法打听去上海的水道通畅否，我们必须首先冲出这个屠场。大约在8月，我在焦急万分之时，在报上看到武昌中山大学的一则消息，发现李汉俊仍在武汉，并在中山大学任职。我读了这张报，心想武汉有了熟人，我去上海可有门路了。我于是写了一封信给李汉俊，信写得简短，只告诉他李达目前暂避于乡下，向他打听目下去上海的轮船畅通否。同日我又将该报邮寄到零陵李达的通讯处。约十多天后，我收到李汉俊的回信，也写得简短，大意说："因事忙迟复，歉甚。去上海轮船畅通。沪宁目前政局混乱，也非保险地方。湖南情况更是险恶，鹤兄宜速离乡，免遭意外。他反正已经不是共产党员，我意他可先来中山大学任教，当然前途难测。也许我们将来都要去上海。"

约在9月下旬，某日李达由他大侄子陪同突然出现在家中了。我惊喜交集，第一声就斥责李达怎么一出门就只字片语不寄一点。李达长吁短叹地说："若早知是这种情况，我宁死也不逃难了。数里长的湘水中塞满船只，哪能容船开出去！用力一天也不过行了数里路。沿江的小河小湾早已被大商店或富财家船只占停。我们的船夹在行船中行船权掌在船老板手中。前头的船群白天停船不开行，后边的船只也只好停止不开。一路上倒很热闹，湘江上的船群如陆地上的茶馆，流传着各种消息。

在开船最初半个月内，水警每晚都来查船，好在我们船有祖孙三代，查船时大哥回话，还看不出什么破绽，以后就查得不紧了。船行月余才到家乡，不久又听到新闻说有告示要捉拿革命头子之一零陵人李达。大哥和父亲听有告示要捉拿我的消息，心里也担忧，劝我早日离家去上海。我说过了中秋再说。这次出来，凑巧碰到一个姓蒋的朋友（以前中学的同学，为人有正义感），他准备包船回长沙，得知你们都困在长沙，就唤我搭他的船回长沙。他到长沙后准备携眷去汉口，我就偕秋生同来了。"

王会悟的回忆，向我们诉说逃亡者李达在彼时彼景的紧急实情；同时也展示了反动派抓捕共产党的图穷匕见的真实图像。可以说时时处处惊心动魄。她又说：

因李达没有收到我寄给他的报纸，当时我就告诉他，我与李汉俊通过信，向他打听往上海去的船只之事，并说李劝他暂去中山大学教书。李达回说"好极了"，嘱我赶快准备，和蒋家一块走，先去汉口看情况再去上海。不料，我们刚吃完饭，那个姓蒋的朋友匆匆跑来，说："我已买就两张船票（因去汉口的船不定期开，票不易卖到），要我妻子陪我今晚就走。可是她舍不得孩子，推说来不及，不肯走。老鹤，你赶快走，这张船票就给你。现在长沙表面平静，恐还有进一步屠杀，你是上榜的人，万不可耽在这里。"同时他又对我说："你要急作主张。"我说："有这样的好机会和朋友帮忙，当然走。"李达去汉口的日子大约在九月底。

李达到武汉后来信说："已见到李汉俊，曾和他谈了一些目前形势又说已接受中山大学聘书，暂作栖身之所。"又过了一晌，突然接到李达快信一封，信内大意说"他因病已商得文科某教授家让出一房转借他，要我只身即速前来照料他的病，并嘱我向友人筹借三四十元交给大侄子秋生，要秋生好好管理弟妹们"等话。我接到信后内心发生一种不祥的预感，环视三个孩子，泪向肚中吞。料理了孩子吃、穿之事，买了票，两天后就动身前往武昌了。

到武昌后发现李达果然又宿疾发作，已向一个姓费的文科教员夫妇借到一屋，两家共用一个小厨房。生活清苦，倒也极像我俩开始的小家庭。但是看看武昌目前的社会冷寂的情况，人人小声小气说话，与当年北伐军执政武汉时代，个个口唱"打倒列强除军阀"的雄壮歌声，成了极鲜明的对比。

1927 年 12 月，胡宗锋、陶钧等反动军人奉蒋介石之命，率领大批军队进入武汉，造成了一个大恐怖大屠杀的局面。他们首先进入武昌，包围中山大学，杀戮和逮捕了很多教员和学生。李达那天因故迟到十分钟，在校门外看到风头不妙，即避开而走，得免于难。下午晚饭前，邻居费氏夫妇回家向我们说，中山大学已被军队占领，林可彝教授及其他许多人都当场被逮捕。宪兵今天询问全校职工校役，搜查李达居何处。某工役回答，李达早已离开武昌去上海了。费妻并说她来整理东西，今晚他们夫妇去娘家住宿，因怕真的查到李达，连累了他们。同时劝我们即刻过江去汉口租界友人家避避为妥。于是我们立即过江，向一友人告借了三十元，出了小费买到日商长江轮船的官舱票。夜十点上船睡到次日清晨，轮船已快要驶出湖北省界了。为了安全起见，我们沿途停泊点都未出舱，第四天清晨轮船已停泊在上海租界码头。

创办书店

1928 年，李达和友人熊得山、邓初民等创办了昆仑书店，出版革命书籍。1931 年被蒋介石政府禁扣封闭。

1929 年起，李达任上海暨南大学教授，讲马克思主义哲学、政治经济学，后任社会系主任。1931 年，九·一八事变后，反动势力更为嚣张。一日，李达进校上课，遭特务暴徒毒打，右手严重骨折，特务们听得李先生右手已残废，不能写作了，高兴之至。李达决心："我一定举起我的手，恢复我的劳动的手！"

青年时代的王会悟

从此他更加勤于操练，医师每次查房都要帮助他扶举手。由一寸举到三四寸。有一次骨科主任说："若我的病人个个都如李先生这样能重视而又有毅力忍痛操练，许多种的残废也可免了。"最后李达为使手操练方便起见，决定出院了。大约先后住院四五个月。回家后每天清早起就操练，要王会悟帮助扶举手，举手时间有时达半小时久，常练得汗流浃背。每天总要练习五六次，饭后、睡前也练。这一时期李达每日口述翻译点文学，由王会悟现场笔录成文，其余的时间便是操练举手。由于坚强的毅力，李达的手到底恢复了原状。

就在这种白色恐怖的笼罩下，李达和王会悟于1933年以王会悟的笔名"王啸鸥"组建笔耕堂书店，这时，李达全家迁至北京，王会悟在宗帽三条买下一四合院，全家过了几年较安定的生活，一直到抗日战争爆发。这是一个用来冲出反革命文化"围剿"、对付国民党书报检查的挂名书店。编辑、出版、发行只有李达夫妇两人，自己出钱、自己买纸、自己托人代印，然后署上笔耕堂书店出版这个空名，再找人把书转销出去。他们冒着极大的风险，大胆又巧妙地出版了大量马克思主义著作。

说起笔耕堂书店，王会悟还蛮激动。她告诉我，她的笔名叫王啸鸥，长啸的海鸥。她女儿心怡也说："我爸爸的《社会学大纲》书后面发行者署名：笔耕堂出版，是虚无的。"有王啸鸥的名。关于这本大书，在书店工作时我曾经翻动过，发行量还不小。

1937年5月，笔耕堂书店出版了李达的著作《社会学大纲》，为了这本书的印刷和发行，王会悟花了许多心血，还设法把该书迅速送往延安。毛泽东收到书后，反复阅读了几遍，还做了详细眉批，并向延安的哲学研究会和抗日军政大学推荐这本书。毛泽东在给李达的复信中称赞他们夫妇："你们是真正的人。"

流离生活

1937年，卢沟桥事变爆发，日军占领北平，李达先去湖南家乡暂避，王会悟自带子女留守家中，又将李达书稿及有关抗日救国的书籍装箱埋入院中地下，但不久仍遭日本宪兵和伪警的检查、殴打、拘留。日本宪兵的目的是逼迫她交出李达躲藏的地址，在家里因为没有查到什么，就把她用绳子五花大绑押了出去，押上汽车后，在她头上蒙住一块黑布，车就开走了。揭去黑布，才发现已进了一宅大的公寓房子，随即进来一个高大汉子，凶狠地问她，你们是不是抗日的，李达到哪里去了，等等。

王会悟说："我当时因面部被打肿了，很痛。牙又出血。就没有答理他。不久又走进一个胡履衣冠整洁的日寇说得一口流利的华语，他说：'对不起，你家李教授真的不在北京？现在南方车子不通，不久就要通了，请他快回来，学校不久就要开学的。'我心想你们休想在我面前玩弄这一套，我用手捂着流血的嘴没有说话。"当宪兵又进来揪王出去，把一只手表式的东西套在她的手上，她立即感到晕头转向，就失去知觉了。

等她醒来，发现自己被扔在有树有草地的大院子墙脚边，起身出门就到街上，便壮着胆跳上人力车，车左一转弯，右一转弯，不很长时间就回家了。家门口还聚了不少看热闹的人，问保姆才知三个孩子已被朋友接走了。于是她又跑到友人家，看见了孩子安然无恙，这才放下心来。

后经友人相助，于8月下旬，带子女逃出北京，经天津南下，从此开始了多年最艰苦的流亡生活。

1938年冬，王会悟一家四口辗转逃至贵阳，在郊区花溪镇暂住。年底，长女心田因长期惊慌劳苦，病逝旅途。

关于长女的意外病逝，时过半个多世纪，王会悟讲述时仍痛心疾首。她对我说："解放前，我一个老大没有了，那时抗战逃难，在桂林，我女儿发烧38度，一天半病死了，才十七岁。李达发疯似地要和孩子一起躺在棺材里。李达是个书呆子，敌人在面前也不知道的。"

1939年春，李达去重庆，拟赴延安，惜受阻未能成行；9月回贵阳，不久去桂林广西大学任教，后转至中山大学，因坚持宣传马克思主义思想，未满一年，即遭教育部电令解聘，通令不得在全国高校任教，迫不得已再回零陵老家。这个家庭又被迫分散了。

有了长女去世这次教训，为了保护孩子，让孩子有好的读书环境，王会悟不惜夫妻分居两地。她说："别人看，你们这么好的患难夫妻为什么要拆散？是为了孩子们读书。李达回湖南去了。我最怕封建关系。从小对孩子教育很严格。小孩子不和大人（客人）见面。我无论到哪里，小孩子一直带在身边。"此后数年间，子女上中学，王会悟一人操劳，生活大为不易，时靠兄弟王会先等亲友接济。

自从李达回湖南家乡种田后，始终没有出来。在乱世，李达要求让小孩子种田。王会悟反对。她说："孩子还太小，怕有人害孩子。"当时绝对没有想到分开。抗战期间，李达在家乡重新成立家庭。当别人告诉她："李达有个女人。我不相信。我不丢弃李达，他是个书呆子，是好人。"王会悟对李达的这份情谊是相当珍贵的。

重庆遇故人

1944年，湖南零陵沦陷，李达和王会悟失去了联系，是年冬，侵华日军进入黔南，儿子李心天随校去了重庆，王会悟带着二女儿李心怡准备再逃难。正在危急关头，她接到了毛泽东的汇款，于是王会悟便带着女儿心怡在中共组织的帮助下赴重庆参加当地妇女界进步活动。

1945年，毛泽东去重庆与蒋介石谈判时，王会悟参加了重庆妇女界为欢迎毛泽东举行的大会。会上，毛泽东听说王会悟也在时，连忙说："请她不要走，留在这里。"会后，王会悟被接到主席住处，当时，王会悟握着毛主席的手，急切地对他说："蒋介石是个说话不算数的人，您千万别上他的当。"毛泽东亲切地笑着说："会悟还是老样子，说话直来直去，请放心吧。"谈话中间，警卫员几次催请主席说另有客人求见，主席总是说："待会儿去，再谈一会儿。"就这样，他们长谈了好几个小时。当时周恩来、邓颖超也在重庆，曾派人送她延安小米、红枣。1946年初，应周恩来邀请，王会悟去红岩《新华日报》社参加春节宴会。

抗日战争胜利后，王会悟随民主人士乘船出川回到南京，女儿心怡入金陵大学求学。不久，1946年王会悟回浙江乌镇养病，探望家乡亲人。因子女上学和战事，当时一家四口，仍分居四地。

返回故土

1946年春，王会悟回到阔别多年的故乡养病，与亲友劫后重逢，见古镇战后多处庐舍为墟，经济凋敝，乡邻生活艰难，又喜又愁。她住在乌镇中市观后街一间私人医生门诊室的楼上，她热爱故土，对家乡的姐妹仍然受着封建礼教的束缚，深感不安。她不顾体弱力衰，四处走访发动。在她的努力下，旋与童年女伴于1947年秋组建乌镇妇女会，她们以座谈会、联欢会、演讲会等多种形式开展活动，争取恢复生产，保障妇女权益。

1948年国际妇女节前后，她曾去县民教馆做讲演，在《桐乡民报》上两次出版纪念专栏，撰文介绍妇女节史实和妇女概况等。号召全县妇女联合起来，谋求自身的解放，宣传妇女解放运动。

我查到1948年5月《桐乡民报》副刊《青镇妇女》，由青镇妇女会编，5月16日是"母亲节特刊"，王会悟署名"一个母亲"，用向女儿倾诉的散文诗《哭点儿》，表达失去十七岁女儿的痛惜，对战争流离失所的痛恨，及抗战胜利回到家乡的心情。诗歌的最后，她写道："十月十日复员令下了，千百万难民结束八年久的流浪生活。/ 妈看着许多人们，挟着胜利和希望的心，或趁木船，或坐飞机回家乡去了，/ 惟独妈，抱着一颗永不能受医治的创伤的心，/ 孤单的回到我久别的故乡，我的母亲，你的外婆身边。/ 点儿，你的孤魂该得平安，外婆还健在，今年是八十二岁了。/ 今天是母亲节，外婆得放声大哭，/ 哭那在中华民族抗战期内，/ 被敌人所杀戮的，他的长女和六女，你的大姨和六姨，我的大姐和六妹；/ 妈却不能在你外婆跟前哭你，/ 因你的消息我未敢告诉外婆。（于母亲节）"

母亲节里忆女儿的这首诗，读了谁不痛惜！

夫妇重逢

再说李达在组织上脱党后，党内旧友仍与之长期保持着联系。1947 年秋天，毛泽东、周恩来曾几次邀请李达去解放区，因他健康状况不好而未成行。1948 年底，全国革命胜利在即，李达身体康复，地下党转来一封信函——"吾兄为我公司发起人之一，现本公司生意兴隆，望吾兄速来加入经营。"看到此信，李达心情无比激动，当年的润之老友还在挂念着自己这个"发起人"。

他转道香港经天津到达北平后，与准备参加新政协的代表们住在一起，中共中央特派一辆专车把

穿上解放装的母女

身穿蓝布长袍和布鞋的李达单独接到香山。5月18日晚，毛泽东、刘少奇、周恩来、朱德一同向他询问了湖南情况，随后毛泽东单独留他话旧。这天，毛主席亲切地对李达说："我们解放啦！快把会悟她们接来吧。"终于，李达将王会悟母女接去北平，这对分离久别的患难夫妻才得以重逢。

我查到李达下榻在北京饭店412房间，写在寄到乌镇的一封信上，这封信毛笔直行书写，共满满四页。这封充满诚挚关爱的邀请王会悟北上的信件，不仅转达毛泽东的情谊，还有沈雁冰夫妻等熟知亲友的关爱。在新中国成立之前，这封存世的信件也表达了这一特定时期，革命者在胜利后的喜悦，是件珍贵的文物史料。现据手迹抄录。

悟妹夫人：

五月十四日，我到达天津，拍了一电给心怡，询问你的平安。十五日，我写了一信给心怡，内夹寄一信给你。嘱她转寄。同日接得心怡复电。说乌镇尚不通邮。至于心怡的回信，现在还不曾到达。我想你在乌镇想必是平安的，只不知你在乌镇解放之前受到惊吓没有。但我从前预测乌镇方面不至于发生战事一节，却是猜对了。

我被招待住在北京饭店412号，一切都安。雁冰夫妇也住在这里，还有刘王立明，及其他女界先觉，也很有几人住此，大都你是认识的。现组有妇运会。

润之兄已经晤谈过，他要我赶快写信催你来平，其他许多老友也这样主张。你来北平是当然的，只看你身体如何？目前交通大致恢复。南京到苏州的火车已通。由乌镇乘船到达苏州，便可由苏州到南京，到了南京以后，再计划由南京到达北平这一段的旅行。

我以为如果你的身体能够支持，第一步你到了南京再说，柯庆施（即怪君）现任南京副市长。你到了南京以后，就去找他，一切食宿等项，当然由公家招待；你来平的旅途上一切也是由公家招待的，你到了南京以后打电报给我，我托这里的老友电知南京当局照料你的一切。

……

你由乌镇动身之前，可先函达柯庆施，请他转知苏州当局招待你，一切可不必操心了。

我已另函柯君，托他照料心怡，给心怡一点钱应用。

我由长沙动身来北平，沿途耗费一个月时间。在这一个月时间内，饮食起居极不方便，胃病似未痊愈。前星期去德国医院照 X 光片，据说十二指肠处有些溃疡痕迹，却又不能确切断定。该院内科主任主张我到协和再照一次 X 光片云云。我打算到协和去拍照透视，看是如何。如果有必要，就去协和去住院（住院费由公家支付的），否则就自己静养。我目前仍在休养着，老友们嘱我暂时不要工作（实在工作要做是不多了。）

至于将来我的工作方面和地点，现在还不能预定，且等胃痛痊愈之后再看。

……

北京饭店是招待著名的民主人士之所，你母女两人来此，当然一同居住，至于别人附带同来，人数多了，无房可住，并且也不好意思烦他们招待这许多人。所以前信所说会真母子伴你来平之说，可以作罢。顶好托柯君为他们母子找工作。

……心怡十五日写来的信，二十五日才到。平通信往返，约需二十天，但不知快信如何？

我的胃病，因旅途劳顿，又有点欠佳，前去德国医院照 X 光片，据云有一处新溃疡形迹，又说不确定。因此我准备去协和再照 X 光片。医药费可由招待处支付（我无钱）。

余详前信。

兄　鹤鸣　五月二十八日

心同道分

1949 年 8 月，湖南和平解放后，儿子心天来到北京，全家团聚。新中国成立前夕，李达经毛泽东等证明，刘少奇介绍，并且经中共中央特许，没有预备期，重新加入中国共产党。

中华人民共和国成立后，毛主席欲留李达在京工作，因热爱教研，李达婉辞。1950 年 2 月，李达出任湖南大学校长，后调任武汉大学，并兼任中国哲学会会长，为发展党的教育事业和马克思主义理论做出了卓越的贡献。

王会悟曾一度在法制委员会工作，住北河沿法制委员会大院里，不久该机构被精简撤销，王会悟因多年劳顿，体弱多病，请求离职休养，为节省国家开支，主动退出公房，搬回曾被敌伪占据过的原宗帽三条旧居居住。

这对心同道分的夫妻，在 1966 年"文革"开始，李达被迫害致死（1980 年平反，骨灰迁入北京八宝山革命公

王会悟五十年代

墓）。王会悟也受到牵连，一家被扫地出门。但她坚信如此是非颠倒的混乱日子终将过去，教育子女相信党、相信马克思主义，坚持革命。"文革"结束，李达平反后，也恢复了王会悟的名誉，王会悟作为参与"一大"重要见证人才重新被世人所认识。

王会悟为创建中国共产党、传播马克思主义、宣传妇女解放作出过重大贡献，且时与名人交往，但她心怀坦荡，安于平淡，一生未任要职。她颇有歉意并自责地对我说："解放后，我什么工作也没有参加。"又说："李达是文革中1966年或1965年去世的。他是个直肠子，对党忠心耿耿。我没有保护他。他是听毛主席的话去湖南的。他是党的创始人之一。"她还告诉我："我们家里没有铜钱，就身上这套衣裳，一点啥没有。阿姨讲，从这两包里弄点东西，打开一看都是文稿、照片。有通信，毛主席的。阿姨讲这点东西可以当饭吃？可以当衣穿？我说，呆子，一点不懂。文化大革命都给他们弄光了。重庆时，抗战时，逃来逃去东西也没有弄丢。他（李达）称赞我有两下子，他说，这些文稿都是我的心血。他的稿子都是我去弄好，当然常带在身上，他都不知道。与毛主席的通信、讲话，都有。到文化大革命，好了，我一无所有了。现在再来文化革命，我不怕了。自己的相片都没有留一张。"

听了这样的话语，一股心酸袭来……

耄耋晚年

进入耄耋之年的王会悟，左眼已盲，仍每日用放大镜阅读政协发下的学习材料，对来访者总是热情接待。她晚年做得最多的一件事是整理党史资料，党的十一届三中全会以后，她虽已八旬高龄，仍积极为党史、妇女运动史、中共一大会址提供宝贵的第一手资料。

孔海珠与王会悟 1990

前文讲过，我有幸在1990年至1991年，两次赴京期间，抓紧拜会过王会悟姑婆两次，并且，承她老人家邀请，在她家小住，亲炙教示，聆听往事，感受亲情，这样的时日难以忘怀。翻阅我的日记本，其中有关王会悟和她女儿的记载，这份史料现在读来仍倍感亲切。现摘录几段，应该是对老人晚年生活状态的鲜活而真实的补充。

1990年11月19日　周一　晴

我拎了两个包，换了三部车，才找到灵通观国务院的房子，这里是王会悟和她女儿的新住址。有位阿姨开门，李心怡接待，

王会悟母女与海珠 1990

我称她姑姑。在我来之前，陈云裳阿姨已经与他们通了电话，告知我的身份。心怡很健谈，说话声音响亮，很豪爽。可惜双眼瞎了。她们家很宽敞，问我办事的一些情况，家里的情况，问我住在何处？说家里可以住，前阵子也有客人住在这里，而阿姨晚上要回自己的家。她进另一间和王会悟姑婆通话后，姑婆出来说："欢迎欢迎！"这样，我就留宿在她们家里。他们有现成的床和被子，与心怡同屋，在靠窗的两边放两张单人床，中间有张写字台，条件不错。还说，你如果有更好的地方可以搬走。说话很有条理，逻辑也强，她曾在外交部工作过。

王会悟今年已93岁了，1898年5月出生的，身体硬朗，似瘦了些，牙齿只剩下两颗了，用牙床吃东西，一般老年人对近事记忆衰退，对过去的事却记忆力很强，她也这样。对于另境（她这样称呼我父亲），她说很熟悉。举例说，在乌镇他们吃粉丝油面筋、油汆豆腐干等。还说，另境在乌镇还替她拍过照片。虽是久远的事，印象深刻。她很怕冷，虽然屋里暖气很足，她在棉袄外面还穿着棉背心，显得很臃肿。

我把昨天从陈云裳阿姨那里得来的老照片给她看，她用乌镇土话说："这人面善。"好像认识，但一时又叫不出来……说着又打起京腔官话来了，她以为这是普通话，但说话间乌镇口音仍很重。这种口音我熟悉，我姑妈孔德沚说话也是这样子的……

11月20日　周二　阴

　　昨夜刮了一夜的西北风，气温骤降。白天出外办事，晚上回到王家。在书店买了几本新书，有关于丁玲的，姑婆很有兴趣，说丁玲是她平民女校的学生。虽然姑婆只有一只眼能用，还是要我把书留在她手边，她要翻翻。还说，她年轻时写了不少文章，用的化名也不少，李达也用过不少化名。

因为时间太晚，心怡把姑婆劝回去休息。姑婆走后，心怡和我说了两个多小时的话，靠在各自的床上谈心。我虽然感到很疲劳，然而一直在听她的讲述，很为她难过。她因为生脑瘤，开刀后，视神经被破坏了，导致双目失明。现在，相依为命的母女俩，只有一只可以用的眼睛，生活多不方便呀！

11 月 22 日　周四　晴

心怡说我老是外出，不在家陪老太太。这样，今天上午在家，我们的谈话录了音。下午出门，晚上回家买了一只烤鸭，心怡很高兴，让阿姨做薄饼，由我动手把鸭子皮切成薄片。一大盘子，有酱有葱，弄到七点才开饭。

晚上，姑婆到我和心怡的房来说话，显得很高兴。说我爸爸家的事，也说自己家的事。谈话间脑子很灵，也很兴奋，我也录音了几小段。心怡让她妈回去睡觉，老太太说，我还不想睡，把身子摇摇，真是可爱。

11 月 23 日　周五　晴

晚上我替心怡剪了手指甲和脚指甲，她很感谢。我很为心怡今后的生活担忧。她没有结婚生育过后人，也没有继承人，因为有残疾，对人总有戒心，这是很自然的。然而，生活在黑暗中心里很孤寂，很欢迎人们去看望她，说说话，我还没有走，她已经打电话给别人，让他们来看望她。那电话是她联络外界的得力工具。她的记忆力很好，许多电话号码都能背出来，运用电话的拨盘，已经很熟手，能准确无误地拨打。真的很佩服她。

11 月 24 日　周六　晴

今天整理行李，准备上火车。趁空闲，我提出与她们拍照。没想到心怡最高兴，她说，照片洗出来，一定要给她们寄去。她看不见，但姑婆能看见。还带着我摸索上楼，找她的好邻居，说要与他们合影。接着自己梳理了一番，问我和邻居，衣服的颜色搭配是否好？而姑婆，也换上了干净的衣服，坐在沙发上等着。我心里在嘀咕，这次一定要拍好，实在太难得了。

下午，真的要动身了，姑婆一次次地来关照注意事项，甚至为我买了一只"心里美"的萝卜，洗净了切片，准备在路上吃。上海没有那么甜而脆的"心里美"。在他们家尝到后，就想再多吃一些。姑婆说，吃萝卜要放萝卜屁，在公众场合很不雅，还是不要带这种，其他水果带一些。她的规劝，讲得我笑死……

因为行李多，姑婆关照蒋阿姨送我进站，并一再关照，到上海的家后，一定要挂电话报平安。这些暖人的话，比起其他的亲戚，真让我感动。她们是需要人去关怀，去帮助的老人、残疾人，更不用说，老人还是个"国宝"，对我这个第一次上门的小辈，却是这么的爱护，让我感到亲人的温暖。

不幸的是，1993 年 11 月 19 日，《文汇报》刊登了王老逝世的消息，标题是"李达同志的夫人王会悟在京逝世"，下文："新华社北京 11 月 18 日电，王会悟同志因病于 1993 年 10 月 20 日在北京逝

乌镇王会悟纪念馆蜡像

世，终年 96 岁。王会悟同志是中共创始人之一李达同志的夫人。她在党的一大筹备期间，做了很多有益的工作。新中国成立后她因病在家休养。"

　　这位高寿老人，一生为人低调，克勤克俭，从不主动向国家、向他人索取什么，但她却以自己的行动默默地为中国共产党的创建、马克思主义在中国传播做出了努力，史学家称她为"中国共产党第一位会务工作者""第一位安全保卫工作者"。她不是一个党员，但她的一生却时刻以一个党员的标准要求自己，她对中国共产党的诞生所做出的特殊贡献，为中国妇女解放事业所建树的功绩，将永远被后人所铭记。

2008 年 8 月 27 日改定

原载《档案春秋》2008 年 12 月（有删节）

石西民：文化人的庇护者

今年是石西民同志诞辰一百周年，他的女儿晓华说起这个日子，我毫不犹豫地写下上面这个题目，是由衷地感谢当时这位宣传部的老部长石西民。

非常时期，当领导的并非都能想着部下的安危，以爱护、保护的姿态，正直、善意地帮助他们渡过困难。虽然领导们管辖的范围有大小，并非都能做到这些，石西民这样做了，保护了一些老文化人，值得赞誉。大家知道，知识分子最大的难关在一九五七的反右整风运动。据马达先生在《我了解的柯庆施》中说：1957年3月20日，他亲聆毛泽东在上海友谊电影院向全市党员干部的讲话。毛泽东在会上讲"不要怕"，"让人鸣放，天塌不下来"，还在主席台上大声对柯庆施说："你们放得不够"，"只有三十分，顶多五十分"，

石西民 1956

柯在一旁微笑，不住地点头。

马达又说："当时上海不仅把文化界一大批知名人士打成右派。还把一些敢提不同意见的老同志，如同济大学党委书记兼校长薛尚实以及一批地下党老同志周克等都打成右派。在市委书记处讨论到巴金时，石西民则坚决不同意把巴金打成右派，说巴金在广大青年中影响很大，抗美援朝表现很好，不应该把他划进去。"

同样，我的父亲孔另境当年也险些被划上右派，也是石西民坚决不同意，保护了他过关。

当年鸣放事

事情要从1957年3月父亲代表上海出版界赴京参加中央宣传工作会议说起。这次会议即是中央鼓动"大鸣大放""帮助党整风"的会议。会议结束的时候，父亲在他姐姐孔德沚、姐夫茅盾家里说："这个大会很受鼓舞……"他好像领了"圣旨"精神十足，准备回沪后落实鸣放。姐姐和姐夫劝他："你说话要小心，说多了不好。少说为妙！"（大意）他们知道父亲心直口快，"大炮脾气"，冲口而出的话，似乎要达到"语不惊人誓不休"的境地，这样要吃亏的。父亲口上答应了，却没有牢记在心。事后父亲对我们后悔地说，这次运动没有听姐姐和姐夫的话，说话多了，他们是早就看出来鸣放是要惹祸的，现在给他们也惹了祸。真没想到事情会这样发展。

那年，父亲参加全国宣传工作会议以后，回来又参加上海宣传工作会议，会上父亲做了关于通俗文艺的发言。"大鸣大放"不久即进入反右整风阶段，孔另境作为上海文化出版社第一个被斗争对象，在无数次大会小会上被迫检查交代，写自我检讨近数万字。然而，性格直爽、作风坦荡的孔另境态度强硬，面对压力，没有的事坚决不承认。双方情绪对立相当严重。

现在从他的有关检查中可以知道当年他到底鸣放了什么？

他在强大的压力下，对自己的所谓右派言论做了六点检讨：

一、"东风压倒西风"问题。二、"个人迷信"问题。三、"外行不能领导内行，专家办社"问题。四、对社会主义社会制度有错误看法。五、在民进市委召开的出版工作座谈会上，附和"取消坐班制"的提议。和周熙良等人联合提出成立"出版工作者协会"的倡议。在一次市政协召开的稿费问题座谈会上，也赞成提高稿费标准。等等。六、对一些理论问题上的"联修反帝""唯武器论"等认识也做了检查。

一年多以后，孔另境并没有被定为右派，是上级领导没有批准。这个上级是中共上海市委宣传部的部长石西民。

右派漏网事

1957 年的反右整风运动，在上海出版系统中，文化出版社在运动中是最为瞩目的。据说，他们曾多次上报名单到出版局整风办公室、市委宣传部等上级部门，要求给一批人定为右派。当时上报十八名右派戴帽名单，大部分是有影响的著名出版人，有李小峰、徐铸成、许君远、黄嘉音等，孔另境排名第一，然而，只有孔另境一人上级没有批准。上级认为"孔另境在政治上尚未发现有何反党活动，在某些场合下还能表示拥护党的政策"，坚持"仍按宣传部意见，不列右派"，其余十七人统统戴帽。就这样，孔另境虽没有被戴上右派帽子，却有"漏网大右派"的帽子一直如影相随。

"反右"以后，思想改造运动不断，父亲一直是被批判的对象。直到"文化大革命"，大字报满天飞，其中披露过一则材料，即上海文化出版社"反右"大事记。这材料被父亲看到了，他亲自摘录了有关自己的一些内容，共有五项。这份抄件在我的文件资料夹中，不妨抄录，也能看出上海出版系统当时"反右"运动的概貌：

1957 年 3 月 27 日

　　伟大的整风运动开始，社内李小峰、孔另境、许君远、黄嘉音等一伙，利用党整风的机会，大放厥词，散布谬论，猖狂向党进攻。孔另境在宣传部召开的座谈会上，公然提出："只有多发展几个民主党派成员，才有力量互相监督。"又说："私方转来的一般都是副职，有职无权。""人事材料公开出来，有关人事方面的决定，应与编辑部商量。"……

6 月 20 日

　　我社反右斗争烈火越烧越旺，贴出大量大字报，声讨资产阶级右派分子，孔另境在石西民的掩护包庇下，竟溜到苏州去搞"创作"，以对抗反右斗争。他写给整风领导小组的信件中狂妄地说：到苏州是"迁地避嚣，正养身与写作两全之道。"公然骂全社革命群众与他作斗争是"嚣"。

6 月 21 日

　　我社整风领导小组发文给旧市委宣传部副部长陈冰，旧出版局副局长汤季洪，反映工会委员会对孔另境抗拒运动的意见，并要求发动全社职工对孔另境反党言行进行批驳。而上海出版系统整风领导小组于 7 月 2 日对孔另境竟胡说："孔

上海文化出版社旧址

另境在政治上尚未发现有何反党活动，在某些场合下还能表示拥护党的政策。"另一方面，不得不假惺惺地说："是否划为右派分子处理，值得重新考虑。对孔的错误言行应继续严格进行批判，其创作假暂不停止。"

10 月 21 日

出版局整风办公室批示："你社孔另境，经宣传部领导小组研究，决定不列为右派。"

10 月 25 日

我社整风领导小组根据全社革命群众要求，向局整风办公室指出："孔另境应划为右派。"而局整风办公室仍批示："仍按宣传部意见，不列右派。"就这样将孔包庇过关。

全家准备去青海

"反右"运动时，父亲并不知晓上面所抄录的这个大事记过程。他在胡炎领导的文化出版社整风运动中，是第一个被点名批判的对象。几个月下来，父亲仍然不服，死硬到底，他对我们子女说自己一向是左派，进步知识分子，向国民党斗争，怎么是右派呢！他历数自己的光荣历史，怎么跟随共产党……这样对待他实在冤屈得很。

记得在反右整风的鬼魅日子里，晚上下班回家，父亲常常把书房的门关起来，或有人来通报消息，或大人讨论如何检查过关，不让我们小孩偷听。然而，我们总能感受到大人们很紧张，连说话声音也小了许多，七个孩子吵吵闹闹的事也没有了。后来，父亲也做好了全家离开上海到青海去的思想准备。因为当时右派分子大都被遣送到青海省去了。

以后，父亲很同情从青海回来养病的一些文化人，也帮助过他

孔另境在"文化"工作时

们，因为他与他们一样"有罪"，没有陪同他们一起在青海受苦。如果当时他也被发配到青海，身体肯定受不住，还要降薪减级，生活和家庭也就不是现在的样子。这是他经常平心而论对我们说过的话，为此，他感谢"漏网"，从此也"夹紧尾巴"做人。

"反右"期间，父亲的"迁地避嚣"一说，造成很大影响，后来我在宋原放先生那里也得到证实。晚年的宋原放住在华东师大普通的宿舍里，有一次，我拜访他，请他谈谈父亲。他们在 1956 年去北京出席宣传工作会议期间同游颐和园，家里有他们的六寸大的照片合影。因为事先有约，所以，没有说上几句话，宋原放就记起父亲的这句"迁地避嚣"的话。他很兴奋地介绍，父亲写给整风领导小组的信件中说，到苏州是"迁地避嚣"。大家看了他这句话以后，简直是炸了锅，议论纷纷。当时运动很激烈，你说这样的话，等于否定运动，说群众与他作斗争是"嚣"。可见这句话给宋原放的印象很深。说着我们都笑了。父亲是极有个性的人。说话只顾自己一时的个人感受，逞口舌之快，毫无城府又不合时宜。现在想来，这句大胆的话，在当时这样高压的形势下，振聋发聩，不仅深刻，而且难得。

与石西民的关系

石西民（1912—1987）原名士耕，笔名栖明、史明操、怀南，浙江浦江人。1928 年在上海参加反帝大同盟和革命互济会。次年加入中国共产党，1930 年任中共沪东区委干部。先后在江南学院、中国公学学习。1935 年参加创办新知书店。1937 年底曾参与创办《新华日报》的筹备与创刊工作。后任延安《解放日报》副总编、新华通讯社副总编。1949 年随军南下，任江苏省委宣传部长，中共上海市委宣传部长，中共中央华东局宣传部长，中共上海市委书记处书记等。（见《上海大辞典》第 1630 页）

　　那么，父亲与宣传部领导石西民、白彦有些什么关系，当年为什么会包庇他过关？"文革"中，这两位领导受批斗，其中一条"罪行"是包庇孔另境；并要孔另境交代与他们的罪恶关系。父亲无奈只得写交代：《有关石西民、白彦和我接触的情况》。全文不长，摘录有关石西民部分：

　　　　我过去不认识石西民、白彦。

　　　　1957 年 3 月上海市委通知我去北京参加中共中央召开的中国共产党全国宣传工作会议。到车站后，见同往者有二三十人，领队人记得就是石西民。这些人同乘一节包车，至北京后住新侨饭店，我和徐铸成同住一室，在开会期间，与石西民并未交谈，会后又同车返沪。除膳食时在餐车相见，招呼一声而外，未交一谈。来上海后，因他主持筹备上海宣传工作会议，所以开会时总能见他，但没有和他谈话，我也从未到宣传部去找他，也从没有给他写信。可以说，石西民和我虽常能在会议中碰见，但从未作过一次谈话，实在谈不到熟识的。

　　　　……

　　　　以石西民、白彦两人和我的接触情况而言，石西民和我实在谈不到熟识或了解的。倒是白彦和我接触的次数比较多，谈话也不少，记得起的大概有上面几次。至于他们两人对我如何认识，我不知道。我也从不曾给他们去过信。

孔另境　1967 年 7 月 27 日

父亲的交代是实事求是的。他与这些领导不熟，没有私人关系，没有必要包庇他，还要担这么大的风险。

最近，九十多岁高龄、了解文化出版社反右运动情况的钱伯诚老人，在报上发表回忆文章，谈及当时的"反右"运动惊心动魄。我与钱老联系上时，他让我去找当年的《新民晚报》以证实。

现在看来，当时整风办公室多次批示："仍按宣传部意见，不列右派。"其理由是："孔另境在政治上尚未发现有何反党活动，在某些场合下还能表示拥护党的政策。"这样的说法是缘于宣传部领导掌握政策，了解父亲的光荣历史，他为革命曾出生入死，多次坐牢。了解他拥护新中国，热爱新中国。民间还有一个讲法，有多人曾经向我求证："你父亲与毛泽东曾经一起工作过，关系很好？还一起打牌？"还说："反右时，有人揭发这是吹牛，不相信，是污蔑毛主席。是右派言论。"我对此人说，真有这回事。不过并不明白，父亲说出这段真实历史，对父亲是有利，还是害了他自己？

父亲庆幸自己漏网，其实，他的政治生命就此结束。他毕生从事的文化工作也变得没有意义了，他的新作在解放之后再也没有出版过，直到拨乱反正的那一天。

2012 年 6 月 8 日

原载《档案春秋》2012 年第 8 期
题《石西民与父亲孔另境的人生交集》

我所知道的沈泽民烈士

在纪念《布尔什维克》创刊八十周年的日子里，上海市长宁区文化局等单体邀请我参加座谈，并参观了长宁区革命文物陈列室暨《布尔什维克》编辑部旧址。那是1927年八七会议后，党中央从武汉迁回上海，10月，在愚园路亨昌里418号设立中共中央宣传部。由总书记兼宣传部长瞿秋白任中央机关理论刊物《布尔什维克》编辑部主任，和罗亦农、邓中夏、王若飞、郑超麟组成编委会。

从1927年10月24日创刊起，至1932年7月止，历时近五年，共出版了五十二期刊物。其间，编委会主任或编委时有变动，前后担任这工作的还有蔡和森、李立三、沈泽民、张闻天、毛泽东、周恩来、恽代英、陆定一等人。这个刊物之所以重要，在中国革命的历史上产生过重要影响，因为在大革命失败后，这个刊物是党中央的直属机关刊，及时传达了共产国际和党中央的许多重要决议、指示和重要的理论文章；报导了南昌起义、秋收起义、广州起义等重要活动，指明斗争方向。

在历任的主编名单中，有沈泽民，因了他一度担任过中共中央宣传部长。他短暂而光辉的革命经历，我从小就有耳闻，仰慕之余，在接触姑父茅盾史料的同时，也特意关注过其胞弟史料的收集。虽

然这是多年前的事了。今天，一旦要进入沈泽民的"世界"，发现还
有很多史事需要传达、需要梳理，同时更需要传扬。这样说是有原
因的，我曾注意到，许多史志传记类的书籍中，很少有提及他的地
方，即使在讲述革命史人物的时候，对他的述评也是很简略的，甚
至一笔带过。这对为我国新文化运动，为中国马克思主义的理论宣
传，对中国土地革命贡献过极大热情、身先士卒的烈士来说是很不
够的。他可歌可泣的生命虽然早已终结，然而，我们的崇敬不能远
去。这是我应承写这篇小文的原因，同时，我也知道，我所述说的
沈泽民，对他光辉曲折的一生来说，显然还是远远不够的。

一、发轫之初露锋芒

　　沈泽民出生在 1900 年 6 月 23 日，浙江省桐乡市乌镇人氏，原
名沈德济，比他的哥哥沈德鸿（字雁冰）小四岁。他们兄弟俩先后
在家乡的植材小学和湖州浙江省立第三中学读书。在校时，哥哥的
国文成绩出类拔萃，弟弟则数理化成绩名列前茅。由于自小就抱有
"实业救国"的理想，1916 年夏，遵父遗嘱，以优异成绩考入南京

茅盾仲昆与张闻天（中）

河海工程专门学校，立志学习河海工程，以救国利民。

南京读书期间，受俄国十月革命和五四运动的影响，研读《新青年》等进步书刊，对政治和文学产生了兴趣。在其兄的引导下，从事外国科学小说的翻译，曾与兄合译《两月中之建筑谭》《理工学生在校记》等，在《学生杂志》上发表，开创我国译介外国科学小说之先河。除此之外，沈泽民在南京参加学生集会，上街宣传，提出"拥护国权，发扬民主"的口号。这时，有一个社团吸引了沈泽民的注意。即由李大钊、王光祈等发起"少年中国学会"，学会的宗旨是"本科学的精神，为社会的活动，以创造少年中国"，会员以"纯洁、俭朴、实践、奋斗"为信条。1919 年 11 月，沈泽民与杨贤江、田汉、张闻天等参加了"少年中国学会"南京分会，泽民是该学会左派中坚力量之一，负责校勘分会月刊《少年世界》杂志，以及"工厂调查类"编者按辑工作，还担任了《南京学生联合会日刊》的撰稿人。

是年寒假，沈泽民回家乡，与胞兄沈雁冰，其嫂孔德沚，同乡曹辛汉等发起组织了"桐乡青年社"。我父亲孔另境也是这个团体的成员。他们编辑不定期刊物《新乡人》杂志，宣传新文化，倡导白话文。沈泽民曾发表新文学和科学知识的介绍文章《呆子》《阿文和他的姐姐》《发动机》等。同时，还用本名德济，笔名则人、明心等在上海《民国日报》副刊《觉悟》《妇女评论》等报刊上发表了许多揭露社会黑暗，抨击军阀统治，鼓吹妇女解放的文章。

这时，他的知识面和眼界也在不断扩大，凡涉及国外文化科学论文、小说及苏联十月革命文艺等作品，都在他的视线之内，他还大量翻译介绍给中国的读者。而对于经济和社会科学则有了更多的关注。

在外来各种思潮纷至沓来的冲击下，这个年轻人思想相当活跃。
1920年7月，辍学与好友张闻天一起东渡去了日本。原因在于为更
好地学好日语，进一步阅读马列著作。当时，马列理论著作大都通
过日文转译。他们入东京帝国大学半工半读，学习日语版的《共产
党宣言》和《国家与革命》等。次年回国，旋即加入我国著名新文
化运动文学团体"文学研究会"，其文学热情更是高涨。如发表《近
代的丹麦文学》《塞尔维娅文学概况》《俄国的批评文学》《俄国的农
民歌》等，大量译介十月革命苏联的文艺状况，为推动我国新文化
运动而摇旗呐喊。先后撰写的《文言白话之争底根本问题及其美丑》
等许多颇有分量的反击复古势力的文章，更成为了捍卫新文化运动
的一名骁勇的闯将。可以这样说，沈泽民在发轫之初毕露锋芒。

1921年5月经其兄沈雁冰（茅盾）介绍，加入上海共产党早期

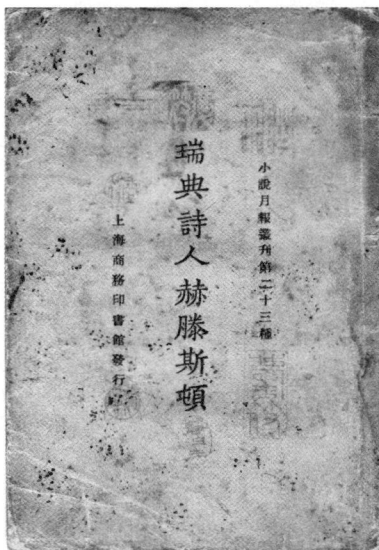

沈泽民译作
《瑞典诗人赫滕斯顿》书影

沈泽民译作
《基尔特的国家》书影

组织，成为中国共产党最早的党员之一。不久，由蒋光慈（一说恽代英）介绍到安徽芜湖中学教化学，在那里与进步师生组织了"芜湖学社"，创办《芜湖》半月刊。后受上海地方兼区执行委员会委托，到南京建邺大学任教，目的在于发展南京地区的党团组织。沈泽民不负重托，很快在南京发展党团员，建立了南京党小组和南京团委会。并与早期共产党人恽代英、萧楚女等大力宣传马克思主义文艺观，积极推动我国无产阶级文学的发展；发表了《我们需要怎样的文艺》《文学与革命的文学》等理论文章，明确提出："革命，在文艺中是一个作者底气概的问题和作者底立脚点的问题。"要求革命文学的创作者首先要做一个革命者。

　　1922 年 5 月沈泽民出席中国社会主义青年团第一次全国代表大会，当选为团中央委员，参与了团中央领导工作。1924 年被选为中共上海地委委员兼国民党上海执行部宣传部干事。从那时起，他的主要精力倾注在革命活动上。他一面从事工人运动，一面在平民女校、上海大学等处担任义务教员，为培养党的后备干部作出了贡献。在与曾琦为代表的"国家主义派"斗争，编辑《民国日报》副刊《觉悟》等方面也不断努力着。1925 年参加五卅运动，任党中央机关报《热血日报》编辑，负责翻译外文报刊资料和撰写评论，与瞿秋白等人有力地支持反帝斗争。《热血日报》被封闭后，调党中央创办的通讯社。

　　很明显，这时的沈泽民已经成为中国共产党理论宣传的一名得力战将。在以后的岁月里，革命文艺性的宣传离他渐行渐远，而国际政治理论的思考和学习越来越加强，凭借他英语、日语和俄语的能力，直接研读外文原著，成为思想理论战线上出色的宣讲者。

1928 年，当他在莫斯科红色教授学院读研究生时，读到哥哥以 1927 年大革命为背景的小说《幻灭》，内心激动不已，给哥哥写了到莫斯科后的第二封信，倾诉自己的感想。我在《文学周报》第八卷第十期上查到了化名"罗美"的文章。这自然也表明沈雁冰对弟弟来信内容的首肯，随后公之于世。

沈泽民在信中以敏锐的洞察力一针见血地指出："不过你名自己的小说曰《幻灭》，篇首更附以《离骚》中'吾将上下而求索'句，则表示你彼时心境，实亦有几分同于你书中的内容；而客观的描写，同时隐隐成了你心绪的告白。我想到了这里你深感当时局势转变对于许多人心中所提示问题的严重，和你当时所经验的思想上的苦闷。……在当时身当其境者，如燕雀处堂，火将及身而犹冥然不觉的人已不知有多少；看见高潮中所流露的败相，终于目击大厦之倾，而无术以挽救之者，于是发而为愤慨的呼声，这就是我所了解于《幻灭》的呼声。"这段话无疑是对《幻灭》做了精辟的分析和评价。

进而，沈泽民对其哥哥语重心长地说："不过时代是变得非常之快的，现在我们又应当赶快追踪目前在群众心理生活中所起的巨大的变迁而加以相当的反映了；谁能正确地认识它、分析它而指示出它的趋势来的，就是时代的先驱，发聋震聩的惊雷。"

这时的沈泽民虽然"已经完全抛弃了文学"，偶尔能看到国内的小说，发表些意见。其后，则完全沉浸在他自己的工作岗位上，他在莫斯科中山大学被称为"红色教授"，讲授政治经济学；可以说，在其参加革命斗争实践前，他一直研究和关注的，始终没有离开先进文化的宣扬，马克思主义的理论，和中国社会实践这个范畴。这样的能多方面"作战"的干部，是我党历史上的宝贵财富。

二、亲友眼中的沈泽民

最初，我是从父亲孔另境口中，知道我的姑夫有一个亲弟弟，叫沈泽民。从小身体不太好，长大后个子不高，天资聪慧，读书很好，性格比较开朗活跃。与他哥哥沈雁冰不同，偏重于理工科，后来到南京读土木工程（这个讲法似有误。待考），他入党也早，由他哥哥介绍入的党。他的夫人张琴秋是位红军女将领，相当能干。沈泽民在党内的地位比他哥哥高。送到苏联去学习后回国，被派到鄂豫皖苏区打游击，可惜在那里因得疟疾没药治疗，很早去世了。

这是一个大概的说法，究竟怎么回事呢？父亲说，他与沈老太太很谈得来。这位沈老太太即是茅盾和沈泽民昆仲的母亲。因为战乱，老太太从家乡乌镇避居上海，而茅盾夫妇和孩子正从香港动身到新疆去。她独居沪上很寂寞，父亲时常去看望她，谈论许多时事政治问题，自然也谈到她的两个出色的儿子，这时，老太太知道泽民已经去世。

有一次，老太太对我父亲说：“像泽民那样的死，我倒没有觉得怎样难过，他总算做了一点对大家有好处的事情了，不过死得太早一点。他本来还可以多做出一点事情的……”还说起泽民小时候的事情。

原来，泽民大约三岁的时候，得了重症，请了许多医生诊治，没有起色，差点保不住性命。幸亏老太太认识一位老中医，请来高手症治，才挽救了泽民的小性命。这件事家里人记忆深刻，茅

沈老太太

盾在回忆录里也有详细叙说。

父亲对沈老太太非常地钦佩。他在一篇题为《一位作家的母亲——记沈老太太》文中称赞："她在年轻的时候，就是一位有才干有识见知书识字的女子。"并描绘："沈老太太确是一位个性倔强的人物，而且仿佛还有点近乎冷酷，所以一般和她接触的人，常会感觉得一种冷峻的压抑，然而我们知道这一点正是她的不可及处。"父亲说，老太太具备极坚强的理智，如她毅然送两个儿子赴远地入学，这在闭塞的乡镇非常少见。

茅盾在他十岁时丧父，弟弟泽民时才六岁。家境并不富裕，家族环境又是十分顽旧，但是作为寡妇，她并不守旧，破除一切阻碍，用仅存的一点遗产毅然送他们入学，"可见其见地卓越"。以后，"对儿辈参加革命运动，目睹种种艰险的经历，从未有半句劝阻或任何见于言词的忧虑，充分表现她坚强的认识。"

附带说一下，对这位了不起的长辈，父亲的这篇存世文章是唯一的记载。2006年，当茅盾骨灰回到乌镇家乡灵水居，举行安放仪式的同时，母亲陈爱珠的墓地也迁在一侧，接受人们的纪念和敬意。她培养出了两个出色的儿子。当时，茅盾的儿子韦韬对我说，舅舅的那篇文章真好，是唯一记录奶奶的文字。我默然同意。

沈泽民在南京就学期间，与张闻天成为至交。据他们的同学、同伴回忆："沈泽民当时是校友会的音乐部长，学生中的活动分子，聪明好学，成绩出色，又热情活跃，办事干练。他的哥哥，就是后来参与发起创立中国共产党和革新《小说月报》的沈德鸿（雁冰），当时在商务印书馆编译所工作。闻天同沈泽民常常倾心交谈，互相启发。假期回家，结伴同行。他们同路到上海，沈雁冰总是到车站去接送。这样，张闻天同沈雁冰也渐渐熟起来了。"（见《张闻

天传》）

自从沈泽民参加革命工作后，与他母亲的会面少了又少。他母亲说："这次从俄国回来，我连见也没有见到他，就被他们派到了那边去，算来有十多年不曾见到了……"说着从怀里掏出一只用绒线织的袋子，里面是一只黑壳的挂表，指着挂表对我父亲说："这表就是老二（指泽民）买给我的，还是他没有出国的时候买来给我的，好像是十九块钱，到现在也已经十多年了！……"

说起挂表，还有一段佳话。

这件事现在知道的人不少了，即沈泽民赴鄂豫皖苏区时，向时在上海的瞿秋白辞行，瞿秋白送给他自己的挂表。这是瞿在苏联时将金表捐献，苏联政府又回赠一只钢表纪念。以后，沈泽民很珍惜这表，影形不离。1933 年，沈泽民身患重病时，将这表转送给了勇于作战的红二十五军副军长徐海东，希望新组建的二十五军坚持下去，不被困难压倒。徐海东含着热泪，紧握沈泽民书记的手说："红军会胜利的。"后来徐海东带着这挂表参加长征，到陕北与中央红军会师。在延安，他将表送给了彭德怀。这象征革命友谊的表，1946 年杨之华从新疆监狱返回延安时，彭老总把表还给了杨之华。共和国成立后，这个挂表陈列在中国军事博物馆，诉说着战争年代生离死别的嘱托。

同样，在浙江上虞白马湖春晖中学的校史上，记载着 1923 年沈泽民曾去联络进步师生、演讲的史事。泽民也有一篇题为《春晖学校底印象》的文章，记载说明当时的情况。当时学校云集了众多著名的文化人，丰子恺在白马湖畔还建有"小杨柳屋"。年前，我曾随上海出版界协会去上虞白马湖参观过，感受当年文化人共处的美好时光。回来后，我在"丰子恺艺林"看望丰一吟，说起沈泽民与春晖的渊源。没有想到得到一则意外的收获。其中，与丰家的人还有一段故事：

丰子恺有个三姐叫丰满，桐乡石门人，婚后嫁到乌镇，时常到沈家去串门。受到妇女解放运动的影响，为争取自己的独立人格，不满自己的婚姻，与其丈夫离婚。当时，沈雁冰、曹辛汉和丰子恺都曾去调解过，看看有没有挽回的余地。1923 年，沈泽民到白马湖春晖中学演讲，那时丰满已离婚回到白马湖，泽民找到丰满谈过心。据丰一吟说，她母亲曾看到，他们俩在对面小山上边走边谈话的身影。

这个实例，很好地诠释了沈雁冰、沈泽民昆仲对妇女解放问题，不仅仅限于在书报上的理论宣传，还得在实际生活之中实践，发表积极的意见，保护妇女的合法权益。这段时间正是他们大量撰写并译述有关妇女解放的文章，如《中国青年女子底烦恼》《女子现今的地位怎样？》等。旧社会妇女受压迫最严重，受到的束缚也最多，她们的心声得不到倾诉。沈泽民从身边的妇女解放做起，关心妇女的思想和生活状况，这是一个例子。

1924 年，沈泽民娶了一位非常优秀的妻子张琴秋。我父亲说，姐姐德沚是他们的介绍人。

孔德沚于 1917 年与沈雁冰结婚以后，到石门丰子恺姐姐办的振华小学去上学，认识了琴秋，琴秋是石门人，她们是同班同学。以后，德沚介绍泽民认识了张琴秋。泽民到南京建邺大学任教，一边从事党的工作；而多才多艺的张琴秋这时考取了南京美术专科学校。张琴秋启程时，与沈泽民结伴同行，自然也是孔德沚的主意。他们之间逐步建立了深厚感情。以后，沈泽民调回上海，担任上海大学社会学系教授，也建议张琴秋报考这个学校。在这个学校里，张琴秋认识了杨之华等学习马克思主义理论的同学，提高了观察和认识社会的能力，从此走上了革命的道路。1924 年 11 月，泽民与张琴秋举行了新式文明的婚礼。

据说，他们的婚礼很简单，没有花母亲的一文线，只照了一张穿便装的结婚照。新房与他哥哥的寓所相邻，在宝山路顺泰里。瞿秋白、杨之华婚后与他们也成为了邻居。

婚后，沈泽民与张琴秋过着职业革命家的生活。还动员孔德沚走出家庭，从事女工工作，杨之华介绍孔德沚加入了中国共产党。

1926 年春，沈泽民夫妇受党派遣先后赴苏联。茅盾的儿子韦韬曾告诉我，先是张琴秋随团赴苏，不久，沈泽民得知由刘少奇率领的中国职工代表团也将赴苏，于是向组织提出要求，获得批准，他作为翻译到莫斯科出席国际职工代表大会。会后留莫斯科中山大学学习。1927 年任中山大学政治经济学系教师。1928 年 4 月出席中国共产党第六次全国代表大会，担任大会翻译工作。他有一个俄文化名：古德科夫。不久，沈泽民考上红色教授学院哲学系研究生，后留校任教。与张闻天、王稼祥、郭绍棠被戏称为"四大教授"。

沈泽民与张琴秋

他在苏联四年多,得女儿玛娅。"玛娅"是俄文五月的谐音。沈泽民、张琴秋夫妇给女儿取这个名字,由于她出生时间在五月,也因为素有"红五月"之称,希望她成人后继承发扬红五月的革命精神,为人类进步而奋斗。

由于李立三的"左倾"冒险主义错误,使党和革命事业遭到重大损失。这时,国内急需干部,于是,沈泽民、张琴秋夫妻相继回国,只得把幼小的女儿留在莫斯科国际儿童院。在苏期间,因劳累过度,沈泽民患肺结核,经常吐血,仍坚持学习和工作。

三、历史文献中的沈泽民

二十世纪六十年代初,笔者在上海图书公司资料室工作时,管理革命书刊是其中一项,接触过沈泽民笔名"成则人"的一些有关马列主义的理论书籍,现依据有关记载抄录于下,肯定会有遗漏,大致有:

1.《第三国际议案及宣言》第三国际著,成则人编译 1921 年 7 月　广州人民出版社出版。列为"康民尼斯特丛书"之一。

2.《讨论进行计划书》列宁著,成则人译 1921 年 9 月　广州人民出版社出版。

3.《论策略书》列宁著,成则人译 1921 年 12 月　广州人民出版社出版。

从以上三册宣传第三国际及列宁主义学说的丛书单行本,可以看到沈泽民早年对理论学习和宣传第三国际工作精神的探求和努力。

最近,我在图书馆里寻找沈泽民的资料,发现有一本《基尔特的国家》,署名英国泰罗著,沈泽民译,列为"今人会丛书"之一。1922 年 5 月商务印书馆初版。全书 145 页,直排。全书分七章,是一本探求建立怎样的国家模式的书籍。说明沈泽民关注国家政治制度，摸索前行的多方面的思考。

另外，沈泽民很关注儿童教育、妇女问题和一些弱小民族文学的译介，在新文学运动早期的许多报刊等出版物上发表文章和翻译作品，上文已提到一些篇目，其余不再一一摘录。这里介绍的仅限曾署名出版的几种小册子的版本：

1.《儿童的教育》[瑞典] 爱伦凯著，沈泽民译 1923 年 12 月上海商务印书馆初版。1925 年 3 月再版，列为"新时代丛书"之一。1933 年 7 月上海商务印书馆国难后一版，列为"家庭丛书"之一。

2.《邻人之爱》[俄] L. 安特列夫著，沈泽民译 1925 年 1 月上海商务印书馆初版。列为"小说月报丛刊"之一。

3.《瑞典诗人赫滕斯顿》[瑞典] 赫滕斯顿著，沈泽民译 1925 年 1 月上海商务印书馆初版。列为"小说月报丛刊"之一。

4.《近代丹麦文学一瞥》亨利·哥达·侣赤著，沈泽民等译 1925 年 3 月上海商务印书馆初版。列为"小说月报丛刊"之一。

5.《坦白》[法] 佛罗贝尔等著，沈泽民等译 1925 年 4 月上海商务印书馆初版。列为"小说月报丛刊"之一。

6.《爱人如己》(独幕剧)[俄] L. 安特列夫著，沈泽民译，陈治策改编，中华平民教育促进会出版，初版时间不详，1935 年 11 月再版。列为"平民读物"之一。

需要说明的是，当时的出版惯例，如上海商务印书馆，有的作品在他们出版的刊物上发表了，日后，他们有权结集出版单行本，尤其是作为丛书的一种，集体再次推出。并不一定要作者的特别受权。从以上的第六种作品的出版时间，也可以看到这个情况，作者这时不可能关注其出版物，及至再版时，他早已经牺牲。

以后，他在莫斯科学习期间的成果，由于没有查到出版过有关中文著作，也不能知详情如何。但是，依他的努力和执着，肯定留下他的译文和学习的心得体会，乃至论著，或者用俄文著述的作品，遗憾的是，至今没有发现有关文献。

1930 年 4 月，周恩来应共产国际和斯大林电召，赴莫斯科汇报中共工作。在周恩来的安排下，沈泽民化名李清扬，带着《共产国际执委给中共中央关于立三路线问题的信》（即国际十月来信）单身绕道法国，秘密回国。回国后马上投入斗争，这时，他的党内职务也增加不少。10 月，被委任中共中央宣传委员会成员、宣传教育秘书、党报委员会总干事会成员、《布尔什维克》编辑委员会负责人等。并协助瞿秋白于 1930 年 11 月召开中共中央政治局扩大会议。

他在《布尔什维克》负责的任期很短。同年 12 月被升任为中共中央宣传部长、中共中央教育委员会成员。1931 年 1 月在中共六届四中全会上被补选为中央委员，任中共中央宣传部部长等。尽管如此，我们在查阅中共中央机关刊《布尔什维克》这个刊物时，发现署名沈泽民的文章，仅集中在两期上，即第四卷第一期和第二期。然而，在第四卷第二期和第三期上发现两篇署名"思美"的文章，我疑为沈泽民的另一署名。附带介绍一下：这两本期刊分别套用了《中国古代史》（钱玄同编著）《金贵银贱之研究》（中国经济协会出版）的伪装封面。这是当时秘密出版物的需要，同时，也增添了该刊的神秘色彩。

刊在第四卷第一期（1931 年）上署名"泽民"的文章有：

社论：《中国革命的当前任务与反对李立三路线》

论文：《三中全会的错误与国际路线》

第四卷第二期上有：

《布尔塞维克》编辑部旧址

论文：《第三时期的中国经济》

论文：《关于"金贵银贱"与无产阶级运动的几个问题》

很明显，批判李立三路线的文章是与国际十月来信有关。沈泽民携带这个重要文件回国，传达会议的精神，贯彻执行反对李立三路线，与中国革命的当时任务有着密切联系。上面说过，《布尔什维克》是党中央的机关刊，经常刊载重要的决议、通告和宣言等，有着指导性的作用。当时，这个重要的有关路线的批判，在这个刊物上要传达和宣传，沈泽民是最佳人选，他直接从莫斯科来，他的发言有代表意义和权威作用。并且，作为新上任的宣传部长，理应撰写这样的文章，扭转三中全会的调和错误，贯彻共产国际来信的主要精神。国际来信中，对李立三路线的主要看法是：

　　……立三同志的说法：以为一省几省的胜利，直接就是全国范围之内已经成熟的革命形势，这种说法把国际执委和中国共产党的估量事实，一下子都推翻了——这些事实是：中国封建军阀的割据，帝国主义的瓜分中国，中国各地经济发展的不平衡，革命运动发展的不平衡。

沈泽民的文章，在分析了国际、国内的政治形势后指出："中国共产党的中心任务：领导日常经济斗争，团结群众，组织群众，使之由小的局部的斗争，转变到广大的统一的斗争；党应当用这样的方式去准备暴动。……"而李立三路线是"由冒险的行动获得暴动的胜利，以完成夺取政权的任务，……产生了六月十一日政治局（在立三同志的政治领导下）的盲动冒险的，不顾客观形势布置全国暴动的策略"。

其问题存在的严重性，"使党完全脱离群众，干部受到极大牺牲，使党自身和党在各群众团体内的工作方法工作系统受到极大的影响"。由于第三国际的监督，取消了这样的"全国暴动"布置。然而真正的转变，需要全党加强认识和学习，反对左倾冒险主义、机会主义。

显而易见，批判立三路线是党的决议，沈泽民阐述的观点不仅是他个人的意见。然后，沈泽民站在党的立场上，从理论上分析了这条路线的根源和给革命形势带来的危害性，他是无私的和光明磊落的。在以后的批判中，还涉及对瞿秋白主持的三中全会调和路线的批判，瞿秋白受到处分，沈泽民也感到难过，要求他的哥嫂去看望瞿秋白，宽慰宽慰。

另一个重要的历史情况是：当时，中国共产党是共产国际的一个支部，组织上归属于他们领导，许多决策意见由他们作出指示。原因在于他们有苏联十月革命胜利的经验，这是中国有见地的人士所憧憬的社会制度。所以，在以后很长一个时间里，许多决策和决议都得听从苏联共产党的指示，甚至盲从共产国际的指令。沈泽民当时也没有例外。

两篇有关经济学方面的文章，是他认真思考的论断。他以一个经济学家的眼光，论述中国经济状况和发展前途。在文章中，他对半封建半殖民地的中国落后经济做了透彻的分析，得出这样的结论：唯有彻底砸毁束缚中国经济发展的半封建半殖民地的社会制度，进行无产阶级的社会革命，才能振兴我国落后的民族工业和农业经济，才能改变中国的落后面貌。

当时，这样阐述中国经济为什么落后的理论，是少见的。在这些理论中，闪耀着一个马克思主义经济学家的锐利目光。

沈泽民本质上毕竟仍是一介书生，是为中国革命摸索前行的忠诚之士。他在1931年4月被调任到鄂豫皖边区去参加实际战斗之前，在党内所任的职务是中共中央宣传部部长、中央党报委员会成员，《实话》编委主笔等。所以，在革命历史文献中"寻找沈泽民"，有一定的代表意义和实际效果，只是限于材料挖掘有限，许多史实只能付诸阙如。

四、实际斗争地的牺牲

1931年2月13日中共中央政治局会议上决定，派遣沈泽民去鄂豫皖中央分局任书记。3月20日左右，他与夫人张琴秋离沪，秘密进入鄂豫皖根据地。3月28日中央常委会会议决定增派张国焘前往鄂豫皖，任中央分局书记兼军委书记。沈泽民任中央分局副书记、中共鄂豫皖省委书记。负责鄂豫皖苏区党和政府的工作，领导鄂豫皖根据地的各项建设和支援红军反"围剿"战争。

离沪前，他们向母亲和哥哥辞行。他们对此次能到"自己的"地区工作感到十分高兴。后来，茅盾回忆当时的情景说："我知道苏区战斗频繁，环境是艰苦的，但他们两个都情绪高昂，对前景十分乐观，尤其对能到'自己的'地区去工作，流露出了由衷的欣喜。"

4月中旬，他们到达安徽六安县金家寨。金家寨是中共鄂豫皖边区特委驻地，沈泽民一到，便找特委、县委和区干部及红十二师指战员谈话，开座谈会，调查研究，了解情况。随后，妻子琴秋调任七十三师政治部主任。临别前夕，望着丈夫衰弱的病体，张琴秋想说服沈泽民去上海治病，沈泽民则有些生气："我不能为个人的健康而离开苏区。"在这个重要的关口，他想到的是：把一切，包括我们的生命都献给党。谁知，这样分别竟成永诀！

1932年6月，以蒋介石为"鄂豫皖剿总司令"，纠集三十师以上的兵力，向鄂豫皖与湘鄂西两苏区进攻，发动第四次军事"围剿"。张国焘惊慌失措，擅自带着红四方面军撤离鄂豫皖根据地，这时，沈泽民挺身而出，坚决反对张的逃跑主张，但在张国焘的一意孤行下，红军主力还是撤离了根据地。

沈泽民和徐海东等则带领一部分红军和游击队，坚持苏区斗争。而此时，沈泽民的肺病发作，时常吐血，战友们看见后，于心不忍，纷纷劝他退到外线去。但他坚决不走，回答道："我是苏区的省委书记，不能离开苏区。我的岗位是和军民一起保卫鄂豫皖苏区，坚持武装斗争。"在敌人疯狂的进攻面前，沈泽民领导根据地军民重建红二十五军，他们吃葛藤、树皮、草根，住茅屋草棚，历经艰难，终于保住了鄂豫皖革命根据地。

与此同时，他还被选为中华苏维埃共和国临时中央政府执行委员。

1933 年 10 月他主持召开鄂豫皖省委扩大会议，他严以律己、胸襟坦白，是一位无私无畏的革命者。承认目前危局"是自己的路线差错"和"一贯的脱离群众所造成的"，并作出了转变斗争方针、进行游击战争的决定。但在艰苦的转战过程中，沈泽民已是重病缠身，疟疾加上肺结核，只能靠担架抬行。身受巨大的病痛折磨，他仍然坚持在革命根据地进行武装斗争。

据说曾发生这样的事：一次，在风高月黑的夜晚，七零八落的红军部队行军在崇山峻岭之间，几个抬担架的战士竟然将躺在担架里的沈泽民翻落在了路边，丝毫不察觉仍自行往前，而后面的零零落落的红军路过，也没有发现。到驻地后才发现省委书记沈泽民丢了，大家急得团团转。立刻命令特务营想尽办法把沈泽民找回来。这时，另有任务的一位战士在夜行军途中，听得有人在水沟边呻吟的声音，过去一看吓了一跳。没有一点力气的沈泽民对那战士说："我命令你，用手枪，对准我……开枪！我不行了，不能连累队伍。"

看着病成一团的省委书记，不顾他愿意不愿意，战士背起沈泽民急奔猛跑，去追赶队伍……

为了不拖累大家，沈泽民决定离开部队在山区养病。临行前，他检阅了部队，一一和战友话别，嘱咐他们："一定要以万死的精神，实现党的斗争方针的转变，去争取革命胜利！"并将瞿秋白送给他的那块心爱钢表送给了徐海东。

1933 年 11 月，为了向党中央汇报鄂豫皖苏区的斗争情况，揭发张国焘的行为，要求中央派军事指战员，并让战友得到治病的机会。他将省委宣传部长成仿吾叫到面前，一边吐血，一边用化学药水在成仿吾的衬衫上，用颤抖的手写"派成仿吾同志到中央报告工作"，用俄文署上自己的名字。根据他的指示，成仿吾穿上这件衬衣到上海，通过鲁迅找到了党中央，报告了鄂豫皖苏区的斗争情况。后来，使得中央作出了红二十五军实施战略转移、创建新苏区的决定，促成了红二十五军的长征。

关于成仿吾找到鲁迅时的情景，茅盾在他晚年的回忆录《我走过的道路》中有记载：是鲁迅约他到北四川路底一家白俄咖啡馆，"有一熟人从那边来，欲见兄一面"，那熟人即是成仿吾。向他报告泽民弟在鄂豫皖苏区病逝的噩耗。据成仿吾说："那边的环境太艰苦了，他的工作又十分繁重，他身体本来单薄，得过的肺病就复发了，加上在那里又得了严重的疟疾，在缺医少药又无营养的条件下，就支持不住了。"

更为详细的情况，是一位沈泽民当时的战友郑位三叙述的，他说：

"当时，红二十五军因第五次反'围剿'失利，部队四处打游击，这个时候沈泽民的肺病复发。10月间，部队从皖西北运动到黄麻地区，沈泽民又患上疟疾，部队为了便于游击，只好将沈泽民抬到天台山养病。沈泽民住在一个背靠天台山、面向老君山的湾子里。在这里，沈泽民抱病完成了一万三千余字的《中共鄂豫皖省委向中央的报告》。报告中，沈泽民大胆地剖析自己，沉痛地检讨了红二十五军在发动七里坪战役以来，省委在指导方针上的错误，表示今后要'洗心革面，重新做起'，'唯有万死的决心来转变'，并且还提出了以发展便衣队、加强群众工作和采取游击以'牵制敌人，消灭敌人'为主要内容的新的对敌斗争方针，表现了一位共产党员对革命高度负责和光明磊落的品质。报告写成后第十天，沈泽民便病逝了。"

还说："沈泽民去世前的情景是十分凄凉的，为了躲避敌人的

'清剿'，湾里的老百姓大都'跑反'去了，整个湾子只剩下几个年事已高的老人在家，沈泽民等人连吃饭都困难。临死前，沈对警卫员说很饿，想吃点东西，警卫员上山找了半天，才找到三个快烂了的野柿子，沈还没有吃完就断了气。因为当时敌情复杂，来不及找棺材，沈死后是将住户家的两副门板拆下来，将沈泽民夹在里面然后用野藤缠紧当棺材埋葬的。当时，大门上的铁门环都来不及弄下来。沈泽民死时穿的是一件破旧的灰布军装，脚上是一双黑胶底皮鞋。"

沈泽民因吐血不止，1933 年 11 月 20 日在湖北红安县天台山芦花冲与世长辞，时年三十三岁。

为纪念沈泽民的革命业绩，1934 年 4 月 1 日，中央人民委员会在江西瑞金沙州坝，创建了苏维埃大学，瞿秋白任校长，毛泽东、林伯渠等为管理委员会委员，正式命名为国立沈泽民苏维埃大学。后被追认为"烈士"。

1937 年 8 月 27 日，张琴秋赴延安前夕，给茅盾、孔德沚夫妇写了一封信。其中有一段提道：

"民的消息，想必你们已经知道了吧！可怜他的一生，为解放人类的痛苦而奋斗，历尽艰苦，抛

张琴秋母女在墓碑前

弃了私人的利益，日夜工作，积劳成疾，终于辞去我们而长逝了。唉！我没有见到他最后一面，实在使我心痛！！”

这封表达妻子心中哀痛的原信，如今完整地被保存在有关档案里。

共和国成立后，1963年4月15日，红安人民举行隆重的迁葬追悼仪式，将沈泽民的遗骨移葬于红安烈士陵园，董必武亲笔为墓碑题字“沈泽民同志之墓”。让革命先烈为中国人民解放事业奋斗一生的不朽功勋永铭于人民心中。中国纺织工业部副部长张琴秋和女儿玛娅出席了迁葬仪式。

2008年1月3日写毕，1月7日改定。

原载《布尔塞维克》创刊80周年纪念文集《红色的追忆》2008年4月出版；又《档案春秋》2008年第6期（有删节）；又《作家文摘》转载。

池菊庄烈士传奇

关于池菊庄烈士的传奇人生，最早是从我的父亲孔另境讲述的故事中得知。

记得第一次听讲时，我们小辈无一不是张大嘴巴、表情严肃地不敢发出一丝声响，不敢打断父亲的讲述，甚至悄悄地怀疑这是真的吗？我们仿佛看了一场有画面、有人物场景的从事地下工作的秘密电影。很刺激！此事，在父亲记忆深处沉淀，年长后更是经常回忆起这段不平常生死考验的时日。

那是在暑期，在父亲的书房，他多次回忆起年轻时亲历的杭州遇险记，这是他生命中最危险的经历之一。

事情从 1927 年国共分裂后讲起。当时，父亲参加北伐，行至湖北孝感时，接到党的指示，命令我党同志即刻离职返汉候命，谓国共已分裂。他抵达汉口后被"欢送"出境。到牯岭与姐夫沈雁冰、恽代英会晤后变装返沪。不久，接中共浙江

池耕襄（菊庄）
（照片来自桐乡新闻网）

省委通知，派他去杭州县委工作。

当时中共江浙区委领导下，浙江有杭州、宁波两个地委。据邵荃麟（亦民）1960年1月7日在《第二次国内革命战争党、团组织在浙江沿革回忆》中说：

"1927年5月，中央在汉口召开第五次党的代表大会，会上决定在各省成立省委组织。这样，江苏、浙江就分开了。

浙江省委建立后的第一任书记是张秋人，但在张未到浙江前是由庄文恭负责；共青团浙江省委书记是徐伟（不久即被捕，于第二年牺牲）。在徐伟被捕后，团中央派华岗接替。华岗到浙不久，省委书记张秋人被捕，并且很快被敌人杀害。这时浙江的党、团组织随之全被破坏，基层组织也被破坏不少。"

又说："1927年秋天，由于在杭州站不住脚，省委搬到宁波，中央派夏曦同志来担任省委书记……"①

父亲正是在这个困难的时候，被派在新成立的杭州县委宣传部任秘书。县委书记为池菊庄，兼宣传部长。池与父亲同是湖州人（当年的称谓），操着带有乡音的话语，同是二十多岁的年龄，我父亲长他一岁，又同喜好弄文舞墨，两人很快热络起来，坦率地谈及革命经历、家庭状况和各自的恋爱史。当时，宣传部干事还有詹醒民。组织部长马东林是位年轻的农民。不久，上海济难会派沈资田来杭主持济难会，并参加县委工作，父亲与沈在沪曾相识，同住于盐运使署职员家属宿舍。

父亲在《忆杭州县县委始末》中说："这时的县委似乎不很健全，各部工作人员残缺不全，我只认识他们几个。另外，艮山门车

---

① 邵荃麟（亦民）：《第二次国内革命战争党、团组织在浙江沿革回忆》，载《杭州地方革命史资料》第20期，1961年印。

站的负责人，是经常有联系的，他是否参加县委会不得而知。"①

　　此时正值所谓李立三盲动路线之时。其实，很大部分是瞿秋白"左倾"路线下，在摸索党的新的斗争道路与形式，无论是武装斗争，还是城市、乡村的秘密斗争，在尚且不完全成熟的条件下，要求开展暴动，又一次用鲜血写下悲壮历史的时期。父亲说："县委会在当时的主要工作是组织武装起义，和打击反动派。但当时全杭州的党员不足百人，而大部分又都是铁路员工。武装更为缺少，仅有几支不顶好的手枪。"②

　　父亲记得："在 1927 年冬天，曾组织过一次打击反动派的活动，对象是杭州特刑庭长兼浙江反省院长。由马东林亲自指挥，他带了两位武工同志，在反省院长经常经过的路上进行袭击，可是连发数枪，子弹都打在人力包车的背上，坏蛋未击中而被逃脱，从此国民党的特务对革命者的残酷迫害更加厉害起来。"③

　　1927 年 12 月 14 日，一个寒冷的日子，县委会借湖滨饭店开会，商谈布置组织暴动事宜。嘱孔另境留守机关。然而，到第二天早晨还不见池菊庄、沈资田两人回来。于是父亲约了在盐运使署工作的周同志同去旅馆看他们。当父亲与周同志步抵湖滨饭店走廊，前面有一空地，见远处一个中年茶房无声地向他们摇手。其实，这茶房并不认识他们，但他似乎看得出他们是去找那个房间的。显然事有意外。父亲大惊，知道事情不好，于是与周同志急忙掉头分路逃去。这惊险的一幕，全靠那位茶房摇手，否则一定会落入蹲守伏击之中！好险。

　　父亲是经过世事的，尚能镇定地返回住处，告知詹醒民此事。

---

①②③　孔另境：《忆杭州县县委始末》，刊《杭州地方革命史资料》（第 15 期，1961 年 3 月印）。又《庸园新集》，上海文艺出版社 2006 年版。

同时，"即携个人行李及池菊庄一断手指，暂躲至戴望舒杭州老家躲避。"父亲在"自传"中写道。

后来证实，当日参加会议的六七人全数被捕。父亲记得，在盐运使署和詹及周碰了一次面，商量即由父亲赴省委（其时省委在宁波，书记夏曦，秘书长梅电龙）报告并请示。他去甬后，即向梅电龙汇报杭州组织被破坏情况，梅在第二日通知他返杭候命。

返杭后，仍住戴家。约一两个月未得何种指示。一日，他外出至近西湖的一条马路上，突见有短工十余人，抬了七八口白色薄皮棺材，沿湖滨而来。驻足而观，见每一材头均有黑字标明共匪×××之姓名。其中除池菊庄、沈资田、马东林等人外，尚有一口为张秋人的名字。至此，他知道被捕诸人均已遇难！

杭州白色恐怖如此严重，他又得不到省委的新指示，于是匆忙返沪，住在姐姐家中，一方面写信通知宁波省委，报告在杭州所见情况。书记夏曦嘱其在沪候命，并指示须找公开职业，等待时机继续奋斗。革命转入低潮。①

父亲的遇险"漏网"，并及时报告组织，使组织得知了确切的消息，不久，在中共机关刊《布尔塞维克》上刊出悼念文字。

《布尔塞维克》首刊悼念文字

《布尔塞维克》于1927年10月24日创刊。它是继被迫停刊的《向导》性质相同的中共中央机关刊物。时值中共中央机关迁回上海，于是迅速恢复出版这个刊物，易名《布尔塞维克》秘密出版。由瞿秋白、罗亦农、邓中夏等中央负责同志组成编委，瞿秋白为主

---

① 参考孔另境《自传》，载《庸园新集》，上海文艺出版社2006年版。

任委员。创刊号即以《悼赵世炎陈延年及其他死于国民党刽子手的同志》开篇，痛悼死难烈士，号召以烈士精神完成牺牲者未竟事业。之后，每期开辟了一个专栏："我们的死者"，把及时报道、悼念烈士的牺牲放在重要的位置。

《布尔塞维克》第十七期 1928 年 2 月 13 日出版。在"我们的死者"栏目下有悼文《白色恐怖下的牺牲者——池耕襄》，这日子离池耕襄（菊庄）牺牲仅三周。之后，在第二十三期上刊出陆吾仁著《沈资田同志传》。

《布尔塞维克》刊影

《白色恐怖下的牺牲者——池耕襄》悼文作者恺良为池耕襄生前好友，池耕襄（菊庄）在狱中曾两次写信给他。作者愤慨而深情地如实写道：

> 在白色恐怖满布着的中国，浙江也可称牺牲极大的区域了。杭州的陆军监狱中，已有人满之患，这是何应钦初到浙江的第一功。
>
> 我的朋友池耕襄，也在这恐怖之下，遭了枉死！他的被捕日期，大概是十二月十四五日，在西湖饭店被侦缉队缉获。他在狱中曾二次写信来，但我只收到他元旦所发的一封。他信上说：每一个做社会解放运动者，牢狱之灾，是所难免，此次之被捕，也可说是意料之中。他信上又说：我们虽然不该崇拜死

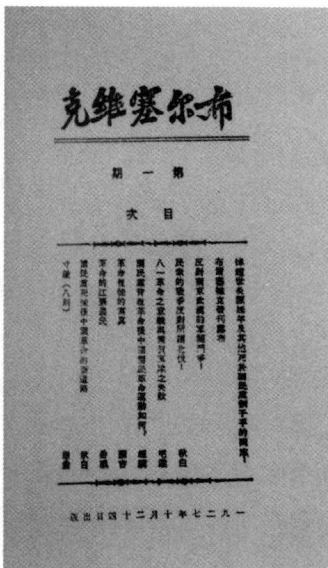

的伟大，但也不以死为悲哀，我愿有意识的死，不愿无意识的生。他信中又说：在特别法庭审问的时候，受到了肉体上的痛苦，但这也不必恨那般法官和法警，因为他们也不是偶然产生的。他又说：我最后的自解，只有'我们不去受苦，谁该受苦呢？'他信中最后又告诉我，他将受判了，如速到杭还可见他一面。但是我始终负了他！不曾去看他。他于 1 月 20 日在陆军监狱枪决。在半月多的时间中，他不曾有信来——或许是被检查了的——我也不曾设法寄信去安慰他。①

悼文中披露了池耕襄（菊庄）临终前在信中表达自己的人生观，坦然地做好了牺牲的准备，甚至宽慰朋友地说："每一个做社会解放运动者，牢狱之灾，是所难免，此次之被捕，也可说是意料之中。""我们虽然不该崇拜死的伟大，但也不以死为悲哀，我愿有意识的死，不愿无意识的生。"面对死亡，如此镇定，或者说，更为坚定了做社会解放运动的信念，甚至为此献身，决然地说出"我们不去受苦，谁该受苦呢"！这些话语充满着憾人心灵的力量，今天读来仍有一股英气直指人心。烈士义无反顾地从事社会解放运动，不怕牺牲，愿以他们的鲜血和生命，反抗旧中国。他们崇高的革命形象实实在在地屹立在眼前，令人动容。

悼文还简要介绍池菊庄烈士的生平，理解并同情他在成长过程中遇到的问题和生存的苦闷。在寻找解除精神痛苦的彷徨中，池菊庄最终在上海"新交了许多同志，使他思想剧变，毅然地从事于社会革命"。

---

① 恺良：《白色恐怖下的牺牲者——池耕襄》，载《布尔塞维克》第 17 期，1928 年。

当池菊庄的人生交上了一份非常理想的答卷，看到了光明前途的同时，却由于中央决策层的极"左"路线错误，盲目指挥下级执行发动暴动的武装斗争，从而多少义士付出了生命的代价。回顾历史，我们为他们的牺牲造成的损失感到痛心。

我们了解到池菊庄短暂生命的历史：

池耕襄（1905—1928），他又名池楷，字菊庄，化名史学章，浙江桐乡人（原崇德县）人。出生于小商人家庭。小学毕业后，先后考入浙江省第二中学和湖州海岛教会学堂，均因不满旧的教育制度和教学方法而中途退学。1925年，尝试写作，同年秋，考入上海大夏大学文学系。1926年冬，加入中国共产党。年底，根据党组织安排，回家乡开展国民运动，组织国民党崇德第二区党部，任常务委员。1927年2月北伐军光复浙江后，转为公开活动，组织了店员工会，在附近农村建立农会，开展增薪和减租斗争。四一二反革命政变发生后，遭到通缉，几经曲折，在上海找到党组织，被派到店员总工会从事地下活动。同年8月，受党派遣赴苏北，在军队中从事兵运工作。10月，又回浙江，在对敌斗争处于紧张复杂的关头，受命重建中共杭州县委，任常委，按党组织部署，策划农民暴动。12月，在县委秘密会议期间遭敌人破坏被捕，囚禁于浙江陆军监狱。1928年1月20日英勇就义，时年二十三岁。

革命与爱情：池菊庄断指明志

池菊庄被国民党浙江省地方特刑庭判处死刑后，他在监狱墙上刻下诗句：

　　　　碧血渲染处，红花照眼心。

　　　　钱塘潮不尽，吾辈岂无人。

　　1928 年 1 月 20 日下午，他和其他七位共产党员坦然走向刑场，在"中国共产党万岁"的口号声中，壮烈牺牲。[1]

　　这首遗诗道出他宽广的胸怀和对革命理想的追求，寄希望于后来者如钱塘江潮奔流向前；遗诗也道出他很高的文艺修养。早先他在辍学回家时期，经常阅读《小说月报》和《新青年》等新文化刊物，从中汲取新思想。1925 年，他自己出钱办起一份《吟啸月刊》，用史学章笔名撰写进步文章，宣传新世界、新生活，以唤醒当地人民起来反抗北洋军阀。后因经费困难停刊。[2]

　　运用写作、办刊物，以宣传新思想，一度是池菊庄生活的重要部分。他在寻找革命队伍、明确自己的人生目标之前，在苦闷的环境中，"又因为受资本制度社会的限制，不能使他自由发展他的天才。物质的生活，仍须依赖家庭，所以不得不仰承家人的鼻息（他的继母）。"[3] 同时，年轻人在对待爱情上出现问题，受到的却是恶意相加。"他因为受世人欺侮太过，他相信世间上没有好人，所以他的对人，也终没有如意。这样，他与社会渐渐远离了，他与家人也渐渐远离了。"我们不用回避恺良在这篇悼文中，隐约地说到一个时期里，池菊庄"他不能节制他性的冲动"而遭到吐骂。他在"辍学后的数年中，可以说是无聊到极点，他不能肯定人是应该努力，但他

---

① 参见中共上海长宁区委宣传部等编：《〈布尔塞维克〉·血色祭文》，江西教育出版社 2009 年版，第 45 页。

② 参照《中共杭州党史人物研究·池耕襄》网文。

③ 恺良：《白色恐怖下的牺牲者——池耕襄》，载《布尔塞维克》第 17 期，1928 年。

也不赞颓废。在这时期中，他简直是人间失落者了"。①

　　然而，池菊庄是位强者。他在彷徨之后在上海找到了党组织，明确了生活的方向。那时候的他"思想剧变，毅然地从事于社会革命"。我的父亲解说，池菊庄断指明志，这是一位年轻的革命者恋爱遭到挫折，悲痛的心情压抑了他的革命意志，为了挣脱这世俗凡事的羁绊，全身心地献身革命，于是忍痛断指以明心迹。这是需要多大的勇气！

　　这是一截小手指，被放在一个玻璃瓶中，浸在福尔马林溶液里，使之不腐，时常可以看到它，提醒自己的初心。父亲敬佩他！

戴望舒笔下的革命者形象

　　1928 年 12 月，在施蛰存、杜衡主编的《无轨列车》第七期上，刊出戴望舒的一首诗《断指》，诗的开头写道：

> 在一口老旧的，满积着灰尘的书橱中，
>
> 我保存着一个浸在酒精瓶中的断指；
>
> 每当无聊地去翻寻古籍的时候，
>
> 它就含愁地向我诉说一个使我悲哀的记忆。
>
> 它是被截下来的，从我一个已牺牲了的朋友的手上，
>
> 它是惨白的，枯瘦的，和我的友人一样，
>
> ……

　　父亲讲述的故事，出现在戴望舒的作品中。

---

① 恺良：《白色恐怖下的牺牲者——池耕襄》，载《布尔塞维克》第 17 期，1928 年。

　　上面说到："父亲带了几件行李和池菊庄的一段手指的玻璃瓶，到戴家躲避。"父亲本想为池菊庄保存那瓶珍贵的断指，可是，眼见革命者被捕不久便遭到杀害，于是，那瓶断指就留在戴家的书橱里。对着断指的玻璃瓶，父亲向戴望舒讲述这断指者的经历和爱情，它引起的共鸣，无疑对同样过着"穷极无聊"躲避生活的他们，注入了一剂兴奋。

　　戴望舒在1927年四一二政变后，受国民党上海市党部通缉，先在松江施蛰存老家躲藏，后被迫返回杭州老家隐居。他之所以受到通缉，是因为"不安分"，在1926年的大革命高潮中，他加入了震旦大学的共青团，并担任团支部的负责人，参加实际斗争，后曾被巡捕房拘留。和他一起回家乡的文友杜衡说："回家乡，那时的心境是非常沉闷的。同年秋冬之交，老友望舒也和我一样地穷极无聊。"（《在理智与感情冲突的二年间》）这段时间，也是我父亲参加中共浙江县委工作，与戴同在杭州的时机。由于在上海大学学习时，父亲和戴望舒、施蛰存因同学之谊交好，当各奔前程后又同在杭州一地时，互相有了走动，甚至遇到危局，父亲首先想到躲到位于大塔儿巷的戴望舒家避难。

　　　关于他的"可怜又可笑的爱情"我是一些也不知道，
　　　我知道的只是他是一个工人家里被捕去的，
　　　随后是酷刑吧，随后是惨苦的牢狱吧，
　　　随后是死刑吧，那等待着我们大家的死刑吧。

　　这个真实的悲剧故事经戴望舒用诗歌记载下来，不仅留下了这个时代革命者对待革命和恋爱的崇高形象，也表露了作者悲愤痛楚的感受。

在创作中，诗人遵循了他的诗是"由真实经过想象而出来的，不单是真实；亦不单是想象"的创作原则（《零扎》十四），又注意到内心感受的体验，使整首诗保持了一种舒展的韵律。

对革命者的敬意，以及对反动派的愤怒，戴望舒在诗中还写道：

> 这断指上还染着油墨的痕迹，
>
> 是赤色的，是可爱的，光辉的赤色的，
>
> 它很灿烂地在这截断的手指上，
>
> 正如他责备别人的懦怯的目光在我们的心头一样，
>
> 这断指常带了轻微又黏着的悲哀给我，
>
> 但是它在我又是一件很有用的珍品，
>
> 每当为了一件琐事而颓丧的时候，我会说：
>
> "好，让我拿出那个玻璃瓶来罢。"

"断指瓶"成了戴望舒的"珍品"。直率的愤懑，使这首诗写得很直白，有一种激励向上的意旨。如果我们把戴望舒创作于同一时期（相差仅几个月）取材于同一地点，即他的家乡——杭州的成名诗作《雨巷》作比较，《雨巷》是低沉的，忧郁的，反映了小资产阶级知识分子在大革命失败后的共同心理；那么，这首题为《断指》的诗，却是直露的、悲愤的，反映了同一时期知识分子面对斗争生活的心理感受。《雨巷》里的姑娘，撑着油纸伞，独自在悠长又寂寞的雨巷彷徨；《断指》里的革命者被捕后，等待着他的是酷刑，是死刑。一个是那么超世脱俗，一个却是那么严酷的现实。

作者在这一时期的诗作中，《断指》是较为突出的一首。由于它明显的革命性，戴望舒的这首诗流传并不广。当诗作在《无轨列车》刊出后，刊物即被以"有宣传赤化之嫌"受到当局的查禁。不能不说与刊登《断指》有关。以后，作者曾把它收入 1929 年 4 月水沫书店出版他的第一本诗集《我的记忆》之中，可见他对这首诗作的珍爱。

1928 年杭州县委集体被捕、牺牲事件，这个真实的历史悲剧，以池菊庄为代表，经孔另境的口述和戴望舒的创作，用诗歌记载了下来，表露了作者悲愤痛楚的感受。池菊庄决然断指明志的行为，英勇献身的故事，当年感动着我们的父辈，如今，同样震撼着我们这些聆听者，这个传奇故事一直萦绕在我的心间，挥之不去，可见一位时代英雄，他的言和行始终不渝地屹立着，为后人留下了这个时代革命者对待革命和恋爱的崇高形象。这是值得庆幸的。

2013 年 10 月 12 日写毕

原载《档案春秋》2014 年第 1 期

二

旧闻上海

鲁迅原葬地拜谒记

2007 年 6 月 6 日，鲁迅先生原葬地纪念标志揭幕在宋庆龄陵园举行。我在写作《痛别鲁迅》时，曾在图片上神历过这个下葬的地方，感受那时的感动，追寻过去的记忆，却并没有去实地考察。据说那里的一切都荡然无存，墓园的大门，有阶梯的礼堂，不宽也不窄的水泥主干道……都已经不复存在，无从寻找那年点点的痕迹。

周海婴夫妇和儿子周令飞

2007 年 6 月鲁迅原葬地落成的纪念碑

从鲁迅葬仪至今，毕竟有七十一个年头了。七十一年的时代风云，从墓区也能了然其时代的变化，窥察其人间的冷暖。

这天，参加揭幕仪式的人并不太多，倒也代表了方方面面，有鲁迅先生的亲属，有上海市有关方面的领导，有上海鲁迅中学的学生……我想寻找当年曾两次参加葬仪的人，毕竟时隔久远了，只找到当年的中学生杨小佛先生。除了周海婴先生，他是来宾中唯一参加最初葬仪的人，如今已近九十高龄。其余，有好几位是当年参加葬仪人的后代，如执绋者蔡元培女儿蔡睟盎，特从福州赶来奔丧的郁达夫的儿子郁云，抬棺人吴朗西的儿子吴念祖，葬仪三天里任"干事"的孔另境的女儿孔海珠，王任叔的儿子王克平等。

鲁丧那年，小海婴只有七岁，如今已华发满头。他在发言中说："在我们脚步下的这片土地，父亲长眠了整整二十年。这里是鲁迅生命的终点，也是'鲁迅精神'的原点。"回忆起当年"万人为父亲送葬"的葬礼场面，周海婴依然感慨万千。他说："这里蕴涵了太多的文化、历史的纪念意义，承载了千万民众对鲁迅的敬仰，显示了觉醒的中国人民的历史抉择。"

寻访当年送葬人

七十一年前，在鲁迅先生出殡的日子里，有上万民众送葬的队伍，逶迤数十里步行前来，唱着安息歌，哀痛地呼着口号，涌向万国公墓。这是中国文化人受到的最大的哀荣。在纪念堂前的石阶上曾站立过蔡元培、宋庆龄、邹韬奋、王造时、沈钧儒这批爱国民主人士，他们的演说被阵阵的口号声淹没，暮色苍茫中，人们感到一个战士之死的伟大。

为了寻访当年曾参加鲁迅葬仪的人，多得到一点感性知识。2003 年夏，我请教百岁高龄的夏征农老人，他说，当时的情形是戒严的，参加出殡的人，我们是准备被抓的。因为有名的人在那里，所以没有抓人。

他指的是宋庆龄、蔡元培、沈钧儒等名人在场。我问他："鲁迅去世时，你是怎么得知这个消息的？你是一个人去的还是结伴去的？你没有到大陆新村去？还是到万国殡仪馆？"

夏老说："我记得没有到万国殡仪馆去，是在路上参加送殡的行列，很多人参加了。"

夏老是 1933 年参加左联的，写过多篇纪念鲁迅先生的文章，感情深切。

现年九十二岁的孟波是亲历送葬游行的，而且也是教唱挽歌、指挥游行人之一。2004 年 4 月 2 日他在办公室接待了我。首先，他从抽斗里取出收藏得很好的两册《大众歌声》，这珍贵的歌谱书由麦新、孟波编，1936 年 10 月印刷。他向我介绍：为了将鲁迅先生挽

参加鲁迅原葬地地标落成合影
左起：郁云、王克平、孔海珠、周海婴、马新云、蔡睁盎

歌及时编入书中，他们推迟出版。我翻了翻书，里面收有四首有关鲁迅的悼歌，的确很珍贵。

孟波向我介绍，编者之一的麦新是写《大刀进行曲》的作者，比他大几岁。后来他去了延安。在东北剿匪时牺牲了。

"那年，我虚岁二十一岁，参加半公开的救亡歌咏团体联合会。刘良模原来在四川路青年会的地方工作，我们可以借这地方活动。这时，此地不能活动了，转移到圆明园路女青年协会。电梯到七楼为止，我们走上去开铁门到八楼的阳台上，两周开一次会，各救亡歌咏团体的负责人都来，商量向救亡青年教歌的事，也唱唱新歌。那时的歌咏团体很多，救国会组织发展得很快。我们也参加歌曲作者协会，有冼星海、吕骥、贺绿汀、刘良模等，经常在冼星海家碰头。"

接着他回忆起："当鲁迅先生去世的消息传来时，他们马上在冼星海家碰头，商量要搞挽歌，分头写，歌词很快就出来了。21日报治丧委员会讨论。当时周钢鸣是参加治丧工作的，他把通过的消息传来，当天晚上连夜到印刷厂印，传单式的歌谱印了两千张，《大众歌声》也赶印出来。"

木刻家曹白原名刘平若，他是为鲁迅抬棺人中最年轻的一位，2004 年他在家接受我的访问，指认抬棺照片上排第二的人就是他。如果不是他的指认，我怎么也分辨不出相当帅气的年轻人是他。他和巴金是当时上海幸存的两个抬棺人。记得去年，我们还在华东医院的病房与他一起愉快的谈话，上个月，我在《鲁迅研究月刊》上看到他的讣告，心里一沉。随着最后一个抬棺人的去世，三十年代的往事真要离我们远去了。

我问杨小佛先生："鲁迅先生去世时，你到万国殡仪馆去过吗？"杨先生说："没有。我在学校里上课，不可能去。"当年他是光华附中的高二学生。

"那你是在什么路上加入葬仪队伍里的？"我问。

杨先生说："我是在出殡的时候加入进去的。我们光华大学的校门本来在边上，开在租界的大西路上，后来门移到中山路上，从中山路进出。大学生可以随便进出，我们中学生也可以出去。那天下午，正在校门口看到葬仪的队伍，一打听才知这回事，原来是鲁迅的葬仪。看到大学生们立刻跟了进去，大学生好去，我们中学生也好去，于是跟着十来个大学生一起参加。从大西路到虹桥路很近，马路一转就到了。"

杨先生接着说，前面的灵车和乐队他没有看到，只看到尾巴了。"我们跟在后面走进去，因为走得慢，等到我们到门口可能里面已经开始讲话了，我们听不见。那时没有麦克风，没有扩音设备，知道里面在讲话，但是讲什么听不清。"

陈子展先生平日很少和鲁迅先生接近，也没有和他通过信，请他写过序或题笺之类的事，只是别人的宴席上见过先生两次，或在北新书局门市部碰到先生几次。别人诧异地问陈子展："你为什么会跟在许多青年朋友的后面，瞻仰鲁迅先生的遗容，还要徒步参加'鲁迅先生殡仪'的行列？""其实，这也不足诧异的事。"子展先生说。十多年来，他读了许多鲁迅的文章，"每每为他的至大至刚的正义感所激动。增加了我对于一切黑暗势力的愤怒，虽说我不能和他一样有积极向前奋斗的精神。但我不能不钦佩他这种伟大的精神，服膺他这种伟大的人格，推为一般青年志士的模范。"还坦言："有时我的笔下恭维他的文章，终不及我的心头恭维他的人格。"他在《我们所以哀悼鲁迅先生》（1936 年 10 月）的讲述，代表了许多文化人客观而诚挚的情感。

万国公墓的最后告别

从殡仪馆到万国公墓大约有十多里路，步行送葬需约两个多小时，队伍中有年老的，也有年幼的小学生加入，所以，队伍到达公墓时，天已经快要黑了。

公墓门前已有无数青年人挤站着迎候，大门上也已有一个"艺社"挂上了一幅"丧我导师"的横额。

鲁迅先生安葬的万国公墓，位于上海的西郊，是当时上海最有名的、也是规模较大的公墓。当年，在选择鲁迅的安葬之地时，宋庆龄起到了很大的作用。

万国公墓是中国人开办的第一家公墓。清宣统元年（1909 年）浙江上虞人经润山在徐家汇虹桥路购地二十亩，于民国 2 年（1913年）辟墓穴，初名薤露园。"薤露"两字比喻人短暂的生命就像薤草

1936 年的墓碑，下端刻的"鲁迅先生之墓"，由鲁迅之子周海婴书写

上的露水，太阳一晒，就干掉了。后被沪杭甬铁路占用。民国 6 年移至张虹路购地重建，名薤露园万国公墓。民国 23 年由上海市政府卫生局接办，改称上海市立万国公墓。设施中西合璧，完备豪华。"园内四周有树，中央纪念堂可开追悼会，追思厅可诵经，有男女休息室各一。"（1922 年《上海指南》）也可视为上海最早的公共性殡仪馆之一。

　　20 世纪 70 年代初期，上海市区一些仍然存在的公墓遭到了严重的毁坏，万国公墓也不例外，宋庆龄得知后，写信给周恩来总理，公墓才得以保护。1973 年，上海市民政局收回了包括宋氏墓地在内的三十亩土地，恢复了万国公墓。1981 年 7 月 1 日，万国公墓正式对外开放，除了专辟外国墓区之外，公墓还陆续迁葬、安葬了抗日将领谢晋元、复旦大学的创始人马相伯，宋庆龄的亲密战友杨杏佛、

"三毛之父"张乐平、京剧大师周信芳等名人，成为了一个记载历史、沉淀人生的陵园。1984年1月10日，经中共中央书记处批准，命名万国公墓为宋庆龄陵园，并保留万国公墓名称。

约下午四时五十分，送葬的队伍潮水般地涌入万国公墓的甬道，群众压得透不出气，嘶哑的喉咙都沉默了下来。葬仪是在纪念堂前露天举行的。灵柩安置在广道上，主席团治丧委员等站在堂前的石阶上，后面正中央高高地挂着司徒乔所作的大遗像，两旁插满着挽联。群众的队伍则分开两边站在堂前的大道上。电影公司的"开麦拉"和摄影记者们不停地在工作。几分钟后主席宣布开会，群众立刻寂静无声，每个人的眼睛朝着礼堂的阶石。按着预先商量好的程序开始了葬仪：

一、奏哀乐。

二、由蔡元培、沈钧儒、宋庆龄、内山完造、章乃器、邹韬奋诸君做了关于先生安葬的演说；继由田军代表了"治丧办事处"同人及鲁迅生前支持的《译文》《作家》《中流》《文季》四社同人做简短的致词。

三、"安息歌"。

四、上海民众代表献"民族魂"白地黑字旗一面，覆于棺上。

五、仍由启灵时抬棺诸人，抬棺入穴。

一切按事先预定的顺序进行。

奏哀乐后，首先由治丧委员会主席蔡元培致辞。他庄严地号召大家：

"我们要使鲁迅先生的精神永远不死，必须担负起继续发扬他精神的责任来。我们要踏着前驱的血迹，建造历史的塔尖。"

这时，群众队伍里爆发"鲁迅先生精神不死"的喊声，情绪激越起来。晚风把声音吹得飘向天空，大家踮起脚，竖起耳朵，伸长脖子，只想捕捉一些断残的句子。被挤在圈外的人，攀在两边的石碑上。只有一些巡警退在人们背后，抱着膀子听着。

次由沈钧儒代表救国会报告先生事略，他说：

孔另境在鲁迅原葬地祭扫

"今天的葬礼是纯粹民众的葬仪。像鲁迅先生那样的人，应该有一个国葬，无论在哪一个国家都应该这样，而今天在这许多人里面，就没有一个代表政府的人。中国的政府到哪里去了？

"但是我们的民族造就了鲁迅，我们的人民积聚在鲁迅的旗帜下，和伟大的鲁迅心心相印。没有全国性的统一的号召和组织，却有一种共同的基调，那就是反对帝国主义、封建主义，热爱祖国，为民族和人民的解放而永无休止地奋斗。"

在热烈的要求掌声中宋庆龄和群众见面。宋庆龄很少在公众面前讲话，那天她词略而简，用带有浦东口音上海话急急地说：

"鲁迅先生虽死，其精神实仍不死，吾人纪念鲁迅先生，在集合真正革命之同志，以从事于反帝之运动，为被压迫民众而奋斗。"其政治主张明确，掌声和口号声不断响起。

最后由胡愈之代表主席团读哀辞：

"鲁迅先生离开我们而永逝了。鲁迅先生不单是一个伟大的作家和思想家，而且是世界劳苦大众之友、青年的导师、中国民族解放的英勇斗士。鲁迅先生一生所企图的，是人类社会自由解放，与世界和平，所教导我们的，是为和平自由而艰苦斗争。鲁迅先生的遗体，埋藏于黄土之中，鲁迅先生的遗教，却将永远埋藏在全世界爱好和平与自由的人们的心底。"

许广平也发表了她的哀辞。宋庆龄始终站在她的身旁，默默地用心安慰着她。

之后，是向灵柩行最后的敬礼，并静默致哀。由王造时、沈钧儒、章乃器、李公朴四人献旗，旗为白底黑字，上缀由沈钧儒手书的"民族魂"三字覆盖在棺木上。

这时，暮色已经笼罩了大地，灵柩由扶柩人抬到墓地的东首墓穴。由礼堂把灵柩抬到墓穴大约有几十米远的一段路，也有一些群众跑出来拥挤着一起抬着灵柩。已经是傍晚了，一个大架上缚着两根宽带子，边上有活轮，在工作人员指导下，大家就把灵柩放在带子上面，当两边的活轮转动，使带子松动，灵柩就缓缓地沉落下去。落棺的过程中，墓穴周围并不相识的人们手拉手半蹲着成一个圈子，等到它完全停止在深处的水泥椁上不动时，再把水泥椁的墓盖盖上。当许广平把第一捧土撒上去的时候，顿时，万国公墓上空响起了无数人的痛哭声和断断续续的《安息歌》歌声。

《安息歌》由作曲者吕骥亲自领唱：

愿你安息安息，

愿你安息安息，

在土地里愿你安息，

愿你安息，愿你安息，

安息在土地里。

……

这伟大的民众的葬仪，给人留下了一个永远不能忘却的印象。即使在鲁迅先生逝世七十一年后的今天，当我读着这些记载葬仪的文字，看着葬仪过程的照片，不由感叹民众的力量和鲁迅先生的人格魅力。正如章乃器所说，有一万余人瞻仰遗容，六七千群众送葬，这"民众葬"的仪式，在中国可说是破天荒的总动员。通过悼念活动即是全民族对鲁迅的认识和评价。这是近代以来，继 1919 年五四运动之后，中国人民于民族危亡中政治意识觉醒的一个新的历史性标志和一次最大的示威。

二十年里的致敬

自从鲁迅先生葬在这里的二十年里，许多青年人相约前来凭吊、献花。凡逝世纪念日，或纪念会议后，更不乏文化名人前来扫墓。笔者手边有几张历史照片：1937 年春，许广平母子、王蕴如、周晔、周瑾，与萧红、萧军、金人等在鲁迅墓前的合影。1946 年 5 月，许广平陪同郭沫若、冯乃超、周信芳、田汉、于伶来此地扫墓。同年十月，鲁迅逝世十周年，周恩来在上海，参加了纪念大会，第二天会同郭沫若、茅盾、冯雪峰、曹靖华、胡风、沈钧儒、许广平等，前去瞻仰鲁迅墓地。消息传开，群众自发赶往墓地，里三层外三层地包围着前来扫墓的文化名人。在这样的场合，上面这些名人在群众的包围圈中各个发表了演说。这些场景照片，弥足珍贵，记载了

1947年重建后的墓碑由许广平设计，"鲁迅先生之墓"由周建人书写

这二十年里人们的敬仰和记忆。

其实，最初的墓地营建得过于简朴，只是在小小的土堆前竖立了一块梯形水泥墓碑，上面镶有瓷制鲁迅先生像，下部刻着横写的字体，幼稚而工整，这是小海婴的手笔。墓的左侧是许广平亲手种植的一株桧柏。冯雪峰曾经安慰许广平：将来等革命胜利后，我们一定要为周先生举行一次隆重的国葬。

这个愿望果然实现了。新中国成立后，在鲁迅逝世二十周年之际，中共中央和国务院决定举行隆重的纪念活动。在上海为鲁迅建造新墓是其中之一。1956年7月19日开工营建，在万国公墓鲁迅墓的上方，搭起了一个工棚。孔罗荪、唐弢等在现场监察。起出的灵柩完好，二十年前覆盖在灵柩上的"民族魂"的大旗，字迹依稀可辨。三个月的施工，到10月9日，鲁迅先生的新墓完工。上海市纪念鲁迅筹备委员会决定于十月十四日举行鲁迅先生棺柩迁葬仪式。这是隆重的迁葬仪式，纪念鲁迅又达到了一个高潮。

今天，回顾五十一年前的迁葬，周海婴在致辞中说起墓地的几经变迁，他说："抗战时期，碑上父亲的肖像面部遭到了毁损，为此，在抗战胜利之后，母亲许广平立即亲手绘制、设计新墓碑，并由家属自费完成修缮。第一块墓碑现在保存在上海鲁迅纪念馆，第二块墓碑迁墓虹口后留在此处，却在 1966 年那场动乱之中不知去向。"

如上所说，现在要真正找到当年的墓地方位所在，是颇为艰难的。因为，1956 年迁墓时，墓旁许广平种植的桧柏、连同 1946 年周恩来在墓地的右侧种下的一株桧柏，以及四周的十多棵龙柏、一株木槿等，迁葬时一起迁到了虹口公园的新墓旁。这里，仅留下竖立的第二块碑石。迁墓后的这五十一年里，"万国公墓"的原名也早已更改，园内也几经修整布局，墓区更加整洁大气。可以这样说，如今人们还能记忆当年万人送葬的鲁迅葬仪在万国公墓举行，只能凭借当时保存下来的照片。七十一年过去了，要找到原葬地是并不容易的。周海婴想到了，他有这个责任来寻访、来考察、来祭拜。

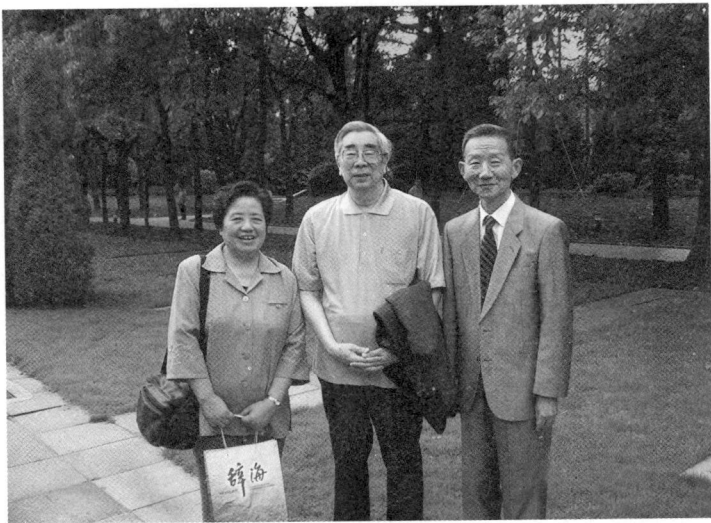

孔海珠（左）海婴（中）郁云（右）摄于 2007 年

我们何尝不应该呢？海婴他做了。万幸的是，原万国公墓的工作人员，在 1956 年的迁葬后，特意在鲁迅的原墓地旁边种了一棵树为记号。周海婴指着身后的一棵茂盛的树说："五十一年过去了，这株树已经长得这么高大了，今天才能找到此地，还我一个心愿——父亲的纪念墓碑又在原地建起来了。"

话音刚落，在场的摄影记者们，纷纷举起相机，对着纪念墓碑，对着那棵立了大功劳的树。在我心里，从墓区感受到了人间的温暖。上海市政府从善如流，竭力促成这个具有历史意义的标志的落成。历史的印痕像一道光，照亮了在场的人们，诉说封存的记忆。在这个时空里，我又一次领略"中国文学史上空前的纪念碑"的光芒，弥补了我早早想拜谒原葬地的愿望。

原载《鲁迅研究月刊》2007 年第 12 期

于伶《无名氏》的触电风波

抗战胜利之后，1946年，于伶回到上海，忙于恢复上海剧艺社，搞得焦头烂额，一直没有时间创作剧本，连发表短小的文章也很少，更无暇顾及编剧等事宜。然而，从1946年3月1日起，上海剧艺社宣告暂停演出，于伶有了空闲。此时，国泰影业公司成立，由柳中浩任总经理，柳中亮任董事长，李大深任制片经理兼厂长。他们先后聘请应云卫、吴天、周伯勋等参加制

于伶在四十年代

片工作，聘请田汉、于伶、洪深等为特约编剧。于是有了《无名氏》电影剧本。国泰影业公司为40年代上海规模较大的民营公司之一。

关于国泰影业公司

其实，国泰影业公司的前身是"孤岛"时期的国华影片公司，曾经拍摄过不少并不叫好的影片。抗战胜利之后，政治环境的变化

和各方面人才的回归，使有"东方好莱坞"之称的上海，又一次显露出电影生产的高潮。然后，国民党官方为扩大对电影事业的垄断，不断排挤、压迫民营公司，打击、迫害进步的电影工作者。而地下党组织团结进步的电影工作者，反击官方对电影事业的垄断，展开针锋相对的斗争，开辟进步电影运动的基本阵地。

当时，国泰影业公司的老板，一方面与国民党反动派有着联系；另一方面又想通过拍摄进步影片来获取利益。因为"国泰"刚开张之时，拍摄的两部影片《民族的火花》和《湖上春痕》，受到社会舆论的批评和观众的冷淡。出于商业考虑，他们有摄制进步影片的愿望。公司老板一再表示："今后出品自当力求上乘"，要改变过去"国华"时期的作风。于是，"国泰"投拍于伶的《无名氏》和田汉的《忆江南》。所以，在《无名氏》拍摄时，已经担任制片主任的周伯勋，代表"国泰"发表公开谈话："……外界对我们的《民族的火花》《湖上春痕》不满意，我们自己也感到了，为了解救经济的困难，更为了要维持一家民营电影事业今后的命运，不得不赶拍这两部影片，让公司喘一口气。以后，将继续《无名氏》的路线。"①

于伶第一次"触电"　应云卫精心导演

在这样的背景下，从重庆回到上海的话剧工作者大都转向电影的创作与拍摄。由于伶担任国泰影业公司特约编剧，他为该公司写了第一部进步片《无名氏》，这是他第一次写电影剧本。他以前的电影如《花溅泪》《女子公寓》，大都由话剧剧本改编的。这次"触电"的《无名氏》，是部创作的电影剧本，所以对作者有着特殊的意义。

---

① 　参考丁小逖：《影事春秋》，中国电影出版社 1984 年版。

　　该片由应云卫导演，演员有秦怡、姜明、周峰等，次年 3 月首映。影片描写抗战时期，爱国抗敌的一家遭遇到曲折而凄惨的生活，尖锐揭露国民党反动派侵吞人民抗战胜利果实。作家陈沂曾在哈尔滨看过《无名氏》，称赞这片子比《一江春水向东流》还好。

　　对导演应云卫来说，自从拍摄《塞上风云》以后，有八九年没有做电影工作了。现在重新参与到这久经疏远的艺术部门，匆忙之中，展开了工作，"真是既兴奋又胆怯，不知道这双生硬的手将会造出什么样的东西来！"[1]

《无名氏》上演说明书

　　至于在片中由谁担当女主角的人选，于伶和应云卫的意见很一致。

　　秦怡在重庆八年，刚回到上海，一些电影厂（公司）的老板、制片人和导演就找上门请她拍戏。大家心里清楚，能请动这位蜚声全国、深受观众喜爱的话剧名旦在自己的影片中出镜，一定会受到观众的欢迎。然而，由于体力和精神的双重疲劳，秦怡一部戏也没接。长达一个月的旅途奔波，她需要休息一段时间，尤其是回到家得知父亲去世，似当头一棒，击得她缓不过气来。

　　今后的路该怎么走？秦怡不停地思考着。回到上海一个多星期了，身心彻底放松，吃着妈妈烧的小锅菜，秦怡的脸上有了血色，

────────────

[1]　应云卫：《我的惶恐》，载《无名氏》宣传说明书。

皮肤红润光亮，人也有了光彩。

"秦怡，秦怡是住这儿吗？"一天午后小憩，秦怡正浏览报纸，忽听有人在门外叫喊。秦怡放下报纸，起身下楼开门，惊喜地大叫道："于先生，怎么是你，真没想到！"来人正是于伶。之前，秦怡从中华剧艺社借到新中国艺术剧社演《清明前后》，是于伶提出的。《清明前后》被迫停演，秦怡收到上海的家信，要先回上海，也是于伶同意的。于伶曾和她相约，待他到上海后一定和她见面。今天，于伶真的找上门来了。

"回到家还好吗？还有你妈妈好吗？年纪不小了，要多尽点孝道。"秦怡微笑而带点羞涩地看着于伶。于伶上门来找她，肯定有事情。

"上门找你拍戏的人不少吧！"

"找的人是不少，我一个戏也没接。刚回到上海，我想先不着急，看一看再说。"

"看一看是可以的。依我看，现在你可以到民营公司去拍戏。有什么戏拍什么戏，没关系的。"

"你现在是明星，有名誉，有地位，一拍戏肯定是主角，其他人会跟着你走，所以你的观点会影响一批人；而你的观点是什么，我们最清楚。据我知道，吴永刚马上就会来找你拍戏。"至此，于伶专门来找秦怡的目的已很清楚。

没过多久，果然如于伶所说，吴永刚上门来找秦怡，请秦怡在他编剧和导演的《忠义之家》中演女主角——一个飞行员的妻子。后来接拍《遥远的爱》，之后，秦怡又经应云卫之邀，在他导演的《无名氏》里演女主角。①

---

① 江建强著：《秦怡传》，江苏人民出版社 2009 年 1 月出版。

关于秦怡出演女主角的情况，笔者有幸在 2011 年国庆节的前一天，打通了她的电话，请她回忆当年拍摄《无名氏》电影的事，如今已找不到与这部电影有关的人员了。她马上记忆犹新地诉说："那是太艰难的一部戏，有一次，两天两夜出不了摄影棚，一会儿改台词，一会儿改什么，都是临时性的改动，说是这句话、这小段被审查没有通过之类，候场时，坐在那里那个困呀，当应云卫叫我上戏时，我的头一下子撞在他的身上，还没有醒……"

随着紧张的摄影场工作，随着一天一天发下去的拍戏通告单，当发到第四十五张通告的时候，也就算宣告结束了拍摄。这期间，像一部机器的轮子，只有转动，没有休息，及至骤然告终，甚至连导演自己都不相信起来，一部戏就这样完成了吗？应云卫说："抚心自问，不胜其惶恐！然而事实是必须'完成'了，一个在荆棘途中时时如生存搏斗的民营企业，一种在既定条件限制下的技术设备，再加有限的才能，要求理想过高也是不可能的。"的确，当时我国的电影艺术和技术还处于萌芽期。

对剧本作者，应云卫说："对于作者于伶兄，我也应该致与谢意和歉意，于伶兄的剧作企图，原是十分现实而深刻的，但我为了适应公司的制片计划，却把它处理得更 Melo 一点了。不过情节的曲折不一定会伤害内容的真实，在'现实'条件许可下，和时代鼻息多呼应一点，然而，我若能不受谴责和灾祸也就算幸运了。"[1]

《无名氏》拍摄的究竟怎么样？据"可靠消息，决于月底 28 日，全片配音片头等竣工，该片对描写抗战八年中，人民流离失所，及抗战胜利后之几家欢乐愁，讽刺现实，血泪交流之大悲剧"。

---

[1]　应云卫：《我的惶恐》，载《无名氏》宣传说明书。

　　《无名氏》中有精彩插曲两支，一名《一支小草》，一名《古怪多》。"词句新颖风趣，含有讽刺成分甚重"。主题歌《人人都是主人》由秦怡、康健、卢业高合唱。歌词很有时代特色：一粒种子会发芽／一根小草会开花／人生于世为什么耕种／结出果实为大家／天下兴亡我有分／国家耻辱要洗清／为了保卫民族的生存／大家起来赶敌人／赶走敌人享太平／胜利属于每个人民／你有工作／我有田耕／人人都是国家主人。

　　由于《无名氏》全剧情绪悲愤，高潮特别多，所以音乐成分特别繁重。音乐由陈歌辛负责，另有黄贻钧、章正凡、秦鹏章合作，西洋乐师二十名，整整两天在海格路前台尔蒙旧址配音室进行，大小配音片段计四十三段，合唱团男女由音专同学三十名和唱主题歌。"有透露，应云卫和陈歌辛是舅甥关系，故陈氏之音乐部分特别卖力精细，每一个小动作，都有音乐情调配合。说明它是非常精致的一部电影。"

　　出演《无名氏》的姜明，片中饰赵老，慷慨捐款，送子从军，八年艰苦，胜利后，家破人亡，双目失明，"演来博人一洒同情热

《无名氏》剧照

泪，其演技之优秀洗练，当《无名氏》招待各界试片毕，各大导演，及诸同事好友，不约而同，均众相拥，与姜明连连握手，称赞不已。"导演应云卫称姜明乃1947年中国男演员，演技应得奖第一名。

如此高兴，在《无名氏》竣工大吉时，应云卫特设庆功宴于环龙路家中，招待全体工作人员，应太太亲自烧菜，情绪热烈。

"电网"风波起　片子被剪去十分之四

然而，当时有一个重要情况，当影片投入开拍时和摄制完成的时间段不一样了。影片投入开拍时，内战尚未开战；摄制完成时，内战已经全面爆发。由于影片尖锐地揭露了国民党统治下的社会黑暗，虽然在摄制过程中根据审查剧本的要求，不断地改动台词和情节，还是触到了"电网"。国民党官方对"国泰"的两面性是清楚的，他们采取又打又拉的办法，逼"国泰"就范。对他们摄制的进步影片进行阻挠，《无名氏》遭到官方审查机构的百般刁难，他们大肆删剪，借此以压资本家就范，动摇"国泰"老板同进步电影工作者合作。片子被剪去十分之四，使影片支离破碎，连故事情节都连不起来，严重损害了影片的思想性与艺术完整性。这场风波使于伶和应云卫非常痛心。

那么《无名氏》究竟上映情况怎么样？那被剪的片子是否上演过？是否有单行本出

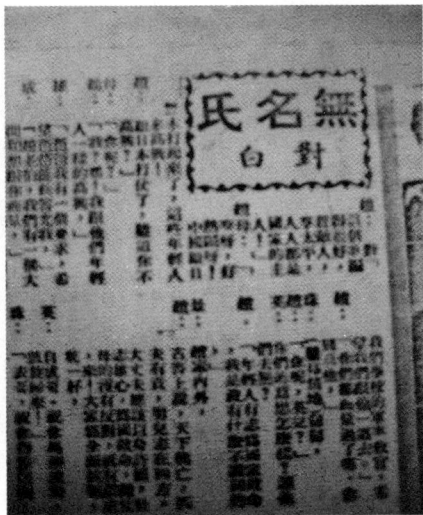

《无名氏》上演说明书

版？据作者于伶说，他没有保存原稿，也没有出版过电影剧本，他手上一无资料。可以说，这部《无名氏》在于伶的剧作生涯中是最为"默默无闻"的，在《于伶剧作集》的多种版本里，都没有收录这部剧本，许多圈内人士也不清楚于伶曾写有这部电影剧本，致使我们一直不能目睹此剧的剧情和对白，对导演、演员、音乐、舞美等的努力创作成果，也不能欣赏，这是非常令人遗憾的。笔者在上海查了许多资料，一无记载。仅在程季华主编的《中国电影发展史》上有这么几句话：于伶作品"多以凌厉辛辣的笔法揭露国统区腐败混乱的社会现实。《花溅泪》《无名氏》等影片都曾因对政府甚多讽刺而遭到国民党'剪刀政策'的粗暴删改"。读者们对于书上这样的评述比较好奇，想知道这些作品是如何讽刺"政府"，"政府"又是如何对它们进行"粗暴删改"的。可是，在图书馆里却遍寻不着记录。①

变化多端的《〈无名氏〉本事》

直至 1982 年，在北京的中国电影资料馆刚成立时，承有关人士介绍，我们想去碰碰运气，果然查到一份《无名氏》说明书，属"国泰新片特辑"。笔者和何慢先生（原《上海戏剧》主编）想尽办法把这份弥足珍贵的"孤本"，连抄带印地复制回上海，开心地向于伶老"邀功"。

这份特辑，是关于《无名氏》的海内孤本，由影艺出版公司出版发行，十六开本，共十六页，封面是秦怡和姜明为主角的影剧照。内容包括：无名篇（于伶），无名氏本事，演员表，职员表，我的惶

① 参考丁小逖：《影事春秋》，中国电影出版社 1984 年版。

恐（应云卫），无名氏花絮，国泰进行曲等。最主要的有《〈无名氏〉对白》六页。相对集中地保存了这部剧本或者说剧情中重要的对白台词，极为珍贵。不仅如此，笔者还搜到另外两份《无名氏》的上演说明书，对照一下发现，关于《〈无名氏〉本事》的介绍，竟然有变化多端的三个版本。这种情况的发生是很奇怪的，难道剧情一直在被剪辑、被变化？不妨剖析一下：

其一，这份"国泰新片特辑"上的介绍，即编剧和导演的最初的剧情介绍，属原始初版本。

其二，笔者查到浙江大戏院在1947年曾上映过《无名氏》，说明书上的广告词："今天荣誉献映 大时代文献 历史性巨片 血泪交流 千秋悲剧 秦怡 姜明 周峰 康健四大巨星合演""全部崭新面目，内容激励生动，精彩笔难形容"。另外还附有推荐介绍"本院新装译意风"：国语说明，清晰易懂，分解剧情，句句了解。笔者以为，这次上映应属首映，其实已经是被删剪的片子。

其三，海光剧院的地址在四川北路海宁路口，它上演时间在上海已经解放，即《无名氏》上映的另一个版本。因为说明书上印有"上海市公营剧院管理委员会管理"的字样。而且《〈无名氏〉本事》的内容，在原有的"本事"介绍前面和末尾增加了两段的内容，充分反映了该片上映的时代背景。

如开明宗义地表达：

当八年抗战之中，人民以巨大牺牲，取得胜利，孰料国民党反动派自人民手中吞食胜利之果实，继续出卖国家，屠杀人民。

本片剧情系叙述江南赵老一家，在此期间遭受惨痛迫害，以致摄成之后，遭受反动派检查处严酷狂剪，长长短短有二三十段。现上海解放，同人藏匿之被删底片，重加剪辑，献映于观众之前。

很明显，第三版是较全面的补充复原版本。

关于《无名氏》的剧情，现据《〈无名氏〉本事》的最初版本，即没有被删剪的内容做钩沉介绍。这对剧作者来说是个弥补的纪念；对戏剧史来说也是增添了一抹奇缺的亮色。

故事讲述：上海抗战军兴，人民热烈响应，在"有力出力，有钱出钱"号召下，江南赵老为国捐输，他在捐献薄上书"无名氏乐捐"，并鼓励其子国权与青年钱自成投笔从戎，参加卫国之抗日战争。时国权与表妹孙华珠，自成与赵女国英恋爱正热。

江南沦陷，赵老率妻女国英、幼子国强逃避上海租界其甥女孙华珠家中暂住，过其艰苦生活。报载台儿庄大捷，赵国权队长与钱自成军医参与是役，赵家至为欣喜。

武汉撤退之后，国权自重庆来信，赵老留病妻幼子在沪，与女国英奔赴内地，中途遇战事变化，父女失散，生死莫卜。

时钱自成适离队伍去香港，由军医改作西药商人，函约国英去香港。信为孙华珠接得，自己去港相见，两情缱绻，比翼飞渝，遂赋同居。

赵老狼狈抵渝，按址寻儿不得，（适国英亦到陪都，按址访兄，时其兄已受训毕，随队开赴前线，国英百般打听，引起误会，被误为女间谍之刺探军队动静者，被拘捕囚禁，待案白释出，身心交瘁，流浪无所归宿，几被歹徒所奸。——此处为二版中删去。）

赵老被同乡李天保救援留宿，朝晚贩卖书报杂志度日，得见钱自成与孙华珠，而钱孙已不复认识此潦倒老翁矣。

国英于小旅馆中，无以为生，吞毒自杀，正危急间，赵老卖报至此，求救于钱孙，得以更生。

国权在前线得钱自成电报，请假赶回，骨肉团聚，钱孙款待甚殷，前线战局紧急，国权被促返队，托父妹于钱自成，自成趁国英醉，诱之失身，国英虽痛恨，而悔之已晚。

战阵变化，国权为国牺牲，父妹亦遂不容于钱孙之家。

赵老与天保开办小书店，以求自食其力，时国英珠胎暗结，（设法得方，冒险堕胎，天保得知劝阻，——此处为二版中删去。）而赵老误以为天保引诱国英，痛加诘责，天保隐忍受过，国英颇感其德。

（天保开罪于王伯达，突遭其报复而被拘去。赵父女自失天保，更孤苦。——此处为三版中增加。）

赵父女之书店亦不能支持，添一孩，愁城困居，过度着煎熬日子。

抗战愈临后期，钱孙之生活享受愈甚，赵家之煎熬愈烈，赵父之老眼因愈老愈瞎，而至于双目失明，唯见一片黑暗。

突然胜利，无限欢乐，巴山梦回，江南春醒，赵老目疾转痊，欣喜可知。

谁料胜利复员之苦，远甚难民逃亡，赵老与女回至上海，恓惶无所归，（然钱自成孙华珠因利用其多金，极早飞回沪。国英途遇天保，欣喜万分，而不幸其女又殁，——此处为二版中增加。）（国英因父衰儿病，迫操神女生涯，垃圾桶边，见一断足之残废小贩伤兵，李天保也，战火无情，浮生若梦，——此处为二版中删去。）惨哉！

赵氏父女乃随天保返故乡，得晤老母弱弟，促居小茅屋中，八九年生离死别，泪眼相见，仿佛隔世。国英卧病不起，赵老大恸。

（国英临死尤殷殷问：何时天下太平？得过太平日子也。——此处为二版中删去。）

二版"本事"的最后，增有一小段说白："在此次神圣抗战中，前方将士捐躯，后方民众出力，牺牲之大，无可伦比，如赵老一家之遭遇真不知凡几，尚望全国同胞继续负起坚苦责任，完成国家统一，实现和平，缔造富强康乐之新中国。"

三版"本事"的结尾同样增加了不少内容：

赵老家乡举行抗战胜利周年纪念会，但胜利果实已被当地无耻匪徒辈所吞食，钱自成等俨然以"抗日功臣"姿态出现于会场，发表谈话，无耻已极。赵老欲为正义伸呼，卒以受辱，及归，国英病已不起，凄然询谓"太平之日，何时方始到来?"天保答谓"太平之日，必会来临"。对了：我全国人民，当团结一致，将帝国主义，封建官僚势力，彻底消灭后，方能得真正之太平。现我解放战争，已取得基本上之胜利，愿全国人民，加紧努力，对反动势力作最后之一击，以求全国解放，早日到来。

很明显，第二个版本中被删剪的内容是揭露反动派罪行的镜头，如：赵国英被诬间谍蒙冤入狱，钱自成买通保长捆绑李天保，李天保残废后跛脚流落街头，钱自成的无耻演说，赵老被逐出会场，以及国英的惨死，等等，都被强行剪去了。即使这样，国民党"内政部"在 1947 年 5 月 22 日给"电影检查处"的训令中，仍认为这部影片"对政府甚多讽刺"，而把它列入了黑名单。但广大观众在影片公映以后，还是在这部满身伤痕的影片中，受到了很大的教育和启发。社会舆论说，这部影片含有着"'胜利'中国这个混乱的时代中的强烈的现实性，声诉了老百姓困苦的生活"。[①]

---

① 参考丁小逖：《影事春秋》，中国电影出版社 1984 年版。

第三个版本，叙述显然顺畅多了，内容也符合时代的要求。"说明书"的最后还表达："现我解放战争，已取得基本上之胜利，愿全国人民，加紧努力，对反动势力作最后之一击，以求全国解放，早日到来。"

一部电影两个版本

在中国电影发展史上，一部被国民党检查处严酷狂剪，长长短短有二三十段的片子。时隔二年，上海解放，改朝换代后，居然可以从"同人藏匿之被删底片，重加剪辑，献映于观众之前"。这个情况可能绝无仅有，仅此一例。起因很明显，除了复原进步的影片的最初面貌，保存原有的艺术风格之外，是为了打击"国民党反动派自人民手中吞食胜利之果实，继续出卖国家，屠杀人民"。揭露国民党摧残进步文化的罪证。

综上所述，这部《无名氏》电影的时代"命运"是曲折的。它应该放映过两次，1947年和1949年，一部电影有两个不同的版本。现在要找看过这两部片子的人很少，据说，程季华同志看过《无名氏》电影。于伶说，程季华看到的肯定是拷贝。具体不得而知。陈沂在哈尔滨看过《无名氏》，称赞这片子比《一江春水向东流》还好。而且《无名氏》放映时，在《时代日报》上有一批评论文章见报，那时候林淡秋在编这份报纸。但是，目前都没有查到这些书面的记载，写下来留一个追索的"尾巴"。

2011年9月

原载《世纪》2012年第2期，题：《于伶〈无名氏〉的曲折命运》。

我的父亲与鲁迅先生

在纪念我的父亲孔另境去世四十周年的日子里，回望他的一生，常常想起他在家里对我们说过的一句话："鲁迅先生是他一生最感佩的人！"这并不在于鲁迅是中国现代史上的伟大人物，而是从他切实的体会出发的感言，浸润在他心底和肺腑之间。事情可从鲁迅先生营救父亲孔另境出狱这件事说起。

鲁迅先生营救孔另境出狱

鲁迅先生救助过的青年人不少，营救我父亲孔另境于1932年脱离北方的牢狱之灾，是成功的实例。对此，鲁迅本人看得很稀松平常，出手相助的"北国二友"也少有提及，这更加重了父亲对他们的敬意。关于营救的内情，父亲曾有短文记述。直至1976年间新发现了几封当年鲁迅致许寿裳的信函，才将此事曲折内情抖搂出来，原来父亲生前也不详尽了解当年鲁迅先生为营救他出狱所谋划的一切。

此事还得从父亲如何在天津被捕入狱说起。

1922年的孔另境因参加学潮，被嘉兴二中开除回到家乡乌镇。他的姐夫沈雁冰在商务印书馆工作，同时在新筹建的上海大学任

鲁迅

教。他帮助内弟说服了岳祖父让他同来上海。经过考试孔另境入上大文学系就读，也常旁听哲学系的课。在这个大熔炉里，1925 年初加入了共产党，经过五卅运动，革命觉悟更为提高。1926 年春当沈雁冰在广州做实际革命工作时，他也到了广州任职，后又参加北伐。1927 年国共分裂，宁汉合流，他被"欢送"出境。孔另境受指派到杭州参加暴动，盲动路线致使组织被破坏，他回上海时，组织要求每人寻找公开之职业以掩护。1929 年春父亲应潘训（潘漠华）介绍到天津南开中学教书，后转到河北女子师范学校，任出版部主任兼《好报》编辑。这时虽无组织关系，他的公开地址作为党与国外联络通讯处，许多苏联寄来的宣传品都寄到学校，邮件屡被没收，1932 年初夏，父亲因共产党嫌疑被天津警备司令部捕去。

父亲被捕后，他的同事李霁野奔走请托担任天津市党务领导工作的同乡熟人，此人父亲平日也认识，李先生说："这时的办法不外：一、用钱赎买；二、托人讲人情。第一件我无法办到，所以就去托人。"原想请这位同乡朋友说句话，证明孔并无政党关系后可以开释，因为搜查出来的罪证，是父亲也没有看到过的两册书籍。不料此人为父亲做了相反的证明，于是父亲被押送到总司令部北平行营军法处。行营主任是张学良。李霁野气愤之下从此不和此人往来，并托了在北平的知友台静农就近照顾。台静农也为父亲奔走、托人，并时做经济上的接济。父亲见出狱无望且案情在升级，乃信告在上海的姐姐孔德沚。

父亲十四岁丧母，长他七岁的已婚姐姐对弟弟向来很关心，出了这么件性命交关的大事，她向鲁迅先生求助。父亲在文章中说："鲁迅先生从前在北京教育部做过事，不免还有些熟人，于是他老先生破例替我写封信给曾做过教育总长的汤尔和，说明我被捕的原因是并不确实的，请他设法在少帅面前说说明白。"其实，营救的内情还要复杂得多。

首先，鲁迅先生了解情况后，在 1932 年 8 月 17 日给在南京就职的老友许寿裳写信。为什么给许写信，由他转信北京方面？鲁迅解释说："在京名公，弟虽多旧识，但久不通书问，殊无可托也。"其次，称孔另境为自己的"旧学生"，以示亲近，又说"此人无党无系，又不激烈，而遂久缧绁，殊莫名其妙，但因青年，或语言文字有失检处，因而得祸，亦未可知。"第三，向许寿裳询问汤尔和住址，并说："兄如知道，可否寄书托其予以救援，俾早得出押，实为大幸。"鲁迅把此事托请汤尔和办，是经过周密考虑的。因汤在北京和张学良说得上话。而鲁迅、许寿裳和汤尔和是同期留学日本，回国后又同在杭州浙江两级师范学堂同事过。后来，虽然汤官运亨通，这点情面估计是会给的。所以，鲁迅对许说"函中并列弟名亦可"。

两个多月后，鲁迅见营救的事仍旧未能办成，怕出意外，又写信给许寿裳催办此事。因为李霁野以自己的名义去见汤尔和，五次不得见，也不知汤是否收到过许寿裳和鲁迅联名写的请托之信。孔德沚在上海也非常着急。鲁迅先生信中说："孔家甚希望兄给霁野一绍介信，或能见面，未知可否？"李霁野和台静农都是鲁迅早年为首的未名社社员，也是鲁迅在北平居住时的小朋友。许寿裳先生是个热心人，受鲁迅之托，不仅给李霁野绍介汤尔和，还绍介蔡元培先生。李得信后马上寄信给汤尔和，又持了许先生的介绍信见到蔡元培。

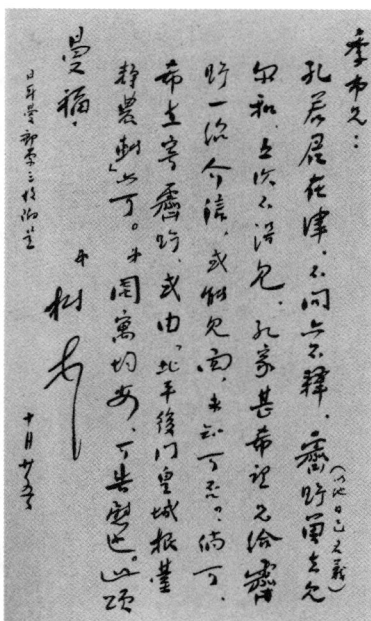

鲁迅致许寿裳信关于营救孔另境

李霁野在许寿裳先生遇难后作《许季茀先生纪念》一文中回忆说："这几年中因嫌被捕入狱的人颇多，一九三二年我的一位朋友也被牵连了。大家都是谈虎色变，季茀先生却是热心帮忙的。他提到蔡子民先生，说他虽然常受警告和威胁，却依然肯说话，于是便写了绍介信，交给我去找蔡先生。"又说，他见到蔡先生仅这一次，蔡先生立刻就写信绍介他去找可以为力的人，虽然没有发生什么效力，"对于两位先生在险恶的环境中勇于救人的义气，我心里永远钦佩感谢"。

不久，这请托产生了效力，李霁野接到父亲从狱中来信，说可用两人就能保释。李霁野和台静农联名作保，父亲被关押一百天而获释。台静农亲自到军法处接他出狱。

父亲在狱中并不清楚外面营救的过程，以为"为我奔走效力的就是李台两君"，当他出狱后，"他们突然告诉我，鲁迅先生曾帮了

孔另境

我很大的忙的，我愕然，也使我更加心感"。

记得1982年春夏，我随母亲专程到天津拜访李霁野先生夫妇。李伯伯回忆起这个营救的故事，谈话间时而哈哈大笑。他的音容笑貌深刻地留在我的脑海中，至今很怀念他。最后他说："他关在里面，我们出面救他；我们有难，他救我们。那时就是这样简单。"也说，"我们的友谊就是这样产生的。"

这年冬天，父亲回到上海姐姐的家，他说："第一桩心事我一定要去结识这个富有侠义心肠的老头儿。""一个西北风刺人的早晨，心里牢记着打听来的先生寓所的路径，走到一个建筑物门前，这建筑已很陈旧，也无门警，也无电梯；我也顾不得家人警告什么的，一直就冲上三楼，怀着仿佛要爆烈出来的满腔热情，拼命揿那电铃，一忽儿里面一阵响声，出来开门的正是鲁迅先生自己……"

这是父亲在《我的记忆》中回忆那时上门道谢时的情景。我考查了一下，这个地点在北四川路194号三楼四室，那时名拉摩斯公寓，即现在的北川公寓。

鲁迅惊讶地说："想不到你竟出来了！"还幽默地说，"没事，当然要放的，他们的口粮也紧得很呀！"无论如何不承认有营救他的力量在内。父亲一直想说几句感谢的话，却始终没有说出口，脸却涨得通红。隔了两个月光景，父亲又到鲁迅寓所去，他们正在搬家，鲁迅介绍认识了他的夫人许广平和孩子。父亲说，这次我们谈到了五个青年作家的被捕事件，鲁迅开玩笑似的说：

"你总算幸运的，要在南方，怕早就完了。"

"那也不至于吧，我的情形不同。"

"不相干，他们还管你情形同不同！比如说，你倘藏着我的一封信，这就够了，因为据说我是拿卢布过活的，你既和我通信，你自然也是了。"

"能这样简单么？"

"自然简单，中国人的推理原是很妙的。"

孔另境第二次牢狱之灾　（贺友直画）

这段对话记于 1936 年 10 月。鲁迅先生去世一个月后，父亲为铭记他的恩德，记下这段回忆，它真实、感人，也很珍贵。父亲的这次牢狱之灾惊动了那么多人，也使父亲结识了那么多人，尤其鲁迅先生待青年人至诚的心，父亲感佩一生。

相邻而居的日子里

父亲最早见到鲁迅先生是在景云里，因了他住在鲁迅对门的茅盾家里，为茅盾做信差。并没有多的交谈。自从上门道谢鲁迅的得力营救以后，父亲经常跑鲁迅的家，两个月后看到他们准备从拉摩斯公寓搬家到大陆新村……

说到大陆新村，鲁迅刚搬到大陆新村才三天，茅盾上门祝贺乔迁之喜，谈话间，鲁迅知道茅盾正有搬家的念头，于是推荐茅盾一家也搬过来住。茅盾参观了鲁迅的住处，又问了房租。"同鲁迅住得

景云里 23 号

近，遇事商量方便。于是回去同夫人德沚商量决定搬去。"这样，茅盾搬进相隔一条弄堂的前门对着后门，为什么要选择隔开一条弄堂？茅盾租的是 3 弄 9 号，因为如果住 2 弄 9 号，茅盾曾解释："鲁迅住的房子后门就和 2 弄 9 号的前门相对，而到鲁迅那里的人未必知道我的住处，隔一条弄，便没有这些顾虑了。"茅盾处事小心，从安全出发。他的房票上用了化名沈明甫。

茅盾与鲁迅为邻有两个时间段。

一在景云里，鲁迅家的前门对着茅盾家的后门。因为大革命失败，国共分裂，茅盾受通缉在家闭门写《幻灭》《动摇》《追求》三部曲。我父亲曾替茅盾到对门送过信，也在这段时间里，茅盾写了篇《鲁迅论》，刊在《小说月报》（1927 年 11 月）上。文章全面论述了鲁迅的创作，是评论鲁迅的第一篇重要文章。

第二段即是左联时期，在大陆新村，鲁迅和茅盾为邻，他们之间结下了深厚的战斗友谊，共同携手左翼文艺运动，成为左翼文艺运动的主将和旗手。生动的事例很多，包括在《申报·自由谈》上相互配合，连续发表战斗性杂文；包括为伊罗生编《草鞋脚》共同商量推荐篇目，介绍年轻作者，撰写评论等。这些手稿文献史料的发现，生动地展示他们合作共事的佳话。茅盾曾坦言："我和鲁迅在写文章上的互相配合，在观点上的互相支持是比较紧密的，这有一个'地利'之便；那就是我们都住在大陆新村，中间只隔了一排楼房，差不多天天可以见面，对许多问题的看法，我们都交换过意见。"

因为姐姐、姐夫与鲁迅先生为邻居，父亲了解鲁迅情况和上门的机会就更多了。在《鲁迅日记》里记载着父亲上门的情况有十八处：包括去鲁迅府上，或有新书出版，《斧声集》《中国小说史料》给他寄书。他写信给鲁迅，或鲁迅写信寄孔若君（孔另境字若君）等。在鲁迅日记中，还记录过："午后孔另境来并赠胜山菊花一瓶，越酒一罂。"1936年4月24日还记录："晚孔若君，李霁野同来。"等等。从只字片语中，我们似乎听到他们之间的谈笑声……

还有这么一件事：有一次，茅盾到鲁迅家去，看到木匠师傅送来书橱，这是鲁迅设计定做的双开玻璃门书橱，很实用，做得比较深，可以放两排书，共五格，中间一格比较高，可以放大开本的画册之类，两扇玻璃门上有两道对称的"眉毛"，下面有两只同样深的抽屉。门上和抽屉上的把手是小的铜挂件，蛮精致。茅盾看了喜欢，也请木匠师傅照样定做一只的。后来，茅盾离开上海，把书橱送给了我父亲。抗战时期，我父亲离开上海投奔新四军时，变卖了全部家当，就这只书橱没有舍得处理掉，寄放在其岳父母家中。1945年后，这书橱回归到父亲身边，一直置放在四川北路老家，书橱里存放着珍贵书籍和文物，如鲁迅葬仪时的专题照相本。这样，我们家里有一只与鲁迅故居陈列室里同样、同时做的一只非常珍贵的书橱。最近，这只书橱我们捐给了桐乡档案馆。

自从父亲与鲁迅先生一家有了更多的交往之后，选择住在虹口区成了他的首要，终了一生也在四川北路临街面的房子里。在这里他度过了一生中二十七个年头。年轻时，父亲在四川北路现在第四人民医院对面的麦拿里住过。当时创造社出版部设在 41 号。后来搬迁到离大陆新村不远的溧阳路麦加里，同里居住的还有宋云彬、夏丏尊等，更不用说，沈雁冰一家也迁居到虹口的大陆新村。他去鲁迅家的机会就更多了。

鲁迅对我父亲事业的支持，包括为他编辑的《现代作家书简》作过序，为此，生活书店很快出版了。这是一本研究中国现代作家的重要文献。鲁迅给父亲写过的信，原件保存在鲁迅纪念馆里。鲁迅还亲自为茅盾主编、孔另境助编的《中国的一日》挑选木刻画作插画，父亲对当时上门请鲁迅选择的情况，都有文章谈到过。

在麦加里，父亲开始了他的职业写作。在《申报·自由谈》《立报·言林》《现代》等报刊上发表大量的杂文和散文，后结集出版了多部著作，渐渐地进入了他创作的丰收期。

也是在麦加里，他得讯鲁迅先生逝世的噩耗时，桌子上正摊放着由鲁迅编校的《海上述林》，放下书本，马上骑车奔向鲁迅的寓

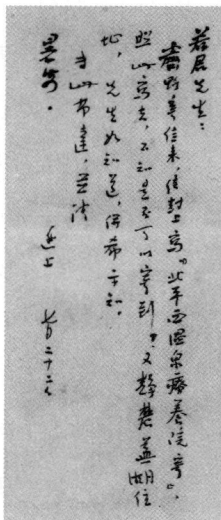

鲁迅致孔另境信之一　　　　　　鲁迅致孔另境（若君）的信之二

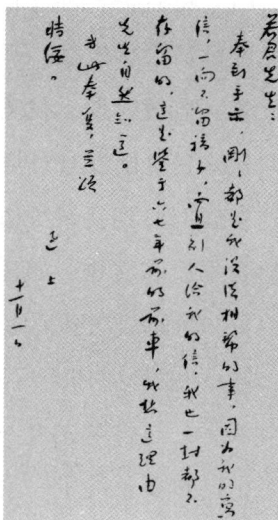

所，直上三楼，向遗体告别时，他流泪了。这是他生平第一次流泪。父亲曾说，他父母亲去世时心里难过，也没有流泪。这天他流泪了。后来四天的葬仪中，他悲怆地担当鲁迅葬礼的"干事"之职。并不断写出悼念文章：《巨星的陨落》《我的记忆》等，并在报刊上连载《读鲁迅文答记》二十篇，认为研读鲁迅作品是对鲁迅最好的纪念。我写的那本《痛别鲁迅》用了不少父亲当年保存下来的现场照片，里面有不少父亲忙碌的身形。

多少年过去了，父亲经常会情不自禁曾向我们小辈说起过去的事，讲得最多的是有恩于他的鲁迅先生：他说鲁迅不是非常严肃，一脸板板六十四的样子，而是常讲些含有讽刺意味的笑话，讲得我们只会笑，他自己也笑，"他开始笑了以后，是那么天真，那么放纵，有时笑到合不拢嘴，仿佛无法停止似的。因为气喘，笑多了还呛了咳嗽，许广平过来拍他的背。"还说，和他接触以来，一直感到他很不健康，尤其对烟酒又特别嗜好，"烟是一支接着一支地吸，几乎他的手指间从未断过烟卷，烟的质地又是十分恶劣，第一次见他吸一种假橡皮头的，后来一直是'红金龙'之类。""酒很考究。"父亲说，"有一次见许广平亲自为他用玫瑰花浸着什么酒，在他家吃饭，饮了几杯绍兴酒，那酒味的醇厚，是我在上海任何朋友家里都没有饮到过的。"

至于平常的一些小事情，他也会联想到鲁迅。如家里新买一只藤躺椅，他就介绍鲁迅晚年经常坐在这种躺椅上和他谈话；买了"积铁成象"的玩具，就讲以前海婴也玩过。在购买这些东西的时候，他一定想到了鲁迅先生，父亲叙述时，语气深沉，好似他的思绪回到了遥远的过去。

2012 年 9 月

原载《世纪》2013 年第 3 期

陈处泰，为华克之刺汪案而牺牲

20 世纪 30 年代中国左翼文化总同盟（简称"文总"）书记陈处泰，是一位具有较高马列水平的理论家和长期从事革命实践活动的组织者，他的事迹和对党的地下工作的忠诚，对中国左翼文化的贡献，都与一位叫华克之的国民党左派有着不可密分的关联。他们之间的生死之交，交织着一曲动人心魄的时代挽歌……

同乡同学的发小情谊

他们同是江苏省宝应县人氏。陈处泰，1910 年 1 月 10 日生于一个文化底蕴深厚的家庭里，祖父陈务人（1870—1947）清末禀生，

少年陈处泰

是当地著名的书画家。父亲则无心仕途，也不思农商，过着清闲的生活。陈处泰乳名网子，是家里的长房长孙。华克之，长陈处泰四岁，出生于宝应华氏一户武举人家中。祖父身材魁伟，武艺超群，极富正义感，常常代人铲除不平，深受乡里爱戴。父亲则是位秀才。到华克之出生时，家道已经中落，然而并不影响他的成长。这位

武举人的孙子，不仅顽皮，学习成绩还相当优秀，是学校公认的学生领袖。少年时代他们俩同在县城里公立第一小学同班同学。

受国民革命、五四爱国运动，以及一波又一波的革命风潮吹拂，同学经常聚集在一起议论国事，为国家、民族的命运上街呼号，当地市民被有史以来第一次见到学生大游行的场面所激动。在校园，同学们不满保守而不学无术的老师，他们臧否师长⋯⋯

有一次，班上年龄最小的陈处泰大胆地揭穿一位老师的短处，受到学校的处分。布告栏里贴出一张校长签署的训令：

"查二年级学生陈处泰目无师长，屡犯校规，着停课反省，以观后效。"

陈处泰没有被吓住，年少的他在校园内演讲，说明事实真相，要求公道。得到同学们的支持，罢课声援陈处泰。这时，校长不安起来，担心闹到社会上对学校、对自己的声誉会受到影响。

当学生闹得沸腾时，华克之同学冷静地出来规劝，平息了事态。事后，陈处泰的正直果敢、华克之的练达世情给师生留下了深刻印象。

小学毕业后，陈处泰考入省立六中，华克之考入省立一中。他们之间经常有书信往来，感情融洽。1927 年 4 月，陈处泰考入省立安徽大学预科社会科学部学习，学习期间成绩优秀，特别是英语水平较高，受到思想激进同学的影响，开始阅读英文版的《共产党宣言》《资本论》等马克思主义著作，并影响其他同学。不久，他和志同道合者秘密组织了马克思主义研究会，成为该校学生运动的骨干。

华克之在南京金陵大学就读时加入国民党，并作为工作人员到广州参加了国民党第一次全国代表大会，亲聆孙中山先生的教诲，衷心拥护联俄、联共、扶助农工的三大政策。1927 年北伐军占领南京后，华克之出任国民党南京市党部的青年部长，因其能干而被许多人看好。在此期间，华克之还结识了一些共产党员，非常佩服他们坚定的信仰和无私奉献的精神。不久，蒋介石背叛革命，指使流氓捣毁南京国民党市党部，接着发动反革命政变。蒋介石曾试图拉拢作为国民党左派人物的华克之，但华克之见其背叛了孙中山先生的遗训，断然拒绝。恼羞成怒的蒋介石将华克之关押起来。后经国民党元老保释，华克之方得以出狱。此后，他参加了一系列反蒋活动，包括到苏北准备组织反蒋抗日游击队，然而没有成功。

陈处泰在学校期间，曾发生了这样一件事：安大第一院毗连着的省立第一女中举行十六周年校庆，演戏招待来宾。安大地下党团支部认为女中封建管束严厉，当即发动学生去看戏。外来学生无票进入女中看戏，女中即宣布停演并停电，混乱中有学生打坏了女中部分桌椅门窗，发生了冲突。引来女中校长的反对，报告省警察厅，招来军警武力镇压，酿成全市罢市罢课游行示威。适时蒋介石经凤阳、芜湖到达安庆，学生向他请愿求见，他要学生推派代表谈话。陈处泰是发言代表之一，义正辞严，据理力争，蒋认为他态度狂悖，出言不逊，斥责安大预科主任刘文典管教不严。刘文典不服自辩，蒋介石大为恼怒。次日派安徽省主席召集师生训话，宣布将刘文典撤职查办，陈处泰等十一名学生开除学籍并限期缉拿归案。

陈处泰得到消息，躲开了军警的缉捕，逃回宝应。潜回家乡后，在宝应城镇当了一名小学图画老师。在祖父的要求下，不久他与金家女子完婚。但是，这样的日子没过多久，安庆警方派一百人到宝应追捕陈处泰，认定他是共产党员，尽管他们荷枪实弹全城搜捕，封闭四门严加防范，然而在乡人的掩护下，陈处泰被剃了头，穿了草鞋，乔装成挑水人，得以脱险。

1929 年陈处泰到上海，入上海法政大学政治经济系读书，改名陈成。法政大学的课程极容易对付，使他加大了自修马列主义。不久，他结识了许涤新、邓拓、马纯古等同志。后由许介绍加入了中国社会科学家联盟（简称"社联"）。

加入了"社联"后的陈处泰，深入大学宣传马克思主义，组织读书会等，更直接地参与实际革命工作，显露了他的工作才能和忘我革命热情。他和陶白一起在沪东从事工人运动，同时担负暨南大学和其他几所学校"马列著作读书会"的组织和指导工作。

陈处泰

同一屋檐下的知交朋友

1929 年秋冬，华克之也到了上海，在法政大学就读的陈处泰接到他的书信后，在法租界金神父路底法政大学对面的新新南里 232 号，替他租了两间房。这个地方成了他们以及其他志同道合者聚集和交谈议论的场所。他们给这间小楼起了一个特别的名字——"危楼"。陈处泰也搬来与华克之他们同住。他们之间的知交关系，陈处泰加入"社联"时向组织做了汇报，组织欢迎华克之到上海来，要他团结国民党左派，为民族、国家做贡献。

九一八事变发生后，沪东区委发动各支部开展多种抗日救国活动。在所有重大活动中，都有陈处泰和他的战友的身影。有一次，陈处泰在上海的安徽会馆的小型招待会上，认识了王亚樵。王在上海工人中很有号召力，振臂一呼，就会有成千上万工人跟着跑。是个坚决的反蒋派。他们相识后，陈处泰尊王为师友，凡有什么募捐事项，或者有什么同志出了乱子，被告到高等法院的分院时，也曾多次请王亚樵找律师，代为辩护。

1932年3、4月间，他在沪东搞工人运动时，因叛派出卖不幸被捕，反动当局因未掌握确切证据，将其释放。为恢复秘密印刷党的刊物《红旗》，组织指示陈处泰设法筹款，自办印刷厂。这件事，对于陈处泰来说难度很大。他找到同学好友华克之商量办法。但是，华克之自己没有这笔钱，他们想到找王亚樵求助。

王亚樵（1887—1936），安徽合肥人，早年信奉无政府主义，有"民国暗杀第一人"之称。他加入中国同盟会，是位具有爱国心、讲义气的抗日反蒋锄奸的传奇人物。曾参加社会党，任社会党安徽支部长，组织公平通讯社，宣传讨袁护法。1918年作为南方代表赴上海参加南北议和。1921年接管安徽旅沪同乡会。1923年11月暗杀淞沪警察厅长徐国梁。事发后投奔卢永祥，任浙江纵队司令。1927年四·一二事变后，他便走上了一条坚决反蒋抗日的道路。多方联络反蒋势力，先后策划刺蒋、刺宋、刺汪暗杀，闻名于世。1932年任淞沪抗日义勇军司令，积极配合十九路军抗日。次年赴福州参加成立福建人民政府。王亚樵与华克之、陈处泰都曾秘密打过交道，互相知道底细。以后，在华克之、陈处泰的不断影响下，王有了许多转变。据说，这也是党组织当年给陈处泰的重要任务之一。

当华克之代陈处泰开口向王亚樵求援，说明为了印刷中共的宣传品，自建印刷厂需要经费，王一口答应。三天后，掏出一张上海商业银行支票，数额七千五百元。于是党组织看中法租界圣母院路庆顺里 1 号、2 号上下两层房子，有十九个职工的旧印刷厂，顶费恰好七千五百元。不到一个月，这座专为我党印刷《红旗》和重要文件的印刷厂开张营业，更名为"公道印刷厂"。

当年犯人出狱，必须交铺保。但是，共产党人出狱找铺保最难，于是组织交代陈处泰开店做保人。他又在华克之和王亚樵的支持下，很快在法租界辣斐德路茄勒路口，开办了一家"和平米店"。便于为出狱

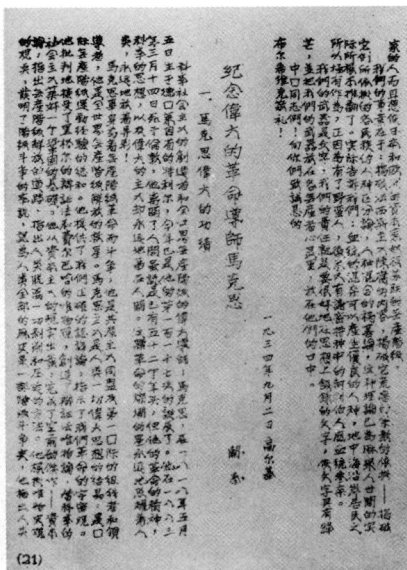

陈处泰署名关泰的文章

同志做铺保，也接纳他们暂且安生。这是 1932 年秋冬的事。

接着，为革命活动的开展，开办了春申书店。在法租界石蒲路高福里某号三楼，成为地下工作者的联络点，编著并出版过《辩证唯物主义》《经济学大纲》《两个五年计划》和《国际关系之现状》等书籍。这一切陈处泰总是积极投入，当一个据点被查封后，再继续筹备另一家，直至 1933 年 4 月，在一次示威游行的活动中，陈处泰和陶白由于叛徒出卖告密，一起遭到军警逮捕。先关押在上海公共租界，后转押于苏州。经组织营救，于半年后获释。

在狱中，陈处泰化名李长贵。当他从前来探监的华克之口中得知，夫人前面替他生了一个女儿，他很少有时间去看望，现在又得一子，十分高兴。他要华克之转告夫人："孩子的名字早已想好。中华传统历来强调女子要柔顺，男子要礼让。我们的孩子在这种礼崩

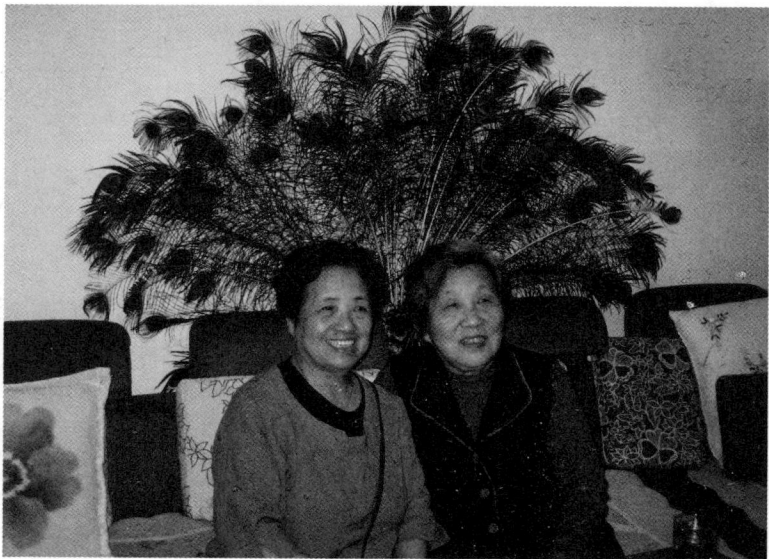

2012 年 9 月孔海珠访问陈不柔（右）合影

乐坏的时代，我的女儿应当叫'不柔'，新生儿子叫'不让'。"

2012 年 9 月，我前去江苏吴江拜见如今八十多岁高龄的陈不柔老人时，她兴奋地向我介绍父亲为他们起名的深意，令人十分敬佩。

刺蒋计划的布署

1929 年，华克之迁居上海。在他的周围，迅速聚拢了几位曾是国民党左派或对蒋介石统治极度失望的知交。大家经常在一起探讨救国良策。讨论的结果是："庆父不死，鲁难未已"，他们下决心要消灭蒋介石，手段则是刺杀！

不久，他们的同乡同学张玉华也奔赴上海，放弃金陵大学的文凭，到上海寻找革命出路。后来，文化并不高的孙凤鸣也来了。孙凤鸣是江苏徐州人，曾有从军经历，立志抗日爱国、铲除奸暴。他们相聚在一起情投意合，孙凤鸣说："为什么忍心让千百万人一天一天地被杀害呢？为什么不让我一个人和他拼一拼呢？一枪把他打死后，对于祖国命运的安排，不是要顺利得多吗？"

已是"社联"党团书记的陈处泰，当时与华克之同住一起。陈经常向华克之等人传播马列主义思想，其实，华克之早就接触马列主义著作，在南京时就同共产党人合作得很好，他对共产主义所进行的伟大事业也有所了解的，也是十分向往的。但是，他有自己的政治目的，就是刺杀蒋介石。对此，他非常坚决，非常执着。陈处泰对他们的计划也非常清楚。他们之间的争论经常发生。作为党组织与华克之等人的联系人，陈带来了党组织的意见：无产阶级政党不能鼓励去做暗杀的事；既然革命目标一致，你们最好能参加党的工作。华克之等人血气方刚，没有接受党组织的意见。陈处泰将他们的态度向上级汇报后，中共中央军委代表答复：党组织不能用任何方式支持这一行动；但也不会当蒋介石的保镖。华克之等人则再三表示：事前事后都与共产党无关，也不要求共产党提供任何支持。

1934 年 10 月 8 日，在上海新新南里 232 号"危楼"上，陈处泰最后奉组织之命向华克之、张玉华、孙凤鸣三人传达："现说服不了你们，祝你们成功！"

暗杀计划开始实施了。为刺杀蒋介石，华克之进行周密部署，切断了一切与亲人的联系。由王亚樵帮助筹款，于 1934 年 11 月，在南京陆家巷 23 号设立了一个掩护机关，即晨光通讯社。社长为华克之本人，化名胡云卿，是一位"出资资助的华侨富商"。陈处泰看他们人手太少了，推荐了一位新同志，叫贺少茹，丹阳人，毕业于江苏省立第二师范学校，在浦东一所小学里任教，是陈处泰领导下的"社联"成员，有一定的社会经验。他对华说："他品行纯正，完全可以信赖。你们人手太少，少茹的一支笔，特别是他那拼命三郎的精神，会有助于你们事业成功的。"这样，晨光通讯社成员：总务兼编辑部主任张玉华（张维），采访主任贺坡光（少茹），记者孙凤鸣。他们组成一个有特定奋斗目标、行动纲领和工作纪律的战斗集体。在案发之前，晨光通讯社没受到任何怀疑。华克之等人一方面密切关注日趋恶化的国内形势，一方面加快了刺杀蒋介石的步伐。他们获知，1935 年 11 月 1 日，国民党四届六中全会将在南京召开，认为机会难得，决定在会上动手。华克之为刺杀行动的总指挥，而枪法精熟的孙凤鸣则毅然担负起刺客的重任。

1935 年 11 月 1 日，国民党中央在南京召开六中全会，按照大会议程，代表们首先到中山陵谒陵，九时在中央党部举行开幕式。一百多名国民党中央委员聚集在会议厅前，等候蒋介石来拍照，按惯例蒋会出席这个合影仪式，但不知为什么，这次他却推却了，只见汪精卫坐在第一排正中。正在这个时候，摄影记者人群中闪出一人，举枪对准汪精卫连开三枪，并高呼"打倒卖国贼"的口号。汪精卫应声倒下，全场秩序大乱中，汪的卫士还击，射中了这位暗杀者的胸肺部，他被押送至医院后受到审问，而他并没有留下任何供词，于次日去世了。

这位义士即是以"晨光通讯社"记者身份进入会场的孙凤鸣。

场内秩序渐渐稳定下来。直到此时，蒋介石才带着几分惊慌的样子，从楼上跑下来。他的这一举动，让汪精卫的妻子陈璧君一口咬定是蒋介石指使人干的。她用力地抓住蒋介石的手，说："你不要演戏了，分明是你派来的杀手。为什么照相时只有你不在场？"

事发之后，几乎所有的人都认为汪精卫遇刺与蒋介石有关，令蒋非常被动。蒋介石召集军政有关人员及特务头子，命令多调得力人员参加侦破，不惜一切代价，一定要早日破案，澄清视听。

得知刺汪案负责人是华克之后，特务们悬赏十万大洋缉拿华克之。华克之处境非常危险，但他仍然想办法营救战友，并募捐钱财资助死难者的亲属。特务们到处搜查，放出了遍布全国以及香港的眼线，但华克之似乎永远戴着神秘的面纱，令特务们无处着手。许多次，华克之就在特务们的眼前，他戴着假牙，配了一副很厚的平光镜，不停地迁移住址。

在案件未真正破获之前，国民党特务为解脱蒋介石，曾不断放出谣言，称刺汪案系共产党所为。1935 年 10 月，国民党报上登载，暗杀集团的成员中有"社联"的成员。据王翰回忆，作为"社联党团"成员，他就此事曾询问过陈处泰。陈说："……华克之等人虽然不是马克思主义者，但是也是革命的，支援他们对我党有益无害。从社联派去人支援这个恐怖组织，是他调去的，是由他自行决定，还是由林伯修或哪一位领导人同意，我已记不清楚。"社联党团一致批评陈处泰，指出他的行为是盲动主义。

社联党团批评陈处泰不久之后，忽然发现陈处泰有几个约会未到，于是怀疑他被捕了。果然上海的国民党报纸上发表"共党文总"的负责人陈望之被捕消息。陈望之即陈处泰的另一署名。报上没有提到他与暗杀集团有关系。

英雄牺牲和幡然醒悟

陈处泰是位有才干，有实际斗争经验的左翼文化领导人，但是，或许由于他性格中的某些冲动，或许正如他的入党介绍人许涤新所说："他是一位有江湖义气的人物。"正由于受孙凤鸣刺汪案子的牵连，使他付出了年轻的生命。

一时间，缉拿与刺汪案有关人员的告示迅速发出，军统、中统侦骑四出……不料在此时此刻，晨光通讯社一公勤人员在上海北站被捕。并供出了孙凤鸣的妻子住在新亚酒楼的房间号，致使特务机关严密监视酒楼，并布下了陷阱。

陈处泰并不赞同这种暗杀活动，但在得知孙已牺牲，孙妻抵沪住在新亚酒楼后，陈前去看望并慰问孙妻，于是遭到埋伏。

当陈处泰被捕后，很快查清他与刺汪案没有关系，但是，他的"文总"书记的身份被查明，受到严刑拷打，威逼交出组织情况，无论敌人采用什么手段，他从未吐出党的半点机密，直至被打得体无完肤，两腿折断。数月后，被解送南京警备司令部，在囚车中遇到难友张玉华。在敌人严密监视下，他低声说："两腿受刑已经折断，但我什么都没讲。我能舍弃一切，但我不能舍弃革命事业。"

陈处泰坚贞不屈，视死如归。据中共宝应县委组织部、宝应县革委会民政局在 1980 年 7 月 18 日的《关于陈处泰同志早期参加革

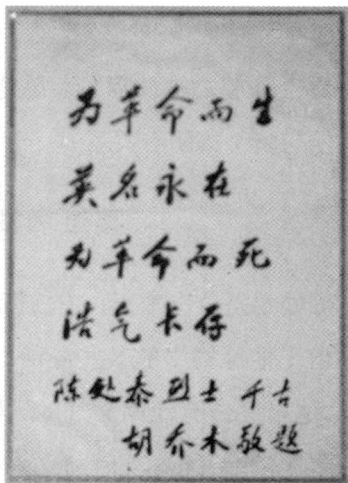

胡乔木题字陈处泰

命活动及牺牲情况的调查报告》中提到，王翰同志证实："陈处泰被捕以后，他所知道的众多的地址和人名，有的可以搬家，有的不能搬家的，一概没有发生任何破坏。由此可以证明，不独陈处泰同志的忠贞，没有可疑之处，而且他的被捕是偶然事件，他被捕之前，他并未被敌人追踪。据说陈处泰被捕后自称与刺汪无关，敌人说：知道你与刺汪无关，但你是上海共产党'文总'的领导人。敌人对陈处泰的态度和对林伯修、许涤新、田汉、阳翰笙等被捕人的态度大不相同。敌人把后边这一批人看成是学者文人，而把陈处泰看做是常务工作者。"1937年七七事变后，敌人将他秘密杀害于南京，并将他的尸体投入镪水池中。就义时年仅27岁。

1936年10月王亚樵在广西梧州被国民党特务戴笠暗杀。再说华克之，这血淋淋的现实，烈士鲜血换来的千古遗恨，令华克之痛定思痛，思想发生了变化。他要遂烈士未竟之志，就必须另谋救国道路。他反思后决定遵从陈处泰烈士的遗训：接受马克思主义，接受共产党的组织领导，改造中国，拯救中国。

1937年春，经过积极筹备，华克之终于到达了延安。5月4日下午，毛泽东接见华克之，二人做了长谈。毛对刺汪案没有多加分析，只是强调：个人的力量、小集团的力量是推翻不了罪恶的旧社会的。毛主席交给华克之另外重要的任务，让他仍回华南，作为延安和李济深、陈铭枢、蒋光鼐、蔡廷锴之间的联络人员，协助他们扩大华南民族革命大同盟，坚持抗战到底。

几天后，华克之带着毛泽东、朱德致李、陈、蒋、蔡的绝密文件南下，开始了他新的人生旅途。1938年秋，华克之见到华南党组织的领导人廖承志和潘汉年。廖承志郑重交代，将派华克之回上海了解日、伪、蒋三方面的情况，由潘汉年直接领导。1939年，由潘

华克之晚年

汉年和廖承志作介绍人，毛泽东亲自批准，华克之加入了中国共产党，成为党在隐蔽战线上的得力干将。解放后又因潘汉年案件蒙冤入狱，平反以后在报社任编辑。

1962年华克之被关在秦城监狱时，作诗《痛悼陈恫子三弟》：中秋过后草渐芜 / 披肝沥胆气不舒 / 三年同窗恨见晚 / 十载偕行喜同途 / 中统效法美国佬 / 军统师承褐衫徒 / 一致公认是恶汉 / 独自解嘲学郅都 / 青松翠柏陈恫子 / 朔风大雪碧扶疏 / 高官厚禄耻硕鼠 / 嫣姌娉婷斥毒姝 / 汤烫火烧再电烤 / 伟大庄严一言无 / 途穷而后见节义 / 旻气气下识松蒲 / 子女均能承其志 / 父母应称道不孤 / 巍巍红旗遍大地 / 历历吾弟在欢呼 / 黑头早已羞后死 / 青史何曾载懦夫 / 当此江南秋风茂 / 圣狱追悼情更殊。

诗中道出了对陈处泰的无尽思念和敬佩。直至党的十一届三中全会以后，华克之动手写一些回忆文章，其中有回忆潘汉年的《风雨话当年》《卅年实录》等，留下了宝贵的史实。

1998年1月7日，华克之逝世，终年96岁。新华社发表他逝世的消息，用的是"张建良"这个名字。其实，在中国革命史上，华克之是一位经历丰富的传奇人物，这个名字更为响亮。

可以这么说，华克之的长寿，使他赢得了讲述、回忆历史真实的时间，说出沉没久远的秘密和真相，包括他的密友陈处泰的史迹，和对自己思想转变的影响。当年，华克之曾因一件震动全国的刺汪大案而声名远扬，然而，受之牵连，陈处泰却在二十七岁青春年华时生命戛然而止，不能不令人扼腕！

2012 年 12 月

原载《档案春秋》2013 年 7 月号

黄宗江为于伶撰写墓志铭

1988 年的一天，我刚到巨鹿路上于伶家那半圆形的会客室落坐，他说，和你讲个故事。我知道，他肚子里故事很多，而且记忆力特别好。我静心"洗耳恭听"。

一开口他就说，四十年前有人为他写了墓志铭。

我震惊地呀了一声……，他看我不信，说这是真的。还笑容可掬地说，你不妨去找黄宗江的一本书，里面有记载。

我知道，他特别欣赏青年黄宗江。当初上海剧艺社前后三次招考演员，报考者众多。黄宗江却是大学快毕业，休学来赶考的。剧团负责人于伶对黄宗江进行面试，知其是燕京大学外语系学生，于伶非常惊奇，问他为什么要考剧艺社？难道你大学不去上了？他却愿意放弃学籍加入他们的剧艺社。于伶激将地说，演剧是非常辛苦且不赚钱的。他不怕，使于伶十分欣喜。

当年黄宗江二十岁，浙江瑞安人，生长在北平。据说此行是他单相思女同

黄宗江

学，恋爱不成才愤然南下，于 1940 年初来到上海。这时，上海剧艺社经过在法国工部局礼堂的演出，璇宫戏院的演出，到辣斐剧场时期，已然公认是负有盛名的剧团了。尤其在沦为"孤岛"的困难环境中，上海剧艺社上演不屈服、不投降，不变节，具有民族正气的戏，以唤醒和提示生活在租界上麻醉的人们。通过话剧这个阵地来团结群众、宣传抗日和进步的主张。

虽然，青年黄宗江对于伶在孤岛剧运中的戏剧创作紧跟时代颇有微词，大胆地为年仅四十一岁的于伶写了"墓志铭"，其实却表露出另外一番意思。

这是什么意思呀？引起了我很大的兴趣，同时也惊奇于伶的坦然表述。不久，我果然找到黄宗江著的《卖艺人家》初版本，1948年 12 月森林出版社出版。找到书中篇名《桥》，读后才知真有其事。黄宗江的文字很优美：

朋友召饮。

我喜欢他，他可以算是我的一位老师，前辈有前辈的样子，常常指引我。

他刚买了一本西文杂志，上面有一首诗叫 Bridge，他说：很好的题目，我想写一个戏，名字就叫"桥"。

酒后——

我带了些醉意说："不满意你那出新戏。"

他摇摇头。我接着说：

"为什么又那么潦草，不经心，何苦这样糟蹋自己呢？"

摇头，他摸摸案上那本新书："要是一个真的剧作家，这只是材料，现在刚可以动笔。"

"难道你不是真的剧作家吗？你可以写得更好，好的多得多。"

微笑："你是第二个人，跟我说这样的话。"（第一人远在他乡。）

我不愿这第二人的荣幸，依然攻击，手头正有本莎士比亚全集：

"你写了多少本？差不多有莎士比亚之半了。"

翻开书是莎翁的墓志铭：……

想起那位朋友是剧坛一员勇敢的斗士，我说："我送你一句墓志铭吧——'为了剧运而牺牲了戏剧'。"

"我若死了，就这样写吧。"

他凝视着我，烛火照着他，照着他的乱发，乱发里有多少才情，多少热爱。多少了不起的思想、认识；读过多少书，有多少战斗的经验。

我侮蔑了英雄，伤了老师。我说：

"不，我要这样写——'为了戏剧而牺牲了自己'。"

默然。……

"为了戏剧而牺牲了自己"，这个墓志铭，对于伶来说颇为确切。或许，有这个墓志铭，于伶还感到有几许的安慰，因为他有"抱负"，他义无反顾地造"桥"，哪怕牺牲自己。接着他们的对话更为惊奇：

你看过 Schreiner 的"沙漠中的三个梦"吗？——

他说："你见过蝗虫它们怎样渡河吗？第一个走下水边被水

冲去了。于是第二个又来，于是第三个，到后来它们的尸骸堆积起来成了一条桥，其余的便过去了。"

他说："那些怎样了？——它们首先下去，被水冲了去，以后还是一无所闻——算什么事呢？"

"算什么事？——

它们造成一条足迹到水边去。"

作者在文中并没有点出这位对话长者的姓名。他题篇名《桥》，是肯定"造桥人"的品格，理解"造桥人"此时此刻心甘情愿地为戏剧抗战作出牺牲的意义。

抗战戏剧以达到抗敌宣传的效果为宗旨，很多时候的作品是"急就章"，一边刻蜡纸，一边就排练上演了。于伶曾创作抗战独幕剧有三十三部，享有"剧坛斗士"之称。但是，形势的发展迫使孤岛的藩篱很快因日军进入租界而被冲破，剧社再三地被"皇军"的黄汽车光顾搜查，逮捕负责人员，剧社急速地解散了。……

四十年后，于伶还记得起这个"墓志铭"，在与我的回顾谈笑间，他想起了当年的"造桥"说；还是当初的剧艺社有青年黄宗江的加盟，增加了生气；他们相互间颇为欣赏。或者，如今的黄宗江已大大的出名。但是，有一点令我疑惑，新版的《卖艺人家》没有再收录这篇《桥》的文章，这又不知为什么呢？

2015 年 4 月 24 日

原载《新民晚报·夜光杯》2015 年 6 月 22 日

郑正秋与左翼电影

刚从中国国家博物馆寻觅到一份少见的左翼报刊《今日之苏联》，那是 1933 年 5 月 14 日出刊的八开四面的小刊物。说是第一卷第一期，似乎没有再见到第二期出版。这刊物是中苏恢复邦交，互换大使之后的环境下在上海创刊的正式出版物。据刊物在"开场白"中说，因为两国宣布复交，国内谈苏联的空气就浓厚起来，"今日谈苏联似乎是一件很时髦的事，较之十余年前谈美国，其时髦的程度，简直有过之而无不及的模样！"这大概是出版这个刊物的时代原因之一。

意外的是，我在这刊物的显著位置看到署名郑正秋的文章：《谈谈苏联电影——观"生路"有感》。郑正秋有着"中国电影之父"的美誉。他一生钟爱戏剧，从票友、剧评家进而编导话剧，二十四岁时与张石川共同编剧和导演了第一部中国电影故事片《难夫难妻》。1922 年又与张石川等人共组明星影片公司，创办明星影戏学校等，一身兼任编剧、导演和校长。这些经历，

郑正秋

似乎与左翼关系不大，然而这位前辈电影人，看了苏联影片《生路》之后，在文章中惊呼："大众电影！大众电影！在电影批评家和一般舆论界的口中，呼声不为不高；但是真正的大众电影，除了苏联的作品以外，可就如凤毛麟角！因为苏联的电影，是真实的大众化的：不仅作品的内容是适应大众的兴趣和要求，而且演电影的角色，也是大众化集体化，而不以一二明星为主体的。"还说："只有一切设施都为大众利益着想的国家，才会有真实的大众电影。"进而推崇："苏联的电影，是建筑在社会经济建设上的，故而《生路》也是反映社会经济建设的片子。它里面所描写的，虽然不是最近的事情，而是表现五年计划尚未实施以前的情况，然而这样的影片，对于中国正是对症的良药。"笔者没有想到，郑正秋的这些言论，"左倾"观点非常明显，如果隐去姓名，怎么也不会猜到是位从早期的"鸳鸯蝴蝶"思想转向左翼的文化人。

更明显的是他在文后诚意地分析说道："中国为了帝国主义和贪污土劣买办阶级等等的压迫和榨取，造成了民穷财尽的危局；农村破产，百业凋落；劳苦大众，弄得走投无路，正需要像《生路》这样的影片。可是苏联的电影是国营的事业，中国呢，完全商办；所以制片公司为着恐怕血本亏蚀，不得不畏首畏尾，顾前顾后；所制影片，不得不迁就环境，成为纯粹商品化了。"他最后预言："且喜最近中国电影界，已经起了转变，此后的出品，也许要比较有点光彩了。"

确实如此，此时的明星影片公司老板和合伙人，已经从时代的风云变化中看到左翼文化运动的影响日隆，邀请左翼作家加入公司的编剧队伍。虽说有商业既得利益的需要，但也要具备时代的契机和个人的进步要求，思想的转变以及心理接受的程度，才能有合作的可能。这里我们可以看到较长时间以来，左翼文化的宣传力度和其影响力。此时，中国电影事业在瞿秋白、夏衍等中共负责人的引导下走上了左转的大道。而且，郑正秋也编导了左翼电影《姐妹花》等，以致他有理由作出上面所述的"转变"预告，实证了他对此的欣喜和自豪。

随着国民党政府宣布与苏联复交，第一次引进苏联影片就是这部《生路》(又名《人生之路》，尼古拉·埃克导演)。1932年12月1日获准上映。之前，虽有国民党政府禁映苏联革命影片的政策阻挠，该片还是于翌年2月16日在上海公映。苏联电影的引入，为进步电影人提高思想艺术水平创造了良好的条件，上面郑正秋的影评文章正好说明了这一点。

笔者保存了一段相关录音。那是在革命戏剧家于伶家客厅与陈鲤庭两位的谈话。陈鲤庭是我国著名导演和影评家，那天他说，他写的第一篇电影评论就是写《生路》，这是他第一次看苏联电影，很激动。这也勾起了于伶的回忆。他们说，那是在上海大戏院看这部电影的。上海大戏院位于北四川路上，日本人的地盘，又是越界筑路，两边又是国民党的统治区。进出有这三重关系的地段，持有特殊身份的人，去那里看电影很危险，总有国民党特务盯梢，时有某人被抓的消息传来。然而这也挡不住他们观看的热情，并且写下观后感。

《生路》由黄子布(夏衍)翻译了台本，全片是译意风，由姜椿芳等人的画外音表达。姜椿芳懂俄文，在电影发行公司做翻译，他译的第一部片子就是《生路》。《生路》讲的是苏联流浪儿童改造的故事。片子很生动，演员也好。于伶说，看好后和夏衍到大世界附近小饭馆吃饭。夏说，片中《国际歌》只有两句呀！后面的都被剪掉了。这是第一次看苏联电影，印象深刻。以后还看了《静静的顿河》《重逢》等片子。

当时，上海的左翼文化人士，鲁迅、茅盾、洪深、郑伯奇、胡愈之、夏衍、田汉等五十余人，就中苏复交致电苏联人民委员会，表示热烈的祝贺。这份《中国作家为中苏复交致苏联电》刊载在《文学月报》第一卷五、六期合刊号上。在地下党组织领导下，还成立了"苏联之友社"，宣传介绍苏联的经济、政治、文化、教育、艺术和电影。上海大戏院正式公映苏联有声影片《生路》，左翼电影评论家纷纷欢呼苏联影片公开首映，认为"在中国电影史上，这是值得大书特书的一页"。这激动的心情，在影片放映的第二天，《晨报》的《每日电影》副刊，刊载了黄子布（夏衍）、洪深、沈西苓、史东山、陈鲤庭、尘无、程步高、张石川写的八篇评论和十四篇短文，成为中国电影评论史上空前的盛事。这次在《今日之苏联》第一卷第一期上发现郑正秋的影评文章也是很好的诠释。

《生路》的放映，在技术层面，夏衍指出其"对位性录音"的成功值得注意。确实，姜椿芳的功劳很大。它还开创了一项"我国翻译第一个苏联剧本"的记录。那就是于伶说的"夏衍翻译了这影片的台本"这件事。夏衍以丁谦平笔名，将译稿于1933年6月开始连载在《明星月报》上，此片的影响和传播就更广了。

今年（2015年）是中国电影诞生110周年，也是郑正秋先生逝世80周年（他于1935年四十六岁时早逝），作此文是为纪念。

原载《文汇报·笔会》2015年9月11日

抗战戏剧部队之一翼

——上海"孤岛"时期的戏剧

"自从芦沟桥的炮声一响，祖国的民族解放战争一开始，全中国的戏剧工作者，就将他们自己的身份规定做整个抗日军队里面的一个特殊的兵种，而实行参加抗战了。像其他兵种各别地使用他们用惯了的武器一样，文化兵团里面的戏剧部队用他们戏剧这特殊的武器，巩固了团结，强化了信心，推动了进步，打击了敌人。"夏衍曾充满激情地评价，并赞扬说："在这大时代中新生了中国戏剧以初生之犊的勇气，站在一切战斗的前列，在战线，在后方，在游击队，在沦陷区，从高歌引吭的自由天地到愁伤阴暗的囚房，从冰雪风沙的塞北到骄阳灼肤的南国，我们的戏剧部队都在那儿起了辉煌的作用：到今天，大家已经公认，在参加了民族解放战争的整个文化兵团中，戏剧工作者们已经是一个站在战斗最前列，作战最勇敢，战绩最显赫的部队了。"

那么，上海自从陷入敌手后，他们又是怎样立足在"四面楚歌"的险恶环境的"孤岛"之中，在租界的特殊阵地，创造了一系列戏剧抗敌的奇勋？不容置疑，这支部队是中国整个抗战戏剧部队之一翼。

救亡演剧队

一·二八淞沪战争爆发，我十九路军奋起抗击日军入侵上海，上海人民以各种方式支援和慰问浴血奋战的爱国官兵。第三天，中国剧作者协会在上海卡尔登大戏院紧急召开大会，成立上海戏剧界救亡协会，讨论如何动员戏剧界，组织抗日救亡宣传队问题。会议由洪深主持，会上"关于戏剧的阵地战与游击战问题引起了激烈的争辩"，最后得到共识：在抗战中可做戏剧活动，需要积极地、大批地、有组织地走向内地，走向前方，甚至走向敌后。这就是由上海戏剧界救亡协会，遵照潘汉年转达周恩来的意见，分赴内地进行抗日救亡的宣传。很快，上海的话剧工作者编成了十三个救亡演剧队（第十队、第十二队部分人员留沪工作），分赴内地进行抗日救亡的宣传。同时，组织了三个战地服务团，派往嘉兴、昆山等战场抗战指挥部工作。一个京剧界救亡演出队分赴上海各电台、伤兵医院、

1937 年 9 月上海戏剧界成立"抗日救亡协会"其中有田汉（右三）、欧阳予倩（左一）、于伶（右一）

难民收容所演出。

在很短的时间里，组成这些演剧队，并把他们送到全国各地去宣传抗日，为中国话剧运动的普及与大众化，播下了活跃的种子。然而，这并不是件轻松的事。担任上海戏剧界救亡协会组织部长的于伶，深感肩上的担子。他和文委负责戏剧工作的夏衍等人商议，"战地移动演剧队"是否由各队自由组阁。有人戏称这种组阁形式是采取"吴用智取生辰纲"的原则：各队人马，人多去不得，人少也去不得，务必人人得用。于是各队都忙活开了，每队十余人，要网罗各方面人才，有美术、音乐、灯光、编剧，男女演员等，还要会管理经济和外交的人才。而大家似乎都忘不了于伶，纷纷向他求助和讨教，因为他"上通下达"，他那里最早得知八路军驻沪办事处的决定和消息；对上海影剧界各方面人士有广泛的交往。而最主要的是，各队定编以后这位组织部长根据周恩来的指示安排编号和宣传的路线，相继送他们出发。

于是，十三个抗日救亡演剧队中，十一个分别赴苏、浙、皖、陕、川、汉等内地，作抗日救亡宣传鼓动工作。留下第十、第十二两个演剧队在上海坚持宣传阵地。于伶被留了下来，在五百万人民中坚持演剧活动。

泥泞的租界

1937年11月12日，日军占领上海华界，英美法等租界立即沦为四面受日伪势力包围，只有一条通向海外水道的孤岛。刹时间，乌云密布，报纸停刊，戏院歇业，人心惶惶，有的销毁文件旗帜，有的含泪相见时不知出路在哪里。面对这严峻的局势，如何唤起这孤岛上几百万爱国人民的精神，以这股力量对抗日伪的反动势力，

《保卫芦沟桥》剧照

于是有一批坚强的战士英勇地担当起"在荆棘里潜行，在泥泞中苦战"的特殊任务。

由于租界当局自抗战以来持所谓中立立场，对各地来的人员只要住进租界都受到"保护"。于是上海四周和闸北、虹口、南市等华界地的居民纷纷涌入租界，甚至沪宁一带和上海周围的大小城市，包括苏州、镇江、南京等地，在沦陷以后，有些田产的地主或居民也逃难至上海，涌入租界。租界的畸形膨胀，给生活在这里的几百万人民带来了各式各样的问题……

文化的沉寂使"孤岛"的上海更加荒芜。当时如《国民文摘》《文学》《烽火》等都停止了在上海的发刊，《大公报》《立报》《申报》《救亡日报》等的先后被迫停刊，都使上海的文化阵营萧条而乏力。还有个情况：当上海租界地沦为"孤岛"后，电影厂关门了。原来还拍一些如《珍珠塔》《庵堂相会》等民间传说、故事的戏，如今没有人写剧本，演员也跑散了；而一向占领上海影剧场的美国电影，这时候也不能进来，致使很多电影院空了出来。

"文化工作必须改变方式。"这是中共江苏省委负责人沙文汉、上海文委正、副书记孙冶方、曹荻秋，以及于伶、钱杏邨、梅益等文委委员，面对新的形势作出的决议。在租界的特殊环境里必须采取灵活多变的战术，以储集社会上各种力量，并尽量用公开的方式来发动群众，进行合法斗争。诸如在报纸、出版、群众业余补习学校，以及演剧等战线均可依此展开。去占领这些电影院，让"巴黎""光华""卡尔登""辣斐""兰心"等影院相继改为话剧场所。

其中，地下党"文委"十分重视通过话剧这个阵地来团结群众、宣传抗日和进步的主张。孤岛剧运在这个大的决议下开始了，正式成为抗战戏剧部队之一翼。

大剧场和小剧场

但是，演职人员的缺乏是个问题。由于在国民党军队退出上海前，大部分主干的演剧人员已由上海戏剧界救亡协会组织成救亡演剧队若干队，分别出发内地工作。如蚁社的蚂蚁剧团由张庚、徐庚教等率领，由沪宁路经溧阳、宜兴、广德北上，张庚部辗转到了西安，徐庚教部由武汉远赴昆明。海关俱乐部戏剧组，组成八一三长征队由缪一凡、茅丽瑛领导从闽浙沿海到香港广州，缪一凡在长征中死去，茅丽瑛则回沪组织职业妇女俱乐部成绩卓著，不幸被汪伪汉奸打死。这是后话。

当时，上海的演剧队伍尚有：救亡演剧队的十、十二队所留下的部分人员，蚂蚁剧团一部，海关俱乐部一部，以及洋行华员俱乐部，印刷业，保险业，银钱业各联谊会的一些同志等。于是，在这些人员基础上，其方式采取一分为二，已公开的同志令其参加职业的戏剧活动，余则以非戏剧组织的形式利用职业单位或学校活动，在一般的救亡工作下做普遍的活动。这样，形成了以上层的大剧社职业性演出的大剧场运动，和以群众业余戏剧活动的小剧场运动。

小剧场运动也称星期小剧场，由姜椿芳、扬帆负责，主要干部有王元化、吴铭、柏李、张可等。他们首先在学校组织剧团的方式把他们的力量组织起来，成立了小教联、中教联、中学生自治会、大学生自治会、大教联……由于开展顺利，使当时组织的职员、工人、学生的业余小剧团多达一百一十多个。大家行动起来，出现了在任何时候都没有出现过的兴旺现象。

大剧场运动由于伶负责，他以第十、十二队留下的人员为骨干，联合电影公司的部分导演与演员，几位在大学、中学教书的戏剧研究与爱好者合作，组织一个大剧团，成为公开的中心力量。在困难的环境中第一个挣扎着出现的剧团是青鸟剧社，它打破了上海戏剧界的僵局。

当时，虽然分两种形式展开活动，然而，他们是一个战斗集体，党的组织生活也在一起，互通情况，互相支援，文委的领导也非常关心这个戏剧支部的活动，经常指导工作，成为"孤岛"文化的主要方面。

青鸟剧社

青鸟剧社是孤岛时期诞生的第一个职业话剧团体。社址在西藏路宁波同乡会四楼。青鸟剧社是从梅特林的象征剧《青鸟》取来，含有不屈不挠追求幸福的意思。主要人物有：于伶、欧阳予倩、阿英、许幸之、殷扬（扬帆）、李伯龙、李健吾、徐渠等。在这特殊的租界环境里，进行公开的合法的活动并不是件简单的事。首先要通过所属租界当局办理苛刻的登记手续，报送剧团负责人和成员名单；其次，上演的剧目都需经过审查批准。工作稍有不慎，就有被驱逐出租界，不准组织活动的危险，故一步步进行都得摸清情况才能行动。再则，剧团上演要和剧场签订合同，上演剧目的开支、经费和工作人员的生活费用等一系列财务支出，都需要筹划，而剧目的挑选和演员的物色更费筹措。这一切内外的主要事务都需要谨慎地摸索着向前。

当青鸟剧社正在法租界当局登记备案的同时，12月1日，于伶和有关的几位同志赴新光戏院签订租借合同。说到签订合同，于伶记得很清楚，在和"新光"签约时，正是日本兵进租界的示威时，他们列队耀武扬威地走在南京路上，表示对英租界的蔑视，遂使南京路的交通断绝。"新光"处在二马路上，当时临街的理发厅楼上，有个理发师出于义愤，为了抗议日本兵进租界，悲痛地跳楼自杀在南京路上。从楼上跳下去，正跌在马路上日本兵中间，当时还有日本人向他行礼。过后，日本人惶恐不安，醒悟有人捣乱，日军马上将这一带团团围住，戒严，行人不得通过，搜查可疑分子。于伶、李伯龙等正在新光戏院办事也被围住，一天一夜，未进饮食，不得动弹。直到很晚才离开"新光"。他们深深地忍受着上海城陷入敌人铁蹄之下的痛苦。

"新光"的老板是个流氓。于伶说："有一次某跳舞厅开张，可能是得罪了他，他出钱给一批叫花子去舞厅坐台子，也要我们一帮人去看闹猛。我们看到舞女从池子中逃出来，一边大叫，原来这些叫花子坐了一会儿把蛇放出来吓舞女。秩序乱了起来。""为了去'新光'借场子，去过几次都没有谈定，只见他们在旅馆之类的地方玩赌，一边赌一边要唱，很特别，边上站着一群向导女。我们找他是为了让他开口发话。"于伶无奈地说："这种工作我们都要做。"同样，于伶与上海警备司令杨虎之妾交往很多，也是无奈之举。

于伶（中）与《花溅泪》演员合影

　　12月中旬，适逢欧阳予倩五十寿辰，大家不约而同聚拢在他的家中，顾仲彝刚到上海也加入其中，受到邀请加入剧社，所以在吃过寿面之后，一同到巴黎大戏院隔壁一家罗宋大菜馆楼上去看排戏。顾仲彝说："青鸟剧社分子非常复杂，组织也松弛无力。当时演出的剧目中以《女子公寓》最为轰动，演出的地点是新光大戏院，演员夏霞、蓝兰、陆露明、徐渠、顾也鲁等大露头角，成为孤岛演员的生力军。可惜接着几个演出剧目，如《群莺乱飞》《不夜城》不免都为急就章，观众大为失望，并且同时剧社开始了人事纠纷和经济恐慌。"

　　顾仲彝的这些话说得不错，话剧的职业演出要长期坚持下去，从内部来说，要有几个条件：一要有演员，有台柱，在上海这个地方才能吸引观众。可是有些声誉好，政治上较进步的演员，大都参加演剧团离开上海了。二要有导演。三要有好的剧目。当然，更重要的一个剧团要有团结一致、艰苦奋斗的精神。

青鸟剧团最后因经济上亏欠太多，要继续维持这班人的生活发生了困难，且内部又意见纷纷，导致解散。

孤岛剧运"八勇士"

孤岛剧运"八勇士"，即李健吾、顾仲彝、李伯龙、章杰、陈西禾、徐渠、尤兢、吴仞之（田汉语）。他们筹划"孤岛剧运三年计划"，其第一步健全剧团作小公演，第二步扩大组织，与同情剧场合作，举行大公演，第三步建立经济基础自建剧场。那时，由尤兢（于伶）去交涉十六个星期的实验公演剧场。提出口号是"稳扎稳打，提高技术，团结干部，争取社会同情，为抗战建剧而努力"。

第一次演出剧目是李健吾作《这不过是春天》，陈西禾导演，李健吾自演听差，成绩极佳。剧评家王壬林说："这就是民族形式。"每日早晨七时就有观众围铁门等买票子，李健吾感动，抓住尤兢的手流泪，说：你的估计没有错，我们该为这些观众拼命。

此种小公演到第五回引起敌报的攻击，工部局胆小，接连几次旧剧都不通过。乃重演《花溅泪》《女子公寓》，旋改编《满城风雨》又不通过，因合同未满，改由星期小剧场戏剧交谊社接演。

他们充分发挥着集体精神，一个剧社解散了，他们商量着再成立另外的剧社，继续演剧……

田汉知晓上海剧艺社的奋斗历程。他从剧艺社的人员配制、上演剧目、营业收入等曲折经历，以及剧社同胞同舟共济的精神面貌，都能细细道来。他说道：

在这种风声鹤唳的气氛压抑下，剧人要生存，要表达自己的意愿，组织剧团的财务账也必不可少的。……从一九三八年十二月三十一日起到翌年一月三十日第一期公演《雷雨》《日出》《女子公寓》《大雷雨》四剧盈余两千元，但三月底起演出《不夜城》《衣锦荣归》，亏欠五百元。清明日召开文化界座谈会，到古平方，子余，吴仞之，王壬林，欧阳予倩，赵景深，李健吾，陈望道，郑振铎，顾仲彝，徐渠，林淡秋，李伯龙，殷扬等二十余人，商议组织一较理想的剧团，于是在台儿庄胜利消息传来的时候，组成上海艺术剧院，另一部人则组成晓风剧社，五月中旬上海艺术剧院为募捐难民药品公演《梅萝香》于兰心戏院。

第二次适在徐州突围的时候，尤兢导演《女子公寓》过劳晕倒，由徐渠继续导演，募集妇女难胞生产基金。在第三剧准备排练时，以敌人在日文报纸公开指该社为反日团体，法领馆不许立案，并限期迁出租界。几经疏通，乃以一部分负责同志加入中法联谊会为会员，成立戏剧组，由该组长办上海剧艺社，以募股方式筹得三百五十元，连同上海艺术剧院生财作四百元即以七百五十元基金开始工作。第一剧演出巴纽尔作《人之初》，第二剧演出罗曼·罗兰《爱与死的搏斗》。后者成绩绝佳，法领事极为赞美，赠戏剧组一百元，并由该组致电罗曼·罗兰致庆。第三次趁名伶周信芳年底封箱，租用卡尔登公演于伶《花溅泪》，营业极佳。

这些史实盘点，充分展现上海处于"孤岛"这个特殊的环境里，"勇士们"以戏剧为武器，公开地或秘密地从事着抗敌斗争。

在租界环境里宣传，话剧是很好的形式，但是，搞好剧团，面目不能是红色的，可以挂外国人的招牌，以站稳我们的脚跟。地下党"文委"指示：在洋招牌的掩护下，如果不能上演明显影射抗战或写上海现实生活的戏，至少要演不屈服、不投降、不变节有正气的戏。这样的方针正是服从于此时此地的环境所许可的，保护自己，团结友人而又能倾吐郁积在心头愤懑的策略。

《译报》的创刊，在于新闻界在"孤岛"不能阐发正义的言论，"连正确的消息也不能尽情揭露"，于是，夏衍、姜椿芳、袁殊主办了《译报》，"以小型的姿态应运而生，专译外报的新闻及论说，以供读者明了战局的真相，及国内外的政治形势"。由于它"独树一帜"影响愈来愈大，《译报》成了"孤岛"上的灯塔，使当局非常不舒服，仅办了十几天，一纸禁令被迫停刊。一个多月后，《译报》改名《每日译报》，由地下党上海文委成员冯定、孙冶芳、巴人、于伶、梅益、林淡秋、戴平凡等主持，并挂名英国人孙特司·斐士、拿门·鲍纳为发行人，在租界的庇护下继续出版。

在迎接 1939 年元旦时，《每日译报》出版增刊，由报社主持人

《爱与死的搏斗》导演许幸之（前排中）

《爱与死的搏斗》于伶（前排中）主演蓝兰、章杰

之一的戴平凡（署名岳昭）执笔撰写《抗战中的上海文化阵容》，代表当时地下党"文委"评价上海文化状况（戴平凡时任地下党文委负责人之一）。

在总结和检阅上海的抗战文化阵营，包括新闻界、出版界、文艺戏剧界三个方面。其中讲到戏剧方面，"上演的工作比出版的工作好得多"；"戏剧方面的工作，比文艺的活泼得多。在困难的环境中第一个挣扎着出现的剧团是青鸟社。……中法联谊会戏剧组主办的上海剧艺社的成立，打破了话剧界寂寞的空气，他们在沟通中法两个民主国家的文化立场上，演出了《人之初》和《爱与死的搏斗》，可称上海剧坛的一个主力。最近还有红星剧团的成立，已在皇后戏院上演《狂欢之夜》。此外，值得注意的是星期小剧场，他们上演共十二次，演过三十多个独幕剧。而最值得敬佩的是电影界的各公司当局，他们毅然拒绝侵略者的威胁利诱，支持着重创的残局，在继续着工作。"

确实如此，因为上海剧艺社有位杰出的核心人物于伶，他始终意识到他们是抗战戏剧部队之一翼，使得上海剧艺社经过在法国工部礼堂的演出、璇宫戏院的演出，到辣斐剧场时期，基本上已站稳脚跟。在特殊局面的孤岛上，"对于这大时代或多或少尽了责任，至少为生活在孤岛上的麻醉的人们，做了唤醒和提示的工作。"并且已公认是个负有盛名的剧团了。然而剧艺社不仅是演出的剧团，要培养当时缺乏的编、导、演的好手，提高工作人员的业务水平和思想水平，创导社会艺术大学。于是剧团办的图书馆藏书达四五千册，供借阅，并组织读书小组活动；社员经常参加举办的各种讨论会；暑期还开设训练班，开讲座。内容有于伶的《中国话剧运动史》、陈西禾的《戏剧原理》、李健吾的《诵读和表演》、吴仞之的《舞台灯光》，吴天的《导演记》、顾仲彝的《西洋戏剧史》、洪谟的《舞台技术》、赵景深的《中国戏剧史》等，举办这样有系统的讲座，在剧坛上是不多见的。

2019 年 3 月 22 日修订

原载《档案春秋》2015 年第 7 期

孔另境在虹口

父亲孔另境最初踏进虹口，是为投考上海大学而来，那年他十八岁。

那时，上海大学刚刚成立不久，沈雁冰应聘兼任中文系的教师，他的本职在商务印书馆上班。他招内弟到上海投考大学，付出了不少笔墨，说服孔家旧式家庭的长辈。最终，这位孔姓南宗在乌镇第七十六代的长房长孙，才能得款成行，投奔上海的姐姐、姐夫。这时，姐夫一家居住在宝山路鸿兴坊，父亲也落脚在此，平时到上海大学读书。时在1923年。

其实，孔另境在嘉兴二中就读时就不"安分"，曾因带头闹学潮被迫停学。这位受到时代感召的青年，进入上海大学时，是个很活跃的人物。进校不久，去工人夜校的识字班教学；在《学生杂志》上发表《促男女同校之同学的注意》等时论文章。这是迄今为止查到他发表的第一篇作品，始用"另境"笔名，以后孔另境成为他的常用名，"虹口"成了他步入文字生涯的起始地。

1925年初孔另境加入中国共产党，积极参加五卅等政治运动，在南京路上发传单时遭到第一次被捕。不久，又等不及毕业（还差两个月），即赴广州参加实际革命工作，之后参加国民革命军北伐，

《促男女同校之同学的注意》

孔另境

《促男女同校之同学的注意》是最早署名孔另境的文章，刊《学生杂志》。

直至被"欢送出境"。革命转入低潮，党组织指示他找公开职业，等候时机。这时，他又返回上海景云里姐姐的家中，开始到对门鲁迅先生家，为蛰居在家的茅盾做信使。

从政治战线退到文化战线之初，孔另境赴天津教书，因"共党嫌疑"被捕，后经鲁迅出手营救，使之脱离北方的牢狱之灾回到上海。感佩之余，他到上海后的第一件事，即是"一定要去结识这个富有侠义心肠的老头儿"。

父亲在《我的记忆》一文中，回忆那时上门道谢的情景：

"一个西北风刺人的早晨，心里牢记着打听来的先生寓所的路径，走到一个建筑物门前，这建筑已很陈旧，也无门警，也无电梯；我也顾不得人家警告的什么什么，一直就冲上三楼，怀着仿佛要暴烈出来的满腔热情，拼命揿那电铃，一忽儿里面一阵响声，出来开门的正是鲁迅先生自己……"

笔者考查了一下，这个地点在北四川路194号三楼四室，那时名拉摩斯公寓，即现在的北川公寓。两个月后，他再次去虹口，鲁迅准备搬家到山阴路上的大陆新村，这次，他认识了鲁迅夫人许广平和孩子。之后，父亲经常在虹口一带活动，并搬迁到离大陆新村不远的溧阳路麦加里，同里居住的还有宋云彬、夏丏尊等，更不用说，沈雁冰一家后来也迁居到大陆新村。

在麦加里，开始了他的职业写作。在《申报·自由谈》《立报·言林》《现代》等报刊上发表大量的杂文和散文，后结集出版《斧声集》等。其间，编选由鲁迅作序的《现代作家书简》(生活书店出版)，编著由郑振铎作序的《中国小说史料》(中华书局出版)，为茅盾助编《中国的一日》等。渐渐地进入了他创作的丰收期。

也是在麦加里，他得讯鲁迅先生逝世的噩耗后，马上奔向他的寓所，悲怆地担当鲁迅葬礼的"干事"之职，不断写出悼念文章：《巨星的陨落》《我的记忆》等，并在报刊上连载《读鲁迅文答记》二十篇，认为研读鲁迅作品是对他最好的纪念。

之后，或者之前的日子里，这点笔者一直不太明确，父亲曾在北四川路上的麦拿里住过。20世纪60年代初，有过几次，我陪同他到第四人民医院就诊，他向我指认：自己曾在医院对面的这条弄堂里住过，并说，创造社社址也曾设在这里。父亲去世以后，有一次，陪同施蛰存先生走在四川路上，走过麦拿里，他也对我说："这条弄

父亲曾住过的麦拿里。当时"创造社"出版部就设在该弄的41号。

堂，你父亲住过。"

　　上海抗战之后，父亲身处"孤岛"之中，在租界办学校、办刊物、搞戏剧教育、接待救治伤病员、建立小家庭……生活非常充实而忙碌。最终，租界的藩篱被日寇冲破。不愿在日军铁蹄下生活的他，变卖家中的一切，携儿带妻投奔苏北新四军。直至 1943 年夏回到上海，在他岳父母的家中盘桓。这时，又因为他的进步立场和抗日活动，被日本宪兵队拘捕，受尽严刑拷打。直到抗日战争胜利，父亲又回到了虹口区居住。

　　这次，是因为他加入第三方面军主办的《改造日报》工作，此报是专门对日侨、日俘进行教育的报纸，社址设在虹口区。此时全家迁居到四川北路 1571 号，沿街面房子的楼上，这是改造日报馆的仓库和职工宿舍。安家后，他为大地出版社、春明书店等主编《新文学》《今文学》等刊物。

　　1949 年，终于盼来了上海解放，解放军进城那天，他在面街的三楼阳台上目睹了这一切，很快发表《迎接人民解放军》《这一天终

2018 年，孔海珠挥手告别四川北路 1571 号

于来到了》等文章。同年 8 月赴京参加第一届文代会，在大会做专
题发言。之后，无论他的工作场所如何变动，思想改造运动如何激
荡，文化大革命的冲击如何残忍，他们一家始终居住在这里，直至
他度过风雨人生的最后时光，屈指算来，他生活在这里有二十七个
年头。他的七个子女中，有五个孩子出生在这里。这里有他的欢乐，
有他的悲苦，有他的回忆，更有他可以炫耀的坦荡历史……

原载《绿土》2008 年 5 月"虹口名人"

1930 上海：《子夜》写作中的茅盾

　　《子夜》是茅盾长篇小说创作的代表作品，这是一部描写旧上海民族资产阶级生存状态的历史画卷。冯雪峰曾评说："到今天，在我们的文学上，要寻找在 1927 年至抗日战争以前这一时期的民族资产阶级和买办资产阶级的形象，除了《子夜》，依然不能在别的作品中找到。""《子夜》在反映现实上有它不可磨灭的成就"。

　　《子夜》写作从 1931 年 10 月起始，至 1932 年 12 月 5 日脱稿。动笔之前，经历了一个较长的准备和构思的过程。

因眼疾引出《子夜》的写作

　　1930 年的夏秋之交，茅盾感到身体很不舒服，神经衰弱、胃病、目疾，一起袭来，最可恼是眼病很麻烦，请了沪上好多名医也都束手无策。心情也随之坏了起来。

　　说到眼病，他年轻时痧眼很严重，又近视。到 1930 年前后因用眼过度二次大发作，一只眼睛差一点失明，幸而郑振铎介绍一位他的同乡，刚从日本回来开业的刘医生，他检查后说，你的老痧眼已经结成瘢，不是这次眼疾的主因，此次眼疾之所以严重，在于右眼角膜溃烂，成一小孔。左眼则有厚翳从上而下已掩半个瞳孔。治疗的办法只有在眼角上注射自己的血清……。医嘱八个月，甚至一年内不能再看书写字，并叫家里人监督实行。

这样，他实实在在休息了六个月，每天没事，东跑西跑，跑得最多的是同乡前贤卢表叔公馆。

卢表叔即卢学溥（鉴泉），曾任北洋政府财政部公债司司长、交通银行董事长、造币厂厂长，还办过浙江实

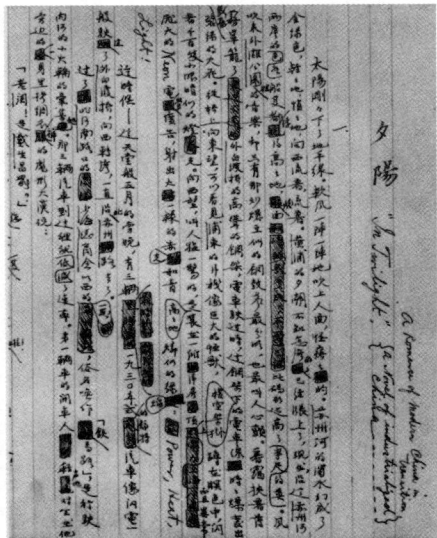

茅盾《子夜》手稿首页

业银行等。茅盾最初进商务印书馆工作，即是持他的推荐信面见张元济总经理。1997年11月的一天，我去南汇路访问卢学溥的女儿卢树馨。她还记得小时候见到茅盾的情景，那时《子夜》刚刚出版，她们家里人都在传阅，疑问书中的"吴少奶奶"原型是否就是他们家的宝小姐？她的这位姐姐很漂亮，也有恋爱故事，于是曾向作者追问过。

她还回忆，有时，茅盾与夫人一起去他们梵皇渡路（现在的万航渡路）的家，她见过茅盾夫人孔德沚。那时，银行界有什么"风吹草动"都会聚拢在他们家，花园里停满汽车，他们商量着一致行动。这时，孩子们不许下楼。银行家还有个星期聚餐会，在都城饭店（现在的新城饭店），经常相互沟通情报。茅盾在他们中间观察，而他们也愿意向这位大作家倾诉。无疑，这都给茅盾的写作小说提供了素材。

茅盾在愚园路连生里 3 号三楼
过街楼上写《子夜》

连生里 3 号后弄堂（孔海珠摄）

茅盾在这六个月休息期间，眼睛虽然不能多用，思维仍离不开构思他的创作。他对三十年代的中国社会有比较深刻的了解，熟悉上海工商业的情况。他的朋友中有实际工作的革命者，有自由主义者；在同乡、亲戚、故里中，他们大都是中小企业家、商人、公务员、银行家等，他们与茅盾原本相互熟识，茅盾了解他们的底细。言谈中，关于农村经济的破产，促使市场的不稳定性，流动在都市的资金并未投入生产方面，而是投入投机市场等，一件件新鲜事例，加深了他对社会现象的了解。写作的激情使他本来打算用这些材料写一部农村与都市的"交响曲"，后来因那年夏天天气特别热，一个多月时间每天老是华氏九十几度的天气，他的书房在三层楼上，尤其热不可耐，喘不过气，只得停顿写作。等到再起笔时，把原来的计划缩小了一半，只写都市而不写农村了。

写作《子夜》的地方

原来，1930 年 4 月，茅盾从日本回国，仍旧过着"地下的生活"，行动更加谨慎。当时要找公开的职业不容易，只好蛰居租界，继续卖文为生，尽量做到住地的"安静和本分"。他用化名方保宗向房东租房，并称自己是教书的。他这住处知道的人很少。

那么，当他在三层楼上热不可耐地写作《子夜》时，住在什么地方？我曾听家父孔另境说过，"住在静安寺附近的弄堂里"。茅盾在回忆录《我走过的道路》说："我们搬到了愚园路树德里的一家石库门内的三楼厢房，这三楼厢房带一过街楼，共有三间房。"据此，我去实地找过，还走访静安区的地名办公室。当时实在找不到这条愚园路有树德里，于是向施蛰存老伯请教，因为茅盾同时期写作的《春蚕》首发在施蛰存主编的《现代》杂志上。果然，为了取稿件他几次去茅盾住的这个地方。"这个地方还在，在加油站对面的弄堂"，施老伯替我画了地图，详加说明，还证实当时茅盾的写字台即放在过街楼窗口下面。

按图索骥，我找到了愚园路上这条名叫连生里的小弄堂，茅盾书中描写房东的后代还热情地邀请我进屋参观。茅盾的这个住处与卢公馆相距不远。连生里在静安寺附近的愚园路头上，而卢公馆则在梵皇渡路常德路附近，这两个地方走动起来比较方便，这大概也是他经常去卢公馆的原因。

笔者查考了一下，从 1930 年 7 月至 1933 年 1 月茅盾在这里住了两年半。时值"左联"前期，他曾担任"左联"行政书记半年。为写作《子夜》向冯雪峰请创作假。也是在这个住所，冯雪峰第一次见到瞿秋白，为瞿秋白寻找避难的地方，并引见鲁迅，才有以后鲁迅和瞿秋白之间的深厚情谊。这些佳话都不动声色地从这所房子发端。

瞿秋白为《子夜》出主意

关于压缩写作计划，瞿秋白为他出了不少主意。茅盾写作，尤其写长篇，有个习惯，"提要"写得非常详细，为了这许多详细设想，瞿秋白替他出主意，甚至认为吴荪甫的座驾用福特牌还不够，大资本家应当坐更高级的雪铁龙。因了临时避难，瞿秋白在他家小住，两人天天谈《子夜》里的人物和场景，谈农村暴动、军火买办、失意军人、罢工工潮，以及左翼作家和青年等的情况。大大丰富了他对动荡中国的形象描绘。

之前，茅盾对江南丝厂的情形比较熟悉，为写作特意又去丝厂和火柴厂参观。他了解1928至1929年丝价大跌，随之影响到茧价，都市和农村均遭受到经济危机。又如由于瑞典火柴的倾销和金贵银贱的冲击，民族火柴业1928年后趋向衰落。在《子夜》中，"红火柴头"周仲伟深陷这两个泥潭而不得解脱，终至于破产走上买办化的道路，这是对1930年民族火柴工业资本家命运的真实写照。书中，周仲伟抱怨道："我是吃尽了金贵银贱的亏！制火柴的原料——药品，木梗，盒子壳，全是从外洋来的；金价一高涨，这些原料也跟着涨价，我还有好处么？"作者在描写主人公吴荪甫家客厅里的凤凰牌火柴就是一种高级瑞典火柴，其"火柴梗经过防灼剂处理，燃烧后成为黑色炭杆，不致烧损衣物"。

《子夜》是茅盾第一次写企业家，而且第一次写证券交易所。为了写得真实，一定要实地去体验，有一段时间他把"看人家在交易所里发狂地做空头，看人家奔走拉股子，想办什么厂"当作"日常课程"。

　　但交易所门禁甚严，除了经纪人不能进去。他打听到商务印书馆的一个熟人是交易所许多经纪人之一，于是找他带进去，那人向他简短地说明交易所中做买卖的规律及空头、多头的意义。对此，茅盾并不觉得犯难，他说："这在别人，也许一时弄不明白，但我却不然。因为交易所中的买卖与家乡一年一市的叶（桑叶）市买卖相似。"每逢春蚕开始，家乡便有几个人开设叶行，其实他们手中并无桑叶。约在蚕讯前三四月，开叶行的人对蚕讯有不同的猜度。猜想春蚕不会好的人就卖出若干担桑叶，这像交易所中的空头；猜想春蚕会大熟的，就向有大片桑地而不养蚕的地主预购若干担桑叶，这就像交易所中做多头的。因为都是预卖或预买，每担桑叶的价格通常是低的，到蚕忙时，如果蚕花大熟，叶价就贵，预卖的不得不买进贵三四倍的桑叶，应付农家。这样他就亏本了。而预买的却大获

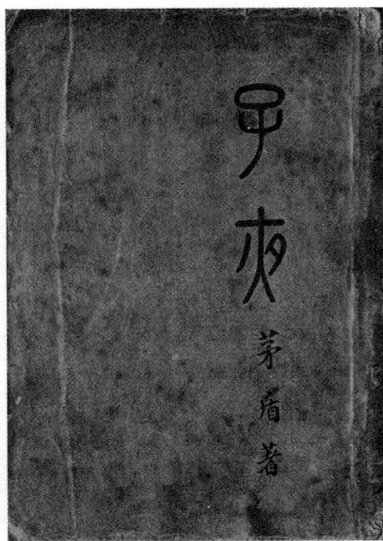

《子夜》初版封面由叶圣陶题

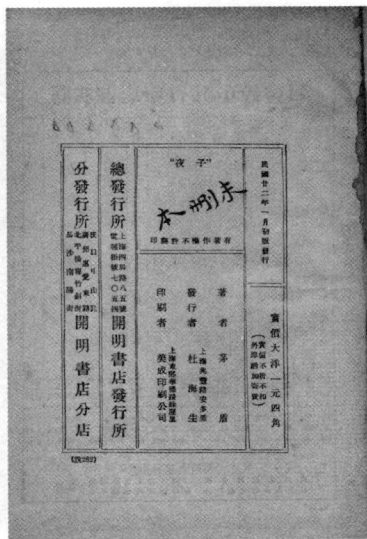

《子夜》初版版权页

其利。叶市约三个月结束，而交易所是每天交割，就这点不同。关于叶市的知识，茅盾用来作《子夜》中丝厂的背景故事，并引发写了名篇《春蚕》。

《子夜》是一部革命现实主义的作品，它以上海为中心，以其大视野地反映了中国社会的全貌，得到读者的充分肯定。出版的三个月里重版四次，初版三千部，此后重印各五千部，这在当时是少有的盛况。然后，也有不同的态度，当局书报检查要求，删去第四及十五章方可发行。即描写罢工工潮和农民暴动两章，全书被活生生割裂。我曾查到 1935 年第六版即是被删节的版本。

1933 年 2 月，开明书店初版问世时，茅盾和夫人即去鲁迅先生的寓所送书。鲁迅在给友人的信中说，"国内文坛除我们受压迫以及反动者趁势活动外，亦无甚新局。但我们这面，亦有新作家出现；茅盾作一小说曰《子夜》，计三十余万字，是他们所不及的。"

中青社出版的《子夜手稿本》封套　　　《子夜手稿本》由叶圣陶题

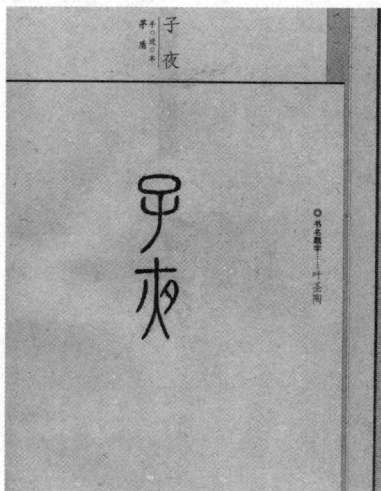

瞿秋白也欣喜地说："在中国，从文学革命后，就没有产生过表现社会的长篇小说，《子夜》可算第一部。"并说，"《子夜》的确是中国文坛上新的收获，这可说是值得夸耀的一件事。"

2015 年 3 月 6 日

原载《红蔓》2015 年 5 月总第 3 期，题：《茅盾与〈子夜〉》

三

红色记忆

作家与示威游行

五月，红五月，是示威游行的日子。

诗人白莽（殷夫）发表了《一九二九年的五月一日》，是现代诗歌创作的名篇。诗中写道：

> 我在人群中行走，
>
> 在袋子中是我的双手，
>
> 一层层，一迭迭的纸片，
>
> 亲爱地吻着我的指头。

刊于《萌芽月刊》1930 年 5 月 1 日第 1 卷第 5 期。革命者怀揣传单，豪迈地走在大街上。"这五一节是'我们'的早晨，/ 这五一节是'我们'的太阳！""他们是奴隶 / 又是世界的主人。""呵，响应，响应，响应，/ 满街上是我们的呼声！/ 我融入于一个声音的洪流，/ 我们是伟大的一个心灵。"

与白莽诗意的呼声不同，有一位署名"赫林"的在《文化斗争》第二期（1930 年 8 月 22 日出版）上发表《参加九七示威》。文章直白激情，义愤填膺地抗议，号召参加示威斗争。

　　"九七"纪念！九七是国际青年示威纪念日，同时又是帝国主义强迫执行不平等条约——辛丑条约纪念日。赫林说："正在这革命与反革命决死战的中国，我们遇着在这双重纪念日来到的今年，我们要更加紧反对帝国主义压迫中国革命的宣传，号召广大革命青年群众，起来参加九七示威反帝国主义的斗争！同时更要暴露国民党屠杀青年群众的残酷白色恐怖，号召广大的革命青年群众，起来参加九七示威反国民党的斗争！

　　赫林，是位左联或社联的同志，现在不明确他的真实姓名。他提出，在我们一切革命的左翼文化团体，尤是要提出反对国民党摧残文化运动，反对国民党压迫文化运动的口号去号召一切从事文化斗争的群众参加九七示威反帝国主义反国民党的斗争！

　　"现在国民党用那极卑鄙无耻的手段，禁止出版，查封密报，不准结社集会，简直是焚书坑儒的秦始皇第二！要打倒国民党的统治，建立苏维埃政权，才有我们革命文化运动的一切自由！起来，从事一切文化斗争的人们，一致参加九七示威反对帝国主义！反对国民党！"

　　署名"文总"的传单，还有《十月革命十五周年纪念宣言》，那是一份手工直行刻写的油印单页传单。1932年散发，表示对十月革命胜利的响望不变。现在传单刊载在1991年5月人民出版社出版的《光辉的历程——中国共产党七十周年历史图集》第244号图。

　　时间到了1935年，作家们的斗争更为实在，他们用纪实来披露灾难和斗争，他们用观察和意志化为文字，更有一幅动人心泊的画面。

　　1936年1月10日出版的《读书生活》第三卷第五期上，周立波发表了一篇题为《一九三五年中国文坛的回顾》的文章，文章从一年来的中国的形势，到文学作品的状况等做了全面的回顾。他说：
"我们生息着的现实，这是一个充满了灾难又充满了英雄事业的现
实，……政治的紧张常常造成文学的平静。"并举例说明："在国内
战争期间，苏联的文学完全停滞了。革命的战争，吸去了大多数人
的精力和脑力，战时的环境，又不能提供创作活动所必需的物质便
利，文学于是出现了麻痹的状态。"他又说："北平和上海的壮烈的
学生运动，也只有《每周文学》和《大众生活》上的几篇速写。处
理这种新鲜的题材的作品，我们需要更多点，我们渴望着当前飞跃
的现实的迅速的把握。"

很明显，1935年12月9日北平爱国学生数千人在中国共产党
的领导下，举行抗日救国示威游行，喊出"反对华北自治运动"、
"打倒日本帝国主义"、"停止内战，一致对外"等口号。一二·九运
动获得全国人民的支持，上海同样也掀起了一场壮烈的学生运动。
面对"政治的紧张常常造成文学的平静"，周立波渴望打破它，需要
迅速地把握当前飞跃的现实，出现新鲜题材的作品。

周立波是1934年8月刑满出狱后加入中国左翼作家联盟，1935
年9月和徐懋庸、王淑敏合编左联机关刊《时事新报·每周文学》。
在第十五期上发表《关于"国防文学"》，首先提出"我们应该建立
崭新的国防文学"的口号。他对1935年中国文坛状况比较熟悉，由
他作"回顾"，不仅持有的观点和态度很明确，而且有一定的指导
意义。

其实，在周立波文章发表的前后，上海各界救国联合会成立，
群众性的救亡活动蓬勃开展起来。上街示威游行，已经成为左翼文
化团体行动纲领的重要部分，左翼作家上街也经常发生。

这次行动在《上海革命文化大事记（1919—1937）》留有记载。

陈荒煤

那是 1935 年岁末的 12 月 24 日，上海南京路上发生了一幕市民和巡捕之战。参加这场战斗的青年作家陈荒煤，马上用笔翔实地写出了《记十二月二十四日南京路》。是一篇非常珍贵的记载着南京路上"血与火"斗争历史的名篇。读着这篇记叙散文，不仅向我们生动地展现当年斗争的一幕，而且让我们体会着作家参加示威游行的实况。

作品中的"我"接到通知，按时到南京路上的大陆商场去集合，"刚走进大陆商场，我就接着一张上海市民救国会底传单；我匆匆地望了一眼，上面鲜明地印着打倒日本帝国主义！——便走人群里去。""人群形成了排列地站在大陆商场里的十字街旁。在他们顶上，从楼上飘落下来的红的绿的纸条纷飞着，那是口号，上面写着——打倒日本帝国主义；民众武装起来——"

信炮终于响了。"我真不能说出那一声鞭炮声是怎样起的，一声噼啪响，心是在不能计算的速度是紧张着，碎裂了；同时，一个大的声浪在我周围爆炸了起来，人群涌成了一堆，拥着我，我也拥人，如何疯狂地涌出了大陆商场，涌到南京路上去。"

　　人是在一个大漩涡中失去了自己——一个大的声浪卷进了自己底和别人底喊叫，就仿佛只一个巨人在忿怒地咆哮！
　　——打倒日本帝国主义！
　　——民众武装起来；
　　——打死卖国贼！

……

这情形继续了约莫有二十分钟。

蓦地，人群拥着向后退了。我听见一阵木棒击在人身上发出的沉重的啪啪的声音；昂着头向前看，看见一群拿着武器的白种人——巡捕们，如同猎狗般露着牙，发着恨声地对着人群突击着。

——不要后退啊！不要后退啊！

这呼声在每一个角落里凄惨但是愤然地扬了起来，里面还听得见女子底尖锐的哭似的声音；像扑着一块坚固的岩石的海浪一样，粉碎的浪花旋即又聚集起来，又涌成一个大的浪头扑了回去。人们厉声叫着：冲啊！不要后退啊，冲！

……

血！鲜红的血！鲜红的血在一些苍白的但有一双涨红的眼睛的脸上迸流了！

人群退出了大陆商场的十字街。南京路上还是堆满白的印着黑字的纸，但一些笨大的皮鞋在上面踩蹦着，鹰鼻子红脸的白种人狞笑了！

我不能说出我底愤怒和哀痛。我望着那很粗的木棒在一些十多岁的小学生头上落下去，大的手掌撕扯着女子底头发，终于还看见了那迸流的鲜红的血！但我更感到悲痛的，是当我望见那一些苍白的脸上悬着一两滴晶莹的泪珠的时候。

人群一团团地在山东路、二马路口边沉默地站着。

有人走么？我相信没有！我只望见头部流着血的被逮捕走了。

——到先施公司门口集合去！

人群又形成一长列，没有沮丧地移动了。有人叫挽着手，于是大家挽起手来走。

一长列，抹了口红的女学生，戴小球帽的中小学生，戴着呢帽穿着大衣着布鞋的商人，蓝布短装的工人，面色苍白憔悴的女工……挽着手向前走。

人群后面跟着武装巡捕，警车。但人群还是叫了：

——打倒日本帝国主义！

——打倒一切帝国主义！

——民众武装起来！

是十二月二十四日，一九三五年的冬天。

天气阴霾，不见太阳。

这篇纪实作品向我们昭示：革命处于低潮期的 1935 年，白色恐怖依然严重，却仍然活跃着一群不怕强暴，不怕流血的爱国者。

1935 年 10 月 25 日《文报》第十一期

这是一场有组织的示威，抗日集会，或称飞行集会。我曾听不少老同志谈起，在 1935 年 2 月上海党组织受到前所未有的大破坏，之后，他们仍然参加有组织的示威行动，尤其在红五月的日子里。

这类活动的回忆我们可以从《文报》的有关内容中得到印证。

如 5 月在大世界散传单。今天怎么评价这个可以称为"左倾冒险"的行为？组织左翼作家、青年学生，乃至领导者自己也一同上街（如本书中提到的陈处泰、夏衍等）散传单。

同样，笔者发现一份由中国左翼文化总同盟1935年印发的《"五卅"纪念提纲》，更为具体而生动地再现了中国左翼文化总同盟的工作思路。

中国左翼文化总同盟印发这份纪念提纲是因为：

> "五卅"的枪声，震动了每个中国劳苦大众的心弦；"五卅"的热血，流遍了中国各地；"五卅"的狂潮，卷起了全国群众反帝的巨浪；"五卅"的野火，烧着了一九二五——二七年大革命的烽焰。这次运动是中国革命史上最英勇最光荣最伟大的一页。这个最可纪念的节日到今年已有十周年了。

> 在战争危机与革命危机交迫的今日，在殖民地化与苏维埃化决斗的今日，格外显出它底严重的政治意义。文总领导下的每个盟员对于它底背景、它底经过、它的历史意义，以及今年"五卅"的形势和我们纪念"五卅"的任务，都应该有个清楚的了解。本提纲就是为适应这个要求而作的扼要的说明。

这份纪念提纲共有四页。扼要说明了：一、五卅运动爆发的社会背景；二、五卅惨案的经过情况；三、五卅事变的历史意义；四、今年"五卅"的一般形势；五、我们纪念五卅运动的任务。

很明显，政治斗争成为回顾历史的最主要的目的。接下来"文总"具体布置各联的活动：

一、动员各联的每个小组到广大的群众里去，经过各种集会演讲和刊物，宣传"五卅"的意义。并使这一活动与反对帝国主义的进攻，和国民党的出卖，以及拥护中国苏维埃红军、东北义勇军等等的中心任务紧密的结合起来。进行援红捐款与抗日签名。

二、各级组织有将纪念"五卅"与反对国民党政府压杀反帝运动的白色恐怖这一工作紧密的联系起来，争取言论、出版、集会、结社的自由。

三、各联要加强思想斗争，反对机会主义，对"文化统制"应加以逆袭，对托陈取消派应加以无情的暴露和打击，解除一切反动势力的理论武装。

四、各联要加紧工人运动，发动失业、关厂、减工的斗争，转变为政治斗争。

五、各联要严密的检查五月份的工作，大量地开展六月份的活动。为保证实现三月计划而斗争，努力健全组织发展组织，克服组织上的落后。

这份纪念提纲发下去以后，各联的执行情况怎么样？它的实际效果又怎么样？现在我们无法全面考证。这份《五卅纪念提纲》至少证实了在1935年革命处于低潮期，"文总"领导的政治态度、组织能力和工作思路。对于我们研究左翼上海提供了真实可信的档案。

仅以上面第四条布置的具体内容来对照："各联要加紧工人运动，发动失业、关厂、减工的斗争，转变为政治斗争"。这个工作究竟做了多少呢？

笔者在中央档案馆查到一份当年（1935 年 5 月 1 日出版）的《工人生活》发动号，惊奇地发现在白纸黑字的铅印共十九页的小册子上，为了解当年左翼上海的工人发动情况提供了有力的佐证。

材料来之不易，特作介绍如下：

发动号的发刊词很简要，说明编这个小小的刊物的用意有两个：

一、教育已经觉醒过来的工人朋友们。一方面使他们有把自己的痛苦表达出来的机会；一方面可以提高他们练习写作的兴趣。

二、唤醒那些还在酣睡中的工人朋友们。我们要拿刊物当一种媒介物，把资本家压迫工人、剥削工人的事实显示给他们，使他们也觉醒过来。

最后说：

这个刊物完全是我们工人自己的。希望大家多多写些稿子，使这个小小的刊物成长起来。

从这个发刊词的遣词造句，不难看出是文化人的作品。它没有打出某某联的旗号，从笔者的查考，很可能是社联同志所编的刊物。

发刊号收录十二篇作品，每篇约五百字至一千五百字左右。

内容大致有揭露资本家剥削工人事实的：《工厂和工人》(陈根)《过去和现在》(白祥生)；反映去年工人罢工、到社会局门口请愿、遭到迫害的《放年假的回想》(竹攸)；有反宗教的《菩萨》(龙忠)；写失业人的《归家》(石)；及短小的工人自述《生活的自述》《自述》《莫名其妙的被开除出来》等。编者也写了一段反映阿大要读书的《阿大的故事》。作品比较单薄，故事也简单，大都讲自己的事情，讲受到的压迫，讲困苦的生活。文字基本上编者都有加工，或者是代他们工人写的，所以读起来还是较流畅。总之，反映了当时的工人生活和左翼文化人对他们鼓动。最后，附录了两首歌词，很精彩，很能代表左翼文化人对工人生活的认识。特抄录如下：

工人歌

全世界的工友们，到处一样受痛苦，我们天天被人剥削，这是莫大的耻辱。

各处朋友快起来，破坏这个旧社会，为了光明的新世界，快把斗争来展开。

女工歌

汽笛催起，霜天未晓，风袭单衣寒料峭，提箪出门，踉跄就道，防恐到厂嫌迟了。

破晓上工，黑夜放了，所得不够一家饱，年年贫苦，岁岁辛劳，忙里青春转眼老。

左翼文化人加入政治斗争，参加实际的对工人的发动，参加示威游行，上街散传单等，已经脱离了文化的本身，转向为政治斗争服务。这是在特定历史条件下的产物。是夺取政权少不了文化人的鼓动。当左翼文化人深入生活、帮助困苦的群体、提高他们的认识，发动他们加入斗争的行列，这个时候，中国左翼文化总同盟已经成为开展政治运动的组织。毋庸置疑，这个组织有了作家、文化人的加入，变得更为精彩。

原载《"文总"与左翼文化运动》，上海人民出版社 2016 年 8 月出版

周扬和"新文委"的建立

　　以鲁迅为旗手的中国左翼作家联盟（简称"左联"），以及中国社会科学家联盟（简称"社联"）、中国左翼戏剧家联盟（简称"剧联"）等八大联盟，在中共中央文化工作委员会（简称"文委"）、中国左翼文化总同盟（简称"文总"）的领导下，从 1930 至 1936 年的六年间，在国民党统治区形成了一支革命的文化队伍，展开了一系列有声有色的文化斗争，有力地配合了革命根据地的反蒋介石国民党的反革命军事"围剿"，取得了粉碎国民党反动派的反革命文化"围剿"的伟大胜利。不仅如此，左翼文化运动对于建立抗日民族统一战线，配合各阶层组成行业的救国会，展开了种种抗日救国的积极活动，都有着不可估量的作用。但是，关于左翼文化后期工作的转向，以及它承前启后的历史贡献，以前的研究和评述很少，对于领导这一时期工作的"新文委"也缺少应有的认识和评价，甚至由于种种原因，他们艰辛的工作被误解、被湮没……这是不应该发生的。随着时间的推移，史料的挖掘、理性的思考，对历史持以客观、全面、公允的研究，才是完整地叙述左翼文化运动所不可缺少的。

　　"新文委"的建立与周扬等先进分子的坚定信念和执着追求分不开……

一

上海地下党"新文委"的产生是国民党文化"围剿"的产物。让我们回顾一下历史：

中国左翼文化运动，从成立一开始即受到国民党政府及其御用文人的压迫和剿灭，他们施出种种手段，企图扼杀与窒息中国的革命文化。鲁迅曾愤怒地指出："统治者也知道走狗的文人不能抵挡无产阶级革命文学，于是一面禁止书报、封闭书店、颁布出版法、通缉著作家，一面用专制的手段，将左翼作家逮捕、拘禁，秘密处以死刑，至今并未宣布。"[①] 在如此艰险的环境中，如此浓重的黑暗里，有多少宣扬无产阶级革命文学的理论与创作受到封禁；进步的书报和书店被查封；革命的作家受到通缉、逮捕、监禁；许多同志生活在"地下"状态或"半地下"状态之中；更有革命的文化战士为了劳苦大众，献出了年轻的生命。国民党法西斯手段受到了全世界进步人士的愤怒和抗议，然而他们仍一意孤行，甚至在日本帝国主义公然入侵的情况下，还坚持"先安内，后攘外"的反动政策，连续对中央苏区根据地进行了四次"围剿"。至1933年10月，蒋介石变本加厉地调集了一百万军队，对革命根据地发起了大规模的第五次军事进攻。由于王明错误路线的干扰和破坏，第五次军事反"围剿"遭到失败，党中央不得不退出中央革命根据地，领导红军进行艰苦的长征。与此同时，国民党政府在白区实行更加法西斯主义化的文化"围剿"，上海是革命文学的中心地，更是首当其冲。

1933年10月，南京国民党政府行政院根据蒋介石电令，加紧

---

① 鲁迅：《二心集·中国无产阶级革命文学和前驱的血》。

国民党取缔左联等文化团体、通缉左联成员的第 6039 号密令

压迫全国普罗文学和左翼作家，草定了《中央党部宣传委员会新纲领》，并从 11 月 1 日起在白区各地发出查禁普罗文艺的"密令"，成立了图书杂志审查委员会，公布《图书杂志审查办法》，核准《电影检查委员会组织章程》《电影检查委员会办事细则》等。在这些反动的行政措施下，前后公布了查禁包括文学、戏剧、电影、各种理论翻译著作等各种门类的左翼文化书籍 149 种，刊物 76 种，鲁迅、茅盾、郭沫若等人的作品都在查禁之列，共牵涉书店 25 家。至 1935 年 8 月，国民党中央宣传部秘密印发《中央取缔反动书籍杂志一览》，查禁社会科学书刊达 676 种。

　　对于进步电影，他们唆使特务暴徒，以"中国电影界铲共同志会"为名，捣毁艺华影片公司，同时，光华书局、良友图书印刷公司、神州国光社也被捣毁。还散发"警告信"，扬言"以暴力手段对付""宣传赤化""描写阶级斗争"和"对于社会病态黑暗面的描写"的"普罗意识"的电影和作品。还在他们的《汗血周刊》《汗血月刊》出版"文化围剿专号"，公然提出"文化围剿"的口号。

　　国民党行政院密令还包括追查普罗作家和左翼文艺的参加者；搜捕受普罗文艺影响最深的大学生。1933 年 12 月 21 日，上海警备司令部发动突然袭击，一夜间逮捕了上海各大学的左翼学生一百余人，妄图一网打尽左翼各联盟在上海各大学的骨干力量。其实，反动派的主要目标还在于搜寻我地下党的首脑机关。1934 年上海中央局各机关被破坏。李竹声被捕叛变，进而引起上海地下党组织的连续破坏。先后被捕的负责人有三十余人，大量的文件、电台、收发报机等全被劫走，国民党扬言"上海的共党组织已全部扑灭"。

　　当时，上海地下党组织，"每隔两三个月就发生一次破坏"[1]，损失是无法形容的；至 1935 年 2 月 19 日，中共上海中央局机关和其他一些机关遭受到更为严重的破坏。上海中央局书记黄文杰，中央组织部何成湘、中央宣传部朱镜我、中央秘书处张唯一、中央文委阳翰笙、田汉、林伯修、许涤新等三十六人同时被捕。[2] 更有甚者，当他们逮不住左翼文化负责人时，连他们的家属、孩子也全部掳走。

　　在这样丧心病狂的迫害下，"文委"五个成员中，幸免于难的只剩下周扬和夏衍。他们立即决定各自隐蔽一段时间，并通知下去；各盟员和领导暂时割断联系，并搬离得越远越好，尽可能的寻找公开的职业作掩护等几点"人自为战"的指示。

　　血腥的镇压暂时取得了成功。但是，失去组织联系的各基层党组织没有

周扬

————————

[1]　许涤新：《永怀集》，上海文艺出版社 1980 年版，第 118 页。
[2]　《中共上海党史大事记》(1919—1949)，第 35004 条。知识出版社 1989 年版。

也不可能被"全部消灭","文委"和"文总"所属各联的党员还有一百二三十人,他们在短时期内隐蔽或者转移了一个时期,很快地重新集合起来,继续作战。

二

1935年夏,当时中央红军尚在长征途中,中共江苏省委或上海局机关被破坏后尚未重建,和中央失去联系的上海地下党,经过几个月的潜伏,心情是很不平静的。夏衍曾经回忆道:"当时,我们处于一个非常奇特的状态,一方面是爱国群众运动一浪高于一浪,另一方面是我们在白区得不到一星一点党中央和红军的消息,内外反动派通讯社和报章宣传的是'剿共大捷'之类的谎言,连遵义会议这样的大事我们也一无所知。"① 也正是在这样奇特的情况下,地下党员考虑的是,群众的爱国热情需要领导和组织;左翼文化运动需要恢复和调整。"大概在1935年的夏天②,左联党团书记周扬和社联接上了关系,并召集各联负责人开会研究今后的工作。在这次会议上,大家推选周扬担任新的文委书记。之后,周扬开始了重建文委的工作。"③

这个重建的"文委",被称为"新文委",只是临时性的组织,"待江苏省委重建或和中央取得联系后,请示追认或改组"。从1935年夏"新文委"成立到"文总"解散,文委、文总系统的党员归入

---

① 夏衍:《懒寻旧梦集》,生活·读书·新知三联书店1985年版,第289、292页。

② 新文委成立的时间大致在1935年8月。因为,该年7月22日中共上海中央局、中共江苏省委两次遭到大破坏。曾和周扬取得联系的中央特派员董维健也在这时被捕。所以新文委成立的时间不会早于7月22日。

③ 胡乔木:《1935年至1937年间在上海坚持地下斗争的文委、文总和江苏省临委》,载《上海党史资料通讯》1987年5月号。

决定成立的中共江苏省临时工作委员会（简称江苏省临委），时间约在 1936 年 2 月的下半月，① 这是"新文委"的主要工作时间。时间虽不长，由于它重建在非常时期，他们成了"群龙无首"之"首"，所以更有重要意义。况且，"新文委"的班子，不仅代表了左翼文化的各个方面，更有着优秀地下工作者的品质和勇气。他们一方面领导着上海的文化斗争和思想建设，同时也经受时代的考验和风风雨雨的锻炼。

参加"新文委"工作的先后人员，大致有：周扬、章汉夫、胡乔木、夏衍、吴敏、钱亦石、钱俊瑞、邓洁等。

在这个班子里，有刚从国民党狱中释放、旋即投入战斗的，如章汉夫、吴敏、邓洁。他们无愧于"新文委"对他们的信任。

夏衍在《章汉夫文集·序》中介绍："汉夫同志是第一次大革命失败之后的 1927 年在美国入党的，他了解国际形势，有党务工作的经验，所以临时'文委'组成之后，他就和乔木、周扬同志一起，领导文委所属各文化社团，清除'左倾'教条主义，团结群众，扩大文化学术界的统一战线，作出了重大的贡献。"②

邓洁，刚出大连的监狱，到上海后连出大门的衬衫都没有，当他和周扬接上关系后，苏灵扬奉命为邓洁送衣服。苏灵扬按地址找到邓的二楼亭子间住处，"只见空旷的亭子间里，邓洁光着膀子坐在地铺上……"③ 以后，邓洁在较长一段时间里领导着上海"文总"和"救国会"的工作，作出了很多贡献。

① 胡乔木：《1935 年至 1937 年间在上海坚持地下斗争的文委、文总和江苏省临委》，载《上海党史资料通讯》1987 年 5 月号。
② 夏衍：《章汉夫文集·序》，江苏人民出版社 1987 年版。
③ 苏灵扬：《一个不是作家的"左联"盟员的回忆》，载《上海党史资料通讯》1987 年第 9 期。

胡乔木是"1935 年 2 月间到上海参加社联工作的，6、7 月担任社联的常委，7、8 月间被调到文总担任宣传部长"。那时，他只有二十四五岁，从早到晚都忙于接头、开会，衣食住行的条件很差。有时吃饭和人力车夫坐在一起，早饭就是买个粢饭团，一路走，一路吃。①

钱亦石是暨南大学教授，学者，有公开的社会身份。自"社联"的杜国庠、许涤新被捕，钱亦石继任党团书记，所属团体照常工作。

钱俊瑞早年曾在无锡参加革命，一度中断了组织关系；1935 年秋，周扬指定胡乔木介绍他入党。"他活动能力强，有公开的社会身份，英语也好，各方面上层人士和国际友人同他有经常来往。"② 他先到"社联"的领导机关中工作，后又调到"文总"。

"新文委"中，周扬和夏衍是前文委的成员，周扬又是"左联"的党团书记，所以在"新文委"的分工中，周扬抓总，仍兼"左联"党团书记，章汉夫协助钱亦石领导"社联"及其所属团体，夏衍依旧分管电影、戏剧、音乐……文委的工作，领导"文总"是其一，还有其他，如做上层的联络工作。所以，有条件的文委领导也要分出时间来做这方面的工作，如参加"苏联之友社"的活动等。

由于他们是处在秘密状态下的组织，不可能集体开会或互相串连，组织纪律也使他们不必要打听不该知道的事情。这样给我们今天的考查带来了困难。但是，有一点是很明显的："新文委"成立在白区地下党最艰难的时期，他们需要随时提高警惕，保护组织免受破坏，个人免遭捕杀。他们的信念很明确，所以并没有逃避危险，而是接受了严酷的时代对共产党员的考验；他们没有贪图安逸，

①② 胡乔木：《1935 年至 1937 年间在上海坚持地下斗争的文委、文总和江苏省临委》，载《上海党史资料通讯》1987 年 5 月号。

而是前仆后继地干革命；他们没有被敌人的牢狱所吓倒，而是出来了照样干下去。他们的这段历史是光荣的、可尊敬的，值得后人纪念。

三

"新文委"的独立作战和特殊环境有关，从而也深深留有时代的烙印。大致有如下特点：

第一，对第三国际的迷信。由于新文委在和上级党组织失去联系的情况下独立开展工作，于是格外重视共产国际的动向。

"当时共产国际的机关刊物以及其他国际的进步刊物，在一家德国人开的名叫'时代精神'的书店出售，……这家书店开设在南京路靠近外滩这一头，店面不大，售书的是一位外国女店员。"[①] 这是一家专售外文的书店，去的人比较少，也是国民党特务的一个漏洞。所以，"新文委"的同志得到有关文件时，把它作为行动的指南、思想的武器。这固然和中国共产党是共产国际的一个支部、党中央也受其支配和指挥有关，由于这个组织的原因，在思想深处，对共产国际的崇敬，在他们心目中已提到了党性原则的高度了。

第二，抗日救亡形势对它的要求很高。"新文委"成立在全国抗日救亡的形势一浪高于一浪时，同时，在国际舞台上，反法西斯主义的声浪也日益高涨。共产国际根据新的形势和问题，制定反法西斯主义的策略——建立反法西斯统一战线。这个新精神成了"新文委"的工作动力，所以它的主要工作就是为扩大抗日民族统一战线而努力。这个转折，不仅在国统区的历史上有重要的一页，而且使

---

① 苏灵扬：《一个不是作家的"左联"盟员的回忆》，载《上海党史资料通讯》1987 年第 9 期。

左翼文化工作全面地转向于这个目标。

"转向"并不是轻而易举的事，这包括组织上、思想上、行动纲领上、方式方法上，乃至非常琐碎的纠纷处理上都要有所改变，有所克服，包括以前的不符合抗日民族统一战线的一切。

1936年初的《共产国际》中文版上，署名"笑崖"的文章《国民党区域里的反帝斗争》中，对于"我们的党在国民党区域的工作上主要错误"作了重要的总结。他说："首先就在于没有把反帝统一战线作为实现民族革命战争底最主要的策略，这是犯了关门主义的错误，不会利用和团结一切力量，不善于把抗日救国总的口号和党的各方面政策联系起来，并与目前当地临时事变灵活地联系起来，不善于把反日反帝斗争与广大群众日常要求联系起来，不善于利用公开和半公开方法为自己进行工作，不善于在组织上去巩固群众对共产党的政治影响，而且随便乱用和消耗自己的力量，不会根据环境的变动而及时改变自己的组织结构和秘密工作。"而且还指出："对保护干部和正确利用干部问题，还没有应有的注意。"[①]这许多问题，虽然泛指国民党区域里的情况，对于上海这个重要地区也是适用的。它的确把一些存在的问题原则地、尖锐地提了出来，以引起我们党组织领导的注意和改进。这许多问题归纳成一点，即国民党统治区内我党的方针应转变到有利于团结抗日这个抗日救亡的统一战线之中，把不善于做的事，不会做事的状况改变过来。

这对自发成立的"新文委"来说是一个严峻的考验，它具备不少有利的条件，然而也有天生的不足，以及思想认识上循序渐进的过程。

---

① 该刊卷期缺号。署名"笑崖"疑为孔原笔名，待考。

第三，"新文委"的成员，如前所说大都是年轻的文化人。年龄稍大的三十来岁，一般才二十多岁。文委书记周扬即是二十多岁的年龄。

他们有革命的热情，不怕苦、不怕死的献身精神，也有共产党员的责任性和使命感。受时代的影响，容易接受当时"左"的思潮的影响，对左翼文化运动的健康发展不利。同时，在联盟组织内部，对某些问题的认识和处理上，当有不同意见时，容易犯急躁情绪和简单的方式方法，甚至"随便乱用和消耗自己的力量"。致使在自己的阵营里，伤害了一些同志，扩大了不必要的矛盾和误会。

当时，文委的工作处于秘密的状态之路，不便于有意见和误会的双方互相交流思想和看法，使芥蒂不易解开，甚至一直影响到全国解放之后。

以上三点分析，把它作为"新文委"无法解脱的使命和弱点，可能还会有所不全和遗漏。

原载《"文总"与左翼文化运动》，上海人民出版社 2016 年 8 月出版

"社联"和《社联盟报》

中国社会科学家联盟，简称"社联"，成立已有七十二年的历史了，它是当年左翼文化团体硕果仅存、至今还继续发挥作用的一个群众组织。研究它的历史是非常有意义而且是必要的。《社联盟报》是"社联"1933年起出版的油印内部刊物，至1935年12月30日，共出版了二十九期。是现今发现的左翼团体机关刊物保存最全、时间最长的一种，它的出现，对我们研究"社联"后期的历史是非常有价值的文献史料。还由于"社联"和"左联"的密切关系，使得研究"社联"对"左联"也具有一定的借鉴意义和参照价值。上海档案馆重新编辑出版也已有十年，但对它的研究介绍乃至利用还很少见到。

一、"社联"和"左联"的关系

"社联"成立于1930年5月20日。它是在中国共产党的领导下，主要由一批党内外从事哲学社会科学的进步思想文化工作者组织的左翼文化团体，以宣传与普及马克思主义为宗旨，积极参加当时的左翼团体的各种活动，并同国民党的文化围剿进行针锋相对的斗争。"社联"在成立大会上，通过了《中国社会科学家联盟纲领》，纲领提出五条主要任务，以及它的宗旨：团结革命的马克思主义者，"光大和发挥革命的理论"，并将这种理论应用于实际。中国共产党在"社联"中设立了党团（即党组）。第一任党团书记是朱镜我，以后担任过党团书记的有王学文、张庆孚、沈志远、郑彰群（张启夫）、杜国庠、史存直、许涤新、马纯古、陈处泰、胡乔木等。"社联"和"左联"等联盟同是姐妹团体，都是在"文总"和"文委"领导下工作的。

《社联盟报》

"社联"的成立比"左联"晚两个多月，互相关系密切。当时参加"左联"的成员中有不少从事哲学社会科学的革命学者，如朱镜我、杜国庠、李一氓、彭康、钱亦石、吴亮平、王学文、杨贤江等，后来"社联"成立，也有已参加"左联"的同志也加入其中，或将关系转到"社联"。而且，"社联"在发展的过程中得到"左联"的支持和协作。试举两例："社联"成立，最早报道的是左联机关刊《巴尔底山》（1930 年 5 月 21 日出版的第一卷第五号上）。成立会上，筹备委员会潘汉年报告筹备经过，接着便是左翼作家联盟代表田汉等人热烈演说。关系密切可见一斑。

"社联"和"左联"的姐妹关系，粗粗道来大约还有：如共同参加党组织的示威游行和飞行集会，共同签署宣言和决议，抗议国民党摧残进步文化事业，共同办学校，共同出版刊物等关系上。

以共同办教育为例，"社联"和"左联"曾合办了华南大学，由潘梓年主持。校址设在公共租界的爱文义路（今北京西路）。学生主要是一些进步青年，其中有为数不少的党员。该校开办五十天后即被查封。中华艺大也是党领导下办起来的，成立不久也被取缔。该校存在银行的一些基金交给了党组织，"社联"就用这笔钱办教育。鉴于前几次办学因事先要向国民党政府登记，很容易被查封的教训，"社联"负责人接受洪深的意见，遂改名为补习班。于是，文艺暑期补习班就在法租界环龙路（今南昌路）诞生了。补习班设两个班，一百余人。课程主要分为社会科学和文学两方面。社会科学方面由王学文负责，文学方面由冯雪峰负责，教员则由社联和左联的会员担任。暑期结束后，"社联"又在爱文义路主办了现代学术研究所，负责人是冯雪峰和王学文。另外，"社联"和"左联"还办过几个学校，他们的成员去对方组织筹建的学校或补习班上课就会很多。这里，很大的原因是"社联"和"左联"的党员都编为文化支部，后改为闸北第三街道支部，因此，共同活动互相支持很方便。

　　如果以"社联"和"左联"相比较的话，那么也各有不同的特点。简单地说，"左联"出的刊物书籍多，"社联"则较少；"左联"的成员比较活跃，"社联"则学者型的人较多；"左联"有鲁迅、茅盾、瞿秋白这些旗手，"社联"有不少著名学者，但缺少有这样影响的人物。但是，以组织而言，"社联"的发展是平稳的，人员在不断扩大，持续的时间也最长。它的优势和特点，尤其在"左联"后期，在人自为战的情况下，左联组织基本瘫痪，当时，社联仍然保持较好的状态，在"文总"起了很大的作用。当时"文总"的领导由"社联"人员担任，原因是这时左翼文化团体中人数最多的是"社联"，力量最强的也是"社联"。

二、"社联"的组织情况

关于"社联"的组织情况，在成立之初发表的《中国社会科学家联盟简章》中有介绍。(刊《自由运动》第 2 期，1930 年 7 月 25 日) 列出如下：

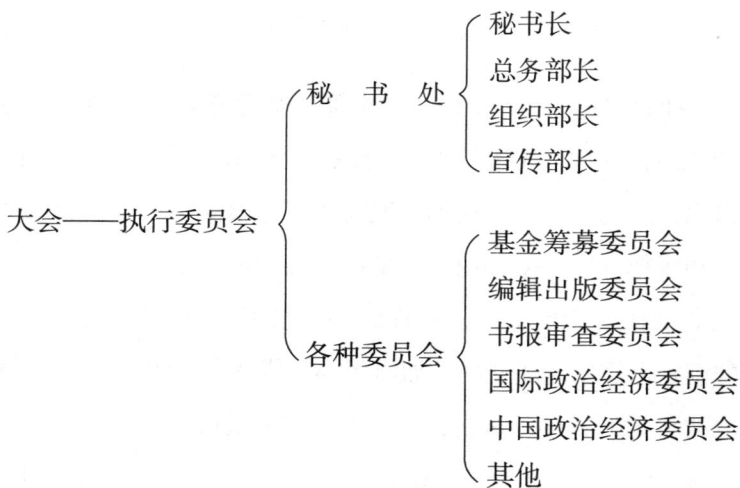

大会——执行委员会
- 秘书处
  - 秘书长
  - 总务部长
  - 组织部长
  - 宣传部长
- 各种委员会
  - 基金筹募委员会
  - 编辑出版委员会
  - 书报审查委员会
  - 国际政治经济委员会
  - 中国政治经济委员会
  - 其他

三个月后，联盟对各种委员会进行工作的情况做了一番小结。我们从它的《联盟记事》(载《社会科学战线》第 1 期，1930 年 9 月 15 日) 一文中了解到中国政治经济委员会举行了一次公开讨论会，题目为：中国土地问题。其他几个委员会的工作有计划而尚未进行。此外，还说："我们将适应联盟活动之扩大，而渐次的建立各种委员会。"至于以后的工作进展情况，现在没有资料说明。然而，组织情况随着不断变化了的形势而调整是肯定的。笔者从《社联盟报》发现，到 1933 年它的组织情况已不是如上面所显示的，应该说，调整得更为实际，更符合当时开展工作的组织需要。也列出如下：

$$
社联常委会
\begin{cases}
组织部 \\
宣传部 \\
财务部 \\
编辑部 \\
出版部 \\
研究部 \\
工农教育委员会
\end{cases}
$$

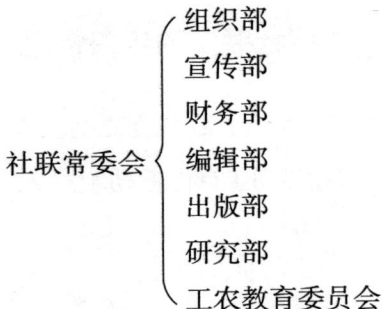

从《社联盟报》反映，以上六个部一个委员会是 1933 年 2 月至 1935 年 12 月 30 日 "社联" 开展工作的有效部门，历时两年十个月。也可以说，这七个部门的活动情况反映了这段时期内 "社联" 的历史和活动规律。这七个部门成立的时间可能各不相同，有的是 "社联" 成立之初就开始工作，一直保留下来了，如宣传部、组织部，而有的则根据需要再成立的，如出版部新成立在 1933 年 4 月。联盟成立之初设立的各种委员会，基本上都取消或改编了，取消的原因大约和新成立工农教育委员会有关，关于这一点，下面再做探讨。

"社联" 在上海设有总会，1933 年左右，总会分管三个区一个直属分会。即沪东区、沪西区、沪南区，和第一直属分会。每个区设委员会，负责建立若干小组或分会，制定工作计划，推动和领导计划的实行。"社联" 还在北平、广州以及东京设立分部。

社联的组织布局是以上这样分工的，应该说，组织严密而合理。这和 "左联" 的组织情况基本相同，只是在具体的部门设置上会有一些差异。参加联盟需要有介绍人并填写表格，"社联" 规定谓："凡于社会科学有相当研究而接受本联盟者，由本联盟会员二人以上之介绍经执行委员会之许可即得加入于本联盟"。如转联盟要办理手续。人员一般用单线联络，相互地址并不清楚。很少召开大会，因为不利于保密。有材料记载，"社联"在成立会后，于1932年曾开过一次大会，为的是检讨工作和调整工作方向。以后是否召开过大会，目前还没有查到记载。

"社联"在成立之初，参加"社联"的基本上是有一定资历的社会科学学者。1930年7月公布的《中国社会科学家联盟简章》中称"本联盟由新兴社会科学家组织之"；"以发展马克思主义的社会科学运动为宗旨……"所以，称其为中国社会科学家联盟，是名符其实的。同时，为了扩大影响，"社联"积极与上海各学校的青年社会科学研究会建立联系，1930年冬，中国社会科学研究会（简称"社研"）正式成立。这个组织，开始有会员二三百人，1932年一·二八事变后曾达到千余人。以后，由于白色恐怖的日益严重，加上左倾冒险主义的干扰，组织遭到很大破坏，人员变动很大，下降到百余人。为了集中力量以适应新的形势，1933年6月，"社联"和"社研"实行合并。

关于这支合并后队伍的人员情况，社联组织部在1934年6月19日曾做过一次严格的检查，在《组织部的自我批判》一文（载《社联盟报》第17期）中对"社联"的队伍构成得出百分比率如下：

学生 50%　　职员 35%　　失业者 10.5%　　工人 3%
作家 0.5%　　教授 0.5%　　兵士 0.5%

检查是根据统计数字中工人占最少数，认为"这无疑的是组织的病态，组织基础之脱离生产机关，工作方针之小资产阶级的倾向"。很明显，对"社联"的人员构成和组织很为不满。其原因在于，当时的组织任务和联盟宗旨在国民党的白色恐压力下已经起了变化。以后的组织基本方向，已从成立之初的组织宗旨转变为："去获得工人阶级的大多数"。而学术性很强的各种委员会也自然被工农教育委员会取代。就在这样"面向大众"的组织方针下，再称其为中国社会科学家联盟显然不妥，于是，改名为中国社会科学者联盟，简称仍为"社联"。

当时，"社联"的外围团体也有不少，但人数和联盟的队伍相比并不多。以后，随着抗日形势的进展，外围团体有了很大的扩展。这是后话。

参加"社联"组织的人数，成立时有四十多人，不久，由于中国留日学生回国的加盟，曾发展到一百二十四人（1933年5月计），和"社研"合并后，人数有很大增加。然而，组织被破坏，人员一度下降，据许涤新在《忆社联》一文中回忆，从1933年至1935年初，上海"社联"盟员约五百多人。他说："在这五百多人中，知识分子占一半以上；工人成分的盟员不到一半。"可见，从1934年6月以后，组织工作面向大众有了成绩。对于"社联"吸收工人盟员，许涤新的看法是："参加社联的工人盟员，在反对帝国主义的侵略、反对国民党和资本家的压迫中，表现得极其英勇。一九三四年美亚丝织厂的罢工斗争中，就是如此。有些工人盟员在党的长期教育和革命斗争的实际锻炼中，成为党的优秀干部。"由此可见，"社联"在发展的过程中，尤其在"社联"后期（1934年6月左右起）有很大的转变，以组织发展方针的调整就是最好的证明。

回顾"社联"的历史，正由于它不断地根据当时的实际政治斗争形势，改变组织成员的结构，使这支队伍深入到工厂、学校和职员中，使"社联"的组织相对稳定，并在发动群众、教育群众，展开爱国的政治斗争等方面都有出色的表现，尤其对下一阶段进入全民抗战运动，打下了很好思想基础和群众基础，对宣传中国共产党的主张和抗日民族统一战线的建立都有着积极的意义。但是，就"社联"成立时的最初意图来说，这时的"社联"已经不成其为最初成立时意义上的"社联"了。

三、关于《社联盟报》

《社联盟报》1933年创刊，三十二开本大小，油印，双页，页码不定，少则十一页，多则三十四页，视内容而定。前几期报纸印刷，字迹也难辨，至1935年1月第二十三期起，换了一位刻写者，字体端正漂亮，用宣纸印刷，效果好多了。盟报虽定为按月出版，但终究由于种种原因，不能很准时地出版。一般来说，《社联盟报》脱期情况不多，有两段时间却是例外，即1935年2至4月、8至11月，遂使1935年度的《盟报》共出版了七期（其中一期为合刊）。从脱期的情况，可以查考出当时环境的艰难和编辑出版处境不安全的一些情况。由于年代久远和保存不易，现见第四期（1933年5月1日出版），十四期，十五期，十七期，二十一、二十二期合刊（以上1934年出版），二十三期，二十四期，二十五期，二十六、二十七期合刊，二十九期（以上1935年出版）。共计三十万字。它的珍贵在于有一定的连续性，卷期数量也相当多，更重要的是，保存下来的盟报，忠实地反映了社联后期一系列的工作步骤和活动情况，反映了盟员的思想状况和领导的决策态度等。是不可多得的研究社联历史和上海左翼文化团体情况的第一手资料。

三十万字《盟报》的内容，大致包括以下几个方面：

一、"社联"常委会、各部委制定的工作计划和大纲。

反映"社联"常委会的计划和决议有：《上海总会过去三个月的工作检查与今后三个月的计划》（1933年5月1日），《七、八、九三个月的工作计划大纲》(1934年),《四、五、六三个月计划提纲》(1935年),《各区书记联席会议的总结与批判》(1934年11月)、《常委会关于工农教育的决议》(1934年11月),《关于召集各种研究班的决议》(1934年12月),《展开中国文化界的统一战线》(1935年12月),等等;各部委如研究部作《研究部四、五、六三个月研究工作计划》《研究部底自我批判与工作计划——为扩大强化马列主义的思想武装而斗争》;编辑部作《编辑部工作大纲》《编辑部的工作计划与工作报告》;宣传部作《宣传部工作计划》《宣传部工作计划大纲》《反对日本帝国主义占领华北宣传纲领》;工农教育委员会作《工农教育委员会通告》《工教的工作检查与今后计划》《关于农民教育方针的决定》,等等。其他如财务部、出版部等也有通告和报告在《社联盟报》上刊出。这一部分内容,除了使我们非常具体地了解到当时所制定的各种计划和决议、他们的工作状况和思想水平,同时,也客观地反映了当时的斗争环境和计划执行的进展情况,表达了领导部门的政治观念和执行政策的水平。

二、"社联"各区分会的工作计划和报告。

"社联"的分区有四个,他们的工作处于相互竞赛之中,所以,在《盟报》上刊出它们的工作计划和报告,有利于各区互相了解和互相促进。

以沪西区为例,1934年4月,它制定了三月计划。计划包括组织工作、宣传工作、研究工作、工农教育四个方面。两个月后,沪西区即对4、5两月的工作作出检讨。检讨仍从四个方面着手,并找出工作落后的原因:估计上的不正确、工作上的懈怠、观点上的错误、被动性与游离性。1935年1月,沪西区做了《西区一月计划草案》,5月做了《西区的一个月工作计划》,6月做了《讨论第二次三月计划的总结》。这些材料都能很好地帮助我们了解该区工作的具体情况。其他几个区的情况也大致相同，做到有计划、有检查、有总结、有经验教训。值得注意的是，以往的计划是三个月一次，自1935年1月起，以制定一个月计划为主，这样就更灵活和及时了。

三、"社联"盟员思想交流与批评建议。

这一方面的内容很丰富，占的比例也较大。这和《社联盟报》的编辑意图有关。因为想把它办成"发扬民主、交流思想的公开园地"，因此，盟员的工作经验和人生教训、对时局的看法和分析等都较大篇幅地在《盟报》上反映出来。其中，批评和教训的文章很突出。如署名"田静"的在《为组织活动的合理而斗争》一文中说："为了明白地认识问题的对象，我们先得毫无慈悲地执行自我批判，毫无容情地暴露自己底缺点。"接着他不容情地做了四个方面的剖析，为的是"工作方能够合理化，社联才能够变成文化斗争战线上底一个坚固的堡垒，而各位同志也是百折不回的战士"。组织部作的《组织部的自我批判》，李麟的《组织流动的解剖》都站在一定的高度就组织活动的问题做检查。关于某某一个具体的组织活动经验和教训是非常宝贵的，《盟报》曾刊出《怎样去援助美亚罢工》《××厂工作的教训》《"一二八"行动的检讨》(开泰)、《两个行动布置经过及其教训》(李亚著，指史量才追悼会、广暴纪念两次行动)。对以后开展同类行动是有帮助的。

还有不少指导性的文章，如《怎样建立壁报出版刊物》(静)、《怎样加强秘密活动》(静)、《怎样开展学生运动》(麟)、《怎样实践我们的中心政治任务》(李)、《怎样领导学潮》(小龙)、《怎样做突击工作》(K)、《怎样在日常生活中教育群众和同志》(丽水)等。文章大都从实际出发，从切身体验出发，说的话通俗而亲切，很适宜初次参加"社联"的同志参考。至于，用现身说法的体会道出来的文章，则对文化水准并不高的读者更为贴近。如《一个宝贵的教训——一位被难同志的狱中通讯》《一位新同志的自述——我的思想转变的经过》《一位工友同志的自述》《反省院的生活素描》（林岚）、《我的报告》（方刚），等等。有些关于技术问题的文章，如《写标语的一点经验》（L.P）、《怎样争取宣传文件的胜利》（P.S）现在看来不免小题大做，和"社联"的工作相去甚远，然而也真切地反映了当时文化斗争的情况。

四、刊载理论水平较高的重要文章。

1935年对"社联"来说是重要的一年，这从《社联盟报》上发表多篇重要文章集中在这一年可以看出。当时的"文总"书记陈处泰（开泰）差不多在每一期上都有文章刊出，直到他不幸被捕为止：《为健全组织发展组织而斗争》（1935年2—4月）、《纪念伟大的革命导师马克思》（1935年4月30日）、《关于反对日本并吞华北的示威游行》（1935年6月20日）等。王明是共产国际中国支部的领导人，他的重要文章《新形势与新策略》《目前抗日统一战线基本口号》及时在《盟报》上刊出。此外，蔡和森在共产国际七次大会的报告《中国苏维埃运动的七年》、李维汉（罗迈）的重要文章《关于领导方式的几个问题》，都对盟员学习新形势和提高认识有很大的帮助。至于文章中的片面性和极左思潮的影响就不是当时人能够认别的了。

以上介绍仅仅只是标题式的，粗疏的浏览，从中已经可以看出，《社联盟报》的发现，不但可以得知"社联"历史上的今天，对我们了解左翼文化的历史和思想发展脉络也是极有用的材料。

四、几点分析

上面说过，《社联盟报》为我们提供了研究社联极好的系统性材料，笔者以为，至少可以看出"社联"工作的以下几个特点：

一、"社联"组织的严密性、制定计划的周密性、检查制度的长期性，是"社联"组织在困难中求生存，在稳定中求发展的关键所在。我们同样知道"左联"及其他联盟组织也制定计划，也有检查，但相比较，由于缺少上面的三个特点，至少是没有严格地执行这三个特点，所以，队伍建设不能像"社联"这样发展。这是很重要的一点。

二、盟员的积极性和领导的表率是组织有力量的保证。领导常常在每次行动之后做总结，指出改进的意见。在这些文章里可以看出，这些领导者不仅策划而且参与整个行动，所以，指出的问题是中肯的，是爱护盟员和组织的，这样的领导很有威性。

三、"社联"常委会的工作面向盟员以相互通气求得支持。除了将工作计划、大纲通报盟员之外，还常常有《财务活动的检查》《社联财务报告表》《为扩大募捐援助红军运动告盟员书》等实情相告。对盟员的积极表现和援助生活困难的同志等事例也及时发布《两个褒状》之类的鼓励。

四、政治活动成了"社联"工作的主流。客观原因是国民党的白色恐怖之下，只有通过斗争，革命文化势力才能生存。所以，"社联"从一开始，就与当时的实际政治斗争紧密地结合在一起。以至于在革命与反革命的斗争中，"社联"的工作非常艰难，会员也时刻面临着危险，许多同志被捕乃至献出了生命。现在，如果脱离了当时的历史环境和革命斗争的需要，批评它的路线，显然也是同样不合适的。

五、最后应该赞扬的是，社联常委会和社联宣传部重视内部刊物《社联盟报》的出版，这给处于地下斗争状态下的全体盟员是有力的武器和继续斗争的信心。据现有的材料，"文总"领导下的八大盟，只有"社联"做到持续出版内部刊物，这点是很不容易的。如果我们看到宣传部《对南区区报和两个工人的生活的批评》这篇文章，就能了解到他们费心批评和指导区里的宣传工作，其认真态度和用心之深令人感动。笔者相信，有这种精神干工作什么都能做好。

以上综述，"社联"不仅作为一个革命文化团体，而且作为党的外围组织，在团结、教育广大群众，为党培养了一大批优秀的革命文化战士起了很大的作用。由于"社联"拥有任劳任怨、工作认真的优秀人才，拥有意志坚强、作风踏实的领导班子，并且很好地运用了宣传的武器，使得"社联"的队伍越来越扩展，成为左翼文化团体中力量最强的一支队伍。参加"社联"，成为许多青年生活道路上的转折点，成为他们走上革命道路的开端。随着抗战形势的发展，他们踊跃地投身到抗日救国的行列中。这不能不说是"社联"的功绩，是《社联盟报》的功绩。

原载《左翼·上海（1934—1936）》，上海文艺出版社 2003 年 2 月出版

中国左翼文学的产生

中国"左联"的成立和无产阶级革命文学的发展，是在国际的大背景下发生的，它和其他许多国家的无产阶级文学的发展，可以说是一根藤上的瓜。中国左翼文学是一种国际现象。

步入三十年代后，无产阶级左翼文学运动在许多国家都有长足的发展。继 1927 年 11 月的世界范围无产阶级作家第一次携手合作之后，1930 年 11 月，在苏联的哈尔科夫召开了第二次国际革命作家大会。出席的国家从 1927 年的十一个增加到二十三个；代表也从三十余名增加到了一百多人。会上成立了"国际革命作家联盟"这样一个统一的组织，而中国"左联"在这次会中便成了其中的一个重要的支部。

组织上的联系，使中国的左翼文学运动成了世界无产阶级文学运动的一部分。在 1930 年 3 月 2 日"左联"的成立会上，通过了十七项提案，其中有"发生左翼文艺的国际关系，组织各种研究会，与各革命团体发生密切的关系"①的提案。而国际革命作家联盟也在哈尔科夫的大会上，作出对于"中国无产文学的决议案"②。其中第

---

① 《中国左翼作家联盟的成立》，《拓荒者》第 1 卷第 3 期，1930 年 3 月 10 日。
② 《国际革命作家联盟对于中国无产文学的决议案》，《文学导报》第 1 卷第 8 期，1931 年 11 月 15 日。

七条决议说："加入国际革命作家联盟作为在中国的支部。国际革命作家联盟必须帮助中国支部建立国际间的关系，特别是和日本、美国及苏联支部。关于中国无产文学运动的报告必须大规模的广布于国际。"

很明显，国际间的渠道就这样正式的互通了。萧三作为出席哈尔科夫世界革命文学大会的中国代表，他在向中国"左联"报告的信中欣喜地说："……从此可以发生很密切的关系，此后只希望同志们，大家努力来研究、学习、创作。"可是，在这之前，"中国的普罗革命文艺运动，虽则幼稚，也有二三年的历史，已有了组织，而且实际参加革命运动"。它们的许多决议要和国际革命文学发生关系，一直到萧三参加了会议，在会上做了介绍，世界上才知道中国也有革命普罗文艺运动。萧三感慨地说："这一次，我们算是把隔在中国革命文艺和世界革命文艺之间的一座万里长城打破了。"①

中国"左联"之所以和国际革命作家联盟发生关系，除了上面所说的国际背景，最直接的原因还在于中国"左联"是中国共产党领导的革命文艺组织，中国共产党受命于第三国际的领导。那么，由第三国际倡导召开的国际革命作家大会，并成立国际性的作家团体，这就自然促使在中国也成立相应的组织。

当时，参加"左联"，形同于参加共产党领导的革命，甚至意味着参加党组织。明白这样的组织背景也就不奇怪了。有些人在加入之前并不明白，或者在加入后觉得受到的约束很多等原因，退出了这个组织。而鲁迅和茅盾却在这个组织里发挥了重要的作用，用他们的智慧和勇气促进与国际革命文学的联系，同时奋力和黑暗势力

---

① 萧三：《出席哈尔科夫世界革命文学大会中国代表的报告》(1931 年 1 月 9 日)，《文学导报》第 1 卷第 3 期，1931 年 8 月 20 日。

抗争，成为全联盟敬仰的旗手和盟主。因此，刍议鲁迅、茅盾和国际无产阶级革命文学的关系和特点是很有必要。

众所周知，尽管左翼文艺运动具有国际性，是有组织、有领导进行的。这些，都只能是"外部条件"，重要的因素，是在中国这块土地上，具有无产阶级革命文学的星星之火。

1928年开展的一场革命文学论争，对传播马列主义文艺理论、介绍苏联和日本的普罗文学情况、锻炼人才、提高整个文坛的理论水平等，起了一定的促进作用。同时，也为以后中国左翼文艺运动和世界潮流的合拍，做了思想上和组织上的准备。当时，以从日本归国的年轻的创造社社员为主干，及太阳社、语丝社、文学研究会等，通过他们的社团刊物，积极地翻译和介绍各国的普罗文学概况及文艺理论，同时，每个成员通过内部的思想斗争，都得到了改造和提高。尽管当时在许多方面存在这样或那样的缺点和错误。

通过这场论争，鲁迅和茅盾和思想状况是值得剖析的：

鲁迅在《三闲集》序言中说：

> 我有一件事要感谢创造社的，是他们"挤"我看了几种科学底文艺论，明白了先前的文学史家们说了一大堆，还是纠缠不清的疑问。并且因此译了一本蒲力汗诺夫的《艺术论》，以救正我——还因我而及于别人——的只信进化论的偏颇。

茅盾在这场论争中受到攻击，之后东渡日本，两年后归国，旋即加入了"左联"。他曾回顾当时的思想斗争和改造的决心。他说：

我自己在那时候是一个"自然主义"与旧写实主义的倾向者。

一九二七年中国大革命失败以后，我开始写小说。对于布尔乔亚的文学理论，我曾经有过相当的研究，可是我知道这些旧理论不能指导我的工作，我竭力想从"十月革命"及其文学收获中学习；我困苦地然而坚决地要脱下我的旧外套。[①]

以上两段话，说明了特定的时代环境，造成了他们对马列主义文艺理论的深入学习。而真正的接受时代所赋予他们的使命，还要从他们各自的生活经历、学识修养、艺术追求乃至人生目标中去寻找。换句话说，从他们走过的文学道路去探求他们投入这场国际革命文学运动并不是偶然的。

鲁迅曾经广泛地汲取过中外文学的艺术营养。在他深沉思想内容的基本精神中，有一种强烈的反抗意识和对光明的热烈追求；而他主要的艺术兴趣却是关注在俄国、东欧、北欧现实主义文学，特别是俄国文学之上的，对他的小说创作影响最大的也是它们。

决定鲁迅的这个探求方向是什么呢？是他认为文学的"转移性情、改造社会"的功能[②]；是为了更适于关注自己对中国社会生活理性认识到审美认

鲁迅

---

① 茅盾：《答"国际文学"社问》，《新港》第 11 期，1957 年。
② 鲁迅：《域外小说集·序》。

识，因而也更适于启发中国人民的觉悟，激发中国人民的革命精神。在当时的历史条件下，俄罗斯文学便是这样一种文学。

鲁迅在早年写的《摩罗诗力说》中介绍了普希金和莱蒙托夫的作品，还谈到果戈理和柯罗连科；以后在《域外小说集》中，又翻译了安特莱夫、迦尔洵、阿尔志跋绥夫、爱罗先珂等人的作品，并广泛接触了列夫·托尔斯泰、陀思妥耶夫斯基、屠格涅夫、契诃夫等人的著作。在 1928 年以后，鲁迅对苏俄文学的介绍和翻译进入到一个新的时期。这时，他虽然仍继续翻译了果戈理、契诃夫等俄罗斯作家的作品，但重点介绍的则是苏联作家及其作品，其中尤以马克思主义文艺理论作品的翻译和介绍占有着突出重要的地位。

中国第一套有关马克思主义文艺理论的丛书《科学的艺术论丛书》，即是在上海景云里鲁迅家中计划后付诸实施的。鲁迅承担了这套丛书十二种中的五种论著的译述。因遭封禁，这套丛书出版了八种，其中，鲁迅翻译的有三种：

艺术论　　　　蒲力汗诺夫 著　　　　鲁迅 译
光华书局 1930 年 7 月初版
文艺与批评　　卢那卡尔斯基 著　　　　鲁迅 译
水沫书店 1929 年 10 月初版
文艺政策　　　藏原外村辑　　　　　　鲁迅 译
水沫书店 1930 年 6 月初版

（该辑包括 1924—1925 年俄共（布）中央关于文艺政策的两个文件：《关于对文艺的党的政策》《关于文艺领域上党的政策》，以及全俄无产阶级作家协会第一次大会的决议——《观念形态战线和文学》。鲁迅的译文曾以《苏俄的文艺政策》为题，

连载于《奔流》月刊第一卷第一至五期）

　　鲁迅受俄苏文学影响的发展过程，同样说明了他向无产阶级革命文学靠拢的演进轨迹。从 1907 年到 1928 年之后，他的注意力从具有积极浪漫主义的作品开始，到对现实有深沉批判的小说，乃至马克思主义的、社会主义现实主义的文艺理论著作的译介，反映了鲁迅对整个俄国批判现实主义文学的历史联系，以及对苏俄文艺政策的研究，从而来影响中国社会现实。鲁迅曾自喻：这是"为给起义的奴隶偷运军火"。

　　相对来说，鲁迅和茅盾受日本无产阶级文学的影响，比苏俄文学的影响小得多。

　　茅盾是 1916 年进商务印书馆工作，开始叩开文学之门。和鲁迅相同的是，一踏进文学之门，茅盾便潜心于外国文学，介绍外国文艺思潮，宣扬现实主义的"为人生的艺术"的文学观点，翻译介绍外国弱小民族的文学作品。这在当时，不仅沟通了中外文学的关系，扩大了我国文艺界人士的眼界，也推动了我国新文学运动的发展。

　　茅盾最初翻译介绍的俄罗斯作家和作品有托尔斯泰、屠格涅夫、契诃夫、安特莱夫、高尔基等人。这是由于"十月革命"以后，人们对俄国文学的热情有普遍的提高；而对"十月革命"之后的苏俄文学没有太多的接触。至 1928 年的文学论争，茅盾知道自己的这些旧理论不能指导工作，便竭力想从"十月革命"及其文学收获中学习。所以，他说："我的工作精神以及工作方向，是'十月革命'及其文学收获给我的！"[①]

---

① 　茅盾：《答"国际文学"社问》，《新港》第 11 期，1957 年。

　　虽然这段话是写于 1934 年，茅盾回答苏联"国际文学"社对世界著名作家的提问，具有一定的针对性。但是，那时左翼文化运动受到反对派的压制和禁止，更使正直的文化人的政治态度趋向左倾。而苏联革命的成功，使"中国青年已经从'十月革命'认识了自己的使命，从苏联的伟大丰富的文学收获认识了文学工作的方向了"的缘故。这种真正的动因是发自内心的，是当时为生存所迫切需要的，同时和政治密切相联了。

　　毋庸置疑，茅盾和鲁迅走过的文学道路有差异的地方。突出的是，茅盾是第一批中国共产党党员，他在参加实际革命工作之后，经历了大革命失败的痛苦，进而创作小说的。当生活在"政治和文学交错"的时代，往往能冷静地思索问题的出路，并接受党的领导。所以，当国际无产阶级革命文学运动在世界范围已形成浪潮之时，也正是中国无产阶级文学蓬勃兴起之时，和国际革命文学运动发生密切的联系，也是中国左翼文化的出路和需要。

　　鲁迅和国际无产阶级革命文学运动的联系，基本上和"左联"加入国际革命作家联盟同步。即在哈尔科夫的会上，吸收了中国"左联"支部的同时，出席大会的德、美、日等国的五位作家，就国民党迫害中国作家问题分别发表《抗议书》。这些抗议书由鲁迅、李俊等译成中文，题为《世界无产阶级革命作家对中国的白色恐怖及帝国主义干涉的抗议》，在翌年的《文学导报》上发表。如果说，这是鲁迅参与国际革命作家活动最早的一次，那么，从 1926 年至 1936 年之间，据不完全的统计，鲁迅参加签署的宣言、声明等文献、记录共有三十一件。其中关于国际的宣言和抗议书等就有十四件之多，茅盾参与共同签署的有七件。时间集中在 1931 年至 1933

年。这是鲁迅、茅盾和国际革命文学运动联系的第一个特点。

和这第一个特点有关的是，中国左翼文化运动当时所处的国内环境。由于中国的左翼文化运动是在国民党统治区内展开，在"敌强我弱"的情况下，又从事旨在推翻蒋家王朝的斗争，形势的险恶是可想而知的。而当时的国际共运在世界范围内蓬勃地发展，1928年7月共产国际"六大"在其《共产国际纲领》中，提出了所谓"第三时期"的理论。认为资本主义的死亡已指日可待，"世界无产阶级革命正处于决战前夕"，要求各国共产党必须"从政治上、技术上直接准备无产阶级起义"，"国内战争的旗帜就是苏维埃政权"，在这种大气候下，中共中央也通过了"新的革命高潮与一省或几省首先胜利"的决议，错误地号召全国总暴动。"左联"初期就在这样复杂的环境支配下活动。

当政治活动取代了一切，在闹市区举行"飞行集会"，用纪律命令盟员去散传单、写标语的时候，鲁迅和茅盾不去参加但也不便反对这过"左"的行动，直至"五烈士"事件的发生。

"左联"五烈士等革命者，是为了反对六届四中全会王明"左"倾路线而集会时被捕的，他们遭到了国民党的杀害。鲁迅在悲愤中写成了《黑暗中国的文艺界的现状》，谴责国民党反动派的暴行。并和茅盾、史沫特莱一起起草了《中国左翼作家联盟为国民党屠杀同志致各国革命文学和文化团体及一切进步的著作家思想家书》，向国内外发表。茅盾和史沫特莱把它译成英文时，又增加了好几段内容，连同鲁迅的文章，一起寄给高尔基，要求把这个呼吁书以"国际的规模散发出去"，请求声援。

从这个呼吁书开始，中国"左联"的旗帜已深深地扎在国际的土壤上；中国"左联"也才深深感到国际援助力量的强大。当时世界上有十三个国家的著名作家一致发出了抗议书，国际革命作家联盟也实现了"帮助中国支部建立国际间关系"，把"关于中国无产文学运动的报告必须大规模的广布于国际"的承诺。其声势之浩大的确使国民党反动派在强大的国际舆论面前暂时收敛了屠杀的念头。而在"左联"内部，经过这次事件和斗争，多少也遏止和纠正了"左"倾幼稚病的行为的任意蔓延。

由于这方面的材料尚有待发掘，从目前已知的鲁迅、茅盾和国际革命作家和联盟的联系资料，在"左联"前期，大都属于反映其政治活动的宣言和呼吁书。其中也包括支援其他国际联盟支部的一些材料，如反对法西斯行径向德国领事馆的抗议书，为小林事件向日本政府的抗议书等。这些都成了鲁迅和茅盾和国际革命文学运动联系的第二个特点。

值得注意的是，表面上"左联"和国际革命作家联盟的联系，在白色恐怖加剧的1934年以后，已中断了讯息的交流，当时的出版物中再也没有前期"左联"时的对白色恐怖的抗议和揭露。事实上，国际革命作家对中国革命文学运动的关注是始终的；"左联"和国际的联系改为由"文总"出面。这些材料我们可以从油印的"文总"内部刊物《文报》1935年的新年号上获悉。由于油印刊物的流传很少，当时并没有引起应有的宣传效果，但至少反映了这种组织联系在继续，只是更隐蔽地展开着。

在《文报》1935年的新年号上，发表了以高尔基领衔的十一个国家四十四位作家签名抗议书，题为《世界各国作家对中国焚书坑儒的抗议》。中国"文总"发表《致全世界著作家的信》，表示"越过重重的海洋，越过一切民族的界限，在全人类广大的解放运动中，我们要求和你们更紧紧地握手"的愿望。这些可贵的记录，证明了国际革命作家联盟继续关心中国左翼文化运动的一大功绩。

笔者以为，鲁迅和茅盾对国际无产阶级革命文学的贡献在"左联"前期是偏向于政治性的运动。这对于暴露国民党的黑暗统治，抗议白色恐怖对革命知识分子的迫害，呼吁国际舆论的支持，把中国的左翼文艺运动推向国际的活动之中，起到了极其重要的作用。然而，他们清醒地意识到，文化的交流才是国际革命作家之间联系的目的，也是互相支持、互相鼓励共同繁荣创作的最好手段。而这个情况的初步改变是瞿秋白加入领导左翼文化运动，改变了以前过"左"的一些工作和作风之后才开始的。

文化交流是双向的，又可分为文字交流和人员的交流。鲁迅和茅盾在较长的一段时间里致力于这种交流。正如鲁迅在 1936 年 7 月为《呐喊》的捷克译本写的序文中说：

> 自然，人类最好是彼此不隔膜，相关心。然而最平正的道路，却只有用文艺来沟通，可惜走这条道路的人又少得很。

事实上，鲁迅和茅盾正是"走这条道路的人"当中最重要的两个。这里简单地概述以下几个方面的工作。

一、翻译出版具有革命意识的优秀作品

鲁迅继以前对苏俄文学的向往，这时又翻译《十月》《毁灭》，印行《铁流》《士敏土》等作品。茅盾也翻译了高尔基的《大仇人》（1931 年）、丹青科的《文凭》（1932 年）和吉洪诺夫的《战争》（1936 年）等。他们和史沫特莱一起还合编了德国女版画家《凯绥·珂勒惠支版画选集》，等等。

二、把反映中国革命文学成果的优秀作品积极地向世界介绍

鲁迅和茅盾合作为斯诺编的《活的中国》推荐作品；为伊罗生编的《草鞋脚》不仅推荐作品，还撰写作者小传、作品评价，甚至还编了《中国左翼文艺定期刊编目》等供编者参考，为的是更好地、准确地把这些成果推向世界。至于鲁迅和茅盾的作品，这时期被翻译成多国文字，尤以鲁迅的《呐喊》和茅盾的《子夜》被译介的版本最多。这些都使世界了解中国的社会和人民，以及和黑暗势力的斗争精神发挥了作用。

三、参加国际间的多种文学活动

当国际革命作家联盟的机关刊《世界革命文学》改名为《国际文学》时，聘请鲁迅、郭沫若、茅盾等为特约撰稿人。后鲁迅、茅盾应该刊之邀，写了《答国际文学社问》，歌颂列宁领导的十月革命。高尔基创作四十年纪念时，鲁迅、茅盾、楼适夷等七人联名发表《高尔基的四十年创作生活——我们的庆祝》一文，等等。

四、国际文化人的互访直接促进了相互了解

1932年7月，国际革命作家同盟邀请鲁迅参加苏联第一次作家代表大会，后因种种原因没有成行。以后，史沫特莱也多次安排鲁迅出国疗养等也未成功。但这工作受到鲁迅和党的有关领导的重视。"左联"在一项决议中也曾提出组织苏俄观光团，但也只能是愿望。而外国的一些文化友人，如萧伯纳、伐扬·古久列等先后来上海访问，都受到鲁迅的礼遇和欢迎。为欢迎远东反战大会的巴比塞代表团，鲁迅、茅盾、田汉三人还联名发表《欢迎反战大会国际代表宣言》，可见郑重其事。

五、中国"左联"组织上是国际革命作家联盟的一个支部，在文艺政策和文艺思想上受其影响是必然的，而鲁迅和茅盾在这个联

盟的几次演变的过程中的态度却是重要的，对"左联"来说影响更大。

茅盾曾说："当时的极左思想对我也有很大的影响，使我受害不浅。"① 具体的指"左联"那时对文学运动和作家作用的看法，及硬搬苏联"工农通讯员"的经验。茅盾并不同意一些极"左"做法，但在他担任"左联"行政书记时，"原则上也赞成开展工农兵通讯员运动"，还努力地推进这个工作。实际上这由于身不由己的环境所使然。同样，茅盾以施华洛的笔名，在《文学导报》第八期上发表了《中国苏维埃革命与普罗文学的建设》一文，提出"让我们一脚踢开从前那些……小资产阶级浪漫的革命情绪的作品；我们也要一脚踢开那些浅薄疏陋的分析、单调薄弱的题材；而要求去描写工农革命运动的蓬勃发展在苏区（瑞金、鄂、豫、皖边区）的情形"。现在看来这不免是空中楼阁，在白区的知识分子怎么去描写苏区的情形？然而在 1931 年 11 月的当时，工农苏维埃运动才是革命的希望，按照当时的理论，创作就应该围绕这个政治中心。显然，茅盾多少受了这个观点的影响。或者说，这是"左联"的观点，是当时共产党领导的观点，由茅盾化名写出而已。

鲁迅对外来文化"拿来主义"的态度是："运用脑髓，放出眼光，自己来拿！"他翻译了普列汉诺夫、卢那卡尔斯基的文艺理论著作，赞赏卢那卡尔斯基艺术论中提倡的积极的现实主义，也很重视普列汉诺夫艺术论中申明艺术是社会现象的观点。可见，在文学论争之时，鲁迅对艺术与政治和独特思考和眼光。但在严重的民族斗争和复杂的阶级斗争中，时代要求左翼文学更多的是政治性、战斗

---

① 茅盾：《我走过的道路》中册，《左联前期》，人民文学出版社 1984 年版，第 58 页。

性，文学性是隶属于和服务于政治性的因素。这时的鲁迅并没有对文艺理论的观点做更多的阐发，而是以实际的行动，发现和支持年轻的左联盟员以反映现实的优秀成果问世，这种态度的本身也说明了他对这个太"左"观点的意见。

诚然，中国"左联"包括鲁迅和茅盾受了多少国际革命作家联盟文艺思想的影响，还要做认真的探讨，认识也是会随时间的推移而深化的。以反对创作理论和实际脱节为例，当时就有五位左翼评论家，包括瞿秋白和茅盾，对阳翰笙的创作小说《地泉》中的公式化、概念化的倾向进行批评就是很好的证明。

原载《学术研究》2006年第8期；汕头大学文学院新国学研究中心主编：《中国左翼文学国际学术研讨会论文集》，汕头大学出版社2006年12月出版

中国左翼文化总同盟和《文报》

  中国左翼文化总同盟（简称"文总"）是在中国共产党中央文化工作委员会（简称"文委"）的领导下，在所属各盟的支持下，从事左翼文化和左翼文艺运动的群众组织。它的诞生，是出于各联盟的纷纷成立，需要一个统一的机构来领导、来协调，并起到"上通下达"的作用，把"文委"的意图和工作精神，贯彻到下面各联盟中去。"文总"就是担负着这样的领导责任的机构。

  由于"文总"下面有着庞大的组织，而各联盟的分散和工作重心各不相同，为了更好地指导工作，交流各盟斗争活动的情况，在1931年成立后的第二年，出版了机关刊物《文化月报》，但仅出版了一期，即遭查封。这个情况和《拓荒者》《大众文艺》《艺术》等杂志陆续被查封一样。"左联"中心机关杂志在《文化斗争》第一卷第一期上征求直接订户时说："经验告诉我们，靠书店的合法营业路线，绝对不能出版代表我们斗争活动的杂志，同时本联盟活动的深入，迫切的需要有一个坚强的领导机关杂志。""文总"鉴于这样的经验教训和进行斗争的需要，此后在出版《文报》时，采取了自己动手刻写、油印、发行这样的秘密形式，于是有了十多期《文报》的诞生。

这是一份代表着"文总"斗争活动的杂志。

这份杂志在当时白色恐怖非常严重的情况下诞生，又在生命受到威胁的情况下得以保存，并且经过了战乱年代和几十年的时代变迁，今天，当我们看到这份油印刊物其中的三期时，深重地感到它来之不易的珍贵和历史的文献价值。

下面试从三个方面对这份刊物作初步的考察：

《文报》的风貌特点

《文报》，三十二开本的大小，封面每期不同而有个性，用宣纸印刷，比较用其他纸张的印刷质量来得好。这是在钢板上刻写出文字和图案，一张蜡纸上占有两页，所以，在手工油印后，需要把它折叠起来再装订，工序是比较多的。现在发现的三期《文报》分别是：1935 年的新年号、1935 年 10 月 25 日出版的第十一期，和同时出版的《文报》副刊《研究资料》第一期。

1935 年新年号，共三十八面，刻写的字体较大，横行。在这一期上，看得出刻写时的匆忙和经验的不足，同时也能体味出出版它是非常不容易的。正如编者在"编后记"中说："别了很久的文报，终于和同志们重新相见了。白色恐怖这么严重，集稿、印刷都感到异常的困难，一切都不能完全依照主观的计划进行……"这几句话足以说明出版之艰难。

第十一期有四十七面，副刊第一期有三十面，全由一个人刻写，字体娟秀而整齐，直行，每一页上足有七百多字，大小犹如老五号印刷体，这刻写的水平，以笔者看为油印刊物之最。装帧也是最考究的。《文报》两字为套红色，封面上有一图案，画有五个工人在一起讨论，背景为工厂厂房。下端印有"中国左翼文化总同盟编印"

《文报》第十一期

字样。可见，做这个工作的同志是非常认真，而且非常投入。

关于刻写、印刷者的查考，笔者在一篇《P·S之谜》中有记述，在此不表。有些话题则在《〈文报〉研究三题》中谈论了。

从以上的外在考察，可以看出《文报》是一份不定期的刊物，根据集稿的情况和重要性，在非常困难的情况下，以最便捷而可靠的方式推出，这是切实可行的，同时也是最有效果的地下斗争工具。因此，这个刊物的简便有效、及时反映"文总"斗争情况，指导各盟工作的特点也很明确了。

《文报》的内容特色

三期《文报》共七万多字，内容很丰富，时间包含也较长，每一期的重点也很明确，下面做些粗浅的介绍：

1935年新年号有辞旧迎新的意味。

对过去工作的回顾和今后工作的指导，是这一期的重点之一。因此《过去工作之检讨与我们今后的努力》一文放在这期的首篇。

《三L纪念日宣传大纲》《年关斗争纲领》《反宗教迷信的大纲》都是配合时令性的。三L指列宁、李卜克内西、卢森堡这三位国际无产阶级战士英文拼音第一个字母同为"L"。而且，1月是无产阶级的导师列宁逝世的日子，也是德国无产阶级领袖李卜克内西和卢森堡被德国专制政府杀害的牺牲日。在1月要纪念他们三位，宣传他们的业绩和战斗精神。

"文总"指导所属各联在春节前后的活动内容，基本上在《年关斗争纲领》和《反宗教迷信的大纲》两文中反映出来了。《苏区文化教育的片断》一文是摘取来自苏区的报导，提供了一些新鲜的内容，是盟员们所关心的。

新年号中还发表了三封重要的信件，即：

世界各国作家对中国焚书坑儒的抗议

国际革命戏剧家同盟给剧联的一封信

文总致全世界著作家的信

这三封信是非常珍贵的记录，说明中国左翼作家的斗争并不是孤立的，他和全世界进步作家的心是相通的，更是互相支援的。

最后刊登的一份资料是《苏联苏维埃作家联盟盟约》。也就是在这个会上，首先提出了"社会主义现实主义"的创作方法，对"左联"的工作很有参考价值。或者可以说，这是最早引进这个口号的刊物。

新年号上的文章内容丰富，很有研究价值，这里，笔者着重对《过去工作之检讨与我们今后的努力》一文作些考察，以便使我们更了解发生在"左联"后期那个时代的一些事情，以及"文总"领导者的态度。

《过去工作之检讨与我们今后的努力》一文中，首先回顾的是1934 年的形势，它是"充满着战争与革命的危机的年头"，使"文总"的工作"更加集中于反帝反法拥苏拥红诸任务"。在这样的形势下，提出这样高的要求和任务，那么，具体完成情况怎样呢？此文真实地检讨了在 1934 年最后四个月工作的情况，同时也透视出这一年里"文总"的处境和工作状态。

这是一份很有文献史料价值的回顾。检讨分四个方面：理论方面、行动方面、组织方面、其他方面。其他方面包括诸如教育、出版等情况。这四个方面是"文总"工作的主要内容。文中提及的有些内容，今天我们在当时公开出版的报刊杂志上可以索骥，如理论方面的成绩，然而，有些内容，除了当时人的回忆，再也没有留下痕迹，今天，文中的记载增添并丰富了当时的具体斗争情景。如文中披露：

在理论方面工作的成绩有：一、电协（注意，在这里没有称"电联"）围剿软性电影。二、左联领导的大众语运动。三、苏友社与社联开展的社会科学运动。

在行动方面：一、社联领导了两次工人的斗争。二、新联领导了一次结果不太好的行动。三、剧联的公演在学校和剧场。四、在纪念八·一、九·一八的几次行动中各联的中下级干部的英勇行为。但是，也存在问题。五、在反法（指法西斯）的工作中，只有在援助台尔曼和追悼×××（原文没注明）两件事。六、为拥苏拥红的募捐：只有左联募捐二元，社联募捐三元，教联募捐三元。七、贴标语壁报：只有十分之四的小组在十月革命与广暴纪念日有行动。平时，每周执行者仅十分之三。其他，如社联提出的拥护红军周也"徒成具文而已"。

在组织方面：一、社联、教联在工人层中的发展。二、左联、社联在小市民层中的发展。但是，问题也有。三、组织的人数，仍然停留在一年以前的状况。四、外围团体，尤其是学生团体，没有很好地加以组织和领导；与外地的关系，也没有很好地建立起来。五、关于武装自卫的工作，"只在六、七月间签了八百余名，但大半没有加以组织，到最近四个月，连签名也没有了。"

在政治教育方面：社联、教联增设研究班。

在出版发行方面：《社联盟报》《政治情报》《研究生活》继续出版。但是，发行工作，"几个月都弄不好"。

除了以上几个方面，最严重的是"敌人混入我们的阵营"，而联盟的负责同志仍不警觉，甚至，怀疑"文总"的警报。

针对以上的情况，"文总"提出了今后应当注意四点：

一、巩固组织、健全组织、发展组织。

二、注意清除"各级同志政治认识不能坚强"。如有麻木状态、名士派、流氓派和关门主义的毛病。

三、各联抓住工厂、农村、小市民层和学校的中心阵地，把群众组织起来。

四、克服活动方式太偏向、太落后的状况。

第十一期的内容包括三个部分：

署名"文总"的《纪念两个国际的人物》和驻莫斯科中国代表团发的《讣告》为一组。前者为纪念法国名作家亨利·巴比塞，他于上个月和罗曼·罗兰在莫斯科访问时去世；另一位是"中国热烈的革命者瞿秋白同志，传闻被捕后依蒋介石令处死"。文中的消息和瞿秋白从容就义的时间相差仅四个月。

《讣告》是纪念两位革命者，瞿秋白和何叔衡。文中称他们的牺牲和一些同志的被捕，"是中国共产党在第六次围剿以后，所受到的最大损失，因为党及革命底最大资产是老于经验的干部"。并列举了这两位老同志的大量革命业绩，高度评价他们的功绩，表达了驻莫斯科中国代表团的沉痛悼念。

第二部分由六个联盟的纲领草案和发表新纲领的"紧急通告"

《文报》第十一期 1935 年 10 月 25 日

组成。

新纲领的制定是在上海地下党"新文委"与党中央失去联系之后，也是连续遭到三次大破坏，"文委"五位领导有三位被捕，革命文化运动受到很大影响之后，坚持地下斗争的左翼文化领导和党员，深感过去的过左的工作路线有毛病，而这时，国际国内的形势有了很大的变化。第三国际第七次代表大会上季米特洛夫的报告，提出在无产阶级统一战线的基础上建立广泛的反法西斯人民阵线的口号；国内的抗日救亡运动正一浪高过一浪地展开，小资产阶级与民族资产阶级也都要求救亡图存，"文总"及各联已经自觉或不自觉地将它作为主要的斗争方向。在这种情况下，过去的斗争纲领已不适合目前的斗争，于是有必要制定新的纲领来代替。

这六个纲领包括：《中国左翼文化总同盟纲领草案》《中国社会科学者联盟纲领草案》《中国新兴教育者联盟纲领草案》《中国左翼报人联盟纲领草案》《中国妇女运动大同盟纲领草案》《中国左翼作家联盟纲领草案》。

"文总"在《关于发表新纲领的紧急通告》一文中，对制定新纲领的目的有明确的告白：在于更有效地"整顿文化斗争的阵营，展开文化斗争的战线，给敌人所施行的'中日文化合作'与'文化统制'以致命的打击"。在各个联盟具体的纲领中，提出了不少新的斗争精神和论说，对它们的评价和新纲领的意义，笔者另文做了专题研究和探讨。最重要的是，新纲领反映了在当时非常迫切需要解决的问题，即如何在文化运动中建立反帝、抗日、反蒋的统一战线问题（当时的提法）。其重要的现实意义也在于此，使我们了解到左翼文化从低潮中走出来的思想基础。新纲领的制定是左翼文化工作转向的重要标志，然而在多种左联大事记、左联回忆录等资料中均无提及，是很遗憾的。

第三部分是反映当时"文总"下各联的活动情况，并作出指导。

对于新生事件，各联反应"冷淡"。"文总"理论部发表《重新提出我们的紧急任务》。原因是在 1935 年 8 月 15 日，在大世界门口街头，为援助新生事件，由"文总"各联的同志参加，举行了一次突击集会，这次集会以"打倒日本帝国主义！"为集合信号。事后，"文总"书记陈处泰化名"关泰"对这次行动做检查报告。他认为，这次行动组织动员不够、宣传活动薄弱、指挥系统松懈。总之，缺点和问题很多。书记参加了这次行动。他的看法是各联对这次行动抱着怠工态度。于是"重新提出我们的紧急任务"。

"文总"宣传委员会对各联的宣传品作审查报告，主要针对"社联"、"左联"、"教联"送去的一张画报、两个提纲、三份宣言、四本半月刊进行评说。虽然，现在我们没有能看到这些宣传品，但是，从这份评说中我们可以窥视到一个大概，尤其是提到"左联"送去两个提纲——文学研究大纲和关于艺术起源的研究提纲。这是很珍贵的记录。我们目前尚不知道这两个提纲出自谁的手笔，但能想象"左联"后期的 1935 年下半年，他们重视文学研究、艺术理论研究的科学态度和雄心。

这期最后一篇文章《怎样发挥社联工作的特殊性》，笔者以为也是书记陈处泰化名"秦望"所撰。有另文考证，在此不表。这是一篇花了不少心血，有心得、有指导意义的文章。

这期的内容是重要的。编者说："这一期是工作转向后的第一期，有许多纲领草案，在当时必须提出展开讨论，而且事后也是行动上的指导原理。"由此说来，纲领草案制定出台以后，通过讨论提高思想认识，并且是行动的指导原理，并不局限于"草案"这样的提法。

为了学习新纲领的需要，"文总"宣传委员会特意增编《文报》副刊——研究资料第一期，专门搜集重要的报告、文件，以供讨论。这期的内容特点明确，研究资料包括有：

第三国际七次大会文献专辑共七篇：

一、第米脱洛夫（即季米特洛夫）第八会议日（8月2日）报告全文：《法西斯主义的进攻，争取劳动阶级的统一及反法西斯蒂主义斗争的问题》；

二、大会对于第米脱洛夫报告的决议；

三、辟克的报告简录：《社会民主党的工人转向于共产党员建立统一战线》；

四、中国代表团王明报告节录：《愿和一切不想做殖民地奴隶的人共同建立一个保卫民族的集中的民众政权》；

五、《中国首席代表在大会的演讲词》（王明讲）；

六、第米脱洛夫做的《大会的总结》；

七、《大会经过述要》。

以上七篇长长的报告，由署名"静"译，可能即是"田静"。他又译述了另一个重要文件：《文化防卫国际作家会议经过》。这是在1935年6月21日至25日在巴黎召开的反法西斯主义的文化防卫国际作家会议。这次大会有三十八个国家的文学作家参加，也是第一次召开的文化防卫的国际作家会议。对于这次会议的情况，现在的文学史和"左联"资料上均未见有记载，在这份《研究资料》第一期上，田静做了详细的译述，包括会议开幕、讨论、选举、决议、闭幕等情况。

　　1935 年 5 月 4 日，斯大林在克里姆林宫，向红军大学院学生毕业会上的演讲词：《干部决定一切》。由阿掌转译自远东出版部拉丁化中文版，是这期的最后一篇。

　　卷首，"文总"宣传委员会做了《加强研究工作获得思想的武装》的指导性文章。文中说本会接受"文总"常委会的决议，"为了争取新纲领实践的胜利，必须加强研究工作，获得思想的武装"。提出了六条工作原则：

　　一、各联必须成立研究部或各部理论研究会，适应其特殊性，展开系统的研究活动。

　　二、各联必须发刊对外机关纸，反映研究的结论和组织的见解，对反动的理论与舆论做斗争。

　　三、各联必须恢复对内机关纸，加强内部教育，展开反对"左""右"倾的斗争。并且传达工作经验及实践的教训。

　　四、"文总"常委会必须系统的做出关于现实问题的研究纲领，审查各种刊物，提出代表的反动观点，并与之做斗争的方法，反映在《文报》的副刊《研究资料》上面，或者印发临时文件，给各联研究部会的指示与参考。

　　五、"文总"宣委会必须广泛的搜集关于国际、国内的斗争消息及资料，加以翻译或整理刊载本副刊。

　　六、"文总"宣委会必须正确而缜密地审查各联的刊物及各种宣传文件，定期或临时提出报告与指示。

　　从以上工作原则，我们可以看出"文总"工作的基本思路。其中，前三条是对各联提出的要求；后三条是对宣委会提出的要求。总的指导思想是加强研究工作，获得思想武装。反映了"文总"常委会对理论研究和宣传工作的重视。

《文报》的意义和价值

《文报》，从现在发现的三期看，内容已很丰富了，而且各期的内容各有侧重和特点，反映了1934年到1935年"文总"活动的概貌。回顾一下，它至少给我们提供了以下几方面有文献价值的史料：

一、为指导工作的需要，"文总"常委会、宣委会在这三期里发表了三篇重要论文：回顾1934年工作，对1935年工作作出指导的《过去工作之检讨与我们今后的努力》；为在新形势下工作转向，"文总"领导的各联制定了新纲领草案，为了学习、贯彻新纲领的精神，发表了有指导意义的《关于发表新纲领的紧急通告》；针对在1935年先后召开有历史意义的两次国际会议，宣委会寻觅到这许多可贵的材料，及时组织翻译，传达到各盟领导，并特意出版副刊向全体盟员介绍，为此，发表论文《加强研究工作获得思想的武装》，督促各联认真研究。

二、为配合政治斗争，总结现阶段的工作经验，发表较短小的意见指导工作。如《三L纪念日宣传大纲》《年关斗争纲领》《重新提出我们的紧急任务》《一个行动》等。

三、纪念历史人物以揭露反动派的凶残暴行，同时歌颂无产阶级革命领袖的丰功伟绩。如革命烈士悲壮牺牲后，"文总"得到准确的消息，及时刊出中共驻莫斯科代表发的《讣告》。同期刊出社论《纪念两个国际人物》，对他们的成就高度评论。据笔者查考，《文报》是最早悼念"热烈的革命者瞿秋白、何叔衡"牺牲和发布亨利·巴比塞在莫斯科去世消息的刊物之一。

四、刊登要求组织学习、讨论的文件。如发布有重要历史意的六个联盟的纲领草案；1934年苏联第一次作家代表大会通过的《苏联苏维埃作家联盟盟约》于次年元月刊出在《文报》新年号上；《研究资料》第一期上刊出的两个重要国际会议上的报告和有关资料等，都是重要的文献，对"文总"和"文委"的工作具有参考价值。

五、注重各盟之间的信息交流，同时也报导国际性互相支援的信息。如新年号上的《三封信》，翔实地反映了世界各国作家和戏剧家对中国作家的支持和信任；1935年6月在巴黎召开了国际作家会议，也做了翻译报导。再如《苏区文化教育的片断》，对白区文化工作者来说也很新鲜，等等。

以上五大类，基本上包括了《文报》具有文献史料价值的五个方面。很明显，《文报》是一份综合性的、有一定信息量的、全面、及时、准确地反映当时斗争情况的刊物，同时，也是具有指导斗争、动员学习新问题、研究新思路的权威刊物。它的发现，不仅向我们提供了"左联"后期左翼文化斗争的情况，而且使我们了解到工作转向的真正背景和思想基础。

发现《文报》的意义，不仅仅在于它珍贵的历史文物价值，更在于它的内容价值。它为我们保存了珍贵的具有历史意义的文字史料，真实地反映了革命前辈在艰难环境下的斗争意志和为了紧跟时代前进步伐的认真思考，它的史料价值和文献意义也在于此。

原载《中国现代文学研究丛刊》1990年第3期；《左翼·上海（1934—1936）》，上海文艺出版社2003年2月出版

于伶的左翼戏剧生涯

于伶原名任锡圭，字禹成，1907 年出生，江苏宜兴人。十七岁考上江苏省立第二中学，并开始接触戏剧活动。1926 年，他加入了中国共产主义青年团。爱好戏剧，从读剧本开始。进入江苏省立第一师范学校之后，他成了本校业余演出的组织者和演出参加者，还与苏州乐益女中合作开展学校剧运，开创苏州地区最早男女同台合演爱美新剧之先河。

师范学校毕业后，于伶有了北上求学的机遇，进入北平大学法学院俄文政经系念书，1931 年 6 月，在秘密读书会上，结识了"老王"，由他介绍于伶加入了左翼作家联盟北平分盟。

不久，于伶参加了"剧联"北平分盟领导的呵莽剧社的工作；组织法学院的"苞莉芭"（俄语"斗争"的译音），和新球剧社，还经常筹划剧团深入社会为工人、农民、学生演出抗日剧目。由于演出的需要，他创作剧本《瓦刀》，

于伶青年时期

是他上演的第一个剧本。

1932 年的 8 月 26 日，加入中国共产党。从此，于伶不仅是酷爱戏剧艺术的青年、学生运动的领袖、剧运火线上的斗士，而且立志成为一名把毕生的精力奉献给全人类解放事业的无产阶级战士。于伶在北平越来越引人注目，在环境的压迫下和上海总盟从工作上需要的考虑，把这位年轻的闯将调到南方工作。

担任"剧联"组织工作

在上海举目无亲似乎也有好处，就是便于做秘密工作。于伶找到联华影片公司，由在北平共同战斗过的朋友聂耳，带他见神交已久的"剧联"党团书记赵铭彝，以往北平分盟的活动情况报告，都是秘密向他汇报的。那天，赵铭彝领他到吕班路德丰俄国菜馆楼上，那里是春秋剧社的地方，会见了敬仰已久的田汉。向田汉报到后，即被分配在左翼戏剧家总盟任组织工作，开始他在上海的"黑暗潜行"的地下生活。

于伶刚到上海时，他记忆最深的是参加了一次庆祝田汉生日的聚会。那是 1933 年 3 月 15 日，这个日子于伶始终记得，那天是田汉的三十六岁生日。说为田老大祝寿，其实借此大家聚聚。他对笔者说："已经是晚上九时多了，法租界吕班路（今重庆南路）上德丰西餐馆快打烊了，这是一家由白俄开的西餐馆。店面并不大，楼上还有'春秋剧社'话剧界的人士来来往往。这祝寿会由春秋剧社主办，他们在聚会前已经到楼下打了招呼，只需准备每人一碗肉丝寿面。那天，来了四五十人之多，剧社的辛汉文、田洪、王惕予、舒绣文、顾梦鹤忙着招呼客人。于伶和聂耳同去。还有华汉（阳翰笙）、沈端先（夏衍）、赵铭彝、孙师毅、王莹、沈西苓、金焰、王

北平法学院

人美等话剧界人士。有些人于伶已经认识，有些人是聂耳在旁悄悄地告诉他。谁是夏衍、谁是阳翰笙，也是聂耳指给他看的。"

那天，西餐馆里人头济济，场面非常热闹。田汉首先讲话，从他的生日，讲到戏剧运动的坎坷与奋斗。大家鼓掌。主办人赶快手势阻止。华汉接着讲些祝寿的话。田汉鼓动于伶说两句，他也不客气，说田汉的剧本感伤太多……当夏衍站起来发言时，有两个便衣包打听推门进来，一边喊："啥事体？这么多人。"夏衍机警地连忙大声说："好了，吃面啦，吃寿面了！"几个主办人急忙跑向厨房，有的上前去敬烟，聂耳拿出小提琴调皮地说："小兄弟给大哥祝寿，三十六岁。"他奏出："咪啦"两个音；又说，今天是 3 月 15 日，我拉个曲子祝寿。接着拉起了"36315，36315……"众人哄堂大笑。包打听看到金焰、阮玲玉、胡萍等大明星在座，也没有多说。对聂耳骂了一句"神经病"，也就走了。那天，华汉、夏衍和于伶、聂耳没多说什么话。这是于伶第一次见夏衍。

在上海第一次看苏联电影给于伶也留下深刻的印象。那天我与于伶老谈话，著名导演和影评家陈鲤庭先生在座。陈说，他的第一篇电影评论是写《生路》。这话勾起了于伶的回忆，他说，那是在上海大戏院看这部电影的。上海大戏院位于北四川路上，日租界，又是越界筑路，两边又是国民党的地盘。这三重关系，有特殊身份的人，在那里看电影很危险。进进出出，总有国民党特务盯梢，时时有人被抓。

《生路》的放映，开创了一项"我国翻译第一个苏联剧本"的记录。夏衍以丁谦平为笔名，翻译了《生路》的摄制台本，1933 年 6 月开始连载在《明星月报》上。放映时，片子是译意风，由姜椿芳讲。姜椿芳懂俄文，在电影发行公司做翻译。他译的第一部片子就是《生路》。《生路》讲的是苏联流浪儿童改造的故事，片子很生动，演员演技也好。

苏联影片引入中国，是由于 1932 年 12 月国民党政府宣布与苏联复交。对国民党来说，这是出于多种考虑。上海的左翼文化人士，鲁迅、茅盾、洪深、郑伯奇、胡愈之、夏衍、田汉等五十余人，就中苏复交致电苏联人民委员会，表示热烈的祝贺。在地下党组织领导下，还成立了苏联之友社，宣传介绍苏联的经济、政治、文化、教育，艺术和电影。1933 年 2 月 16 日，上海大戏院正式公映苏联有声影片《生路》，左翼电影评论家纷纷欢呼苏联影片公开首映。认为"在中国电影史上，这是值得大书特书的一页"。当时《晨报》的《每日电影》副刊，为这部影片刊载了黄子布（夏衍）、洪深、沈西苓、史东山、陈鲤庭、尘无、程步高、张石川写的八篇评论和十四篇短文，成为中国电影评论史上空前的盛事。所以，给于伶和陈鲤庭的印象深刻。

　　再一次见夏衍，是赵丹带的信，要于伶去明星公司摄影棚见夏衍。那时，正在拍夏衍的片子《上海廿四小时》，沈西苓导演。夏衍对于伶说，《现代》的叶灵凤想编《舞台与银幕》，由田汉主编，要他协助主编。于伶因没有办刊经验，感到责任又重，想推辞。夏衍说，看过你在《戏》上的文章，你可以胜任。这是指于伶在袁牧之主编的第一本纯戏剧评论的刊物《戏》月刊第二期上，发表了第一篇戏剧评论文章《关于本刊（戏）第一期的批评》，署名任于人。夏衍又说，袁牧之这人不大肯买别人的账，他对你的批评很服帖，你不要推辞了。这是怎么回事呢？原来于伶刚到上海不久，发表在《戏》上的那篇文章引起了夏衍的注意，他打听这"任于人"是谁？才有上面找他的一番谈话，要他协助田汉主编杂志。同时，鼓励于伶在戏剧电影评论阵地上发挥作用。

　　协助田汉开展工作时，田汉在旅馆开了一间房间，约了不少名人来谈，于伶在旁做记录，声势很大。在《现代》杂志上先做了广告。这样，于伶开始组稿，又因孙师毅在报馆工作，于伶常去坐坐，借了他的一只抽屉放稿子，还借报馆的地方写字、看稿子，如要讨教什么也方便。一般他在报馆下班了才去。但是，不久，这家报馆被查抄，他放在抽屉里的第一期稿子全部被抄走了，里面有郑君里的有关演员技巧等探讨表演艺术的文章。于伶说，那时，郑君里正在研究斯坦尼斯拉夫斯基，稿子写得很认真，也很清楚。但是，有什么办法呢？稿子都抄走了，刊物当然也没有出成。来势蛮大的《舞台与银幕》就此流产。于伶只有挨大家骂。那是1933年下半年的事。根据这线索，笔者在《现代》第三卷第六期，查到《舞台与银幕》创刊预告，占整整一个版面。创刊原定于11月15日，就是说下个月就要面世。版式、篇幅也都已敲定："十六开本，十万余字文字，影写版图片十六页的刊物，由现代书局发行"。刊物由田汉、沈端先主编，特约撰稿人名单有卜万苍、王莹、王尘无、任于人、司徒慧敏、朱穰丞、朱端钧、洪深、周起应、姚苏凤、唐槐秋、程步高、蔡楚生、叶灵凤、欧阳予倩、郑伯奇、郑君里、苏汶等四十人。的确是"剧坛与影坛权威之大集合"。预告的要目，有论文三篇：田汉的《中国现阶段的电影与戏剧的检讨与展望》；沈端先的《戏剧与电影之交流》；阳翰笙的《关于电影批评》。研究介绍四篇：谢韵心的《舞台艺术新论》；沈西苓的《苏联有声电影论》；周起应的《苏联的戏剧论》等。有《怒吼罢！中国》的公演座谈会；《半年来上海公映影片之鸟瞰》，以及"文坛、影坛、剧坛之交流"栏目。还有其他如金焰的《影坛回顾录》、艾霞的《工作日记》、田汉的《与古久列谈电影》等。更壮观的，有田汉的舞台剧《氾滥》；蔡叔声（沈端先）的电影剧本《上海》。看到这整版的介绍，可以说体现了当时上海左翼戏剧电影界的整体实力，真可惜它没有出版。难怪任主编助手的于伶，一直耿耿于怀。

此后，于伶一方面做着地下的组织联系工作，一方面从事戏剧创作和开始电影评论，成为依靠微薄稿费收入勉强度日的职业革命家。而且，这时他的生活状况也有了改变——他身边有一位志同道合的革命伴侣王季愚。

王季愚

王季愚，1908 年出生，四川安岳县人。性格豪爽，勤奋好学，在家乡高小毕业后，考入四川省立第一女子师范学校，开始接受新思想。女师毕业后到五四运动的发源地继续读书，考上了国立北平大学法学院高中俄文班，希望学好俄文，将来到苏联去学点本领。入学不久，王季愚与同班同学于伶等人参加了俄文读书会，并在共同投入各项抗日爱国斗争和参加"社联"的宣传工作之时，与于伶增进了个人感情，她还经常帮助由同学发起组织的"苞莉芭"剧团的演出。同学陈沂曾回忆说："我现在还清楚地记得，她（指王季愚）梳了一个小分头，穿一件刚过膝的蓝布旗袍，我们都戏称她为假小子。"① 由于环境恶劣，继续留在北平很危险，他们两人相约，于伶去上海，王季愚回四川，避过这一阵，然后到上海相聚。1933年5月王季愚来到上海，与于伶结为伴侣，共同从事左翼文化运动。

以"尤兢"笔名写影评

于伶用"尤兢"笔名写影评，始于在《申报·本埠增刊》电影专刊上。从1934年11月至次年4月，仅限笔者查到的共有五十多篇。其他还用过朔风、淳于朴、西汜等笔名。写影评文章，是党组织的安排，也为了他贫困的生活增加一些收入。他的影评文章主要包括三个方面：一是对戏剧刊物的评论；二是影评；三是对剧本创作的评论。当时，影评小组成员有尘无、凌鹤、唐纳等。他们之间一般有些分工。综观于伶这一时期文章，大有初生牛犊之感，文风泼辣，观点鲜明，直言不讳。如他的第一篇戏剧评论文章《关于本刊（戏）第一期的批评》认为："没有严格的正确的批评，不会见完整的成功创作，剧评者的懦弱与剧作界的贫乏是密切关系的。"他拥护主编很快地为《怒吼吧！中国》这部轰动一时的作品编出特辑，将此剧的上演计划，布景、灯光等图案的实际材料登载出来，认为

---

① 参见赵劭坚等：《平凡人生——王季愚传略》，上海书店出版社2006年。

这是"重要的演剧文章"，有实际意义。这种直言不讳的意见，只有实际演出经验的组织者才会有的。

1933年底，艺华影片公司被有组织的暴力捣毁之后，在舆论的一致谴责下，反动派的御用文人采取了"软"的办法针对左翼文化，主张"由兴味而艺术"、"由艺术而技巧"的论调，抬出"软性电影论"的招牌，鼓吹"电影是给眼睛吃冰激凌，是给心灵坐沙发椅"。夏衍、尘无、凌鹤等做了针锋相对的还击，于伶也参加了，他们在尽可能占领的阵地上，一面揭露"软性电影"的谬论，一面用更多的篇幅介绍和传播苏联社会主义电影艺术理论、电影技巧、电影导演方法等，收到了很好的效果。

1934年有"杂志年"之称。在文学杂志上刊登剧本也很盛行，但是话剧剧本还是闹饥荒，为了欢迎戏剧人才的出现，提高剧本质量，于伶连续发表对1934年中国剧坛新剧本的三篇评论。文中涉及当年主要期刊十二种，单行本两本，剧作者二十五人，剧本达四十七部之多。这个数字充分说明作者认真的收集了大量的材料，使评论言之有物，字字有据，而且评论采取对话形式，在娓娓而谈、细细品味之中，充满对戏剧同道的崇敬之情。如于伶阅读了陈白尘的早期剧作《除夕》《街头夜景》《贴报处的早晨》《暴风雨之夜》《癸字号》后说："新的作剧人中，陈白尘要算是优秀者之一了。他用新的观点处理了一些历史故事剧，也忠实地写出了几个极生动、有现实意义的作品。"并对作品的感人之处、可取之处以及败笔，都中肯地指出并做了分析。这成了陈白尘最早的作品评论。于伶在创作的起步阶段，由于"读剧本"的广泛，吸入了养料，加深了理解，对他本人以后的创作打下了基础，或者说，他在左翼剧坛上发声，除了组织剧运以外，是以剧评、影评做了开路先锋。

　　于伶还曾谈起做影评人的生活状况：大都是凌鹤上午打电话通知他，有哪几部片子可看，下午到某地看某戏。下午看戏，有时第一场客满，而第二场票价高，又要去借钱。看好第二场戏后时间已晚，马上赶到报社，在《申报月刊》的写字台上写稿，那时，报社的人已经下班。说到借钱看戏的事，女作家白薇还记得有这么件事：有一天下午，她正在写作，听见有人在楼下大喊她的名字，推窗一看是于伶在楼下，他并不是要开门让他上来，而是急匆匆地说借二毛钱，他看电影钱不够，赶快把钱扔下来，电影要开场。白薇说，没有钱看什么电影！于伶说，因为没钱，看了电影才有钱！于是，白薇掏出二毛钱，顺手用一张废稿纸一包扔了下去，于伶接着钱后头也不回地走了。待观戏后跑到附近的小面馆，边吃边写，一举两得，晚饭也解决了。坐在那里拖时间，一面对跑堂的说，"来点香灰"（指胡椒粉），直到写完。跑到报社，稿子丢进信箱就走。于伶说，这时的稿费对他们来说是高的，一千字二元。他刻了一只"尤兢"的木头图章，每次结账图章一敲领了钱就跑，不停留，也不多说话。直到江苏省委遭到大破坏的日子里，上级指示有关人员各自移家隐蔽，寻找公开的职业做掩护。他和王季愚最后搬至南市，先到私立中国中学代课，后到上海正风中学教书谋生。虽然有了一定的收入，然而搬家的次数仍很多。

"一个善于打乱仗的人"

　　除了创作剧本、写评论、编刊物之外，最花精力的是戏剧活动是演出实践，首要目的是争取更多更广的观众来观看。"剧联"成立的前几年大都针对工、农、学生的戏剧活动，为了突击演出，付出了很高的代价，有的"剧联"优秀盟员被杀害了，有的被关在监牢里。面对越来越严重的白色恐怖，"剧联"领导在检查过去工作的基础上，认识到为了巩固戏剧阵地，保存实力，今后在战术上要吸取教训，展开更有效的斗争；在战略上要展开剧场艺术的运动。

1934年冬天，刚演过田汉的《回春之曲》之后，赵铭彝、于伶、章泯、赵丹、徐韬、金山相约在赵丹的住处，秘密商谈新的措施，大家感到"剧联"今后在继续宣传鼓动戏剧的同时，要着手建立大剧场，公开演出舞台艺术质量高的戏剧，以争取上海的知识阶层的观众，显示我们革命戏剧的力量。商谈后由于伶整理书面意见向"文委"请示。1935年1月"文总"指示"剧联"可以逐步改变斗争策略。没有过一个月，1935年2月19日，中共江苏省委及中共上海"文委"遭到大破坏，田汉、阳翰笙及"剧联"党团书记赵铭彝等被捕，组织决定由于伶继任"剧联"党团书记。在和上级党组织失去联系的情况下，周扬负责组成了钱亦石、曹亮、尤兢（于伶）、李凡夫等参加的临时"文委"，继续领导"文总"各联盟的工作，直至这年冬天，"剧联"及各联盟解散为止。那么，演剧活动的情况怎么样呢？

"剧联"在于伶的领导下，坚决果断地执行"文委"1月指示，改变斗争策略，经"剧联"党团决议，由章泯、张庚、徐韬、赵丹、金山等出面，邀请有社会地位的进步人士，如在租界工部局工作的业余戏剧活动家李伯龙等，于1935年3月组成大型的公开的剧团——上海业余剧人协会，开始建立剧场艺术演出的实践。由于有前几年的勉力奋斗，已经锻炼出左翼演剧队伍中的导演、演员等方面的人才，加上善于团结社会力量，所以业余剧人协会几乎拥有当时上海影剧界所有的重要人物和主要演员。他们租赁当时最大的剧场——卡尔登剧场，先后公演易卜生的《娜拉》、果戈理的《钦差大臣》、奥斯特洛夫斯基的《大雷雨》、莎士比亚的《罗密欧与朱立叶》等世界名剧。他们演出态度认真、严肃，致力于表演艺术、导演水平的提高，即注意学习苏联斯坦尼斯拉夫斯基的演剧体系，又吸收西欧电影和我国传统戏曲表演技巧，受到广大观众的欢迎，由于开始建立我国现代话剧较健全的表、导演体制，加上在大剧场演出时在灯光、服装、舞台布景、道具、音响效果运用得当，使话剧作为一种综合剧场艺术有了成功的实践，达到较高的水平，得到戏剧界同仁的关注和热情支持，终于使左翼戏剧运动顺利地完成了战略转移的任务，开创了左翼戏剧运动的新局面。同时，"剧联"并没有放松对工农学生的业余戏剧活动的领导，而是使"职业"和"业余"两条战线互相支援，互相配合，在坚守演剧阵地的同时，提高了演出的质量，扩大了话剧的影响。

　　左翼戏剧是一门综合的艺术，包括了戏剧运动、演出实践、和剧本创作这三个方面的内容。于伶老生前曾经对我说过："在这三个方面中，他从事剧本创作仅仅是第三位的工作，戏剧运动的组织才是第一位的；其次，是他先后主持的演剧团体内复杂而繁琐的行政事务。"于伶的这句话，简要地道出了他在上海早年戏剧生涯中，这三者在他心中乃至行动中各自占有的分量。同样，这也是左翼戏剧运动的时代特色。夏衍曾经赞许于伶"是一个善于打乱仗的人"，即是指他领导的剧社，长期在复杂的声色犬马的上海，与各色人等周旋，以公开的或半公开的身份，从事秘密的或半秘密的工作，在善于利用各种社会关系中，始终保持着既清醒又容忍的海派特色。

　　上海抗战开始以后，于伶负责的上海剧艺社的成立，是上海抗战戏剧运动的一大转折。剧艺社在团结群众、反映现实、对敌伪斗争、宣传抗战、建立广泛的文艺界的爱国统一战线诸方面起了很好的作用，树立了在特殊环境下党领导剧团，用文艺武器宣传抗日的典型，受到长江局书记周恩来的充分肯定与党内表扬。正如田汉在《关于抗战戏剧改进的报告》一文中所说："中国自有戏剧以来，没有对国家民族起过这样伟大的显著作用。抗战以前，戏剧尽了推动抗战的作用；抗战开始以后，戏剧尽了支持抗战鼓动抗战的作用。"于伶的戏剧道路就是这样走过来的。

原载《世纪》2010 年第 3 期

伊罗生主编《中国论坛》的变故

——从共产国际揭密的档案说起

　　《中国论坛》是 1932 年 1 月 13 日在上海法租界创刊，先为周刊，后成为不定期刊，伊罗生主编。此人后来成为中国问题的专家。创刊时，作为中外新闻社的报道，具有新闻性、评论性，论坛观点鲜明，旨在揭露欺压中国的帝国主义和南京政府的腐败。

　　《中国论坛》的出版有着国际影响。无论是从最先的英文版，还是从第二卷第一期开始有英中双语版。2015 年夏，笔者有机会查阅了 1976 年据原版影印的《中国论坛》，即是由伊罗生捐赠哈佛大学燕京图书馆的全套，真实地了解到这本杂志的先锋性和不容置疑的立场。

　　伊罗生，原名哈罗德·艾萨克斯，中文名字伊罗生。关于伊罗生的经历传说较多。茅盾的介绍相对简要。他说："伊罗生是美国人，我和鲁迅都是由 A. 史沫特莱的介绍而认识他的。伊罗生当时是英文的《大美

伊罗生

《中国论坛》上刊登左联五烈士被杀的消息向国际扩散

《中国论坛》刊出丁玲被绑架的消息

晚报》和《大陆报》记者,才二十一岁,到中国有一年多的时间。他在史沫特莱的提议和协助下于 1932 年 1 月创办了英文期刊《中国论坛》。"又说:"史沫特莱找伊罗生是为的要他出面在公共租界工部局取得办《中国论坛》的执照。开始伊罗生与史沫特莱合作得还不错,左联五烈士被国民党杀害的消息和文章,就是公开登在《中国论坛》上的。但是后来,史沫特莱和伊罗生逐渐有了分歧,对如何办《中国论坛》有了不同意见;因为史沫特莱是美共党员,而伊罗生则是资产阶级民主主义思想的记者。到 1934 年 1 月,《中国论坛》终于停刊。共出了 39 期。"①

————————

① 参见茅盾:《关于草鞋脚》,载《草鞋脚》,湖南人民出版社 1982 年版。

茅盾所述是否全部正确可以暂且不议。茅盾所介绍的二十一岁从美国刚来上海的记者伊罗生，从起先对中国革命运动有兴趣，到上海后，受到多种政治思想的纷扰，立场起了变化，影响他坚定的判断力，导致《中国论坛》背后的出资操纵人对他不放心。

这样说是有根据的。因为笔者查到在《中国论坛》最后一期（1934年1月13日）出版的同时，即有一封绝密长信发给中共上海中央局。文件上有批注：送曼努伊尔斯基同志（共产国际执行委员会政治书记处书记）。信是共产国际驻上海的代表埃韦特所写。①

拟题：代表关于《中国论坛》问题给中央局的信。信的内容是讨论决定《中国论坛》的方针政策和对主编人 R. 艾萨克斯（中文名伊罗生）的处理意见。信的开头是这样：

> 亲爱的同志们：请你们讨论一下涉及《中国论坛》的问题和建议，以便我们能够在星期二的例行会议上达成协议。

> 首先，讲几句开场白。你们当然知道《中国论坛》编辑（指伊罗生）的政治面目，因为我们已经多次讲过。他出身于富裕的资产阶级阶层，在美国受的教育，一段时间当过资产阶级的记者，没有任何革命经验，没有受过党的培训，他只是几年前对中国革命运动产生兴趣。一开始他同在上海当新闻记者的南非托洛茨基分子建立了联系，这个人一直对艾萨克斯有很大的影响，决定了他托洛茨基主义的"同情心"和越来越明显的托洛茨基思想倾向。大约在半年前，托洛茨基分子格拉斯（南非人）离开上海到美国去了。显然，他在那里立即同托派组织

---

① 见《共产国际、联共（布）与中国革命档案资料丛书》第14卷，中共中央党史研究室第一研究部译，中共党史出版社2007年版，第19—23页。

《中国论坛》中文版

取得了联系，同样显然，他从美国给艾萨克斯写信，继续对他施加影响和给他作出指示。

埃韦特说："一些征兆表明，托派同艾萨克斯一起制定了为公开进行托派反革命宣传和组织工作逐步建立基础的计划。"他举出几个事实：艾萨克斯越来越明显地不愿意同我讨论《中国论坛》的内容问题；他对一些问题默不作答，因为在这些问题上他发表意见会把自己束缚起来；他在最近两个月特别明显地不愿意执行我关于一些文章的写作方针的建议并抵制这个方针；不愿意提及苏联及其社会主义建设（在11月号的一篇文章中，甚至没有提及两个五年计划和列宁去世以来取得的巨大胜利）；……

信里还提及组织《中国论坛》的读者协会上与他有分歧。其利害关系还在于：

……我们都非常关心《中国论坛》的继续出版，这个重要刊物对于我们来说可以具有更大的意义。但是在艾萨克斯手里，它可能成为有害的工具，至少在有限的时期内会是这样。问题在于，托洛茨基分子艾萨克斯在法律上可以以目前的名称出版这个报纸。还难于剥夺他在法律上的印刷权利和把这个权利赋予另一个可靠的人。

埃韦特在信上讲了许多细节，是为了让中共上海局了解，便于作出决定。他说："我们需要同你们就所有措施充分协商一致。"

其实，这个时候，还没有决定《中国论坛》是否停刊，还是继续办下去。埃韦特希望有措施能够避免与艾萨克斯发生公开的决裂，并对《中国论坛》建立有力的监督。

他提出的措施之一是我们应该要求他：一、社论和其他最重要的文章在付印前要交给党检查；每一期的内容在付印前应进行讨论，而每期最重要的文章应该我们检查。二、《中国论坛》现在或将来拥有的所有联系也应该转交给党。三、艾萨克斯应该同我们一起工作，同托派断绝关系。

其实，更严重的还有后面。

一周以后，1934 年 1 月 20 日在莫斯科的共产国际执行委员会政治书记处政治委员会给埃韦特发来绝密电报，明确指示："据各种消息来源报告，《中国论坛》编辑艾萨克斯是托洛茨基分子，并在组织托派小组。我们同艾萨克斯没有联系，我们不支持他。请告你们的意见，为孤立他和使他离开，可以和需要做些什么工作。"①

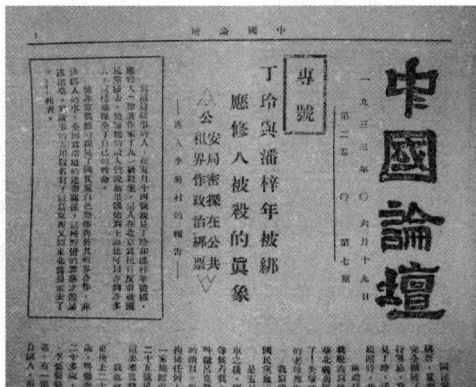

《中国论坛》中文版报道丁玲被绑架

这时，埃韦特向莫斯

① 《共产国际、联共（布）与中国革命档案资料丛书》第 14 卷，中共中央党史研究室第一研究部译，中共党史出版社 2007 年版，第 26 页。

科方面提出需要新的编辑人，具有合法身份，来自美国的美国人。
"因为任何别的人都会被法租界驱逐出境。如果您那里没有什么其他
人，那就马上把艾格妮斯·史沫特莱派来。她在政治方面不够强，
但可以帮助她，而对我们来说最重要的是，报纸掌握在可靠的人手
里。""我认为，主人应是党员。"还提出要求给艾格妮斯·史沫特莱
寄来新的委任书。

于是，我们看到 1934 年 4 月 3 日于莫斯科的一份绝密记录〔即
《共产国际执行委员会政治书记处政治委员会会议第 367 号记录》〕，
会议听取了关于《中国论坛》的报告，决定"——为出版《中国论
坛》，派艾格尼丝·史沫特莱同志去中国工作。责成米夫和王明同志
起草关于杂志的拨款和性质的建议，并将其提交政治委员会批准"。①

在上面会议后的第六天，由米夫、王明、康生拟定并签署《关
于〈中国论坛〉性质的建议》，两天后，共产国际执行委员会政治书
记处有五位领导同意此建议并一一在文件上签名。可见手续齐备非
常郑重。此建议原文不长，特照录：

> 《中国论坛》报（如果不能继续用以前的名称出版，或者用
> 别的名称出版）应该是与中共中央局（指中共上海中央局）有
> 联系并由该局领导的，但它不应具有公开的共产主义性质，而
> 按其方针应该是反帝反法西斯的刊物，它奉公守法，同情中国
> 工人运动、农民运动和反帝运动，包括（在国民党地区的）游
> 击运动和苏维埃运动。
>
> 它每月出版应不少于两次，一有机会可更多次出版，至少

---

① 《共产国际、联共（布）与中国革命档案资料丛书》第 14 卷，中共中央党
史研究室第一研究部译，中共党史出版社 2007 年版，第 102 页。

每周一次。它应同时用两种文字出版，英文版面应面向中国大学生、知识分子和城市小资产阶级，而中文版面应使用更通俗易懂的语言，使中国工人能看得懂。

在《中国论坛》报周围要组织读者小组和广泛的工人通讯员、农民通讯员和学生通讯员网，并对他们加以利用，作为我们做群众工作的方式。

1934 年 4 月 9 日　米夫、王明、康生 ①

然而，形势的发展，最终使《中国论坛》还是没有恢复出版。艾萨克斯延至 1934 年 5 月 20 日临别还写了《我与中国斯大林主义者断绝关系》的文章，发表在《新国际》纽约 1934 年第一卷第一期上。

通过这样的梳理，可以明确，《中国论坛》的出版是莫斯科方面共产国际的决策，虽然没有恢复出版，对于在上海租界庇护下出版双语刊物，其宣传方针、内容、措施等都有明确的指示。代表了领导者考虑在特殊环境下的宣传思路。这是一份很好的档案。并且，美国共产党员史沫特莱来中国工作，也是共产国际所安排的。

令人奇怪的是，《中国论坛》已经在 1934 年 1 月结束了，但在 1936 年 9 月 7 日，共产国际的赖安在莫斯科写了一份关于艾萨克斯的绝密书面报告，又详细地谈哈罗德·艾萨克斯这个人，披露了以前不太知道的事情。大致说：一、艾萨克斯是一位比较富有的美国律师的儿子，他曾在法国学习，作为法国哈瓦斯通讯社上海分社的工作人员来到上海。（一说 R. 艾萨克斯曾是美国共产党员。）二、在

---

① 《共产国际、联共（布）与中国革命档案资料丛书》第 14 卷，中共中央党史研究室第一研究部译，中共党史出版社 2007 年版，第 114—115 页。

上海他开始"向左"转。结识了一位南非记者，他是托洛茨基在上海的密使。三、艾萨克斯和这位朋友"不遗余力地企图和宋庆龄相识，并建立友好关系"。好像艾萨克斯是通过宋庆龄参加《中国论坛》出版社工作的。四、艾萨克斯这个美国人，为中国共产党所需要的杂志提供了"保护"。他也因此从党那里领到了出版和印刷的补贴，在美国领事馆那里办理了《中国论坛》的出版手续。党资助的印刷所也作为属于艾萨克斯在美国企业注册登记。五、党还派中国同志到编辑部进行合作，并为印刷所提供了工人。（这里所指的中国同志是袁殊，他是《中国论坛》中国部分的编辑，在停刊之前由袁殊帮助出版工作。）

最重要的是：伊罗生已是中国民权保障同盟中央执委中的唯一一名外国人，也是同盟领导层中最年轻的一位执委。可是，他的思想和行为的变化，引起了宋庆龄的担心和警觉。关于艾萨克斯不可靠的最初警告是来自宋庆龄，她曾详细地把她同艾萨克斯的谈话告诉了赖安和共产国际执委会的代表（指埃韦特），从他们的谈话中可以看出，艾萨克斯努力地用托洛茨基的思想说服宋庆龄，等等。①

据如上档案披露，伊罗生是否如茅盾所说，在史沫特莱的提议和协助下于 1932 年 1 月创办了英文期刊《中国论坛》，现在看来，其背景还要复杂一些。

1934 年，鲁迅和茅盾应伊罗生之约，编选的一本英译中国短篇小说集《草鞋脚》。这时，伊罗生已不编《中国论坛》，搬到了北京之后。鲁迅和茅盾考虑，"左联"成立以后涌现出来一批有才华的青年作家，国外尚未知晓。这样可以比较集中地向国外的读者介绍中

---

① 《共产国际、联共（布）与中国革命档案资料丛书》第 15 卷，中共中央党史研究室第一研究部译，中共党史出版社 2007 年版，第 248 页。

国的进步作家及其作品。

当时，鲁迅先生为这本书写的序言中说到：

> "在中国，小说是向来不算文学的。……小说家的侵入文坛，仅是开始'文学革命'运动，即一九一七年以来的事。"进而分析："最初，文学革命者的要求是人性的解放，……大约十年之后，阶级意识觉醒了起来，前进的作家，就都成了革命文学者，而迫害也更加厉害，禁止……这一本书，便是十五年来的'文学革命'以后的短篇小说的选集。"

然后，这本鲁迅先生临终前一直关注的集子当时并没有出版。伊罗生把书稿一直存放在美国哈佛大学哈佛燕京图书馆的卷宗里，直到四十年后的 1974 年尼克松访华后，美国发生了"中国热"的时候，才由美国麻省理工学院出版社出版。伊罗生在书前写了长序。

据伊罗生在"序"中说，1933 年 11 月他在《中国论坛》刊登了一篇关于俄国革命十六周年纪念文章，文中没有提到斯大林；更不用说对他加以吹捧，这就成了他最大的罪行。"我和地下党朋友之间的冷淡关系，终于冻结了。"又说："当我正式拒绝改正——悔过？——一切于是就突然结束了，我那依旧天真的作风使我永远地离开了他们的圈子。"

1935 年，伊罗生离开中国，在挪威拜会了托洛茨基。1938 年，《中国的悲剧》出版，托洛茨基为此书写序。抗战中期，伊罗生曾以美国记者身份到过重庆。直至中美关系恢复正常之后，代表中国左翼文化成果的《草鞋脚》和《中国论坛》在美国相继影印出版，为中美文化交流增加了内容。

事情还没有完。《中国论坛》结束近五十年后，1980年10月，七十岁的伊罗生偕其夫人应中国作协邀请访问中国。宋庆龄、丁玲、茅盾在北京接见了他，回忆上海时期的战斗篇章，相聚甚欢。后来他在外事活动中，看到一张中国民权保障同盟时期，欢迎萧伯纳活动时七人合影的历史照片，缺少了他和林语堂的身影。这样的剪辑行为，使他非常愤怒。第二站到上海，接待的外事办赶快通知鲁迅纪念馆恢复原来的历史照片。大家认识到任意涂改处理历史照片，是"文革"的遗毒。当伊罗生在上海看到这张原始照片挂在鲁迅纪念馆的墙上，极为感动地说："由于我和鲁迅一起参加了一些活动，使我的名字常常在展品中出现。"最后，他回国前还是通过外事办写了信给茅盾。外事办的译文如下：

　　亲爱的茅盾：

　　　　在我们即将回国的夜晚，我再一次向您和中国作家协会表示感谢。感谢您和作家协会使我能重返北京和上海，并使我能站在另一个不同的高度上重温将近五十年前发生的事情。见到您并通过您了解到自从我们那时分别后你个人的经历，我们感到非常高兴。

　　　　您是《中国文学》的主编，所以有些其他原因促使我给您写信。在最近一期的《中国文学》上，有一篇J和S.麦金农写的关于艾格尼斯·史沫特莱的文章，并附有一张1933年在上海欢迎萧伯纳时在宋庆龄家的花园里照的相片，你们杂志的这张照片上有史沫特莱、宋庆龄、萧伯纳、蔡元培和鲁迅。这星期我在上海参观了鲁迅纪念馆，我看到该馆陈列的一张同样的照片。几天前在北京时戈宝权先生也给我看了这张照片。这张照片和《中国文学》上登的那张有很大的差别。原始相片上有林语堂和我本人。但发表在《中国文学》上那张照片显然把我和林语堂抹掉了。由于政治上的原因，我们成了被认为不存在的人。

……

这种由于政治上的原因而抹掉照片上的人物的创造发明在斯大林的苏联和共产国际是常见的。有人告诉我在四人帮时代也有这种做法。如果有人说，有哪个中国人认为必须用这种方法修改这张照片的话，我将会感到万分诧异。但我认为必须调查这件事，以便把问题搞清楚。

从内心来讲，我询问这件事并不是寻求对个人的修正。我并不存在着因为一张照片而被抹杀掉的危险，而且原始照片在上海以显著地位陈列着。但目前中国正处在与过去的实践不同的伟大的转折中，在过去曾有对人的真正的或象征性的损伤。中国目前正转向实事求是。

情况的确是这样，在那张相片拍过不久，我和林语堂走上了完全不同的道路。我们与那种政治以及共产国际的那种政治方法分道扬镳。如果有人对这一小小的事实、对这些小人物感兴趣的话，那么我们可以调查并讨论这些以往的分歧，弄清来龙去脉。

就我个人而言，能应中国作家协会的邀请重访中国，使我感到莫大的荣幸。我曾多次听说在新的领导之下，中国正朝着每个人都有更充分的自由思考和写作的目标前进。我的确希望你们全体人都能在这条道路上快速前进。正是怀着这种希望我才写这封信请您注意这个问题。

　　　　　　　　　　　伊罗生　　1980 年 10 月 25 日于上海

这张照片的风波，伊罗生认为是因当年他的政治态度和信仰与共产党的宣传分歧在延续所导致。把他在历史定格的照片上抹杀了，他提出抗议。确实，在"四人帮"时代，实事求是遭到轻贱，不尊重历史，任意轻率处理历史人物，这是不正常的。所以，这个疏忽得到快速更正，当他到第二站访问参观时，照片的原样已经恢复了。然而，对伊罗生来说，当年编辑《中国论坛》发生的事他还耿耿于怀，他说："我们与那种政治以及共产国际的那种政治方法分道扬镳。如果有人对这一小小的事实，对这些小人物感兴趣的话，那么我们可以调查并讨论这些以往的分歧，弄清来龙去脉。"

这就是伊罗生对当年结束《中国论坛》的变故，所持最后的态度。

原载《档案春秋》2016 年 9 月

远东国际反战会议在上海召开始末

"左联"时期，1933 年 9 月 30 日，在上海召开了一次远东反战的国际会议（又称：远东泛太平洋反战大会）。这是一次反对侵略战争、保卫世界和平的会议。这个会议奇迹般地在上海成功召开，不能不说很大程度上得力于上海左翼文化组织的人力支持，地下党组织的精心安排，中国民权保障同盟的出面组织，尤其在宋庆龄先生亲自主持下，得到了世界反帝大同盟的支持，派来国际代表出席会议。由于当时上海处在国民党反动统治之下，以及租界当局的极力阻挠和破坏，一时使大会召开困难重重。与欲公开召集会议的前期"热闹"筹备相比较，最后只能秘密举行，致使会后国内报道此消息不多，人们似乎在不知不觉中会议已经结束了。正如会议召开的数月之后，对于此消息仍然闭塞不确，12 月 6 日，鲁迅在回答萧军、萧红对这次会议的询问的信中说："会是开成的，费了许多力；各种消息，报上都不肯登，所以在中国很少人知道。结果并不算坏，各代表回国后都有报告，使世界上更明了中国的实情。我加入的。"[①]

那么，会议得到哪些左翼人士的支持，具体情况又是怎样呢？

---

① 《鲁迅全集》第 12 卷（书信），人民文学出版社 1976 年版，第 678 页。

这个会议有什么国际影响？起因又是什么？这得从头简要地说起。

一、起因，李顿调查团的组成

1931 年 9 月 18 日，日本满铁守备队制造了震惊中外的九·一八事变。东北军不战而退，仅三个月东北三省全部被日军占领。中国共产党和日本共产党为反对日本帝国主义强占东三省共同发表《中国日本共产党为日本帝国主义强占东三省宣言》。[①]事变发生三天后，我国根据国联公约第十一条，正式要求国联行政院根据该条规定立即设法阻止事件的扩大，以维持中日间和平。[②]恢复 9 月 18 日前的原状。并审定赔偿中国损失的范围及其性质。[③]后虽有国联理事会决议劝告中日双方退兵，然而无效，日军以猛烈炮火向辽宁进攻，大肆破坏，我国兵士死伤严重。

1932 年 1 月 18 日，日本浪人在上海寻衅，发生冲突。后日本海军陆战队占领天通庵车站，并向北站、江湾、吴淞等地进攻，驻淞沪的第十九路军在蒋光鼐、蔡廷锴两将军指挥下，不顾国民党政府的阻挠，奋起抗战，爆发一·二八事变。当战争事态进一步扩展，国联在日内瓦决定各国在沪领事组成调查团，调查当地情况，调查沪变的原因和经过。上海调查团由西班牙、挪威、英、德、法、意、美等国总领事组织而成，意大利代办齐亚诺为主席。[④]

---

① 中国共产党中央委员会机关报《红旗周刊》第 1 册第 19 期，1931 年 10 月 18 日。

② 国联公约：即国际联盟（League of Nations）根据 1919 年巴黎和会上通过的《国际联盟盟约》，于 1920 年 1 月成立的国际组织，总部在日内瓦。第二次世界大战爆发后，无形中瓦解。1946 年 4 月正式宣告解散。(《辞海》，上海辞书出版社 1999 年版，第 2172 页。)

③ 《调查团由京西上的情况》，《申报》1932 年 4 月 5 日。

④ 《国联决定组沪案调查团》，《申报》1932 年 2 月 1 日。

　　与此同时，中共中央发表《中国共产党关于上海事件的斗争纲领》，号召民众反对日本帝国主义及一切帝国主义，反对国民党及资本主义出卖上海。同日，中共江苏省委发表《告十九路军兵士弟兄书》，鼓励十九路军的士兵弟兄英勇抗日。宋庆龄亲自到吴淞战地慰问十九路军指战员。①

　　2月16日，日本帝国主义伙同汉奸成立"东北最高行政委员会"，建立傀儡政权"满洲国"。伪都定在长春，溥仪定3月9日就职。② 对此非法行为，引起国内民众一致抗议。

　　宋庆龄以国际反帝大同盟名誉主席的名义向高尔基及全世界的进步人士和文化人士发出呼吁，请求他们给中国抗日战争以援助。反帝大同盟总部也发表宣言，谴责日本的侵略罪行。

　　在这样的形势下，由李顿担任主席的"国联调查团"，英美法德意五国委员共十二人，于1932年3月14日抵达上海外滩新关码头。中国政府派顾维钧负责招待。希望调查团注意沪案开始以来事实真相，勿为片面所蒙蔽。也希望调查团本着国联决议案精神以公正态度调查东北事件。

　　国联调查团在中国近半年内，走访有关各地调查，也赴日本找有关人士谈话，写调查报告。如调查团"连日与张学良谈话，询问详情，凡东北问题，如军事、财政、铁路、纸币、韩侨一切案件，均由李顿详询。张学良及主管人员一一具答"。这时李顿表示，"无论如何，国联终必求一公平解决"。③

　　直到8月4日，国联调查团正式开始起草《国联调查团报告

---

① 《吴淞战地视察　访问翁旅长纪》，《申报》1932年2月13日。

② 《溥仪将就伪职》，《申报》1932年3月5日。

③ 《接见各界代表　李顿答复提问》，《新闻报》1932年4月16日。

书》。内容有一、序论。二、满洲问题及中日一般问题的历史的观察。三、现在的实情。四、调查团的批评。五、结论。并有庞大附属书一册。[①]

李顿在国联无线电台播音演讲称：远东局势虽为严重，但非绝望。满洲自称独立国政府，不能加以承认，也不能承认它的存在。关于日本承认满洲实属无理。调查团所建议的解决方案，对中日均有利益。是和解技术所必须的方法。[②] 十九国委员会开会，决定将《国联调查团报告书》送交国联大会审议。

后国联秘书长与日本代表的接洽，忽然产生所谓新妥协案，内容一味迁就日本。中国外交部当局表示，不论国联对处理中日争端采取何种方法或条件，凡与我国不利的，我坚决拒绝。颜惠庆、顾维钧两代表访问十九国委员会主席希孟，对中国政府态度有所阐明。并称中国政府决不能接受任何不否认满洲的决议案。之后，会议一致主张不承认"满洲国"。决定采用《国联调查团报告书》第九章的十项原则做建议书的基础。明言斥责"满洲国"的不合法，并宣布不与"满洲国发生任何政治关系，将通知美俄两国一致行动"。[③]

对于这样的所谓和解方案，不

宋庆龄

---

① 《国联调查图案起草最后报告》，《申报》1932 年 8 月 8 日。
② 《李顿讲演满洲》，《中央日报》1932 年 11 月 22 日。
③ 《十九国委会昨开会一致主张不承认"满洲国"》，《中央日报》1933 年 2 月 7 日。

分是非，不谈侵略者撤退，明显偏向日本，必然引起中国人的不满和抗议，从而得到世界正义呼声的支持。

二、声势宣传，"告世界人民书"

反对世界大战，宋庆龄与爱因斯坦、罗曼·罗兰、高尔基等联名发表"告世界人民书"，定于8月1日在日内瓦召开国际反战大会。执行委员会发出请求书：现在远东已发生战事，日本已向中国侵略，将来结果将对苏俄加以干涉，或成为泛滥全世界之洪流。请求书上联署者有宋庆龄、罗曼·罗兰、特来苏尔、巴比塞、高尔基、爱因斯坦、辛克莱、曼恩及世界闻名的著作家和科学家。[1] 中共江苏省委积极配合，决定将上海民众反日救国联合会同上海反帝大同盟党团合并。洪灵菲任上海反帝大同盟党团书记，刘英任党团组织委员，吴驰湘任宣传委员。[2]

这时，蒋介石在庐山召开的军事会议，议决拨三千五百万元作"剿共"年费，剿共总部设在汉口，蒋介石任总司令，组成左中右三路军，对湘鄂西、鄂豫皖苏区采取包围形势。开始了对中央根据地第四次"围剿"。与之相对应，中国共产党中央委员会发布《为反对帝国主义国民党的四次"围剿"告民众书》。[3]

1932年8月27日，在荷兰首都阿姆斯特丹举行了为期五天的国际反战大会，出席代表两千多人，代表全世界三十多个国家，三千多万工人。成立了反对帝国主义战争的国际委员会，设总办事

---

① 《反对世界大战！！！反战会定八月一日在日内瓦召集》，《文艺新闻》第57期，1932年5月30日。
② 中共上海市委党史资料征集委员会主编：《中共上海党史大事记》(1919—1949)，知识出版社1988年版，第327页。
③ 《红色中华》第27期，1932年7月14日。

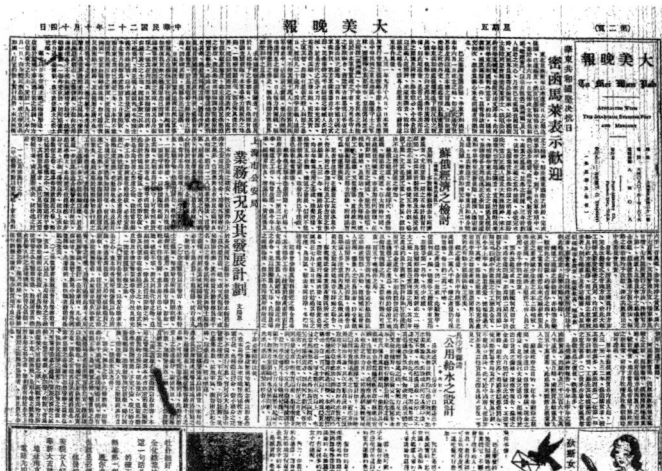

1933 年 10 月 13 日《大美晚报》刊出消息为坚决抗日密函马莱表示欢迎

处于巴黎。高尔基任执行委员，因荷兰当局拒绝，未能参加会议。我国宋庆龄未能亲自参加会议，但仍被选于永久委员会的代表。大会发表宣言，反对世界战争，谴责日本帝国主义侵略中国，反对瓜分中国，并决定第二次世界反对帝国主义战争大会在上海召开。巴比塞在会上发言说：像这样代表多数的团体及个人的反战大会的召集，这是有史以来的第一次。

在"九·一八"周年纪念日，中央国府分别举行纪念大会，各地民众公开演讲，散发传单，通过提案纷纷请求中央下令讨伐东北叛逆者。①

10 月 6 日，中华苏维埃临时中央政府主席毛泽东、副主席项英和张国焘代表临时中央政府发表《反对国联调查团报告书通电》。指出："国际联盟是各帝国主义瓜分中国的强盗联盟，他派遣李顿调查团来华的主要任务，便是计划瓜分中国与镇压中国苏维埃

---

① 《举国一致悼念国难》，《申报》1932 年 9 月 19 日。

旗帜之下的一切革命运动。"① 是日，还发表《中华苏维埃共和国临时中央政府反对国联调查团报告书》，指斥调查团出卖中国以讨好日本。

共产国际执行委员会政治书记处政治委员会召开会议，听取了贝拉·库恩委员关于给远东反战大会指示的建议。决定中国、日本、朝鲜和满洲的代表应该参加上海的大会。还发出"对远东反战大会的指示"：一、远东反战委员会的行动将以上海召开国际会议的形式进行，大约在 1933 年 3 月中旬举行。二、召开会议的动议将由国际反战委员会（巴黎）以发号召书的方式提出。三、会议的主题是中日冲突。四、派往满洲的委员会将由欧美著名作家组成。五、参加大会应有著名的社会活动家、政治组织、工会组织和群众组织的代表以及群众大会和部队中选出的代表。六、务必保证直接从日本来的代表参加会议并在会上讲话。七、必须注意使会议按其性质成为非共产主义的群众性活动。八、口号。九、经费，等九个方面。指示还提到：在上海会议开幕前，那些不能去上海的日本代表应召开日本反战会议。②

三、开始筹备，将在上海召开反战国际会议

在各方面非常好的形势下，1932 年 12 月初，日本反战同盟准备召开远东反战会议，派在日本留学的日共党员胡风回中国，邀请中国共产党派人到日本商讨反战大会有关事宜。并想了解中国红军

---

① 中共中央书记处编：《六大以来——党内秘密文件》，人民出版社 1980 年版，第 303—304 页。
② 黄修荣主编：《联共（布）、共产国际与中国苏维埃运动（1931—1937）》第 13 卷，中共中央党史研究室第一研究部译，中共党史出版社 2007 年版，第 229—232 页。

胡风

战争情况。胡风受日本共产党在反战同盟的领导人指示来到上海。①

在上海，左翼文化总同盟成员楼适夷接到中共中央上海局（临时中央）宣传部长朱镜我交代的任务，立刻到日本与日共取得联系，确定远东泛太平洋反战会议的开会地点问题。与胡风同乘"长崎丸"到日本东京。日共中央委员池田寿夫会见楼适夷，同时会见的有胡风等代表。会谈是讨论 1933 年远东泛太平洋反战大会的筹备工作。池田寿夫谈到自从日本帝国主义发动侵略中国东北的战争以后，在国内加强法西斯统治，公开与半公开的革命政治性活动，已变得十分困难。之后，又开过预备会议。决定以预备会议的名义向"国际"提议召开一个正式的远东反战会议。②1933 年 1 月中旬，楼适夷回到上海向党组织汇报情况。③

共产国际执行委员会政治书记处于 1933 年 1 月 16 日，致电中共中央并抄送共产国际代表，电报说："由知识分子代表组成的一个研究小组拟赴满洲和华北去研究日本的作战行动。打算在上海召开有中国、日本、朝鲜和菲律宾代表参加的合法的反战大会。最好吸收一切真正的民族革命人士参加。……在中国，筹委会领导人是宋庆龄。"④

世界反帝大同盟组视察团将来华，该视察团组织由世界非战大

① 《胡风自传》，江苏文艺出版社 1996 年版，第 22 页。
② 《胡风自传》，江苏文艺出版社 1996 年版，第 24 页。
③ 楼适夷：《关于远东反战大会》，《新文学史料》1984 年第 2 期。
④ 《联共（布）、共产国际与中国苏维埃运动（1931—1937）》第 13 卷，中共党史出版社 2007 年版，第 295 页。

会所发起。该会认为因国联调查团所撰
的《国联调查团报告书》，颇多袒护日
本之处。故决定自动组织一个有国际性
质的调查团，前往中国东北三省，实地
调查，一待调查结果，专制报告书，公
诸全世。①

楼适夷

　　由此，杨杏佛向沪上记者说明反帝
大同盟组织，并告世界名流所组织的非
战会将组调查团来华，前往东北调查。
孙夫人宋庆龄女士已去电欢迎。杨杏佛
又介绍说：该组织实名"反帝国主义大同盟"，宋庆龄为该同盟名誉
会长之一。参加国家有欧美及中印等国，重要分子包括社会党与工
党等，以左倾方面者居多，其中属世界有名著作家及科学家，均极
有地位而有权力者。"其目的在反对任何一国以武力侵略其他国家。"②
共产国际执行委员会驻华代表兼驻上海远东局书记阿图尔·埃韦特
向共产国际报告说，已在着手筹备在上海召开反帝大会。一切的筹
备正在进行中，上海反帝大同盟发表《欢迎世界反帝大同盟东北调
查团来华通电》。在中国共产党的领导下，上海工人、学生界、文化
界等二十八个团体于八仙桥青年会举行"国民御侮自救会"成立大
会，大会通过了章程，宋庆龄出席并发表演说。还通过了筹备欢迎
世界反帝国主义战争委员会派遣来华调查团等多项决议。③

①　《世界反帝大同盟组视察团将来华　宋庆龄已致电欢迎　目的在调查"满
　　洲国"》，《大美晚报》1933年2月6日。
②　《杨杏佛说明反帝国大同盟组织》，《申报》1933年2月7日。
③　中共上海市委党史资料征集委员会主编：《中共上海党史大事记》（1919—
　　1949），知识出版社1988年版，第343页。

四、受阻，国民党当局禁止召开反战大会

4、5月间，国民党当局禁止召开反战大会，并抓捕了大批中共党员。设在上海的中共江苏省委遭到破坏，书记章汉夫（化名史东）被捕，5月14日，国民党公安局的暗探蓝衣党，在叛徒的带领下，在公共租界上海昆山花园丁玲住处（中共秘密联络处），抓捕了丁玲、潘梓年；同日下午，江苏省委宣传部长应修人（化名丁九）被从四楼窗口抛下摔死。宋庆龄、蔡元培、鲁迅、胡愈之、林语堂、叶圣陶等大批著名人士签名发出《反对白色恐怖宣言》；中国民权保障同盟亦组织"丁潘保障委员会"进行宣传和募捐工作。日本反战同盟为呼应国际反战同盟在上海开反战大会，拟派遣代表在上海设一反战大会后援会，利用满洲事变，进行促起殖民地独立运动计划。长崎警察部特高科为此通牒各署，严密取缔由长崎开往上海的日本反战同盟会会员。[1]

英国代表马莱爵士（右）和法国代表古久里

---

[1] 《日本反战同盟声援上海反战大会》，《国际周报》第4卷第4期，1933年5月1日。

为配合宣传，《文艺月报》1933 年 6 月 1 日在上海创刊，登载诗歌《欢迎反帝非战同盟》、征君译著的《国际反战作家给苏联和中国大众的信》，以及巴比塞、辛克莱、罗曼·罗兰、爱丹生、里丁等五位国际反战作家的照片。

6 月 4 日，在法国巴黎举行西欧反法西斯代表大会，并成立反法西斯世界委员会。罗曼·罗兰为名誉总裁，亨利·巴比塞为主席，宋庆龄为副主席。该大会与会代表三千人以上，由劳动联盟秘书拉萨蒙主持开会，参与会议者有各项联合阵线、失业人员组合、反帝同盟、妇女国际和平联盟、各国职工会、各社会主义者组织、劳动知识分子组合等。巴比塞以 1932 年 8 月在阿姆斯特丹组织之国际反帝国主义战争委员会的名义，向大会申请，在"保证无产阶级胜利的群众斗争联合战线"的口号下将反法西斯斗争与反帝国主义战争斗争联结在一起。他在《反战对全世界宣言》中说道："这战争到处都在准备，到处都出现了。……在对面却站着亚姆斯达旦之正在活跃而继长增高的运动，群众之集合，工人之统一，体力劳动者与精神劳动者之团结，欧洲的斗争委员会之组织网，由蒙德微道大会形成拉丁美洲反战力量的集中，而亚洲则在不久的将来，将在上海和东京召开反战运动大会。"①

国际间的反战统一战线正在热烈地形成。6 月上旬，中共上海中央局根据中央指示，重新组织成立中共江苏省委，任命袁孟超为省委书记，冯雪峰为宣传部长。冯雪峰接受组织交给的任务，为远东反战大会从公开召开转为秘密召开做准备。② 同时，上海各界二十

---

① 《国际每日文选》第 18 号，1933 年 8 月 18 日，第 2—10 页；《反战新闻》第 2 号，1933 年 9 月 6 日。
② 冯雪峰：《关于顾玉良和李一纯在 1933 年 6、7 月间情况的参考材料》，《新文学史料》2013 年第 1 期，2013 年 2 月。

冯雪峰

余团体成立援救华北，欢迎巴比塞调查团各界代表会筹备会，会址设于法租界贝勒路恒昌里 27 号。6 月 17 日发表启事，定于 6 月 20 日召集各团体代表讨论。

中共中央发表《中央关于欢迎国际反帝非战大同盟代表团来华及反帝大会的筹备通知》，通知各级党组织，国际反帝非战大同盟代表团将在 7 月来华，准备 9 月初在上海召开世界远东反战大会，要求各级党组织根据中央的指示开展群众运动，尤其责成中共江苏省委立即经过公开半公开的群众组织发动组织欢迎筹备委员会。①

这时，恐吓已然来临，杨杏佛、宋庆龄、鲁迅、蔡元培均受到特务的暗杀警告。杨杏佛专程前往宋庆龄寓所通知宋庆龄，特务已将她列入暗杀名单，请她务必注意安全。宋庆龄说自己也已接到若干恐吓信，并叮嘱杨杏佛"务须小心"。然后，暗杀随即发生了，杨杏佛在法租界亚尔培路（今陕西南路）331 号中央研究院大门口被国民党暗杀，国民党当局以此来威吓宋庆龄。6 月 19 日宋庆龄为杨铨被害而发表的声明说："我们非但没有被压倒，杨铨为同情自由所付出的代价反而使我们更坚决地斗争下去，再接再厉，直到我们达到我们应达到的目的。"②

---

① 中共中央书记处编：《六大以来——党内秘密文件》，人民出版社 1980 年版，第 396—397 页。

② 《杨杏佛昨晨被暗杀》，《申报》1933 年 6 月 19 日；《宋庆龄选集》上卷，第 124—125 页。

　　宋庆龄的坚定感染了每个中国人，6月中下旬，上海成立各界欢迎巴比塞代表团及远东反战会议筹备委员会，宋庆龄被推选为主席。这是中共江苏省委根据中共中央指示，决定宋庆龄公开出面筹备，以筹委会主席的身份公开地做宣传和组织工作。具体工作由中共江苏省委宣传部长冯雪峰主持。①

五、支持，"文总"等组织参加筹备

　　在筹备委员会的领导之下，成立了各种群众团体组织。宋庆龄签发了给上海各团体的委任书："根据筹备委员会第二次决议通过之决议，你们被委任为本会会员。鉴于世界反战大会代表现已陆续来沪，我们应该一致努力筹备欢迎。以便对他们的热情援助，表示我们的热烈心意。"参加筹备工作的组织有上海反帝大同盟（简称"上反"）、中国左翼文化界总同盟（简称"文总"）和左翼作家联盟（简称"左联"）。由冯雪峰、刘芝明（"上反"党团书记，"社联"成员）和张凌青（又名张耀华，"社联"成员，《正路月刊》主编）三人组成核心小组。参加筹备工作的成员还有叶以群（"左联"）、周扬（"左联"）、田汉（"剧联"）、吴觉先（"社联"）等人。②筹备工作核心小组采用秘密工作方法，广泛发动群众团体举行欢迎会、散发传单、发布宣言、接待大会代表等。为此，各界代表大会筹备会在威海卫路（今威海路）中社召开筹备会议，讨论欢迎巴比塞调查团来华之一切事宜。到会者有平津后援会、新文学社、春令文艺社、中国论坛社、电灯厂、三三剧社、民权保障同盟等各派代表参加讨论。

---

① 张凌青：《世界反帝大同盟远东反帝反战会议筹备工作的一些情况》，《党史资料丛刊》1983年第1辑，上海人民出版社1983年版，第40—42页。
② 冯雪峰：《有关"远东反战大会"的材料》，《义乌方志》2013年第2期。

叶以群

上海的文化团体各学校也纷纷成立欢迎筹备会，准备做大规模的欢迎。发起者有清华大学、燕京大学、师范大学、北京大学等校。①

上海《大美晚报》于 7 月 6 日刊载消息：《国际反战会议本月中旬在沪举行　英代表启程来上海》。报称，英国上院工党议员马莱勋爵今日由英国伦敦启程前往中国，将出席在上海举行团体反对战争之国际大会。日本、加拿大和美国均有代表要来上海参加远东反战大会。……并称将有大批左翼作家抵沪，约达一百五十人左右。会议地点本来考虑在华界，因怕受右翼团体破坏，故改在法租界。

在远东反战大会筹备期间，上海中央局专就此事做了讨论，商议解决两个问题：一是急需解决提供一二十个负责人临时商讨问题的地点；二是如何发动各阶层群众响应这个政治运动。上海中央局组织部部长黄玠然后与组织部成员一起租到一幢新建的住房作为会场。②冯雪峰、刘芝明和张凌青三人在北四川路老靶子路（今武进路）转弯角上的一家旅馆借一间房间召开核心小组会，决定：一、8 月 8 日下午二时在南京路冠生园茶座召集各团体代表（包括工会、青年团、学生组织）进行动员，传达中共江苏省委的指示精神，在码头上开一个盛大的欢迎大会，以造成浩大的声势；二、征求文化界人

---

① 《各团体筹备欢迎反战远东调查团》，《文艺月报》第 1 卷，第 226 页。
② 黄玠然：《关于一九三三年上海中央局的回忆》，载 1985 年《党史资料丛刊》第 1 辑，上海人民出版社 1985 年版，第 123—125 页。

士签名《欢迎巴比塞代表团宣言》。

《国际作家总联盟为反战给全世界作家的信》发表于《文学杂志》1933 年 7 月 31 日第三、四期合刊。以鲁迅为首的一百零五名中国作家联名签名发表《中国著作家欢迎巴比塞代表团启示》，他们的态度是："同人等对此伟大的世界反战会议，对此主持正义的巴比塞代表团，极端表示拥护。当此反战会议即将于九月初开幕，各国代表团纷纷来沪之时，仅此表示欢迎。"在启示上签名的包括"文总"、"左联"、"社联"、"剧联"、"影联"各文化团体的成员。①

六、猜测不断，挡不住正义宣传鼓动

在上海召开反战大会是决定了，但是，会议时间和地点难以确定，各种猜测消息不断。马莱为该反战大会之主席，原想使中国民众早日将其与国联的李顿调查团相比较，看出谁才是中国民众真正的朋友。但因远东各国在严重压迫下筹备工作的困难，及世界委员会方面关于代表团人员的决定，须与各国委员会详细磋商以及经费等等问题的不易解决，以致延迟半年之久。②

又因各国代表延缓到沪，开会时间和地点无法决定。一时间，沪上报纸新闻都是关于这次会议的猜测消息。有说据极可靠方面消息现已决定会议暂为中止举行，是因为环境不许的缘故；也有说巴比塞调查团仍按计划到沪，前往东北调查，并称朝鲜、台湾代表已抵沪，但五人中有三人被捕，其他二人行踪不明；又有说远东反战

---

① 《访问张凌青记录》1986 年 9 月 27 日，载《宋庆龄在上海》，学林出版社 1990 年版，第 85 页。

② 万里宾：《世界反战运动》，《时事问题丛刊》(14)，上海陶尔斐司路生活书店 1933 年 11 月发行。

大会正在积极进行，太平洋沿岸代表抵沪者有日本二人、朝鲜三人、美国一人，朝鲜代表团中途有二人被秘密逮捕，下落不明。原定于 1933 年 3 月在上海开会，英国美国德国日本及其他各国报名参加有三百余人。日本方面，在日本军警严重压迫之下，秋田雨雀等仍踊跃组织"远东和平之友人会"，筹备集合反帝各团体参加会议的有三十余进步团体。印度甘地决定派重要代表参加，朝鲜方面也续派代表来沪，等等。① 此时，《中国论坛》主笔伊罗生前往日本，据日文报揣测，伊罗生此行是因为上海反帝大会的日本代表尚未选出，故赴日本有所商议。并猜测上海会议遭受许多困难，反帝大会移至日本进行。②

总之，消息纷杂。后经宋庆龄证实，远东反战大会将在 9 月中旬在沪召开。《大美晚报》发表消息的同时又发表宋庆龄的宣言《反对帝国主义战争》，宋庆龄在宣言中邀请各工会、各工人团体、各学生文化团体等各界推选代表参加大会。

共产国际也密切关注这次会议，执行委员会驻华代表兼驻上海远东局书记阿图尔·埃韦特给共产国际执行委员会皮亚特尼兹基的第 6 号报告信中说："反战大会"的筹备工作已经开始，由于压制任何合法的反帝运动的宣传，存在很大的困难。"因为民权同盟总干事被杀，和威胁要处罚其他积极分子之后，所有动摇的自由派分子都表现得惊慌失措，大部分人拒绝参加任何工作，而一部分人退出了组织；宋庆龄表现得很好，仍与我们合作。"③

为正视听，上海各界欢迎巴比塞调查团筹备委员会，为筹备欢

① 《世界反帝反战大会最近进展真相》载《大晚报》1933 年 8 月 2 日。
② 《伊罗生昨日东渡　反帝会有移日说》，《大美晚报》1933 年 8 月 8 日。
③ 《联共（布）、共产国际与中国苏维埃运动（1931—1937）》第 13 卷，中共党史出版社 2007 年版，第 458—469 页。

迎事宜及纪念"八一",在大沽路永庆坊 53 号该会会所召开记者招待会,报告筹备经过,并述该会要求:准备欢迎工作,在经费上及其他方面援助筹备工作的进行,将帝国主义侵略中国的事实反帝运动状况写成意见书递交本会以便交给调查团,邀请调查团代表演讲,发动群众拥护调查团等。宋庆龄以筹委会主席的身份负责招待记者发布消息,与国际代表一起同国民党当局交涉开会地点等。

《红色中华》第 99、101 期发表题为《国际反帝运动的活跃》《为帝国主义瓜分中国与国民党的五次"围剿"告全国民众书》的文章,宣传国际反帝非战会议,为拥护 9 月间在上海举行的反战大会,表示要抓紧宣传鼓动,反对帝国主义瓜分中国,反对帝国主义国民党反动派疯狂地组织第五次"围剿"。朱德以中华苏维埃中央革命军事委员会主席名义,发表题为《中国红军在反帝最前线为大会作有力的后盾》的文章,并致电上海民权保障大同盟宋庆龄女士转世界反帝非战代表大会。①

七、各方困难,全面的搜捕又开始了

除了上面的消息称:"远东反战大会正在积极进行,太平洋沿岸代表抵沪者有日本二人、朝鲜三人、美国一人,朝鲜代表团中途有二人被秘密逮捕,下落不明。"日警在上海环龙路某号逮捕远东反战会议日共首席代表崛江及其夫人。崛江及其夫人系第三国际驻沪秘书局之协助,任远东反战大会筹备委员,联络日本左翼团体参加远东反战会议。日警当局决将潜伏沪上日共分子一网打尽,崛江夫妇

---

① 《红色中华》第 106 期(拥护世界反帝非战大会 反对国际帝国主义瓜分中国专栏),1933 年 8 月 31 日。

被捕以后又抓捕同文学院多名学生。将他们关押于日领署监狱。①

8月17日上午九时，张耀华（即张凌青）在施高塔路（今山阴路）四达里56号家中被上海市公安局遣派的武装探警非法抓捕，后被解至南京以"危害国民罪"判刑五年。当晚，找他联系工作的刘芝明、"社联"的史存直、林天木和"文总"的张云志也在张耀华家中全部被捕，上海反帝大同盟党团被破坏。后又有十七人在狄思威路（今溧阳路）被抓捕，其中有部分是远东反战大会筹备委员会的群众团体分子。②

9月的一天下午五时，上海反战同盟书记楼适夷在离开狄思威路（今溧阳路）江丰家后，在北四川路被特务跟梢并被捕。随后，江丰也被捕。楼适夷被捕后，由"左联"成员周文接替他的工作。③

《反战新闻》态度鲜明地刊登《中国青年文艺团体欢迎反战代表团宣言》和《世界反战会对全世界宣言》，中国社会科学者联盟发表《拥护国际反战大会宣言》，《中国文总欢迎反战调查团宣言》。④

八、宋庆龄上船，迎接外国代表并发表欢迎演说

世界远东反战会议主席马莱一行五人于8月18日上午十时到达上海招商局中栈码头。其成员有：一、世界远东反战会议主席，劳工党麦唐纳组阁时代陆军总长，曾在海军服务十九年的英国代表马莱勋爵（Lord Marley）；二、法共领导人，法共机关报《人道报》主编保罗·伐扬-古久里（Paul Vaillant-Couturier）；三、比利时社会

① 《日人堀江夫妇密谋赤化日本　本阜日警发觉即加被捕　并捕同文学院学生多名》，《时事新报》1933年8月14日。
② 《危害反战会议的恐怖》，《中国论坛》第2卷第10期，1933年9月18日。
③ 楼适夷：《关于远东反战大会》，《新文学史料》1984年第2期，第45—49页。
④ 载《反战新闻》第2号，第3号。

民主党人士马尔度（D. P. Mayteaux），曾任比利时首都布鲁塞尔市代理市长；四、英国代表汉密尔顿（Gerald Hamilton），曾任英国伦敦泰晤士报驻德记者；五、比利时代表，社会党成员、著名作家波比（Georges Poupy）。同行的还有柯都利亚夫人。巴比塞因病未来上海。他们十一时许上岸。宋庆龄蔑视国民党发布的外国代表一律不许登陆的禁令，亲自上船迎接外国代表并发表欢迎演说。还有妇女协会杨女士及工人、学生、文化界等各群众团体八十余人、法日籍人二十余人到码头迎接国际代表，他们举着中英文欢迎字样的横幅。邮轮一靠岸，就放鞭炮、呼口号、散发传单。马莱一行下榻在南京路华懋饭店（1956年改名为和平饭店）。[1] 国际代表在沪期间由上海麦伦中学教务主任兼教师、原中华基督教青年会全国协会校会组干事曹亮担任马莱团长的全程英语翻译。

鲁迅、茅盾、田汉联名发表《欢迎反战大会国际代表的宣言》，在群众中公开地用作传单散发。中国左翼作家联盟发表《致上海反战会议各国代表巴比塞同志等的欢迎词》。[2] 刘桦良在《反战代表到沪》中写道：世界反战会议五人到沪了，这不但是上海人所注目的事，而且是中国、全世界的人都注目的事。然而，下午二时，当群众即将离开码头时，英籍巡捕在公共租界内抓捕了十五人。这成了租界当局对欢迎的反应。[3]

上海民众热烈地举行着选举运动，法南区的交专、新华、交大及绸厂工人举行大会选举远东反战大会代表。沪西内外棉厂、闸北丝厂、铁路工人、浦东的码头工人、左翼文化界均在一两天之内举

---

[1] 《世界反战会主席马莱等今晨抵沪》，《大美晚报》1933年8月18日。

[2] 《反战新闻》第1号，1933年8月29日。

[3] 《危害反战会议的恐怖》，《中国论坛》第2卷第10期，1933年9月18日。

行选举大会。

马莱勋爵到沪后，即与宋庆龄积极筹备各种事宜。反战会议会期已定九月三日至五日，地点已择定法租界八仙桥青年会，并经法租界当局核准。但据青年会负责人称，尚未有人前来接洽租赁会场。①

为表示拥护国际反帝非战代表大会，中央苏区反帝拥苏总同盟发表《致国际反帝非战代表大会全体代表的信》和中华苏维埃中央苏区"八一"示威大会主席团代表苏区一百万全副武装的示威群众发表《致上海国际反帝非战大会主席团转全体代表的信》。日本读者有岛田一郎为支持上海远东反战会议，作介绍日本群众反战运动的文章《反战调查团来华之后之日人面面观》发表于中国《生存月刊》第四卷第五号（1933 年 9 月 1 日）上。江西全省各县反帝拥苏同盟反帝拥苏同盟青年部为热烈庆祝远东反帝非战大会的开幕，发表《致国际反帝非战代表大会全体代表信》。②

8 月中旬，刚从法国回沪的青年作家、世界语者协会会员李又然接到曾在法国留学时的朋友江丰（上海美联成员）的通知，邀请他担任反战大会的工作。8 月下旬，由楼适夷到霞飞路李又然的寓所通知他到华懋饭店去会见法国代表古久里，并以宋庆龄名义派车接送。李又然担任古久里在沪期间法语翻译，直至古久里离开上海。③

上海近一百个工农民众团体在远东反战大会筹委会的领导之下，积极开展欢迎运动和拥护远东反战大会运动，不断举行飞行集会、演讲会、散传单、公演等。中共中央发出《中央关于筹备世界反帝

---

① 《世界反帝会九月三日起开会　有择定青年会说》，《大美晚报》1933 年 8 月 19 日。
② 《红色中华》第 104 期，1933 年 8 月 20 日。
③ 李又然：《古久里——文学回忆录》，《江城》文学月刊 1979 年 11、12 月号合刊。

非战大会的紧急通知》。通知要求：各地代表至迟必须在九月七八日抵达上海。并对下列几个方面作了五项指示：根据中央指示，冯雪峰加紧了远东反战大会的筹备工作。首先，楼适夷接受冯雪峰的安排，接替刘芝明工作，任上海反战同盟书记，与"左联"的华蒂（叶以群）、"美联"的周熙（江丰）和熊某组成新的上海反战同盟的党团。主要任务有：一、接待全国各地来参加大会的代表；二、发动群众，组织欢迎大会，并请国际代表出席演讲；三、扩大反战大会的宣传工作，创办报纸《反战新闻》专题报道反战大会筹备工作的消息和各群众团体的宣言等。此刊共出 6 期。9 月中旬楼适夷被捕后，《反战新闻》停刊。①

九、左翼文艺界，热情接待参加反战大会来宾

应宋庆龄之邀加入中国民权保障同盟的鲁迅撰文《新秋杂识》，对国民党予以揭露，对远东反战大会予以支持。文章载 1933 年 9 月 2 日《申报·自由谈》。并在 9 月 5 日，鲁迅到河滨大楼会见了借住在那里的法共著名作家伐扬·古久里。鲁迅日记记载："晚见 paul vaillant-couturier，以德译本《Hans-ohne-Brot》乞其署名。"②

为了组织群众欢迎国际反战大同盟代表团，在新亚酒家召开了中共区委书记联席会议，出席会议有冯雪峰、中共江苏省委巡视员曾一凡、法南区委书记小顾和中南区委书记黄霖。

在"文委"的领导下，电影界田汉、司徒慧敏等人参与接待反战国际代表团，安排代表团到杨树浦工厂区接触中国工人，赴大场参观陶行知办的山海工学团，访问一·二八战争遗址。还到司徒慧

---

① 楼适夷：《关于远东反战大会》，《新文学史料》1984 年第 2 期，第 45—49 页。
② 《鲁迅日记》，人民文学出版社 1976 年版，第 844 页。

敏试制电影录音设备的实验室参观，实验室得到马莱的称赞。①9月4日晚七时，田汉请严春棠做东道主，在东亚饭店浣花厅举行热烈欢迎国际代表马莱和古久里的晚宴，出席晚宴的有陈瑜（田汉）、黄子布（夏衍）、张凤吾（阿英）、叶灵凤、曹亮、娄放飞等，还有各电影公司的名导演、名演员胡蝶、金焰、程步高、卜万苍、周剑云、郑正秋、许幸之、史东山、孙师毅、王人美、周伯勋、郑君里、舒绣文等四十余人。严春棠、郑正秋、卜万苍等在欢迎宴会上致欢迎词，马莱、古久里致答词。马莱致词由曹亮作翻译。马莱首先说明此次来华的意义，然后谈到东西方被压迫民族怎样能联合起来共同反对帝国主义瓜分殖民地的战争。古久里致词由娄放飞翻译。古久里陈述了全世界热爱和平不愿做奴隶的人们反对帝国主义战争的必要。②18日晚上，马莱、古久里及其夫人一同到黄金大戏院观看戏剧协社演出的世界反帝名剧《怒吼吧！中国》，并给予评论：虽因经济困难及剧院关系，而舞台成绩殊属惊人，表演技巧优良非凡。对于剧情也给以肯定。③后马莱曾在同乐茶园向七十余名印刷工人演讲。

十、是否公开举行，仍无法确定大会地点

与上面公开热闹的接待背后，能否公开地举行这次会议，成了悬而未决的未知数。因受日本对上海租界之威胁，虽有主席团马莱勋爵等往各方疏通，要求谅解，但能否公开举行会议仍未确定。有文章说马莱等抵沪以后，为了开会的地点问题，与上海法租界、公共租界当局、市政府当局，以及南京中央当局，似已经过若干度的

---

① 司徒慧敏：《往事不已　后有来者》，《电影艺术》1980年第6期。
② 田汉：《影事追怀录》，中国电影出版社1981年版。
③ 《马莱惊叹"怒吼吧，中国"》，《大美晚报》1933年9月18日。

接洽，然而一直到今天，还不见有明白的结果。但无论如何，反帝国主义战争运动的意义的重大，绝不会因而削弱的。同时还说道：国际被压迫阶级的反帝国主义运动，也非有联合的阵线不可。世界反战会，就是全世界被压迫阶级联合阵线的一种表现。

在这种情况之下，上海文化界八十余人在四马路（今福州路）大西洋西菜社召开恳谈会，宋庆龄出席担任主席。大会上提出上海文化工人当前的任务，要求小说家、诗人、戏剧家、教育者及同愿望的中外新闻记者，各用他们特殊的职能，用他们的天才，以及武器去广播反战的意义到大众中去，使广大的群众到反战大会旗帜的周围，打破目前开会的种种困难，使大会能在上海完成它的使命，以这艰难的斗争来酬答世界代表们不远万里的劳瘁。[①] 在欢迎马莱、古久里等国际代表的大会上，鲁迅出席并陪同客人。

各行各业都在行动，上海妇女协进会招待反战代表马莱等各代表，共到会妇女代表一百四十余人，其中有许多丝厂女工。各代表有演说，大家都异常兴奋。正式的群众欢迎大会在上海码头召开，三百多人到会，并请国际反战代表演讲。[②]

《中国论坛》配合反战大会，连续刊发《反战会议力抗帝国主义的阻碍》以揭露帝国主义和国民党破坏阻挠反战会议召开的事实，国民党将同情反战会议的五十多人抓捕入狱。英国的《字林西报》说远东反战大会是共产党的深谋狡计，借此理由拒绝发表法国代表环音考托（即伐扬·古久里）9月4日写的答辩词。在《中国论坛》上刊登了他写的答辩词的主要内容，还发表比利时代表马尔度撰写

---

① 张兆榕：《上海文化界欢宴反战代表》，《抗争》第 2 卷第 20 期，1933 年 9 月 23 日。
② 《上海群众热烈欢迎反帝代表团》，《红色中华》第 114 期，1933 年 9 月 30 日。

的《声讨国民党》，文章指出："在参加反战代表团动身来华的时候，我并不相信我等到远东的考察会遇到许多困难。""反战代表团是中国人民真正的朋友，但国民党政府却正以全力与帝国主义合作，制止阻挠反战代表团的任务。""我一定要将这些事实告诉欧洲以及全世界的工人。"在《中国论坛》第二卷第十期发表《巴比塞号召统一战线》，其中说道：在这一年中，发生的流血恫吓的事情需要我们加紧工作。我们必须更加的努力。我们必须克服反战统一斗争的最后阻碍物。只有所有反战以斗争的人们根据统一斗争的行动——阿姆斯特丹反战大会的主要口号——才能粉碎这类修改凡尔赛条约不顾新的屠杀的反动。

这些议论和宣言在《中国论坛》上用中英文双语刊发，在国际上起到了相当大的宣传作用。

十一、无奈之下，会议秘密举行了一天

9月19日晚，马莱接公共租界正式公函，回复其9月12日要求在公共租界举行反战会议的信函。公共租界公函称："按照现在情形，举行会议一事碍难照准。"马莱对《大美晚报》记者表示，虽然中国华界及租界当局的反对和禁止开会，反战会议筹委会仍想在中国境内举行，能否在船上开会要慎重考虑。①作家王独清作《赠反战代表》也写道："对政府当局对远东反战会议的阻挠，给予国际代表处处不便，该主席向各方的疏通和奔走，也终于无效。怀着希望来，却要带着遗憾走，迟迟不能召开远东会议，表示愤慨，这是中国的耻辱。""反战会议虽然是一种公开的集会，然而他底任务中是不可

---

① 《反战会泛舟集会》，《大美晚报》1933年9月21日。

否认地含着严重的历史意义。"最后他表示"对真正的斗士们敬礼"。①

这时，上海中央局组织部在霍山路临时租到一幢新造好的还没来得及安上水电的红砖洋房，交了一个月的房租，作为秘密会议地点。地点定了，其他的动作马上跟上，周文接到"左联"党组织通知，同时，其爱人郑育之也被党组织调动为远东反战大会做筹备工作。华蒂（叶以群）设计，请他们购买两个大的假樟木箱放到郑育之的娘家，等候行动。② 接着，周文、郑育之扮作新婚夫妇将两个假樟木箱搬出娘家，到上海三马路（今汉口路）666 号东方旅社，不断地采购会议上日用的锅、盆、碗碟、茶杯、刀叉、汽炉等生活用品，和代表们特别是国际代表们食用的面包、罐头、水果、汽水、苏打水等食品放入箱子。之后，周文、郑育之由交通员带领，乘坐汽车开往沪东这个开会地点。一切在悄悄地进行着。半路，周文还借故下车（他的任务是刻写宣传品，先不进会场）。曾担任沪中区委书

郑育之

周文

① 《时事新报》1933 年 10 月 1 日。

② 郑育之：《掩护召开世界反帝大同盟远东会议的经过》，载《鲁迅研究资料》第 5 辑，天津人民出版社 1980 年版。

记的黄霖，接到联系人曾一凡的通知，到省委的秘密机关接受中共
江苏省委的指示，由他担任远东反战大会的警备委员长，保证大会
的安全。

他们商定由黄霖、朱姚和刘少奇的儿子毛毛（刘允若），与郑育
之他们组织成一个临时家庭。先后由内部交通员梁文若带领他们到
远东反战大会会场。他们各自承担不同的任务：朱姚是"母亲"；黄
霖是"大儿子"；梁文若是"大儿媳妇"；毛毛是"孙子"；某高个
子同志是"二儿子"；郑育之是"二儿媳妇"。另还有几位保卫人员，
共十人负责保卫大会的安全工作。

保卫人员各自坚守岗位，准备棉被和毯子，更有铁棍、石灰等
防御工具。冯雪峰到会场仔细检查安全工作和准备工作，并关照：
一、今晚有重要代表到会场；二、隔壁住着的是一位外国巡捕房的
侦察头子，行动时务必注意安全。

9月28日起，从黄昏至午夜，参加远东反战会议的代表，由中
共江苏省委组织部长或巡视员曾宝陆续带入会场。有满洲、察哈尔、
福建、广东、江苏、上海等国内包括苏区红军、东北义勇军、工人、
农民、学生、十九路军士兵的代表。

国际反战大会派来的代表，宋庆龄安排他们住在外滩的华懋饭
店，但旅馆有包打听监视。冯雪峰找到夏衍想办法，怎么把这几位
代表从华懋饭店送到指定的开会地点，时间又很紧迫，一定要他次
日清晨到内山书店杂志部和冯雪峰见面，告诉他具体办法。夏衍想
了很久，终于决定去找洪深，"一是洪深很讲义气，又有胆量；二是
他能讲英语，便于和外国代表直接交谈。"第二天一早，夏衍把这个
打算告诉冯雪峰，他表示同意，把开会地点的门牌号码告诉了夏衍，
并要他陪洪深一同去接送外宾，因为这个地点事先不能让任何人知

道。29 日那天下午五时，夏衍约洪深在"中社"茶室碰面，看到茶室门外已经停了辆车门上漆着明星公司商标的汽车，这是接送电影明星的专用车，这要比雇出租车要安全多了，因为包打听和三道头是不会把电影明星和外国反帝代表联想在一起的。他们在茶室喝了一杯咖啡，等到天色已晚，才一起到华懋饭店接人。

夏衍

那天洪深穿了套深色西装，吸着雪茄，俨然是高级华人的气派，所以直上饭店七楼如入无人之境。他对马莱、古久列说："奉孙夫人之命来接你们去开会"，这是事先约定的口号，陪他们下电梯时还用英语讲"到了上海，总得看京戏，今晚给你们安排一台好戏"之类的话，有意让暗探们听到，出门之后就坐上了明星公司的汽车，夏衍在车上等了十来分钟时间。他们上车后还到永安公司一带闹市绕了一圈，看看后面有没有人盯梢，然后再掉头开往目的地。夏衍和洪深陪外宾下车，向守卫对了暗号，送他们到门口就离开了。①

这样，马莱爵士、作家古久里和比利时社会民主党人波比，分别由夏衍、洪深送往会场。那天，上海《大美晚报》《中国论坛》的记者伊罗生到场。原先选举出代表八百多人，由于召开秘密会议，会场又小，只能从中再选出少数各地代表到会，其中有农民四人，

---

① 参见夏衍：《懒寻旧梦录》(增补本)，三联书店 2006 年版，第 166—168 页。

苏区红军两人，国民党军士兵三人，知识分子及学生九人，妇女九人，其余为工人。加上国际代表共六十五人到会。① 出于安全考虑，没有安排鲁迅、茅盾出席会议，然而，鲁迅十分关心和支持这会议，曾捐款以补筹备经费之不足。②

这段时间里，在宋庆龄的莫利爱路（今香山路）寓所周围，被特务监视着。宋庆龄不顾安危化了装从寓所出发，由交通员梁文若带领，甩掉特务的跟踪，直到凌晨三点后才进入会场。③

十二、大会实况，宋庆龄执行主席

世界反对帝国主义战争会议第二次大会（即上海远东反战大会）开幕，宋庆龄担任执行主席，并用英语、法语或华语为中外代表翻译，马莱任主席。大会推选马莱、宋庆龄、古久里、波比及苏区代表、满洲代表、东北义勇军代表、平绥铁路工人代表、察哈尔义勇军代表等九人为主席团；并推毛泽东、朱德、鲁迅、片山潜（日）、高尔基（苏）、伏罗希洛夫（苏）、罗曼·罗兰、基德、巴比塞（法）、特莱塞（美）、台尔曼（德）、曼·托革勒、季米特洛夫（保加利亚）为大会名誉主席。④

大会开始后，首先宣读了日本、朝鲜、安南（越南）、中国各地的贺电。宋庆龄致开幕词。大会有三个报告：一、马莱做了远东情

---

① 《反战大会终于在帝国主义国民党压迫下开成功了！》，《中国论坛》第 2 卷第 11 期，1933 年 10 月 4 日。
② 冯雪峰：《关于反战大会》，载《鲁迅研究资料》第 1 辑，文物出版社 1976 年版，第 97 页。
③ 黄霖：《宋庆龄主持召开的远东反战大会》，载《革命回忆录》第 11 辑，人民出版社 1984 年版，第 26—34 页。
④ 《出席国际反帝反战代表大会的苏区红军代表回来的报告书》，《红色中华》第 129 期（国际反帝反战大会专号），1933 年 11 月 26 日。

霍山路 85 号　　　　　霍山路会址后门

形和关于各国人民反对帝国主义战争的报告；东北代表和法国代表古久里做补充发言。二、宋庆龄在会上做了题为《中国的自由与反战斗争》的演说，对帝国主义和国民党反动派干涉和禁止这次大会的召开做了抨击和抗议。她号召："在整个远东，尤其在中国，发动一个强有力的运动，反对帝国主义战争。"三、苏区代表报告苏区红军和工农群众生活斗争的情况。其他发言的有福建、东北的代表及上海的纱厂女工和码头工人、失业海员的代表，其中有许多重要的意见。

　　古久里的发言，首先讲到大会的伟大的成功及其意义，并痛斥对大会成功估计不足的观点与表现，认为中国出路只有苏维埃道路，等等。大会通过五大提案：（一）海员工人码头运输工人铁路工人不帮帝国主义运送枪炮给中国国民党来进攻苏区红军；（二）没收帝国主义送给国民党的枪炮来武装东北义勇军去打日本帝国主义；（三）兵工厂的工人不替帝国主义造枪炮来进攻苏区红军；（四）反对国民党对苏区的经济封锁;(五)白军士兵不到前线上去打工农自己的红军。①

由于楼里没有接上水电,只能点蜡烛照明;喝的开水是派人到外面街道的"老虎灶"打回来。面包不够也只能请采购员上街买回来,大家均着分吃,边开会边等待。而且因为开会人多,又不能开窗,所以会场里非常闷热。为了防止暴露,大家都压低了嗓门讲话,鼓掌也不能出声,只准做鼓掌的样子。即便如此,还是有风险存在,因为出门买面包的"弟弟"没有按时回来,担心他暴露了行踪,引来特务,影响大会继续进行。紧张地等待和准备打断会议时,那"弟弟"归来了。原来他采取"远离会场、分店采买面包"的办法,从提篮桥一直跑到南京路,返程延误了时间。这紧张的神经差一点折断,否则采取紧急休会、撤退……后果不堪设想,好在有惊无险。

会议通过了《反对帝国主义战争反对法西斯蒂的决议及宣言》《反对白色恐怖的抗议书》《反对帝国主义法西斯蒂恐怖的抗议》《为反对帝国主义反苏联的武装干涉的挑衅的抗议书》《为反对帝国主义和中国军阀进攻中国红军的抗议书》等决议。各代表都在决议书上签了字。最后选举了远东反帝反战执委。正式成立反对帝国主义战争委员会中国分会,宋庆龄被选为主席。古久里致闭幕词,他指出:"阿姆斯特丹世界反战大会的决议在远东的执行最为迫切。""西方代表团回国后,必定要召集广大群众会议,将代表在中国看见的一切告诉他们。"②

"左联"复旦大学小组成员、复旦大学党团支书伍孟昌作为学生

---

① 《出席国际反帝反战代表大会的苏区红军代表回来的报告书》,《红色中华》第 129 期,1933 年 11 月 26 日。

② 常美英、田军:《宋庆龄与远东反战会议》,载《宋庆龄在上海》,学林出版社 1990 年版,第 83—84 页。

代表出席会议，并在会上担任记录。①

　　从第一天 29 日深夜，到第二天 30 日傍晚，整整二十四小时，会议结束，保卫人员协助各位代表分批全部安全离开会场，宋庆龄最后一个离开。搬运进去的东西也全部撤离会场。事后，宋庆龄对夏衍说："这样的会，对她是生平第一次，会场没有桌椅，连外国人也席地而坐，为了照顾她，一位女同志给她找来了一张小板凳。"

十三、共产国际发布《关于上海反战大会成果和评价的决议》

　　远东反战会议开完之后，虽然新闻受到管制，还是通过各种媒体，包括挂着外商招牌的报纸，将关于胜利召开反战大会的传单散发了出去。国民党当局和警方以为要"流产"的会议，居然在他们的眼皮底下召开了，他们疑惑开会的事是否属实？几天之后，侦察处才在一个场所，发现新造的房子因没有供水，马桶塞满大小便，甚至在二楼的浴缸里积有大量粪便，才相信反战会议已经开过了。这事成了确实的佐证，留下传奇笑谈。大会结束以后，国际代表大都走由华赴欧的路线，先行抵达苏联，其中有马莱、古久里和马尔度。上海各群众团体曾召开多个欢送大会，并发表了《欢送国际反战代表宣言》。上海几家媒体先后发表文章报道大会情况。《大美晚报》于 10 月 2 日发表《反战会秘密开会》；《申报》于 10 月 3 日发表《反战会开会记》；《中国论坛》于 10 月 4 日发表《反战大会终于在帝国主义国民党压迫下开成功了！》，同期发表了大会通过的通电、宣言、决议；《时事新报》于 10 月 5 日发表《反战会议代表离沪　昨赴海参崴转西伯利亚返欧　会议决案将至巴黎后始发表》。

---

① 伍孟昌口述，李葆琰整理：《遥想"左联"当年》（节选），《中华读书报》，2000 年 3 月 1 日。

《红色中华》于 11 月 26 日出版"国际反帝反战大会特刊",发表《出席国际反帝反战代表大会的苏区红军代表回来的报告书》和部分大会文件。共青团沪东区委在国际反战会议开完后,为欢送反战代表回国及庆祝大会成功,发表《告劳动青年书》,等等。①

共产国际执行委员会驻华代表兼驻上海远东局书记阿图尔·埃韦特在写给共产国际的第 8 号报告中说:"我们成功地举行了规模不大的秘密代表会议,有来自国内各地的六十位代表参加。"中共江苏省委关于建立反战反法西斯蒂分会小组与苏维埃第二次代表大会选举运动工作大纲提出:据远东反战大会的经验和教训,大会工作的群众基础,胜利完成各区的反战反法西斯的分会。在上海选出大批的代表去参加全国苏维埃的第二次代表大会,这是我们粉碎帝国主义国民党第五次"围剿"有力的回答。

当时,远东反战反法西斯代表大会总筹备会,有过一个总结:《庆祝远东反法西斯大会的胜利!》。文中说,在国际帝国主义与国民党最无耻最野蛮的压迫与破坏之下,远东反战反法西斯代表大会赖上海及全国民众之热烈拥护与积极参与,筹备委员会与国际代表团之努力,冲破了一切的、任何障碍与阻挠,胜利地完成了这项十分重要的工作。无疑地在推动远东革命运动与抵制太平洋帝国主义战争上,将会有不容忽视的作用。

11 月 3 日,共产国际执行委员会政治书记处政治委员会开会研究远东反战反法西斯大会的结果。中共中央驻共产国际执委会代表王明在会上发言,认为:"上海反战大会不仅对于反战工作的进一步开展而且对于远东都具有很大的意义。我们现在从日本同志那里得

----

① 上海杨浦区党史办编:《中共沪东地区党史大事(1919.5—1949.5)》,1996 年印。

知，在上海反战大会的影响下，日本爆发了保卫这次大会和反战方面的大规模运动。这次大会对于保卫苏维埃中国也具有很大的意义。同时也指出不足之处。应该加强我们在上海的反战委员会，还要吸收广大公开的人士，在行动中有更多合法或半合法的机会等等多个建议。"① 于是，远东反战大会国际代表团写报告向共产国际执行委员会政治书记处政治委员会汇报远东反战大会的情况，共产国际执行委员会政治书记处政治委员会会议作出了《关于上海反战大会成果和评价的决议》。会议决定在全国各地广泛地开展作报告运动宣传大会的成果；必须在日本根据大会的材料组织报告运动，尽快散发报告；在美国、加拿大、中美洲、南美洲宣传大会的成果；此外，还必须发表古久里和英国代表汉密尔顿的报告，用法、英、德三种语言在《世界战线》杂志特刊号上发表；等等。

确实如此，这次大会的胜利召开，对于反帝反战工作起到了推动作用，要抓住这个大好形势。而且，这次大会预示着国际反法西斯斗争的统一战线将要形成，中国的抗日斗争得到世界进步力量的同情和支持。虽然与世界第一次反战大会在荷兰公开举行不同，荷兰会议的规模要大得多，各国名人参加也更多，影响很大。相比较，在上海受阻于各方势力干涉，只得秘密举行，其风险很大，难度更高，能够胜利完成预定的各项议程，得到中国共产党和共产国际的重视，更加显示出上海左翼进步势力的强大，为中国革命向抗日战争的发展过渡起到了强有力的推动作用。

还有一个后续的情况，因中共江苏省委宣传干事曾一凡被捕，由于冯雪峰不知情，仍去曾一凡住处找他，被蹲守的特务围堵，冯

---

① 《联共（布）、共产国际与中国苏维埃运动（1931—1937）》第13卷，第586—588页。

雪峰与特务对打后侥幸逃脱;中共江苏省委和上海中央局认为冯雪峰在上海工作已不安全,后经中央苏区决定,调他前往苏区瑞金工作。12月中旬,冯雪峰会同陕北来的贾拓夫从上海出发前往瑞金。

新中国成立之后,关于这次大会很少有人提及,直到冯雪峰临终前,对前来看望他的"左联"时期的交通员郑育之交代,请她回到上海后寻找当年召开反战大会的会址,这是一个重要的纪念地。事过六十年后,经过仔细访问调查后,郑育之于1993年8月15日确认霍山路85号是召开世界反帝反战远东会议的原址。后勒碑纪念。2013年9月27日,在上海隆重召开纪念远东反战会议召开80周年纪念会。一本重要的纪念集《远东反战会议纪念集》由中国出版集团东方出版中心2014年11月出版。

2013年夏初稿;2016年夏修改毕

一份左翼剧联档案背后的秘辛

　　中国左翼文化运动的状况，通过各种渠道传向国外，使始终关心中国革命知识分子命运的战友和团体伸出了道义之手。笔者在中国左翼文化总同盟的油印机关刊《文报》的新年号（1935 年 1 月出版）上，发现刊出的三封信，珍贵地记录了在"左联"后期重要的国际支持和交流，反映了中国左翼文化运动的世界背景和国际意义。其中，国际革命戏剧家同盟给中国"剧联"的信，非常难得，从中我们不仅窥察中国"剧联"的国际影响，还从中试图追索到一位失踪在莫斯科的中国"剧联"勇士，他就是话剧先驱朱穰丞。这个考索的过程很漫长，让我一一道来……

　　首先，从《国际革命戏剧家同盟给剧联的一封信》说起：

　　　　× 同志向我们报告贵国的戏剧、音乐和电影的活动，和你们的活动。

　　　　我们十分喜欢听着联盟的英勇的为了新中国的文化，为了新中国的艺术、为了反封建的孔孟思想，和国民党欺骗的解放的斗争，我们知道，这种斗争可以锻炼你们的队伍，成为反抗帝国主义压迫的庞大势力。我们知道国民党刽子手，杀死了无数参加劳苦大众日常斗争的艺术天才，然而这并不能阻止这个运动，这是生活规定的铁则。只要中国的工人中有饥寒失业、一无所有的人存在，只要愤怒痛恨和战斗的准备发展着，反映这种斗争的艺术，动员群众来推翻资产阶级世界的艺术亦就发展着。我们知道你们的艺术是配合着你们的斗争前进的，你们将证明你们的力量能够为将来的艺术而斗争的。你们有着我们全部的拥护，全世界的集体的艺术家、戏剧家、音乐家，及电影工人的拥护。我们的同情者知道你们斗争，你们的成就，你们的胜利，你们的缺点。我们将尽我们的力量把你们的英勇的活动告诉全世界的工人大众，因此，我们应当建立国际的联系。这一点以前是做得不够的，但这并不是我们的错误，我们的前面存着许多困难，克服这些困难必是我们的任务，我们应当找出一种方式使中国的艺术家能够了解参加国际的活动。这只有我们更时时听到你们的消息才有可能。怎样才能常通消息呢？这只有依靠你们和我们两方面的努力。自然有许多方法，或者我们要找顶好的方法，或者经过美国，或者经过日本，及其他各国，对于这个问题你们是应当加以考虑的。

　　我们十分赞成你们活动的方法，×同志报告了你们的组织方式，我们认为那是绝对正确的，明白的。在你们的环境之下领导权必须组织地集中，但不能用划分的方式去执行。利用一切可能，使个别的音乐戏剧团体合法的活动，是必要的。所以我们相信最好各地都有个别的团体。组织庞大的团体，倒并不是最主要的，最重要的是使各城市的组织，变成一个群众的组织，这种组织下的团体，在群众中成为普遍。每当去表演剧本，演剧或音乐团体被禁止的时候，必定要动员工人劳苦大众，

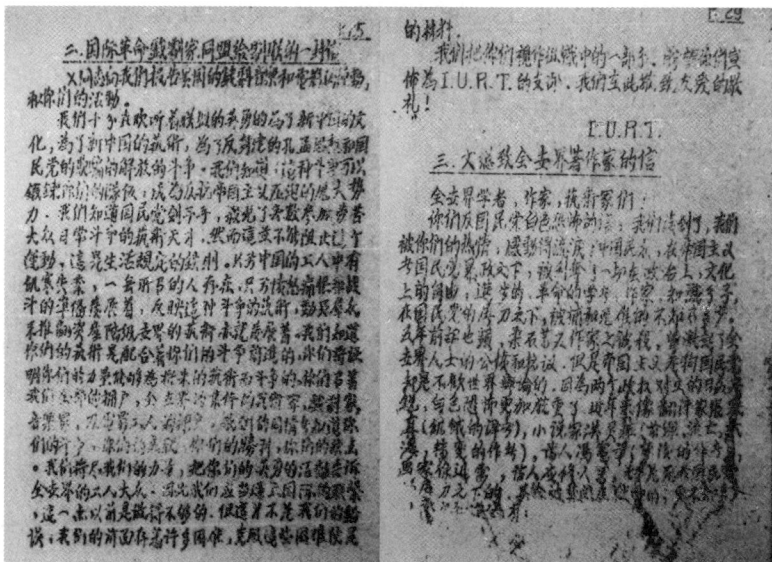

历史档案：国际革命戏剧家同盟给中国"剧联"的来信

与艺术的知识分子——动员全体民众来反抗国民党的检查、压迫与恐怖。欲达到这个目的，首先必须使每个演剧或音乐团体在广泛的大众中成为流行。在这儿演剧目录的选择与艺术的形式，演着非常巨大的任务，我们必须利用他国的尤其是（日本）PROT 的经验。

特别应当注意的是新的声部的训练，和你们的盟员的政治的、艺术的和文化的水平，只有提高你们盟员的理论和政治的水平，你们才能够免于错误，才不犯"左倾空谈"——这种毛病，使你们在某一发展的阶段上，（不）阻碍你们的工作。同时，在另一方面可以使你们非常重要的。你们越能动员群众，你们便越能制服反动的戏剧家。在几个中心城市，如上海、北平、广州等地，无疑地有一切可能来团结新的力量，以完成你们目前的任务。这方面你们工作的方法，你们的表演的艺术的设计的方法，选择材料的方法，是十分重要的。发展广大群众的文化及政治水平，是一等的工作。重要的是不要模仿的形式，而要发挥民族的特有的细节和特性。考虑发展中国的艺术的方法，民族的形式应当用来表现生命的内容。

我们的国际的刊物，如 IUBT 的《国际戏剧》机关志，美国工人戏剧的机关志《新演剧》、荷兰的 *LINIA FRANT*、捷克的 *DELNICT DIVADTO*、法国的 *SOENE ONYIUE*、日本的 *PROT* 等，我们将把你们的经验及活动，报告他们最重要的是要使世界的工人知道你们是在怎样的环境之下，为革命艺术而斗争。

I.U.R.T 现在已发展成一个广大的群众组织了，他的分会遍及在欧美、东方二十余国，戏剧、音乐及电影的团体与 I.U.R.T 携手的工作，努力提高工人的文化及政治教育的水准。由我们的分会所组织的演剧与音乐，反映出各处无产阶级的生活斗争。在各国职业化的剧团大批地组织起来，他们应用我们的政治路线，来推动革命的艺术。法国、美国，捷克的革命剧团表演许多苏联的剧本，以戏剧的方法，来加强国际的联系。革命艺术的呼声遍发全世界，你们便是其中的一部分。然而我们尚未知道你们 ××、×× 及其他作家的作品，应当翻译成各国的文字、使各国的工人都能熟知。要达到这个目的，只有请你们赠送这些作品给我们。或我们同他们个人建立关系，关于这一方面，请你们给我们以帮助。有许多剧团，甚至资产阶级的剧团，已与苏联的戏剧工人发生直接关系了，各国的革命的编剧者，和导演者中间的通信的组织，现在已成为我们一部分的工作了。革命艺术的国际的联合与团结，是一天天地增长起来了，我们希望你们亦在此中活动，希望得到你们的消息。我们将赠送你们以剧本，音乐，及理论的材料。

我们把你们视作组织中的一部分，盼望你们宣布为 I.U.R.T 的支部，我们在此　敬致　友爱的敬礼!

I.U.R.T

关于国际革命戏剧家同盟这个组织，一般认为它是国际革命作家联盟的姐妹团体，它们有着一样的宗旨和方向。但具体情况究竟怎样，它的组织形式和分工，以及在国际范围内担任着什么角色，它的任务又是什么等等都不甚了了。当我翻阅中国的有关辞书，并请友人查阅俄文版的苏联大百科词典时，均无这个团体的资料记载，这是很遗憾的。所以，这个团体和中国"剧联"有什么联系，这个问题上，当然也是空白了。因此，当读到《文报》新年号（1935 年元月出版）发表的国际革命戏剧家同盟给中国"剧联"的一封信，真实地填补了一份历史空白，向我们打开了了解这个团体的通道。

这封信的发现，客观肯定了这个团体的历史存在，它是一个非常有经验的、有活动能力、有全球影响的组织，并且继续在积极地进行发展组织的活动。它的指导能力也是无可非议的。关于这个组织的情况，有几点是重要的：

I.U.R.T 为国际革命戏剧家同盟的英文缩写。成立时间不详。至 1934 年已"发展成一个广大的群众组织"。在莫斯科设总会，分会遍布欧美、东方二十几个国家。

活动的方式分两个部分：

一、"以戏剧的方法，来加强国际的联系。"具体表现在，二十余个国家的分会的戏剧、音乐及电影团体与他有联系。由分会组织演剧与音乐会等活动，或者由团体与团体联系，甚至编剧者、导演者个人之间进行联系和交流。

　　二、总会和分会出版国际性的机关刊物，相互报告工作的经验及活动，"最重要的是使世界的工人知道你们是在怎样的环境之下为革命艺术而斗争"。已经知道的出版物有国际革命戏剧家同盟的《国际戏剧》、美国工人戏剧的机关志《新演剧》、荷兰的 *LINA FRONT*、捷克的 *DELNIET DTVADT*、法国的 *SOENE OUYIUE*、日本的 *PROT* 等六种。

　　开展这两项活动的目的，或者说活动的宗旨，有三点：

　　一、努力提高工人的文化及政治教育的水准。

　　二、反映各地无产阶级的生活斗争。

　　三、应用我们的政治路线，来推动革命的艺术。

　　这第三点，在当时的斗争环境下，可以说是各国左翼戏剧团体最根本的立足点。正如信中所说的，有好几个国家都上演苏联的剧本，无疑是政治路线的需要，或是革命艺术的宣传工作的需要。

　　与中国左翼戏剧家联盟同时成立的中国左翼作家联盟，在它成立之初，已经和国际革命作家联盟建立了联系，接受它们的指导。时隔四年，从这封信中可以了解，中国左翼戏剧家联盟和国际革命戏剧家同盟在这之前并没有组织的联系。是什么原因促使国际革命戏剧家同盟给中国"剧联"写了这样一封信，要求建立组织上的联系？

　　主要是中间有了个联系人。由于这个联系人在莫斯科联系上了这个组织，向他们报告了中国的戏剧、音乐和电影方面的活动情况和组织情况，使他们了解到中国"剧联"的英勇业绩，知道"你们的艺术是配合着你们的斗争前进的，你们将证明你们的力量能够为将来的艺术而斗争的"。于是，国际革命戏剧家同盟兴奋地说："你们有着我们全部的拥护，全世界的集体的艺术家、戏剧家、音乐家及电影工人的拥护"。这个"拥护"，化作具体的行动是"我们将尽我们的力量，把你们的英勇的活动告诉全世界的工人大众"。为了做到这一点，"必须建立国际的联系"。建立国际的联系才是组织的保障。

最重要的是需要办一个组织手续，即"你们宣布为 I.U.R.T 的支部"。这样，中国的"剧联"成为国际革命戏剧家同盟的这个组织的一部分了。以上种种可以看出，国际革命戏剧家同盟的热情，他们不仅具有国际的组织经验，每布置一点都很切实可行。其中，关键的是，他们得到确切的报告，了解中国左翼戏剧这运动的情况，所以有针对性地作出了联系的方案和进行交流指导。

那么，这位在信中几次提及并隐去姓名的 × 同志究竟是谁？

我认为，这位 × 同志至少应具备这样几个条件：首先，他是中国左翼戏剧家联盟的成员，甚至是该联盟的核心人员，才能确切地知道组织情况和活动情况。其次，他后来有条件在 1934 年左右到莫斯科，并能通过关系和国际的组织进行联系。只有亲身经历过在国民党统治区从事旨在推翻、动摇这样统治基础的戏剧、音乐、电影等活动，才能有详尽的报告的资本，从这封信中体现出了这位 × 同志的深刻体验和工作的热情。但是，当时中国"剧联"是不可能特意指派人员赴莫斯科寻求国际的帮助和指导。我认为，这个神秘的人物很可能就是失踪在莫斯科的原中国"剧联"成员朱穰丞。

关于朱穰丞，夏衍在《懒寻旧梦录》第 173 页有重要的介绍：

> 他原先只是一个话剧的爱好者，他是一家外国洋行的高级职员，生活比较富裕，他领导的辛酉剧社，最初是以"爱美"

和"提高话剧艺术水平"为号召的。辛酉剧社曾提出过"难剧运动"的口号，上演过契诃夫的《万尼亚舅舅》（由袁牧之主演），尽管卖座不如理想，但他毫不灰心，更奇怪的是，1929年底到1930年，他思想上起了很大的变化，不仅参加了左翼戏剧家联盟，而且在1931年上海白色恐怖最严重的时候，他向我提出决定自费经欧洲到苏联去进修。不久，他就离开了他美满的家庭，自费到了德国，经过千辛万苦，于1932年以一个德国马戏团的丑角身份进入了苏联。……他曾在"莫斯科小剧院"当过助理导演。1936年在苏联"大清洗"运动中失踪，从此就和国内（包括他的妻子）断绝了消息……①

如果说，上面的一段话，夏衍把朱穰丞的出身和对戏剧的贡献，以及他参加"剧联"之后的重要决定——去苏联进修戏剧的经过，以第一手材料介绍了出来，那么，重点是朱穰丞生平活动的国内部分。也是迄今为止对他介绍最真实、全面的文字了。读了这份介绍，一位对戏剧有执着追求、全身心的投入左翼戏剧运动、并努力追求光明的形象便跃然纸上。当时，苏联的戏剧是令全世界左翼戏剧人士向往学习

朱穰丞

① 夏衍所说，"朱穰丞到了德国"一事有误。实际他是去了法国。1932年秋，沈颂芳到巴黎时，见到他同冼星海生活很艰苦，领导第三国际反帝大同盟中国组，他负责华侨工人运动。1933年被法国驱逐出境。参见沈颂芳：《辛酉剧社与朱穰丞》，载《中国话剧运动五十年史料集》第2辑，中国戏剧出版社1959年版。

的，朱穰丞抛弃美满的家庭，经过千辛万苦辗转到了苏联，去寻找国际革命戏剧同盟，并向他们报告中国的情况这是情理之中的事。

实际情况确实如此，我访问了朱穰丞的女儿朱可常，她拿出了一份萧三写于1968年11月的材料，这份材料真实地记录关于朱穰丞到莫斯科后的一些活动，他的努力和贡献。是朱穰丞生平活动国外部分的有力依据。为了保存其史料价值，现将萧三的这份材料作必要的摘录：

> 朱穰丞大约是1933年到苏联的。他来找我时说，是上海中国左翼文化同盟——左翼作家联盟负责人之一沈端先（现名夏衍）介绍的。朱自己是跟随一个中国人耍把戏的班子到法国，又到奥地利，然后单独来到苏联的。
>
> 谈起中国左翼文化文艺运动，他知道的多。他是左翼戏剧家联盟的，和袁牧之共同导演过戏剧……我那时是"左联"的代表，参加国际革命作家同盟一部分工作，有"左联"的姐妹组织"剧联"的人来了，自然欢迎，招待他。……我介绍他到"国际革命戏剧家同盟"，这个组织招待他，给他工作、住处等等。

萧三讲到朱穰丞到苏联的确切时间，朱穰丞知道不少中国左翼戏剧家联盟的情况，以及是由萧三介绍朱到"国际革命戏剧同盟"，这个组织善待了他。这些都和×同志应具备的条件非常吻合。

到目前为止，我们所了解的在这段时间里，具备这些条件的戏剧家、文艺家在莫斯科的，只有朱穰丞。萧三也讲到袁牧之和冼星海，他们"二人是1940年秋才去莫斯科的，当时朱穰丞没有看见他们"。

至于朱穰丞以后在莫斯科的情况，据萧三在材料中介绍，"他后来进了中国党在莫斯科办的列宁学校。有时也进城来，记得来看过我，和我商谈修改翻译'国际歌'的歌词的问题，我没有采纳他的意见。"很明显，在莫斯科，他和有着中国左联驻国际革命作家联盟代表身份的萧三接上关系，并同住了一段时日。随后相继在国际革命戏剧家同盟、瓦赫丹郭夫剧院、东方出版局及列宁学校工作和学习。

以后，萧也不知他的去向。据说，当时祖国民族危机日益严重，红军长征抵达陕北，朱穰丞托人捎来消息，准备回国去延安。

朱穰丞终于踏上回国之路是在1938年6月的一天。他与列宁学校的一批我国师生同车离开莫斯科，向抗日烽火正烈的祖国奔来。就在他们的车队行至中苏边境时，苏方突然追来一辆小汽车，将朱穰丞单独接走。许多年以后才知道这是逮捕，是被无端蒙冤的逮捕。苏方没有将此事通报中共党组织，朱穰丞就此失去了与祖国的联系，他失踪了。

他的失踪，国内的有关组织一直关注着，老友牵挂着，亲人焦急着。延安电影团负责人袁牧之，曾是朱穰丞领导的辛酉剧社的台柱，因公来到莫斯科，设法打听他的消息，反被对方怀疑。郭沫若、茅盾、夏衍先后在出访苏联时相机探寻，也无结果。直到解放后，袁牧之从苏联回国，才知朱已不在人世了。

直到1990年，苏联方面才正式来函澄清了朱穰丞这件国际历史冤案。原来，在1938年前后，苏联的肃反扩大化达到了白热化的程度，内务人民委员会仅以一被捕工作人员的供词，贸然认定朱穰丞与日本侦查机关有联系而发出拘捕令，将已经回到祖国家门口，就要直接投入抗日斗争的朱穰丞劫走，并以所谓的间谍罪判处监禁八年，先后送往克拉斯诺雅尔斯克边区的劳改营和克麦罗沃州的西伯利亚劳改营。1943年1月17日，朱穰丞饮恨惨死在那里，被埋葬在该州马林斯克区新伊万诺夫斯克村的墓地，时年四十二岁。

朱穰丞纪念牌竖立在上海福寿园

再说上面的那封《国际革命戏剧家同盟给剧联的一封信》公函，我们可以推断，那位把中国"剧联"介绍给国际革命戏剧家同盟的牵线人正是朱穰丞，他为了中国"剧联"的发展作出了可贵的努力。

然而，在接到这封信之前，中国"剧联"并没有得到国际革命戏剧家同盟的直接指示和经验之谈，在接到这封信之后，可能也没有条件和可能宣布成为国际革命戏剧家同盟的一个支部。因为，当时"剧联"的主要精力是放在更有效的动员广大国内民众抗御外敌，而整个左翼文化运动正处在低潮之中，在组织上和国际的联系有一定的困难。虽然这样，很明显的是，中国"剧联"的活动特点、组织形式、艺术手段等方面，和国际革命戏剧家同盟的一些做法和思考，有着明显的一致和内在联系，有的还得到了国际革命戏剧家同盟的赞同（如在此信中表白的）。应该说，这种无形的联系来自有相同斗争实践而得出的结论，来自共产国际支部相一致的思想和工作方法，或者说，正因为和中国左翼作家联盟有着姐妹因缘，它们同在中国"文总"领导之下，这种联系使它们在思想上、行动上更加靠拢。

　　这封信使中国"剧联"多方位地了解到世界各国相关组织的活动情况，直接了解国际革命戏剧家同盟的政策方针和特点，了解中国"剧联"有着他们全力的支持，更了解当前的革命形势和发展趋势，从而坚定左翼戏剧运动的方向，投入更加轰轰烈烈的抗日救亡的戏剧运动中去。这封信的翻译和刊出说明中国"文总"对它的重视，它有着不可抹煞的指导意义和不可低估的国际戏剧运动状况的信息量，更在于这封信成了历史文献档案，成了国际左翼戏剧运动交流史上的一页，值得更多人来研究。

2019 年 4 月 8 日定稿

原载《档案春秋》2019 年第 4 期

关于鲁迅、茅盾选编《草鞋脚》文献

写下这个题目，首先要提到一个人，即伊罗生。他原名哈罗德·艾萨克斯，中文名字伊罗生。关于伊罗生的经历传说较多。郑学稼曾综合说明伊罗生的简历：

> 伊罗生的真史是这样的：他是第三国际驻华工作者之一，在沪主编《中国论坛》为"苏区"宣传和攻击国民党。他内心不满立三路线，1933年11月闽变时，前往福州，目击陈铭枢们的滑稽剧和中共的工作，证明斯大林对华路线的破产。他经过第三党首领与在闽一托派分子长谈后，转到托洛茨基的一边。返沪，他与刘仁静等发生联系，并把第三国际所有印刷器材交给托派，另得刘助写《中国革命的悲剧》。他不久与刘一同被捕。释放后，曾见托洛茨基，托为他的著作写序。当他转变时，1934年1月中共中央给他衷的美敦书，未接受。因此，中共中宣部发表"绝对反对《中国论坛》上隐匿的托洛茨基主义的倾向"斥责他。由于消息不通，2月14日朱德电贺《中国论坛报》，谢他鼓吹中国工农的革命①。抗战末期，他以美报记者

---

① 载3月1日《红色中华报》第156期。

身份到渝，《新华日报》欢迎他，用伊赛克译音，不说他就是伊罗生。

上述伊罗生身份变化的复杂性，郑学稼的介绍有一定的参考价值。

茅盾的介绍相对简要。他说："伊罗生是美国人，原名 Harold R. Isaacs，我和鲁迅都是由 A. 史沫特莱的介绍而认识他的。伊罗生当时是英文的《大美晚报》和《大陆报》记者，才二十一岁，到中国有一年多的时间。他在史沫特莱的提议和协助下于一九三二年一月创办了英文期刊《中国论坛》。"

> 史沫特莱找伊罗生是为的要他出面在公共租界工部局取得办《中国论坛》的执照。开始伊罗生与史沫特莱合作得还不错，左联五烈士被国民党杀害的消息和文章，就是公开登在《中国论坛》上的。但是后来，史沫特莱和伊罗生逐渐有了分歧，对如何办《中国论坛》有了不同意见；因为史沫特莱是美共党员，而伊罗生则是资产阶级民主主义思想的记者。到一九三四年一月，《中国论坛》终于停刊。共出了三十九期。①

那么，伊罗生是否如茅盾所说，在史沫特莱的提议和协助下于 1932 年 1 月创办了英文期刊《中国论坛》？其实，背景还要复杂一些。

---

① 参见茅盾《关于草鞋脚》，载《草鞋脚》，湖南人民出版社 1982 年版。

1934 年，鲁迅和茅盾应伊罗生之约，编选一本英译中国短篇小说集《草鞋脚》。这时，伊罗生已不编《中国论坛》，搬到了北京。鲁迅和茅盾考虑，"左联"成立以后涌现出来一批有才华的青年作家，国外尚未知晓。这样可以比较集中地向国外的读者介绍中国的进步作家及其作品。

当时，鲁迅先生为这本书写的序言中说道：

"在中国，小说是向来不算文学的。……小说家的侵入文坛，仅是开始'文学革命'运动，即一九一七年以来的事"。进而分析："最初，文学革命者的要求是人性的解放，……大约十年之后，阶级意识觉醒了起来，前进的作家，就都成了革命文学者，而迫害也更加厉害，禁止……"

"这一本书，便是十五年来的'文学革命'以后的短篇小说的选集。"

然后，这本鲁迅先生临终前一直关注的集子当时并没有出版。伊罗生把书稿一直存放在美国哈佛大学哈佛燕京图书馆的卷宗里，直到四十年后的 1974 年后，美国发生了"中国热"的时候，才由美国麻省理工学院出版社出版。伊罗生在书前写了长序。

至于 1934 年编就的书，当初纽约一位知名的出版商曾对这本小说集表示了兴趣，为什么四十年后才面世？伊罗生在长序中回忆说："从他（指出版商）最早表示愿意支持到最后我交出初稿，这其间情况发生了变化。……正如一位出版商在写信回绝我时，就曾坦率地这样说——还是因为在当时没有发现这些小说本身有出版价值，在以后的两年里，《草鞋脚》遭到一个又一个出版商的拒绝。"又说："当 1936 年埃德加·斯诺没有遇到我这样的障碍，而终于出版了他编辑的一本中国短篇小说集时，我们完全气馁

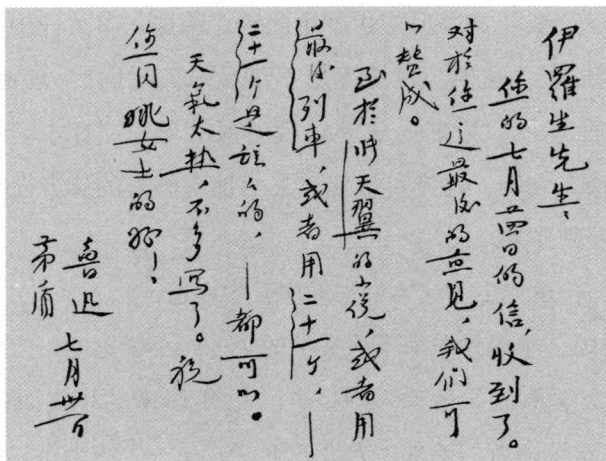

关于《草鞋脚》的通信

了，我们只得懊丧地将《草鞋脚》搁置一旁，作为我们的纪念品之一了。"

　　这段回忆中间，他也讲到，最初的出版商发现伊罗生的政治身份的变化，他成了"人民的敌人"，将得不到纽约共产党"特别资助"。在"亏本"和"盈利"间计算的商人，最终"认为这是一本未必受欢迎的一本书。"那么，"人民的敌人"一说，是否存在？

　　据伊罗生在长"序"中说，1933年11月他在《中国论坛》刊登了一篇关于俄国革命十六周年纪念文章，文中没有提到斯大林；更不用说对他加以吹捧，这就成了他最大的罪行。"我和地下党朋友之间的冷淡关系，终于冻结了。"又说："当我正式拒绝改正——悔过？——一切于是就突然结束了，我那依旧天真的作风使我永远地离开了他们的圈子。"

　　这样说来，《草鞋脚》的出版受阻，与之前《中国论坛》结束的原因有相当的关系。

　　可能由于信息不通，鲁迅和茅盾并不知伊罗生发表了所谓"断交信"。也不知他迁居到北京以后，开始撰写《中国革命的悲剧》一书。他邀请鲁迅和茅盾帮助向国外的读者推荐，介绍中国的进步作家及其作品。他要编一本中国自"文学革命"十五年以来的短篇小说的选集。为了在世界上扩大中国革命文艺的影响，鲁迅和茅盾热情地答应，并马上着手商讨编目，多次与在北平的伊罗生通信联络。而鲁迅先生的那篇《〈草鞋脚〉（英译中国短篇小说集）小引》，早已于 1935 年编入《且介亭杂文》了。那么，《草鞋脚》究竟有没有出版？这是始终让鲁迅和茅盾挂在心上。因为出版没有下文，我们也不知道他们究竟推荐了哪些篇目，毕竟这是体现鲁迅和茅盾对当时进步作家和他们文学作品的肯定和推荐。

1935 年，伊罗生离开中国，在挪威拜会了托洛茨基。1938 年，《中国的悲剧》出版，托洛茨基为此书写序。抗战中期，伊罗生曾以美国记者身份到过重庆。这时，《草鞋脚》还是没有出版。

事情或有转机。上面说到，自从中美关系恢复正常之后，代表中国左翼文化成果的《草鞋脚》和《中国论坛》在美国相继出版，中美文化交流也有了增加。

1979 年 9 月，保存《草鞋脚》文献的哈佛大学哈佛燕京图书馆馆长吴文津博士，作为美国图书馆访华代表团成员来沪访问时，将这套《草鞋脚》文献原件的复印件赠送给上海图书馆，使得流落海外四十多年的这批未刊书简和佚文得以回归。由于我这段时间正在上海图书馆为茅盾写作回忆录收集和查找资料，上图得到这批文献后，委托我向茅盾传递，以确认其真实性并作些介绍。由此引起了茅盾的一段回忆，想到他和鲁迅共同商讨编书时的往事，这套完整的材料，同样为他写作回忆录提供了重要依据。

这套手迹材料包括：一、鲁迅、茅盾选编《草鞋脚》与伊罗生

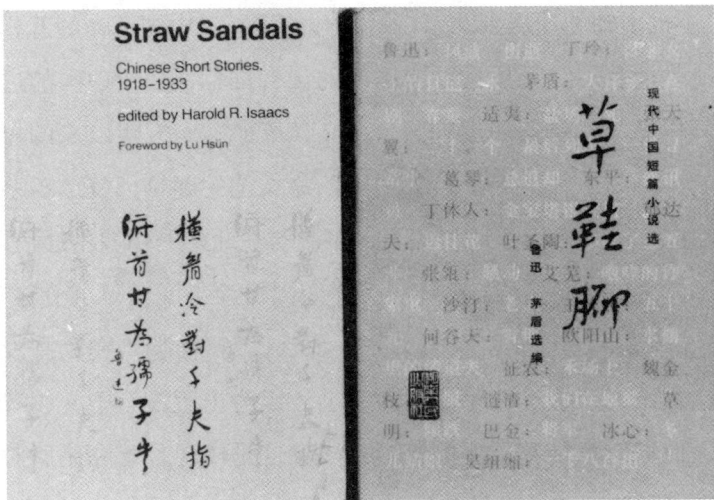

直到 1981 年 1 月才出版的《草鞋脚》中文版

的书简七通；二、鲁迅、茅盾有关《草鞋脚》的佚文，有《草鞋脚》分类选目，拟选小说及其作者评介；三、中国左翼文艺定期刊编目；四、《草鞋脚》序言；五、鲁迅自传；六、茅盾自传。

应我们上海方面所约，茅盾为这套材料写了《关于选编〈草鞋脚〉的一点说明》，因为纪念"左联"成立五十周年在即，这套材料，附加我们（葛正慧、孔海珠、卢调文）的若干注释，在《中国现代文艺资料丛刊》第五辑（1980 年 4 月出版）上发表。茅盾在"一点说明"中介绍，当时"鲁迅和我研究了一个选目单子，并要我写了几则作者和作品的介绍。后来，那个单子，根据伊罗生的意见，又增减和调换了几篇，如增加了蒋光慈、胡也频、柔石的作品；我们也坚持了要多选青年作家的作品。伊罗生又提出要我们写一篇'序'和一篇介绍中国左翼期刊的文章。'序'由鲁迅写，而我则与鲁迅研究后起草了《中国左翼文艺定期刊编目》"。

《草鞋脚》英译名 *Straw Sandals*，出版的扉页上印有鲁迅的题辞："'这些知识贵族'穿着雪亮的皮鞋踏进中国的旧文坛，霸占了它。现在他们牢牢地守在里面，不让那些脚穿草鞋的人进去。"但是，鲁迅、茅盾原选编目中的好多篇小说被伊罗生删掉，增加了剧本和诗，内容着重五四运动后的老作家，而对于年轻的新作家却并不照顾。茅盾说，好像美国记者都有自己的选择，比伊罗生名气大得多的斯诺，那时也曾请鲁迅和我推荐中国的短篇小说，结果，他自己加进了他喜欢的几篇。

其实，我们从这份回归的原始文献材料中可以看出茅盾和鲁迅一起研究取舍的情况。如有份小说集选题分类一览与他们的评介长达数千字。分类包括"关于'苏区'生活""关于'白色恐怖'""关于工人生活"等类。在类题"关于'一·二八'及东北义勇军"这一项下，对入选的小说《骚动》作者的评价说："这一篇作者张瓴，不知何许人，大概是青年，除了在《文学月报》有过他这篇小说，此外没有见过他的作品，或许张瓴是笔名也说不定。"可见他们的选取作品以内容价值为主，并不看重名气大小。又如对入选小说《将军》的作者巴金，评价云："他是青年学生尤其是中学生所爱读的作家……《灭亡》是他的处女作。最近他的《灭亡》和《萌芽》都被禁止发卖，因为这两本书里都讽刺国民党。"然而，这几篇值得推荐的小说被伊罗生删掉了。

还有一段关于鲁迅不收稿费的轶事，意外地在这份回归的文献材料中有了补充。这是伊罗生于1974年12月9日给吴文津博士写的一封英文信，信中为此事做了介绍。他说，1935年9月，纽约《故事杂志》发表了鲁迅先生的《风波》英译文，伊罗生写信给鲁迅，想把报酬美金二十二元五角寄给鲁迅。鲁迅回信不愿收下这笔稿费。伊罗生说："这正显示出了他性格的特色。"而且还指出："鲁迅的回信是别人用英文代笔，由鲁迅签名。"为这事我们询问了茅盾，茅盾也不清楚由谁代的笔。笔者猜测很可能是姚克代的笔，这段时间他们联系较多。

　　总之，这是两位文化巨匠为中国左翼文学作品走向国际的努力，为扩大中国革命文艺影响而编选《草鞋脚》的一片苦心，使人难以忘怀，虽然面世很晚，仍具有重要的时代意义。

2019 年 5 月 5 日修订

永不磨灭的一座洪炉

——上海大学毕业证书的故事

五年前（2014年）的一天，新上海大学成立二十周年，学校把纪念活动的重点放在新建成的"溯园"。这是为纪念老上海大学（1922—1927）而建，是校史陈列的室外展示区域。

落成典礼那天下午，十月的煦丽阳光，照得我们身心都暖洋洋

上海大学时的孔另境

上大遗址纪念碑安放在陕西路上

的。来宾们聚集在学校本部正门东侧的广场上，一个小时的仪式，除学校领导致欢迎辞和介绍嘉宾，颇为意外的是高龄的老上大校长于右任的小儿子于中令先生专程从美国赶来，在他赠送校史馆亲泽的对联后，欢快的鼓乐声响起，他与上大校长共同为"溯园"揭幕。

作为受邀参加这个典礼的老上大师生的后人，听得介绍来宾，个个都有来头，令人肃然起敬。有老上大副校长邵力子的孙子，教务长叶楚伧之子；教师有任弼时之女，恽代英孙女，沈泽民外孙女，张太雷外孙，丰子恺外孙，蔡和森孙子、孙女；学生有博古之女，孔另境之女，杨之华外甥女，杨尚昆之子女。还有曾在老上大演讲的李大钊孙女和中共早期领导人李立三之女，等等。可谓红色名人的后代聚集新上大，这是新上海大学二十年建校历史上的第一次。

"溯园"园区占地面积一千八百平方米，面向校内外全年开放。从建筑设计来说，它由四面弧形的墙体、校址地图广场以及从广场中心向外发散的环形小道组成，形同年轮，寓意二十世纪二十年代上海大学的光荣历史、葱茏岁月。我们一边听着引导员的介绍，迈步踩在青砖碎石的小道上，好像穿梭在老上海的弄堂里面。左边的墙体上不时有"作品"向我们展示，那是一条历史的时光隧道，墙上刻录着老上大的校史，以大事年表的形式，记载了老上大从建校、发展、变迁，直至被迫关闭的过程。还有大学章程墙、师生名录墙等。每个组合都诉说着它不凡经历；每一个条目有着一个冗长故事。四组黑色的大型浮雕作品镶嵌在墙体上，引人驻足注目，分别为："欢迎于右任校长""李大钊演讲""平民夜校""五卅运动"，重现了老上大历史上的经典场景，简要地展示了这所学校虽然仅仅存在了五年，却以非凡的活力在现代革命史上、高等教育史上有着不可替代的地位。果然，引导员说，这个设计理念在于意味着老上大是从石库门的"弄堂大学"，几经搬迁，全校师生经历了通向现代化的新上大，有着薪火相传的意味。

五卅运动的策源地

在上海大学的五年校史中，五卅运动的爆发是重要的历史结点。因为它是运动的策源地，提供了思想准备和先进的人才。这所学校是第一次国共合作时期诞生，实际是中国共产党主控的学校，是培养共产党员的场所。五卅运动正是锻炼干部和体现学校的教育成果。

我父亲孔另境生前经常激动地向我们回忆那时上街的情景。在南京路上，他和姐姐孔德沚、姐夫沈雁冰、叶圣陶的夫人胡墨林，以及杨之华等都涌入到上街抗议的队伍。在他们的生命史上这是极少有的。当父亲是在南京路上撒传单、喊口号时不幸被巡

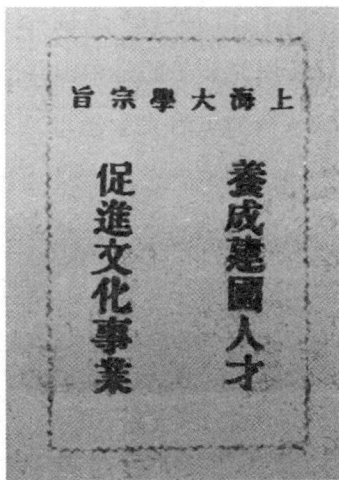

1923 年 12 月 5 日，上海大学评议会通过《上海大学章程》，《章程》明确提出："本大学以养成建国人才，促进文化事业为宗旨。"

上大西摩路校址

捕房抓捕。这是他平生第一次坐牢，记忆特别深刻。他向我们传达："一九二五年是一个飓风骇浪的年代！"（《记瞿秋白》）并怀着满满的情绪，无比骄傲地说：上海大学是革命者的摇篮。"中国的工人和学生以无比的英勇来反抗帝国主义的侵略！我们知道，领导这次伟大反帝民族斗争的是中国共产党，正确的勇敢的执行中共政策的是当时革命的上海大学学生。""凡是参加过当日如火如荼的这一运动的人们，总不会忘记当时'上大'学生的英勇姿态的，第一个牺牲在闸捕房门口的是'上大'的学生何秉彝，后来发动上海各大学生参加这运动的也是他们，到各工厂去组织群众的又是他们，当时领导上海工商学联合会，主持人民外交的也是'上大'学生。'上大'学生无疑是那次民族斗争中的先锋队。"

因为亲历这场运动，父亲有着非常强烈的五卅情结，当时就立志写一部五卅运动史，终始在收集有关材料，几次增删其稿，积累成《五卅运动资料集》《五卅运动史稿》两部书稿。他论断：

光荣的史册上将记载着这许许多多英勇动人的诗篇，而五卅运动只不过是这些诗篇中的一篇；然而，它却是最伟大的诗篇。它是直接为1926年开始全国解放战争准备了思想基础和人力基础。它以血的教训打破了第三条道路的幻想。我作为参加当年运动者的一分子，回忆那些热血沸腾的日子，又想起那一年以后奔赴广州时的心情，一种油然而生的责任心和干劲，使我坚决要完成这件有意义的工作。

可惜的是，他的心血作品一百万字，由蔡元培先生亲笔题写书名。手稿原件尚在，却至今没有出版。

再说，在溯园，当来宾们怀着崇敬的心情荡漾在这"时光隧道"里，打量着墙体上的文字，仔细一看引起一阵惊呼，大家相互呼应着、指点着，纷纷寻找与自己前辈有关的记载……这时，我和妹妹明珠意外地发现父亲的毕业证书清晰地镌嵌在墙上。呀！原件在我手中，他们从哪里得来的？实在太意外了！

一张珍贵的毕业证书

父亲孔另境是1923年夏入学，1926年7月在文艺院中国文学系毕业（据文凭上）。父亲在自述中说，他在校三年，学习革命理论，接受时代之号召，参加中国共产党组织，从事工人教育。参加五卅运动，在南京路上撒传单时被捕。半个月后被济难会保释出狱。离毕业还有几个月，应姐夫沈雁冰之召唤，离开学校去广州参加实际革命工作。那时，广州是国民革命的中心。他在国民党中央宣传部（代部长为毛泽东）工作。当时有相当一部分学生，因为客观的革命要求的迫切，或者自身的各种考虑，没有读完全部课程就离开了。他们没有拿到毕业文凭。1927年"四一二"以后，学校被封、

上海大学"溯园"墙上有父亲的毕业证书

学生被捕、师生星散……直到十年之后，1936 年 3 月 26 日国民党中央执行委员会第八次通过了于右任关于"追认上海大学学生学籍与国立大学同等待遇"的议案。这是于右任校长的争取。为学校曾经的学生补发毕业证书，虽然仅仅五年校史，也是属于正规的学校，有着"武黄埔 文上大"的美誉。有了学历证书，便于他们寻找工作。

得到可以补办毕业证书的消息，同窗孔另境已经办好了，施蛰存是三年级后转到震旦大学法语系继续学业的。他写信给父亲，帮忙替他补办一张毕业证书。这封信我看到过，现在还在。他说："上大同学会近来开会否？弟颇希望兄能为弟设法弄一文凭，因此事与弟目下大有关系，若兄能助我成功，感荷无已。"至于是否办成功？就不得而知了。

仔细看手边那张大大的毕业证书，宽 52 厘米，高 50 厘米，可谓超级大型。最上端印有孙中山头像，两边有青天白日满地红的中

华民国国旗和青天白日国民党
党旗。

证书正文："学生孔另境系
浙江省桐乡县人，现年二十二
岁，在本校文艺院中国文学系
修业期满，成绩及格准予毕业，
得称文学士。此证。"左面是大
大的"上海大学钤记"的红色
印章盖在"上海大学校长于右
任（签名及盖章）"之上。下
方是孔另境四寸正面脱帽照，
照片上盖有钢印，有着不可调
换的权威。日期注明"中华民
国十五年七月"，盖有一枚红色

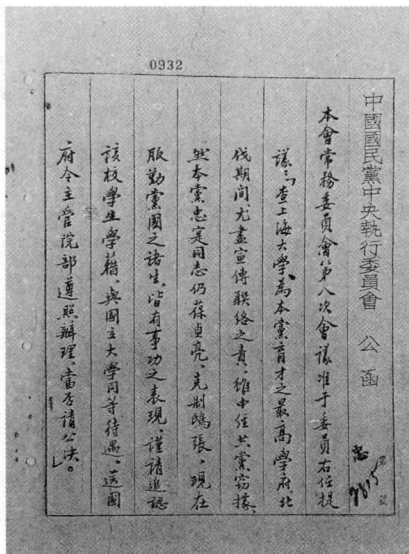

国民党中央执行委员会第八次会议通过
于右任关于"追认上海大学学生学籍与
国立大学同等待遇"议案之公函（一）
（原件存台北"国史馆"，档案 0902.21）

的大印章："教育部印"。还有"大字第 54172 号"编号。补发的日
期为：中华民国二十六年七月。这张毕业证书的正规，还在于反面
盖有骑缝印章："中字第贰玖号"。然而，稍稍再留意一下，在右边
的角落上有一枚蓝色的橡皮图章的印记："该生毕业资格经本部于廿
九年四月日核准追认"。以及左边有"中华民国廿九年四月廿五日验
讫"这样的印迹。

这是为什么呢？ 1937 年 7 月补发的证书，到 1940 年 4 月 25 日
还要"核准追认""验讫"？

参阅父亲的经历，1940 年时他三十六岁，上海正处于"孤岛"
时期。为适应抗战的需要，他们上海大学同学会创办的华华中学的
基础上，创办了华光戏剧专科学校。延请柳亚子、陈望道、胡愈之、

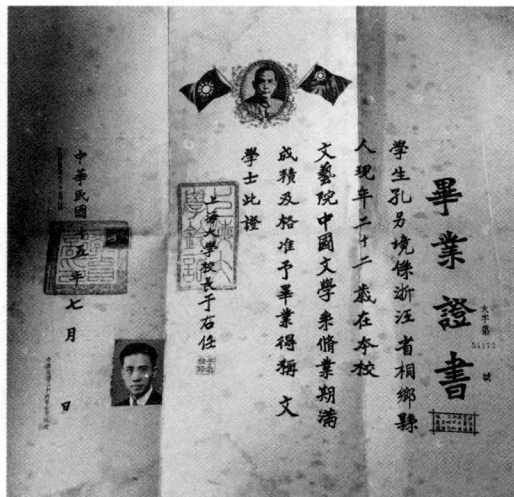

孔另境上大毕业证书

周剑云、唐槐秋等任校董；吴永刚、周贻白、鲁思等任招生委员；特约讲师有于伶、阿英、许幸之、赵景深等。父亲任校长，鲁思任教务主任。当时留在上海的左翼文化人，几乎都和这两所学校发生过关系，或教课、或演讲、或学习、或秘密集会，在抗战文化宣传工作上，起了一定的作用。父亲是这两所学校的实际负责人。

那么，是不是为了向租界工部局登记或注册，需要负责人的身份证明，包括他的学历证明呢？很有可能这张毕业证书派上了大用场。应验了当初于右任的议案："追认上海大学学生学籍与国立大学同等待遇"的实际好处。于是，在验证时被加上了"核准追认""验讫"的印章。

上海大学同学会

再说，从上海大学这个革命的洪炉里出来的学生，他们是经历过五卅运动的锤炼、有着活力的群体，大都走向全国各地，发挥着先锋的作用。留在上海的同学也组织起来，成立了"上海大学留沪同学会"。成立那天他们邀请原校长于右任出席，还请了当时有名的说唱艺人助兴。家里保存着几张现场照片，当时的气氛是热烈的。在1936年9月27日出版《上海大学留沪同学会特刊》中，父亲著文《梦般的回忆》，由衷地赞扬："这是一个奇特的处所，仿佛是一座洪炉，只要你稍稍碰着过它……使你永远地烙着一个严肃和深刻的

于右任校长

印子，永生不能磨灭它！""这不是一个'书本的学校'，而是一个社会的学校。""我们不能忘记中国教育史上的这部伟大的创作的。"丁玲曾说：孔另境在上大时是个活跃人物。是的，这一切父亲都积极参与其中，在五卅运动中，生平第一次被捕。以后到广州参加北伐军，转战鄂豫，直到国共分裂。在上海，上大留沪同学会接办华华中学，地下党员林钧任校长，孔另境任教导主任，同时从事着左翼文化工作。

1937年上海八一三抗战爆发，华华中学师生相当活跃，学校一度成为接纳和救治伤病员的场所。为了避免日敌迫害，学校迁到租界地福州路生活书店原址。在抗敌的形势下，发扬着上大的革命传统，父亲借用华华中学的校址，主办华光业余中学，以吸纳更多的青年利用晚上的业余时间学习文化，宣传抗战。之后，如前所说，又创办了华光戏剧专科学校。学校培养了如上官云珠、谢晋、周正

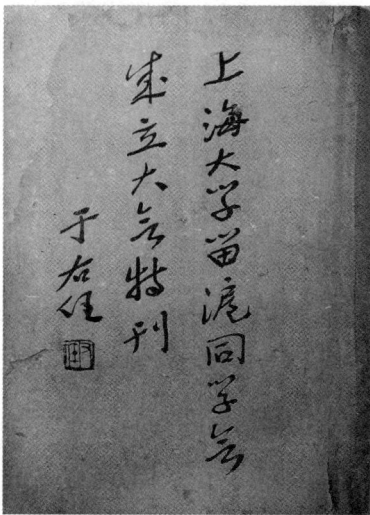

《上海大学留沪同学会成立大会特刊》封面（于右任校长题刊名）

行、穆尼、董鼎山、董乐山、沈寂等优秀文艺骨干。组织过五次公演，发挥着他们积极的能量。这一切都源于在"上大"这所革命的摇篮里成长的干部，带领并延续着优秀的光荣传统。

对于曾是上大的学生来说，在上大的时光是难以忘怀的。

1949年6月9日，上海刚解放，父亲不无感慨地在《大公报》上发表怀念革命的摇篮上海大学的文章。他说："时间过去了二十二年，中国的劳苦大众和善良人民终于在中共正确的领导之下获得了解放，'上大'学生以无数汗血换来的中国革命发展的轨道终于畅通了，……但'上大'的实体难道永远被埋在瓦砾蔓草之中了么？难道只能在记忆里依稀想象它了么？难道它只能在革命的历史里记录一下么？我为它抱屈，我为它落泪！愿有心人注意及之。"

正如他所愿望的，他的期待在中国共产党领导下的和平年代里实现了，新上海大学已经有二十五年的校史，向着远大的目标行进！

2019年5月17日初稿；5月25日二稿

原载《档案春秋》2019年第10期

四

爬梳偶得

周文与茅盾

——从新发现的周文早年书信说起

2007 年 6 月，正值周文百年诞辰的纪念日，上海鲁迅纪念馆征稿纪念，周文女儿七康也来找我，正愁无以报效，偶然翻找一叠书信资料，发现有两封早年周文给茅盾的书信，似还没有发表过，赶紧向七康报告，她当晚就赶来寓所查看，确定是新材料，我和她都很高兴。从这两封书信的内容，可以察看周文与茅盾的友谊状况，谈及的内容也属有意义的文坛逸事，从这两方面查

周文（1907—1952）

考，收获不小。由于这两封写信的时间不同，内容所涉也不同，现分别介绍、探究如下：

一、关于《烟苗季》的写作

这是我手上周文的第一封信，从这封信件看来，周文与茅盾的通信，这不是第一次；他们的交往时间也不短，从信件的语气中可

以得知这样的信息。这封信涉及周文的长篇小说《烟苗季》的写作，周文的信是这样写的：

茅盾先生：

读了你的批评，我很感谢。

现在我已把《烟苗季》的后部写完了。我改了两次，头都弄昏了，自己都不知道要得要不得。如果写得糟糕，那就会把前面的损坏，所以我特地想来麻烦你一下，请你帮我看看。有些甚么缺点和坏的地方，请你不客气的给我批评下，我好再加以修改，直到改到没有了问题才拿出去。

我想七号下午三时（后改为八时——引者注）来黎先生（指黎烈文——引者注）这里听你的批评。不过，如果你在最近几天内没有余空看，我想迟些时间也不要紧，可以另外约时间，看你的方便，日子请由你定，我在七号时就来听回信。这实在是麻烦你，非常的不安。

敬祝

你健康！

文　上　六月五日

这封信上周文没有写明年代，据我查考，当为 1937 年。因为，据信的内容"《烟苗季》后部写完了"的时间推算。这时，他们两人同在上海居住。

关于《烟苗季》的写作情况颇为奇特。据作者在《〈烟苗季〉·后记》中叙述的写作经过，他起意写这部作品，在 1933 年。但是一直不敢写，不能写，于是，他学写些短篇来训练这支笔。"时不时也想想这题材和那里边的人物，但也不过想想罢了，并没有急于要把它就写出来的意思。"直到四年以后，"今年终于'逼'出来了"。

"终于'逼'出来了"这句话里，涉及"逼"他的人物有好几个。有一位 W 兄，鼓动他写长篇，并说："我帮你向 B 先生问问看，把它收在《文学丛刊》里。"不料过几天，B 先生居然向他要题目来了。"所以就冒昧的答应下来了。用了一天的工夫，想了一个题目寄

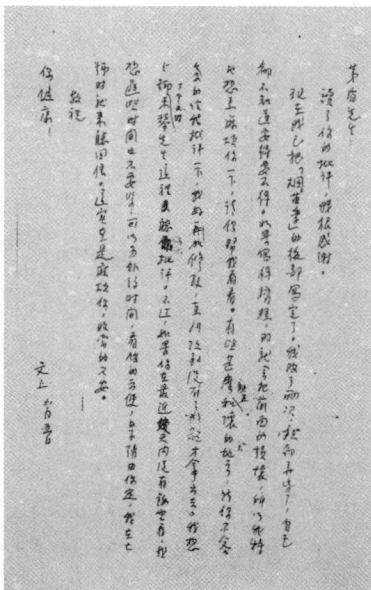

周文致茅盾信

去，不两天竟在报纸上被预告了出来。我一见时，又是非常的惶悚和后悔，因为假使拿不出货来，那不是很糟糕么？"这位"B 先生"明显是巴金，而话里提到的"W 兄"或许是黄源了。

鲁迅先生和茅盾对他的创作也很鼓励。一天，鲁迅先生对他说："一个作者的创作生活，好像走路，应该要不断的向前走去，但如果因了别的事件而停了你的脚步或者回转身去给纠缠着，那你自己也就失败了，因为你至少在这时期是停滞了！"还有 M 先生在一封信上，和周文也谈了"多产"的问题，"他是主张劝朋友多写的。只要自己是郑重下笔的，就是一天写一篇要什么紧！"这"M 先生"即是茅盾。

于是周文重新又开始写作，写长篇的决心也更强了，终于用了一个短短时期把它逼出来了。1936 年 9 月 19 日，作者完成他的长

达十三万字的长篇小说，被收在《文学丛刊》第四集中，1937 年 1
月，由上海文化生活出版社出版单行本。

《烟苗季》出版以后，茅盾很快写了评论《〈烟苗季〉和〈在白
森镇〉》刊载在《工作与学习丛刊》之三《收获》上，1937 年 5 月
10 日出版。为什么把周文的两篇小说放在一起评论？茅盾除了比照
这两部作品的区别之外，认为这两部小说是互补的，小说的背景是
十年前的四川。建议读了《烟苗季》以后最好再读《在白森镇》来
补充，"然而对于这个'天下未乱蜀先乱'的古怪地方的面目能够有
近乎全盘的认识"。

所以，周文在这封信的开头说："茅盾先生：读了你的批评，我
很感谢。"就是指《〈烟苗季〉和〈在白森镇〉》这篇评论文章的发
表。在这篇评论发表二十余天之后，周文迅速地拿出《烟苗季》的
"后部"，除了说明他的创作速度很快，茅盾的这篇评论给了他一定
的参考作用吧。

茅盾除肯定了小说的意义，它写出了封建军阀们——大的和小
的，曾经怎样把广大的幅员割裂成碎片，而且在每一最小的行政单
位（例如白森镇）内也成为各派军阀暗斗的场所。更从艺术的角度：
结构、人物、故事等多方面做了评论。认为《烟苗季》里多数人物
是有生命的"《烟苗季》里的旅长是一个典型性格"等，还提出这
样的建议："《在白森镇》中这位服务员的描写应当正是此种典型性
格一个开端。须要有另一篇把它来充分发展才好。"

作者本人也有这样的意向。他在《〈烟苗季〉·后记》中表示，
对于"终于'逼'出来的小说——虽然还只能算是一部分。要到后
一部我才能展开另一场面"。并没有急于想把小说的人物和题材在这
部作品中全部展示，因为他想《烟苗季》的故事，本来要与他另一

部长篇《禁烟》相连续的。如果将来写出时，它里边的人物和故事虽不与《烟苗季》的相同或相连，但本质上也还是连续性的。作为一个整篇，周文在八个月后完成了这一件心愿。这就是《烟苗季》（后部）的由来。

当周文把《烟苗季》的"后部"写完以后，又修改了两次。他迫不及待地想请茅盾帮他看看稿子。因为，他的"头都弄昏了，自己都不知道要得要不得。如果写得糟糕，那就会把前面的损坏，所以我特地想来麻烦你一下，请你帮我看看。"

因为前一部得到过茅盾和读者的好评，他怕损坏前面的部分，所以，他希望茅盾对于"后部""有些什么缺点和坏的地方，请你不客气的给我批评一下，我好再加以修改，直到改到没有了问题才拿出去"。作者的态度是诚恳和谦虚的。

笔者注意到周文写信的日子在六月五日，非常急迫地想两天后即与茅盾谈这部稿子。转而又讲："不过，如果你在最近几天内没有余空看，我想迟些时间也不要紧，可以另外约时间，看你的方便，日子请由你定，我在七号时就来听回信。这实在是麻烦你，非常的不安。"由此可见评论家茅盾在作者心目中的位置，周文急切地想听评论家的反应。

《烟苗季》（后部）虽然仅五万字的长度，收在《文学丛刊》第四集中也称是"长篇小说"。单行本由上海文化生活出版社出版1938年5月初版。以后，《烟苗季》（前、后部）合订于1938年10月，仍由上海文化生活出版社出版。

二、茅盾关注周文的创作

作为文学批评家的茅盾，关注周文的创作，不仅写了上面所提及的《〈烟苗季〉和〈在白森镇〉》。在这篇文章的四年之前，茅盾还写过《〈雪地〉的尾巴》（载《文学》月刊第1卷第3期，1933年9月1日），以及《〈文学季刊〉第二期内的创作》（载《文学》月刊3卷1期"书报述评"，1934年7月1日），等等。

周文的文学创作起步在1932年，那年他二十五岁。短篇小说《雪地》是他的处女创作（后收入他的短篇小说集：《分》1935年12月由上海文化生活出版社出版）。《雪地》刚发表的时候，茅盾（署名：惕若）同步写了《〈雪地〉的尾巴》，都刊在《文学》月刊的第1卷第3期上。茅盾不仅编发了周文的这篇小说，作出修改，还写出他的评论，提出修改的理由。对文学青年的作品这番热情，周文不是第一位。如今我们不能看到茅盾对原稿具体的修改，可以相信，他是不惜笔墨替青年"作嫁衣"的。

《雪地》发表时署名何谷天。文中茅盾介绍，"这位作者，大约二十多岁，可说是一位'文学青年'，以前他有没有做过小说，我们不知道；他的名字是很生疏的。"同时，茅盾知道他"最近出版了大众本的《铁流》，是依照曹靖华的译本改编的"。

就上面茅盾所作的介绍，笔者以为，当时茅盾对周文的了解并不止于这些。茅盾曾担任过"左联"的书记，周文是"左联"盟员，他会知道。而且，周文是活跃的，他参加过苏联社会主义十月革命十五周年纪念的飞行集会，还是"左联·文艺大众化委员会"的成员。周文响应"左联"号召，把苏联名著改编为大众文学，向广大工农大众宣传十月革命和苏联的社会主义建设，启发工农群众起来反抗国民党的统治。他与丁玲一起专门去"大世界"做调查研究，发现通俗的章回体是最容易被群众所接受，遂依照曹靖华的《铁流》译本，改编成大众本的《铁流》。这些情况茅盾也会知道的。

还有一个原因，这篇《雪地》稿子是经过鲁迅先生之手，推荐给茅盾的。

据说，创作《雪地》的经过是这样的："一·二八"以后，国难当头，周文想写长篇小说来揭露社会黑暗，他看了些翻译的理论书籍和小说，又写了几篇短文，一共七八万字，后来却烧掉了，他在不断地摸索、提高中，受到《铁流》和张天翼《二十一个》的影响，想起自己在西康的兵营生活，于是写成短篇小说《雪地》。这是叙写二十年代前期西康地区军阀部队的士兵不堪忍受军官的欺压而奋起反抗的故事。

最初，周文将一部分"试作"发表于《安庆晚报·雀鸣》上。1933 年在上海，周文将《雪地》送请鲁迅先生提意见，很快地收到鲁迅先生的来信，肯定了小说的内容，并说，"已请沈雁冰交《文学》杂志。"

尽管这篇稿子是鲁迅先生交付的，说明鲁迅对这篇稿子基本是肯定的，但茅盾对小说的优劣还是不客气地指了出来。

首先，茅盾欣赏《雪地》的前半部分，用了几个"可爱"来表示：小说"地方色彩"的描写是可爱的；他的"白话文"和"口语"颇接近，没有古怪的欧化句子，也很少流行的文学描写的术语，也没有装腔作势故意"卖关子"的所谓技巧；他只是很朴质地细致地写下来。这些地方，也都可爱。

对于小说的后半部分，茅盾认为写得"草率了"，"使它拖了一条概念化、公式化的尾巴"。关于作者急迫的目的、企图，"我们老实不客气，把这条不相称而且粗劣的尾巴割掉了！"

小说发表时，茅盾不客气地"把这条不相称而且粗劣的尾巴割掉了！"不仅这样做了，而且还写成文字说明其删改的原因，这样做，实在是真诚地为"文学青年"的创作把关，使其有更圆熟的作品问世，对其今后的写作是有帮助的。他们之间的文字交谊大约也始于此吧。

再说，茅盾作的"书报述评"：《〈文学季刊〉第二期内的创作》。文章最后是评论何谷天的短篇小说《分》，肯定作者对于"弱者"的态度是"最正当的"。还说，"何谷天写过《雪地》以后，又有一二篇小说发表过，这篇《分》是最近的作品"。进而分析："《雪地》和这篇《分》的笔调是不同的。后者较为圆熟些。但是因为材料上本质的差异，后者给我们的感应倒比前者差些。"

茅盾知道周文是川边西康人，而且经过军队生活，所以，他建议："我们觉得他应该多多应用他这特殊的生活经验，至于知识分子的流浪生活现在写的人多得很，让他们去写罢也就算了。"无疑，这样的指点还是很有用的。

不仅如此，茅盾对周文创作的关心，还在 1934 年间，鲁迅、茅盾应美国作家伊罗生的请求，为他编选了现代中国作家短篇小说集《草鞋脚》。他们两位提出了选目，写了介绍材料，并与伊罗生通了几次信。其中，共录有二十三位作家的二十六篇作品，包括周文的短篇小说《雪地》，被列为"关于内战及士兵生活的"。茅盾与鲁迅与伊罗生通信中，仍强调"由 1930 年至今的左翼文学作品，我们也以为应该多介绍些新进作家；如何谷天的《雪地》及沙汀、草明女士、欧阳山、张天翼诸人的作品，我们希望仍旧保持原议。"（1934 年 7 月 14 日）这样的推荐是郑重的，把"左联"成立以后涌现出来的无人知晓的青年作家的作品介绍到国外去，鲁迅、茅盾有"伯乐"之美，虽然这本《草鞋脚》当时并没有出版。

三、周文向茅盾介绍刘盛亚

我手上的第二封信，信的内容是周文向茅盾介绍刘盛亚。他在信中称的"刘君"，依照信中的线索，笔者查考，"刘君"即是刘盛亚。信是这样写的：

茅盾先生：

　　送上刘君译稿两部：《华伦斯泰》《幼年》。

　　关于《幼年》，我昨天晚上已约略谈过，后来我才记起还有一部《华伦斯泰》的事来。这是前两部。据译者在"后记"上的话，他因为看了《世界文库》的广告，知道郭先生所译的只是第三部，他就想把他所剩下的完成起来，这就是他这两部译出的由来。他这译稿附有原书，现在一并送上。不知道《世界文库》能否容纳，以成完全的本子。请费神帮介绍一下。

　　这译者还未出国前，即努力于文艺，从前在《文学季刊》上曾发表过一篇创作《白的笑》，后来因留学去了，就不多写，即写也不发表，一面在致力于外国语言及文艺的研究，是一个很踏实的青年。所以我想请你特别费神给他帮一点忙，即使一点点吧，那对于他的鼓励

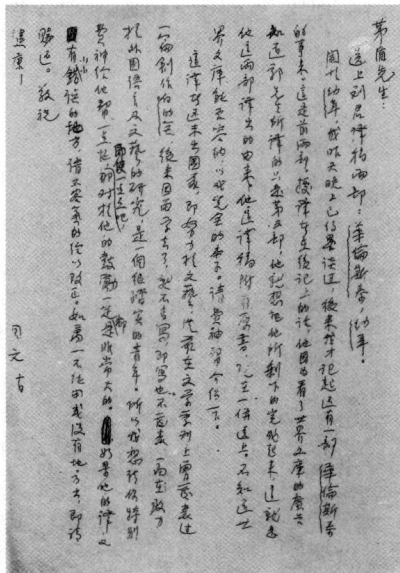

周文致茅盾信

一定都是非常大的。如果他的译文有小小错误的地方，请不客气的给以改正。如万一不能用或没有地方出，即请赐还。

　　敬祝

健康！

周文　十日

　　刘盛亚（1915—1960）四川重庆人。其父刘运筹（字伯量）早年留学英、德，曾在南京、北平、成都等大学任教。刘盛亚中学时代就酷爱文学、历史，富有正义感，写过一些同情被压迫者的短篇作品。周文信中提及的短篇小说《白的笑》，即刊载在郑振铎和靳以主编的《文学季刊》上，1935年3月16日出版。

　　就在这一年，年仅二十岁的刘盛亚出国留学，在德国法兰克福大学攻读历史学。课余，他到一些城市考察，目睹德国法西斯迫害人民、毁灭文化的残酷现实，愤怒之下，写下不少反纳粹的进步作品寄回祖国。很有可能，在这段时间里，他选择翻译了德国席勒的作品《华伦斯泰》。

　　为什么他选择翻译德国席勒的作品《华伦斯泰》？周文这封信里提供的信息无疑是真实的。译者在"后记"手稿中所述，因为"他看了《世界文库》的广告，知道郭先生所译的只是第三部，他就想把他所剩下的完成起来，这就是他这两部译出的由来。"然而，到目前为止，笔者还没有查到刘盛亚译的《华伦斯泰》出版。在他个人的传记中也没有提及曾译过这部作品。这个信息似乎被流逝了、湮没了。

　　信中提到的"郭先生"是郭沫若。郑振铎主编的《世界文库》收有《华伦斯泰》，由郭沫若翻译，生活书店1936年9月初版。原作分为三个部分：第一部，华伦斯泰之阵营；第二部，皮柯乐米尼父子；第三部，华伦斯泰之死。这是个足本。刘盛亚怎么会看了《世界文库》的广告，知道郭先生所译的只是第三部，他就想把他所剩下的完成起来？这里面是有曲折原因的。

郭沫若在"后记"《译完了华伦斯泰之后》（1936 年 8 月 15 日作）有了交待。他说，二十年前，他还是日本一处乡下的高才学校里的学生时，与他的同学成仿吾经常带了一本席勒的著作，一同登高临水去吟诵，留下隽永的记忆。成仿吾有意翻译这剧的第三部"华伦斯泰之死"，在创造社的刊物上登过预告。"这也是十年前的事了"。但是，成仿吾并没有完成这件事，郭沫若说："我相信他以后也怕没有兴趣来做，因此我便分了些时间来替他把他的旧愿实现了出来。"这说明在十年前就有人在翻译这剧的第三部的说法。然而，郭沫若这次不仅仅译出第三部，还有第一部和第二部。他在"后记"中说，"译完全剧费了将近两个月的工夫，译完后通读一遍，费了两天；今天费了半天工夫来写这篇译后感。"这里说得很明白，全剧均由他一人完成。

这部作品为什么会得到这么多译者的兴趣？除了席勒是著名的诗人、戏剧家和历史研究家，在德国与歌德齐名。他只活了四十六岁。这部诗剧《华伦斯泰》，以三十年战争为背景的历史剧，华伦斯泰实有其人，他出身微贱，性格冒险，乘着战争的风云暴发起来，最终不惜与敌人沟通，招来杀身之祸。郭沫若说："这样的人物和这样的悲剧，在我们中国的历史上，乃至在最近的事实上，都是屡见不鲜的。"又说："本剧是可以称之为'汉奸文学'或'国防文学'。这儿正刻画着汉奸的生成，发展和失败，这对于我们也好像是大有效用的。"郭沫若的话道出了他们译者看中这个本子，因其具有现实意义，也是重要的理由。同样，刘盛亚当时身处德国法西斯的国家，学习的又是德国历史，这个历史人物的存亡，对于正处于民族危亡时期的祖国，同样对他有所触动、有所感悟、有所警示吧。

再说，周文写这封推荐信的时候，显然并不知道郭译的具体情况，也不知生活书店的出版情况。他想通过茅盾向郑振铎说项，让郑主编的《世界文库》里的这个译本，能收录得全面一些。而刘盛亚也信息不灵，以至于"撞车"。据此推测，刘盛亚翻译此书的时候正在德国，他把德文本原书和他的译文，全部带到了国内，转交给周文去办这件事，当时，周文人在上海。但是，他并不知道《世界文库》版本的《华伦斯泰》已经出版。否则，周文不需要托人谈这件事，自己翻一下已出版的书就可以了。

信中提及的《幼年》稿子，刘盛亚（S.Y.）在一篇《记茅盾》文中说："……我译成托尔斯泰的《幼年》，周文写了一封信给我说有人要编一部世界文学丛书，要我这部译稿，同时还要把我根据的译本寄去。不久之后得到周文的回信说那部稿子已决定用了，要稿子的人便是茅盾先生。"这段记载，与周文信中对茅盾提示："关于《幼年》，昨天晚上已约略谈过"相符。然而，当时，这部译作并没有出版。刘盛亚在文中也说："接着便是抗战，那个丛书没有继续出下去。"之后，《幼年》由重庆大时代书局，在 1942 年 11 月出版单行本。这时候，刘盛亚已经回国。

关于《幼年》这部译稿，据书后"译后附记"（写于 1937 年 6 月 23 日）介绍，当时所据的底本有三种，两个德文本，一个英译本。是刘盛亚在德国留学时的迻译作品。所以，周文和茅盾最初当面"已略谈过"的时间和地点，以及写这封信的时间，应当在 1937 年的上海。

关于周文与刘盛亚的交谊。在上面信中可以看出，周文对刘盛亚的情况较为熟悉，如他热心地介绍："这译者还未出国前，即努力于文艺，从前在《文学季刊》上曾发表过一篇创作《白的笑》，后来因留学去了，就不多写，即写也不发表，一面在致力于外国语言及文艺的研究，是一个很踏实的青年。"不仅介绍，还希望茅盾对刘盛亚的作品给予评论。茅盾的评论是有影响力的，"所以我想请你特别费神给他帮一点忙，即使一点点吧，那对于他的鼓励一定都是非常大的。如果他的译文有小小错误的地方，请不客气的给以改正。如万一不能用或没有地方出，即请赐还。"这样的周到举荐，除了译者本人不在国内，介绍自己的作品有所不便，还有一个较深的原因，他们两人同是四川人，刘盛亚的父亲还是周文年轻时的老师，一向关照周文，多次在周文生活困难的时候介绍工作，对于周文的成长是个关键的人物。周文对这位老师的总体评介是：刘伯量是我的老师，是一个自由主义者，对革命相当同情。（见《周文自传》）当初，刘盛亚在德国留学时，也是周文说动他父亲把他从德国叫回来，为宣传抗战设法筹款办刊物等，共同做了许多工作。

在之后的日子里，茅盾与周文、刘盛亚保持了相当长久的友谊，如抗战期间，周文在内地（四川成都）经常有通讯在茅盾主编的《文艺阵地》上"广播"。从 1938 年 4 月 16 日《文艺活动在成都》（通讯）连载于《文艺阵

茅盾

地》第一卷第一期至第二期起，前后有八封介绍文艺界抗敌协会在内地的活动情况。诸如办刊的经费、纸张，有什么文化名人到了成都，当地当时的纪念鲁迅的活动，等等，最后至1940年3月16日《文艺阵地》第四卷第九期上，刊出周文一行从成都起程，徒步到延安，把路上发生的情况，都适时地向读者作最新鲜的报道。周文与《文艺阵地》之间相互间的配合是相当好的。

刘盛亚虽然比周文年龄上小八岁，他是抗日战争全面爆发后毅然回国的，放弃了即将取得的学位，投身抗日救亡运动。最著名的作品是他将在德国留学时的亲身见闻，用散文《卐字旗下》揭露德国法西斯的血腥统治。作品在《文艺阵地》上连载，反响强烈。

上面记录的两封信，是留存于世的周文早年给茅盾的仅剩的信件。那么，茅盾给周文的信件是否还可以查到？据周七康介绍，这个可能很小，甚至于没有。因为，周文在1937年10月从上海回到成都时，把一些重要的信件带到了成都。在1939年去延安前，他把重要的信件留在朋友刘盛亚家里。但是，这些记载生命重要印迹的信件，却在抗战中成都被大轰炸时，全部丢失了，被焚毁了。遗憾之余，庆幸茅盾还保存着这两封信，就弥足珍贵了。

2007年3月27日二稿

原载《上海鲁迅研究》2007年夏卷；又《新文学史料》2007年第4期

《文报》的发现

——一个传奇故事

　　《文报》这份杂志，是"文总"的机关刊，20 世纪 30 年代，在当时白色恐怖非常严重的情况下诞生，又在生命受到威胁的情况下得以保存，经过了多年的战乱，时代风雨变迁，至今仅仅发现三期，当属"海内孤本"。当我在 1961 年踏上工作岗位不久，梳着两根小辫，沉浸在浩瀚的书海中，工作的内容之一是负责管理珍贵资料，看到了从民间收购而来的《文报》，是份油印刊物，移交到我手中时，深深地感受到它来之不易的珍贵和它的历史文献价值。

　　当时，我有一本记录本，专门记录有意思、感兴趣的资料。属于私人笔记。在资料管理的规章制度中，"珍贵资料"有分级别保存，凡属珍贵文献，尤其是革命文物，都要上交到中央级的有关部门保存，如中央档案馆、革命历史纪念馆等部门；低一级的上交给地方，如上海档案馆等部门。这个工作已经常态化，每隔几年上交的品种还不少，大部分是从全国各地民间收购而来。顺便说一声，担任这个民间收购员的工作很了不起，他们慧眼积货，不致珍品被当废品丢弃。趁上交之前的时光，在编写目录时，我仔细翻阅《文报》的内容，选择重要的目次，不时地做整篇的抄录，或者做一番

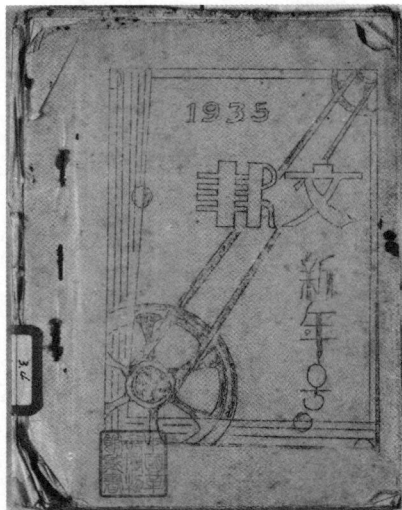

1935 年《文报》新年号   《文报》副刊"研究资料"

大致的描绘。当然，是依着我的眼光和学养悄悄地进行，这不是我的工作职责。当时没有复印机，抄写进度不快，只是想留下一些印记于过眼之间。我还算是勤快的，有心想把好的资料积累起来，以备查询和回忆。也是因为喜好，每天过眼的好东西太多了，怕脑子记不住，好记性不如烂笔头嘛！并没有什么功利目的。也因为，我所在的书店资料室，珍贵的图书和文献是保存不了多久的。后来听部门领导说，准备到上海图书馆为《文报》摄制胶卷，胶卷留给上图保存，另冲印一份给上海革命历史纪念馆，为上海也留下这份珍贵资料。这样，我匆匆抄录的私人笔记，内容不齐全也没有关系，因为上海留有胶卷和照片保存，查阅还是方便的。这是 1963 年的事。没有想到，还是留下了遗憾。

更没有想到，经过"文化大革命"，在书店工作十八年后，我的工作岗位有了调动，在一次为纪念"左联"成立六十周年准备论文题目时，二十多年前经手的《文报》，突然在我脑子里显现了出来，这份珍贵的"左翼"材料至今没有人提起，更没有人利用研究。于是我找出笔记本，选择要点公布了《文报》的部分内容，做出初步介绍和探究。

那篇《关于左翼文化工作转向的新纲领》引起了左联研究者和胡乔木、夏衍等当时人的重视。胡乔木对我说，不是你提起，我已经忘了！（大意）论文被评为社科院文学所"年度科研成果奖"之后，我把研究重点放在"左联"后期史料的发掘和探究，意识到抢救和利用第一手材料的重要。

为了完整的记录《文报》，补充并核对二十六年前手抄件的缺漏，找到原件很重要。况且，科技发展很快，复制的手段更先进了。没想到，这样做还有相当的难度。先是到处发函征询，后趁出差之便，跑了不少可能保存的地方，如中央档案馆、革命历史纪念馆、北京图书馆，等等，但是《文报》没有找到，其他的收获还是有些。最后，收录在拙作《左翼·上海（1934—1936）》（上海文艺出版社2002年）书后的附录部分，是根据当年我的抄件，用上海图书馆的缩微胶卷放大后核对，也有部分从中共上海一大会址纪念馆库房里的小照片上抄录的。所花费的人力和眼力是相当多的，难免还有失误。有些内容只能存目。

这次，撰写《"文总"和左翼文化运动》，为了郑重对待革命的珍贵文献，需要再次核对和补充原件。结果，上海图书馆的缩微胶卷已经老化不能看了，唯一的希望只有寄托在北京寻找原件。但是，离开当年上交中央已经过了五十一年，离我上次发函征询也过了二十五年，真有找到的希望吗？

即便如此，我也要再试试。我相信无论单位如何变动，革命文献不会丢弃。幸好2015年夏，中国人民大学邀请我这个退休多年的老人参加一个学术讨论会。良机不能错过，寻找原件又成了我的心病。于是再一次多方打听，利用社会关系，曲曲折折最终找到国家博物馆外联部的小夏，有了她的帮助，好消息传来，以前历史博物馆的藏品都移交到他们那里了，原件完好地保存在他们库房里。因为是特藏，需要馆长批准，并要求我所在的上海社科院开具公函。这里，一路帮助过我的贵人姓名就不一一点过，向他们致敬！

国家博物馆有关部门，特意地把原件扫描做成光盘，无偿地给我使用。这太有意义了！与这批资料半个世纪后的重逢，喜悦的心情无以言表，革命前辈们呀，我执着的追索有了回报。称之为"传奇故事"并不为过吧！

写这本书最大体会是做学问要坚持、坚定、坚守。认定一个目标，翻书、找书、看书、打字，用材料说话，有多少材料说多少话。以前，喜欢访问那些历史老人，听他们讲述离我们远去的故事，仿佛自己能身临其境，体味其中的春夏秋冬。如今，这样美好的日子已经一去不复返了。随着这些受人尊敬的老人陆续离世，我的访谈对象几乎绝迹，当然自己也成了古稀老人。我是个慢热的人，或者说好磨蹭的人，幸亏甘寂寞、坐得住、有常性、善积累，对资料敏感，一看便知这材料的分量，做点笨功夫、死功夫，最近提倡做个"匠人"，其实，写书也需要匠人精神，这是件很有乐趣的事。我以为。

原载《"文总"与左翼文化运动》，上海人民出版社2016年8月出版

杨绛老人回答胡木英代孔海珠的问话

　　杨绛先生早年的两个剧本：《称心如意》《弄真成假》一直被人们提起，得到好评。殊不知完整的剧本单行本最早是刊载在孔另境主编的《剧本丛刊》第一、四集之中，由世界书局1944年1月、4月出版。关于这点，从没有人提起并查考过。于是，我很想知道当年父亲组稿和出版这两部剧本的经过情况，以及在"孤岛时期"，杨绛先生是否认识我的父亲孔另境？有些什么交往？或者是由李健吾先生牵的线？因为这套丛书共有五十册（部）之巨，当年父亲不一定都认识这些作者。而李健吾先生曾经对我说，他的老师王文显的剧本当年是他交给父亲出版的。这么多年过去了，他的老师早已仙逝，当他准备编选《王文显剧作集》以纪念时，寻找老师的早年作品很困难，他想到了我父亲主编的《剧本丛刊》，曾经出版过王文显的作品《梦里京华》，于是找到我帮忙，这样问题才解决。鉴于这个情况，不知道杨绛先生的两个剧本是怎么到我父亲手上出版的呢？不得而知，又不便打扰杨先生。正巧胡木英来上海，说起每年过年要向杨绛老人拜年，她是继承父亲胡乔木的传统，现在由她向老人执小辈礼问候。于是，我托请她代为咨询上面这两个问题。

　　我托胡木英的事，她很负责，2008年5月她在来信中说：

"分手之后，我虽惦记着你留给杨绛老人的问题，但始终未能与她谋面，试打电话，又因她耳聋无法交谈，最后只好写信给她，把问题交她去想。她收到信后本想写回信，不知怎么她想起有我的电话，随后半截的信不再写给我，打起了电话，还真让她碰上我在家的时候（她是让保姆打的电话）。于是我听她讲，反正我想插问她也听不见，尽管自己讲开来。"

木英说，现把我能记录下来的转抄给你，有些人物我不熟悉，只能听音写下来，你自己去猜去好了。

让我猜，这个难度不小，虽也能猜出几分，但是，又怕不能准确无误，这个折扣下来，会闹出笑话。为了对史料负责起见，我先把木英写的打印出来，寄请杨绛老人，请她过目、订正、补充。因为，胡木英信的最后嘱咐我自己动手，抄给我杨绛老人北京的地址，让我书面请教她。木英还介绍，杨绛老人说话挺快，人名一串串，她也搞不清。"看来老人的状况不错，虽然98岁了，脑子满好。老人还提到一些人名，如王元化夫人的哥哥满涛，柯灵，唐弢，他们来往不多。宋春舫之子有钱，不能留在内地，去香港了，是张爱玲遗产继承人。"

于是，我给杨绛老人写了一封信，并把木英的记录也附给她了。很快，我先收到胡木英长长的回复短讯，整整二个版面。她说：

（你的信）收到了，杨绛老人也给我来电话说收到你的信了，正给你写回信呢，她看到我的信直好笑，知道我好多记错和没记下来的。直抱歉说我这聋子只管自己哇啦哇啦说，不管你听到和记录下来没有。这下你可以得到她的信了，多好！到时给我复印一份哟。她还问你父亲与茅盾什么亲戚呢。

5月23日，我收到杨绛老人的复信，她的信中，对胡木英的记录件有所更正，大体上内容一致，只是个别的人名有搞错的地方。她的来信有整整两页，字迹清秀有力，丝毫没有抖动的迹象，而且很认真，信中有好几处用涂改液处理的痕迹，令我感动极了，她是为让我看得更清楚。而且，这是我收到年岁最高老人的信件了。她是 1910 年出生的，有 98 岁高龄。这份史料，细节很生动，内容很详实，太有全文记录下来的必要：

孔海珠女士：

　　五月十六日来信已收到。赶紧回信把事情说清楚。我的《杂记与杂写》里有一篇《客气的日本人》，讲我到日本宪兵司令部受讯事。文章结尾有一句讲到令尊，"……有人奉命举着一只凳子不停地满地走"，他就是孔另境先生。我并未看见，大约是已经过去的事。我和令尊从未见过面。

　　我的两个喜剧先后在孔另境先生主编的《剧本丛刊》出版单行本。我并未投稿，也未订合同，只记得忽有不知谁寄来样书二册和若干稿酬，稿酬不多，我在老大房买了酱鸭、酱肘子各两份。当时我住拉斐德路钱家，我公公和叔叔是孪生兄弟，两家同住分炊，很亲近，困难时期，难得开开荤，所以我买了同样的两份，（剧本上演税够请朋友吃顿饭），书的稿酬只够买这么两份熟食，每份只装得两碟子，女儿瑗瑗把肘子吃在肚子里了，还在饭碗里找她的肘子呢。

　　孤岛时期，有个敌我界线。凡是不参加"大东亚共荣圈"的是"我们"，参与者是亲敌的。我的剧本虽然没有政治味，却正好可供抗日剧团作烟幕弹，恰好又很卖座，鼓励我写剧本的是柳亚子的女婿陈麟瑞（石华父），常来往的有程（陈）西禾和傅雷。因为都住在邻近。有一次，我们夫妇参加一个有关文艺的会，程（陈）西禾很紧张地找到了我们坐处，告诉我们今天开会是要签名的，签名就是加入"共荣圈"，我说"我们就是不签名。"我们三个就双手插在大衣口袋里，扬长出门，并无人拦阻，可见签名是自愿的。

柯灵是中共地下党员，和我们来往很勤，他自己告诉我们他是地下党员。宋淇（宋春舫之子）又名宋悌芬，在话剧界很活跃。他爱喜剧，也写喜剧。

另一个圈子是郑振铎为中心的，他和傅雷都很好客。王元化夫人张可和我也常来往。我很想知道她是哪年去世的。你知道吗？

你问的事，我都写上了吧？

专复，即问近好

杨绛　2008 年 5 月 20 日

正如胡木英所说，杨绛老人脑子很清爽，思维很活跃，完全没有给人老态的感觉。而且，过去一个甲子前的事情，仿佛历历在目，许多细节都清清爽爽，连"双手插在口袋里"这个动作，也能回忆得令人叫绝。尤其信中说到当时他们的生存状态，他们的圈子文化，他们的是非分明，还有你我的界线——真实可信而生动。

然而，98 岁高龄老人的回忆还是需要材料来佐证的。如信中说："柯灵是中共地下党员，和我们来往很勤，他自己告诉我们他是地下党员。"此说需要有关部门核实。我还决定找出这两个剧本，拍摄封面作为配图，于是在家里的书堆里翻找出《称心如意》和《弄真成假》的原始初版本（1944 年 1 月、4 月世界书局出版），没有想到在《称心如意》书的前面发现有个"序言"，可以补充和更正老人的记忆。这个发现在责备我太粗心大意，应该向老人提问时，把"功课"做在前面，提供给她这份材料。现在赶快把"序言"的内容摘记下来作补救。

"序言"记录并保存了杨绛先生当年写作戏剧的前因。这是她第一次写剧本。也就是说《称心如意》和《弄真成假》是她的处女剧作。

她说：去年（按：1942 年）冬天，陈麟瑞先生请上馆子吃烤羊肉。李健吾先生也在。大家围着一大盆松柴火拿了二尺多长的筷子，从火舌头里抢出羊肉夹肉夹干烧饼吃。据说这是蒙古人的吃法，于是想起了"云彩霞"里的蒙古王子，"晚宴"里的蒙古王爷。李先生和陈先生都对我笑说："何不也来一个剧本？"

这里说的"云彩霞"是李健吾先生的剧作，而"晚宴"则是陈麟瑞（石华父）的作品，当时上演时上座率很高的作品。因为，两部剧作中都有蒙古王子或王爷的出现，杨绛先生把剧中蒙古人吃烤羊肉与眼前"大家围着一大盆松柴火拿了二尺多长的筷子，从火舌头里抢出羊肉夹肉夹干烧饼吃"自然联系在一起了。

对于李健吾和陈麟瑞的提议，杨绛先生说"当时我觉得这话太远了，我从来没留意过戏剧。可是烤羊肉的风味不容易忘记，这句话也跟着一再撩拨了我。年底下闲着，便学作了'称心如意'。"可见，前人的提议很重要，后人的资质更是条件，她有写喜剧的潜质。剧本写好以后，杨绛说"先送给邻居陈（麟瑞）先生看，经他恳切批评后，重新修改。以后这剧本就转入李先生手里。忽然李先生来电话说，立刻就排演，由黄佐临先生导演。李先生自己也粉墨登场，饰剧中徐朗斋一角。"如此一来，杨绛高兴地说："这真是太称心如意了！"

很明显，这里的"李先生"，是指李健吾先生。李先生是推动剧本上演的重要人物，况且，还亲自上台献艺。

说到李健吾先生登台的事，于伶老曾几次说过他上台的笑话。1982年6月，在北京国务院一招的一次会议其间，于伶介绍《上海戏剧》主编何慢和我与李健吾先生一起聊天。我带了录音机，还带上一本李先生的旧版书，本想请他签名留念。他说自己没有保存此书了。这样说来，我把此书改为送给他了，他很高兴。我马上提到他上台的一则笑话。

李健吾说，那年夏天，我们（剧社）维持不了了，我说我们改演喜剧吧。正好曹禺寄来《正在想》，我说演吧。于是又导演又出演，由夏霞主演，韩非演儿子，我们一块演。

于伶笑说："上台不准戴眼镜，要找个东西找不到了，哈哈，这些都是他的材料，你们要好好写出来。"于老指着何慢和我说。

"还有，他不抽烟，戏里要表演抽雪茄的，他要表演这个姿态：抽烟。从台上散戏出来，坐黄包车，那时三轮车还没有，黄包车夫问他到那里？'殡仪馆'。他住在殡仪馆的这条街上，因为抽的是雪茄烟，抽晕了。"

李老解释："因为'苦干'（剧社）太穷。上演一个月，抽到最后三四天，只剩一个头了，烟呛得不得了，烟醉了。"

我叫起来："一根雪茄烟上台要抽一个月呀！不得了。"

于伶："是呀，在台上演，还要摆姿态，哈哈。"

前辈们的那些事，李先生为戏剧献身的实干，可以传为佳话流传。

再说回来。杨绛在"序言"中表示："不过我对于这剧本本身，并不惬心满意。匆促地搬上了戏台，我没有第二次修改它的机会，公演以后，更没有修改的勇气。直到现在，世界书局向我要它去编入丛刊，才翻出来重看一遍，尽量改动了第一幕和第四幕。可是躯干骨骼已经长成了，美容院式的修饰，总觉得是皮毛的，不根本的。对于旧作品最好的补救，还是另写新作品。"

此话说的极是。她马上写好了第二个喜剧剧本《弄真成假》。就此，她有了"剧作者"的雅号。最后她说："所以当这剧本印行的机会，除掉叙述写作的由来和感谢朋友的热心以外，我也没有旁的话要说。"

这里，是否又是李健吾先生的热心推荐出版？"序"没有明确的记载，然而明确这两部剧本由她自己修改了，才交由孔另境主编的《剧本丛刊》收入第一、四集之中。她在信中的记忆有些断片了。她说："我的两个喜剧先后在孔另境先生主编的《剧本丛刊》出版单行本。我并未投稿，也未订合同，只记得忽有不知谁寄来样书二册和若干稿酬，稿酬不多，……"写信时她已经98岁高龄了，要求她记忆无误也未免太苛刻了。知道了这两个剧本与《剧本丛刊》关系的前后经过，我想提的问题也就到此为止了。

称心如意书影

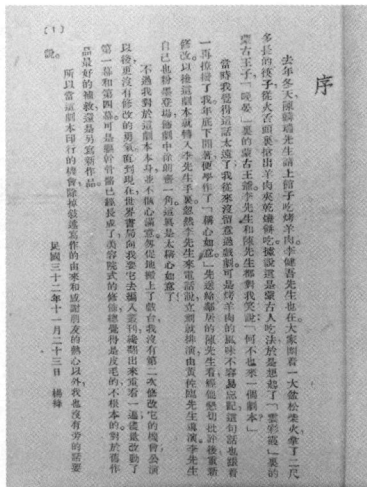

称心如意序

弄真成假书影

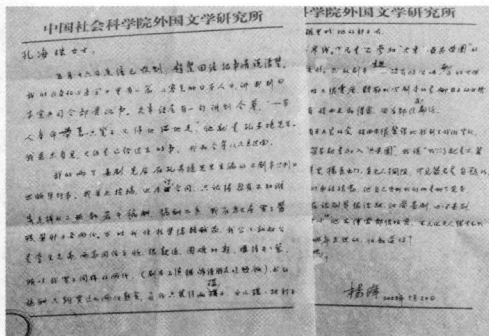

杨绛致孔海珠的信

"序言"写于 1943 年 11 月 23 日，附上初版书前。当时的上海已陷于敌手，演剧有许多限制，出版也如此，政治倾向不能太明显，但还是有"我们"和"他们"之别。杨绛自知"我的剧本虽然没有政治味，却正好可供抗日剧团作烟幕弹，恰好又很卖座"。大概这也是孔另境将此剧编入《剧本丛刊》的原因。父亲主编这套丛书有个原则，即作者都是"干净"的，不与敌伪合作的作者。由此，他也得罪不少人。

由于《剧本丛刊》宣传爱国抗敌意识，父亲最终被日本宪兵逮捕，受到酷刑拷打，直到抗战胜利前夕，才被释放。《剧本丛刊》中的不少作品都在上海话剧舞台上演出过，受到广大观众的热烈欢迎。其中姚克的《清宫怨》，后来在香港改编拍成电影《清宫秘史》，影响更为广泛。

2020 年 1 月 7 日

于伶笔名考略

"于伶"这名字，并不是他的本姓本名，他本姓任，原名任锡圭，字禹成，是他的父亲从《尚书·禹贡》篇上取"禹锡玄圭，告厥成功"而来。

小时候他念了五年书塾，那时候，他用这个姓名，后来，念小学和考入苏州草桥的江苏省立二中时也用这个本名本姓，所以，与他交往深的人都称其为"老任"。邓颖超就这样称呼他的。

于伶在苏州念师范学校时就喜欢读剧本，南国社的演出剧目，尤其是田汉的作品，几乎能背出全部台词。从读剧本开始，他逐渐爱好戏剧。虽然他在北平大学法学院念书，读的却是俄文政经系。九·一八事变后，于伶投入到抗日爱国的运动中，由于宣传的需要，他开始学习写独幕剧，并参加左翼戏剧家联盟北平分盟的工作。1932年诞生了他创作的第一部独幕剧《瓦刀》，署名任伽，这是他的第一个笔名，用的是"任"姓。

"尤兢"这个笔名

于伶被"剧联"总盟调到上海，从此，连续创作了三十三个独幕剧，用"尤兢"这个笔名。我曾请教过他本人："这个名字很特

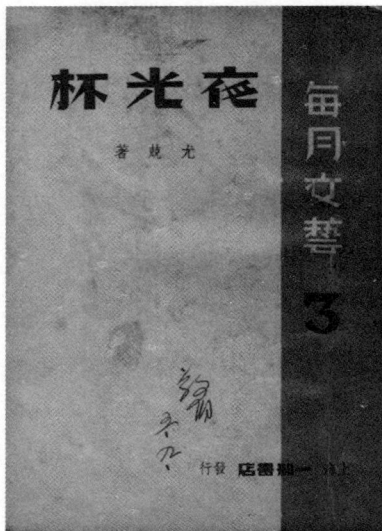

《夜光杯》封面

《长夜行》封面

别，有什么来历？"

于伶说，用这个外国式的名字，是学习俄文的关系，从外国人名演变而来。

还有一个解释，五月盛开一种木槿花，一般农家把它当作篱笆，做藤条，很实用。于伶喜爱这种花。日本有一种扶桑花即是同一品种，而朝鲜的歌曲《槿花之花》也就是指这种花。《诗经》中有"有女同车，颜如舜华"的句子，"舜华"指的是木槿花。于伶念"木槿"的谐音是——尤兢，便作为他的一个笔名。

他从1934年开始，差不多每天在《申报·本埠增刊》上发表影评文章，用这个笔名。那么，为什么这个笔名没有一直沿用下去呢？

于伶说，因为"尤兢"这个名字太响亮了。当时，他创作的《回声》《汉奸的子孙》等是当时保持最高上演记录的"国防戏剧"，使他获得了"国防专家"的声誉。当上海沦为"孤岛"时期,已经不便用这很有声誉的"尤兢"这个名字公开活动了。所以说改名也是出于无奈。

笔名"于伶"的由来

1938年,从创作四幕剧《女子公寓》开始,他用了"于伶"这个笔名。夏衍曾说:"一个笔名的改变,代表了作者的再出发和新生。"从此,于伶从"国防戏剧"转入"抗战戏剧"的创作,用"于伶"这个笔名创作多幕剧,前后共有十七部多幕剧(不包括集体创作五部)。无论从内容到形式,都与时代同步,尤其是反映上海"孤岛"时期上海市民抗战这样的主题,如多幕剧《夜光杯》《女子公寓》《花溅泪》《夜上海》等,创造了用话剧表现上海人民抗战的历史画卷,而得到观众的认可。

《大明英烈传》封面　　　　　《杏花春雨江南》封面

　　为什么用"于伶"这个名字？原来，"于"字与"禹成"的"禹"同音，又有于姓，不致被人怀疑是假姓。而"伶"字，即是"戏子"的意思，旧社会"戏子"被人看不起，他愿意做个戏子。于伶老人告诉我的时候，神色很坦然。

　　他还用过其他一些笔名，如1938年，代主编《译报》"大家谈"专栏的时候，用"叶富根"这个土里土气的名字。这个名字也是他从事党的地下工作时的化名。因为某某根、某某富，往往是劳苦大众，苏州一带农民叫"根"的特别多，他年轻时在苏州待过六年，还写过江南农民题材的独幕剧集《江南三唱》，无怪乎他要使用这个带有地方色彩的笔名了。

　　用笔名延为以后的大名，在作家中不在少数。而于伶不仅用笔名改为自己以后的姓名，而且，他的子女和再下一代子女，也都延顺改姓"于"，原姓什么已经无所谓了。

原载《文汇报·笔会》2007年6月11日

他，是一位激励民族斗志的号手

——写在于伶百年诞辰纪念日

在纪念中国话剧百年诞辰的日子里，迎来于伶同志的百年诞辰纪念，这两个同龄百年，恰恰说明于伶的一生就是为话剧的一生。中国话剧有着光荣的历史和光荣革命传统。于伶的一生把自己的命运与民族独立、人民解放和国家富强、人民幸福紧紧联系在一起。在中国话剧诞辰100周年纪念座谈会上，有学者指出："在近代文化启蒙和五四新文化运动中，话剧成为反帝反封建、警醒国民意识、激励民族斗志的战斗号角。在争取民族独立、人民解放的峥嵘岁月里，进步话剧工作者深入农村、工矿、学校、街头，深入炮火纷飞的战场，创作和演出了一批具有革命性和战斗性的话剧作品，为振奋民族精神、凝聚民族力量发挥了重要作用。……"于伶正是其中一位激励民族斗志的号手。

革命戏剧家于伶的一生，有着以下三个方面的辉煌篇章：

一、戏剧运动与民族同心

夏衍曾经说："中国话剧这棵嫩草，就是在这种特定的艰苦环境中，由一批既不怕苦又不怕死的青年人闯出来的。"历史是过去的现实。中国话剧的历史发展，正是有了于伶等这批勇于斗争、勇于开拓的青年人，在艰危的环境中闯进，以戏剧为武器，在演剧的舞台上，使话剧经历了从左翼戏剧到抗战戏剧的时代演进，为中国无产阶级革命文学的一翼，为中国民族救亡的大旗，作出了卓越的贡献。

于伶是我国现代戏剧运动的领导者之一，于伶又是戏剧运动的组织者，他熟知戏剧的形式是直接面向民众的，戏剧的社会功能，与其他文学样式所不可比拟的。尤其是抗战戏剧，达到了宣传团结抗战、鼓动爱国民气、揭露汉奸丑恶等的极佳效果。很明显，抗战给戏剧带来了极大的繁荣，这是因为在国家、民族存亡的时刻，需要有伟大的反抗者，需要全民的动员来抗拒侵略之患。时代赋予戏剧以责任，与民族同心。

大家知道，话剧的初创期是从文明戏开始，因为有了青年学生

1952 年部分电影工作者在梅龙镇酒家前合影。（前排左起）黄宗英、陈荒煤、上官云珠、舒绣文、田汉、于伶、崔嵬、白杨、吴湄、孙瑜、金焰、郑君里、桑弧、石炎、陈鲤庭、顾而已、陶金、赵丹、陈西禾、瞿白音、石挥

的加入，队伍才有了扩大。然而，在爱国思想的感召下，学生自行组织的剧团，不囿以校园为满足，遂走上社会，宣传爱国内容、进步思想，抨击黑暗现象。这时，话剧才有了新的生命。于伶青年时代即爱好戏剧，大量阅读田汉、郭沫若的作品，甚至能够到背诵的程度。自从参加了学生剧团、秘密读书会，他的爱国激情在戏剧运动中得到释放，在独幕剧创作中得到锻炼。

1932 年北方地下党组织在北平成立了剧联的北平分盟，于伶成了骨干力量。作为学生，演剧、罢课、甚至和军警发生冲突。在剧运的火线上他加入了中国共产党。

由组织安排，于伶来到上海，马上加入左翼戏剧家总盟的工作，自然重心在戏剧运动的领导。这时，除了学生剧团之外，社会业余剧团也纷纷成立，在过"左"路线的干扰下，剧团配合政治斗争，造成同志被捕，甚至牺牲。虽然，一波三折，星散的同志又集合在一起举行公演。

很明显，话剧从文明戏，到学生参加公演，进而到社会的业余演出，无不是进步话剧运动在推动。爱国、民主、揭露黑暗、反对封建压迫是当时剧目的主题。抗战时期，宣传团结抗战、鼓动爱国民气、揭露汉奸丑恶又成了时代的号角，演出的文本只有符合时代的需要，符合人民的呼声，才能争取到观众。而于伶的戏剧道路就是这样走过来的。

从于伶的戏剧生涯，我们可以看到：他的创作和时代风雨是紧密相连的，抗日救亡是他创作的主要命题，无论在"九·一八"以后，还是"八·一三"刚开始，他把负有神圣使命的爱国热情全部倾注在戏剧的运动中。正如田汉所说："中国自有戏剧以来，没有对国家民族起过这样伟大的显著作用。抗战以前，戏剧尽了推动抗战的作用；抗战开始以后，戏剧尽了支持抗战鼓动抗战的作用。"

二、戏剧创作与时代同步

于伶从1931年开始剧本创作，他的作品是时代的记录，人民的心声，在争取民族独立、人民解放的艰苦岁月里，始终保持积极进取的姿态创作，在我国现代戏剧史上占有一席之地。如他的作品始终以上海都市生活为写作背景，深刻揭示各个阶层民众中知识分子和小市民的喜怒哀乐，尤其在孤岛时期的创作，说出了人民的心声和愁苦。他曾经创作过三十三个独幕剧，有"独幕剧大家"之称。

戏剧创作与时代同步，是于伶的创作特色。从"国防戏剧"转入"抗战戏剧"的创作是很顺当的。在独幕剧创作已有声誉的"尤兢"放弃了已有影响的笔名，开始用"于伶"这个笔名创作多幕剧。夏衍说，一个笔名的改变，代表了作者的再出发和新生。这是于伶在话剧运动中思考的结果：话剧运动和话剧文学并进。没有好的剧目是抓不住观众的，没有人看就谈不上宣传的目的。

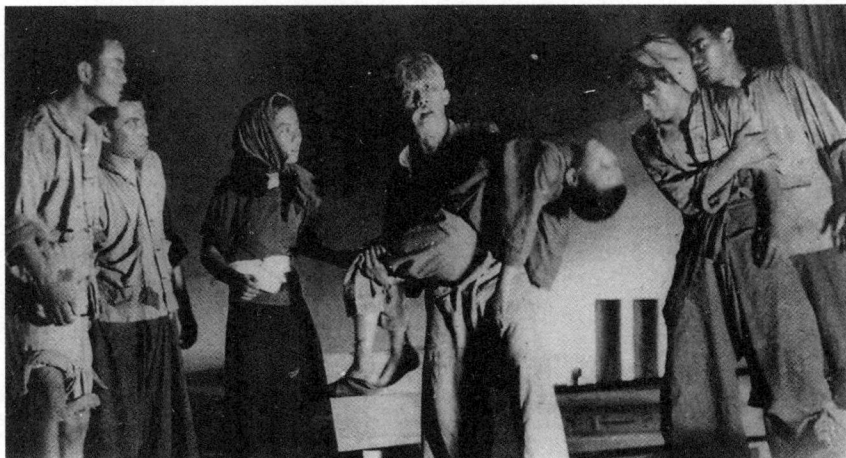

1934年上海首次演出歌剧《扬子江暴风雨》，聂耳作曲并扮演老船夫

　　鉴于"左"的教训，也为了演出的需要，于伶考虑创作的题材从家乡农村转而改编外国剧目，到反映都市生活中的知识分子的生活。从而开始了"写上海"为他以后剧作的主要题材。并且和章泯、赵丹、徐韬、金山等商量，考虑进入大剧场公开演出。

　　由于于伶长期生活在上海，要写上海，贴近上海市民的日常生活，了解他们在想什么？做什么？于伶在现实主义创作的道路上迈进。他的多幕剧《夜光杯》《女子公寓》《花溅泪》《夜上海》不仅都是反映上海，而且都是反映"孤岛"上海市民抗战这样的主题，创造了用话剧表现上海人民抗战的历史画卷。

　　纵观于伶的戏剧创作的十七部多幕剧（不包括集体创作五部），无论从内容到形式，都与时代同步发展而得到观众的认可。

　　我是在 1978 年才走近于伶老的，由于工作上的条件，先后编著了《于伶戏剧电影散论》《于伶著作书目》《于伶生平和创作年表》《于伶研究资料》《三十年代在上海的"左联"作家于伶》《于伶抗战

1959 年于伶（左）、孟波（中）、郑君里（右）讨论电影剧本《聂耳》

戏剧论》等。然而，对一位有着丰富经历老人的这部教科书的阅读还是远远不够的。我很怀念在他巨鹿路半圆形的会客室里的谈话，怀念在吴兴路1号楼里的聊天，或者在华东医院病房里的交谈。虽然每每谈话过后，总要回顾记录所谈的内容和收获，那些本子，至今是我宝贵的财富。

三、与上海共呼吸

戏剧是一门综合的艺术，包括了戏剧运动、演出实践和剧本创作这三个方面的内容，他们是互为关连的一个整体，虽然主次不同，但缺少任何一方面，将是不完善的。于伶老生前曾经对我说过："在这三个方面中，他从事剧本创作仅仅是第三位的工作，戏剧运动的组织才是第一位的；其次，是他先后主持的演剧团体内复杂而繁琐的行政事务。"

夏衍曾经赞许他"是一个善于打乱仗的人"。即是指他领导的剧社，长期在复杂的声色犬马的上海，与各色人等周旋，以公开的或半公开的身份，从事秘密的或半秘密的工作，在善于利用各种社会关系中，始终保持着既清醒又容忍的海派特色。

从于伶的剧场演出的实践，可以看到以下几点：

一、在上海特殊的环境里，建立怎样的剧场艺术和演出实践，也是话剧面临的重要选择。经过努力，当剧团拥有导演、演员、好的剧目（当时主要演世界名剧）；剧场有了灯光、服装、舞台布景、道具、音响效果等，1935年3月成立的大型的公开剧团上海业余剧人协会的演出，为建立我国现代话剧较健全的表、导演体制作了成功的实践。于伶是协会的主要人员，使左翼戏剧运动有了新的局面。

二、职业剧团和业余剧团互相支援，互相配合，提高了演出质量，扩大了话剧的影响，争取到上海知识阶层的观众，完成了"剧联"斗争策略的改变。

三、当一·二九运动爆发，抗日救亡民主运动把话剧运动推到"国防戏剧"时期，戏剧界在联合抗战的大旗下空前团结。于伶创作的独幕剧《回声》《汉奸的子孙》《神秘太太》等因贴近时代，成了当时上演次数最多的剧目。话剧文学反映时代成了义不容辞的责任。戏剧家"尤兢"声誉鹊起。

当时，于伶是剧联的主要领导，他热心参加演剧艺术，话剧创作，思考斗争策略的改变，演剧艺术的提高，在话剧运动的同时开始重视话剧文学的创作和剧目的选择。应该指出，当时从事话剧工作的人，多半只注重戏剧运动和演出实践，这是时代的需要和历史的原因决定了的。而在左翼文化中剧联由于演出的特殊需要，只有包容更多的人才，与各个方面的合作，才能完成一台戏，达到宣传效果。所以，相对来说，当时，剧联内部统一战线的工作，相比较其他联盟做得比较好。

于伶负责的上海剧艺社的成立是上海抗战戏剧运动的一大转折。剧艺社在团结群众、反映现实、对敌伪斗争、宣传抗战、建立广泛的文艺界的爱国统一战线诸方面起了很好的作用，树立了在特殊环境下党领导剧团、用文艺武器宣传抗日的典型，受到长江局书记周恩来的充分肯定与党内表扬。

1941年皖南事变后，于伶受党的指示离沪，后转辗内地。这时，只要有空闲，上海的一切又在他脑中翻腾，于是，他写下了《杏花春雨江南》。这部作品仍然是以反映上海"孤岛"抗战为主题。

抗战时期话剧走在一切艺术形式的前头，创造了话剧的黄金时代。这和在上海有于伶等一批有艺术追求的革命戏剧家分不开。然

1946 年于伶（中）与田汉（右）、金学成（左）在上海

而，抗战话剧在历史发展中，话剧运动和话剧文学曾经各占据了主次的两个阶段。即抗战初期以"运动"为主，宣传鼓动成为主潮；抗战后期重视"文本""文学"。大剧场演出有固定的观众，有吸引力的剧目，有漂亮的布景和行头。观众得到的不仅是内容的激进，还是一次艺术享受。所以，话剧在上海"孤岛"时间得到了长足的发展。

中国话剧虽然走过了百年，然而还是戏剧的一门年轻剧种。如何使话剧为大众所接受，成为大众热爱的精神食粮，话剧的出路在哪里？以后又怎么发展？历史是一面镜子，前人的实践经验是值得借鉴的。因为，正是有一批努力创导话剧运动和话剧文学互相结合的实践者，从而使这门外国移植过来的现代话剧，在中国上海的土地上生下根来，曾经受到广大市民的欢迎。

还需要值得注意的是：

一、抗战胜利以后，于伶回到上海第一件事即恢复上海剧艺社工作，上演抗战时期的优秀剧目，并参加剧作家联谊会的活动。田汉来沪时，于伶向他介绍许多"孤岛"故事，使得田汉写成反映上海从事抗日革命工作的中华优秀儿女的剧本《新三个摩登女性》，于伶导演该剧时改名为《丽人行》。（又是一个话剧运动与话剧文学结合的实例）

二、解放以后，于伶长期居住在上海，1955 开始写他熟悉的人物《聂耳》，因病不能完成。后受潘汉年事件的影响，不能工作。1959 年于伶和孟波、郑君里共同完成了电影剧本《聂耳》。1962 年完成了描写"孤岛"时期职业妇女茅丽瑛参加妇女运动、为新四军募捐寒衣等活动，惨遭特务杀害的五幕剧《七月流火》。剧本得到李健吾等著名剧评家的好评。

三、"文革"中于伶受到迫害，被关押九年，直至"文化大革命"结束。然而一有时机，即创作反映党的一大的剧本《开天辟地》。也是部反映在上海发生的大事。

上海是于伶魂牵梦回的地方，不管他在什么地方，处于怎么样的境地，他的创作离不开"写上海"这样的题材，热情讴歌上海人民抗敌的革命精神，颂扬爱国主义。他不屈不挠地进行话剧创作，为了他钟爱的艺术，为了反映中国人民优秀的一代。他描写的上海抗战历史画卷，不仅为上海的话剧舞台增添了亮色，而且永远留在中国戏剧的历史画廊中。

可以这样说，几经风雨，中国话剧这棵嫩草在上海这块土地上坚韧地扎下了根，成为戏剧舞台上耀眼的明珠，这里有我们老一辈革命戏剧工作者的辛勤劳动和汗水，有他们的智慧和非凡的创造力。我们纪念于伶百年诞辰，我们怀念他对上海话剧的贡献，因为，他的一生在戏剧的岗位上。

于伶送作者照片（1978年冬）

如果，中国的话剧历史从1907年算起，那么这年出生的于伶和它同岁；如果，现代话剧成长到1933年是它的青年时期，那么于伶正是这年踏上上海这块土地，那年他26岁；如果，中国的话剧运动在上海这个全国经济文化中心有长足发展，那么于伶长期生活在这个中心，他学到的、付出的，都无怨无悔，因为他钟爱戏剧艺术。

本文在2007年6月6日上海影城举行纪念于伶百年诞辰座谈会上的发言稿。又载《上海戏剧》2007年第7期。为《于伶传论》绪言，上海人民出版社2014年12月出版。

于伶当年聆听名人演讲

　　演讲这个形式，自五四运动起带动得非常兴旺，提倡言论自由，推崇科学与民主，演讲是很好的宣传手段。鉴于演讲的重要作用，尤其对青年学子的影响力，从某个角度说，比书本上的传播更来得直接和通晓。苏州中学能请动这么多著名人士赴校演讲，虽说是风行的时髦，然而在当时也是不多见的。

　　1926 年夏，于伶（原名任锡圭，字禹成）选择了公费的江苏省立第一师范学校，该校次年更名江苏省立苏州中学，师范科是该校的一部分。于伶在校学习三年期间，受到名人演讲的教育、启蒙和熏陶不言而喻。

　　查阅《苏州明报》，据记载，这段时间来苏州演讲的名人很多，如 1925 年 4 月应苏州青年会与基督教教育会的邀请，黄炎培来苏州演讲；1926 年 10 月 2 日国立政治大学校长张君劢来苏州演讲；11 月 22 日，苏州学联延请萧楚女来苏，假青年会演讲关税自主问题，听众除学生外，还有许多市民。会后，苏州学联为要求关税自主，除通电北京段祺瑞政府外，在学联会刊，特出"关税自主专刊"；1927 年 5 月 17 日应苏州青年会的邀请，胡适在青年会做《科学人生观》的演讲，苏州中学校长汪典存等致辞欢迎，等等。

百年名校开放办学

苏州中学是一所百年名校。由前省立一师二中及工业高中改组而成，其附属学校，则有乡村师范科及实验小学，学生自幼稚园以至高级中学，有一千二百数十余人，教职员一百二十余人，规模之宏大，实为当时全省各中学之冠。

学校的管理也是一流的。

先说，苏州中学对学生德智体多方面的要求非常严格，制订了很细致的条例，并有量化的指标，要求同学们做到并遵守。这可以从该校创办的首任校长汪典存（字祖懋）发布的布告中了解到，这是份珍贵的档案史料，刊在《苏中校刊》第一期，1928 年 3 月 1 日出版。

据《苏中校刊》上《发刊词》介绍：

《校长布告》

课程代表生活需要。析其性质可归纳为四类：公民的，职业的，健身的，修养的。普通教育，体育与音乐为课程之两大宗，所以使国民体魄，与内心修养，底于中和之境，而无偏枯之弊。吾国古时，六艺并重。知仁勇美，兼而有之。后世……遂致健身与修养两学程之分量，在全课程中不过占十分之一二。蔡孑民先生把"以美感教育完成其道德"定为教育宗旨之一端。倡导艺术教育，苦心孤诣。……今学校改革，关于艺术一项，凡一二年级学生，必须选修是项课程，至少一学分。庶几情操得以熏陶，而沉闷可以疏散，于道德学问皆有裨益。希各领会此意。

园艺一门，注重实习，可与自然界相接触，……期能选修为是。英文课本所教尤少，……请各教师编定精密之教程，学生先行预习……庶可启其自动，而进益自速。

关于规定高中学生须修习 150 学分，考试其能及格，方得毕业。汪校长计算优秀学生合之每星期上课，连自修须在六十小时以上。每日平均在十小时以上，已充乎其极，不能更多，多则不能融化且与健康有碍。……至选修时诸生尤宜向首席教师及教务处请求指导，是为至要。

　　此布

校长　汪祖懋　一月五日

在当时有规有矩有条理的科学指导下，培养学生的质量很高，不用说叶圣陶、顾颉刚等前辈都毕业于该校，在于伶就读期间，在中央大学区立苏州中学同学录上（民国 17 年 10 月）查到在此校毕业，后成为著名校友的同学还有：

匡世（即匡亚明）1926 年第一师范十二届毕业。

李忠霖（字雨谷）20 岁，昆山人，苏州中学师范科三年级毕业。

任禹成（于伶）22 岁，宜兴人，通讯地址：溧阳戴埠镇（1929 年师范科第二届毕业。同学还有曹宗尧、刘秉彝，段立培（力培）等）。

毋庸讳言，名师出高徒。这所名校的师资力量非常强大，笔者查阅到前后多次教职员名单。现择其重要的，对于伶在校期间或有影响的，大致有：

校长：汪典存（字懋祖）38 岁，吴县人。

教员：张绳祖（字贡粟）30 岁，吴江人，师范科主任高中教员。

陈去病：55 岁，高中国文教员。

钱穆：34 岁，无锡人，国文首席教员。

邬翰芳：27 岁，史地兼校刊编辑。

颜文樑：36 岁，高中西洋画教员。

王明德（字雨亭）：53 岁，山东人，高中拳术指导员。

再说，学校开放办学，请不少社会名流来校演讲，也是其中的特色亮点。据《苏中校刊》记载，开学首度，他们邀请了著名的胡适先生，他演讲题目：《我们的生路》。还有欧阳予倩、张君劢、陈去病、钱大钧、钱穆、顾颉刚等，前后被邀请到苏州中学演讲。

初中学习阶段，凡名人来校演讲，于伶经常是坐在第一排做记录的，进入高中师范阶段，同样如此，他的笔记经常刊载在《苏中校刊》上，如今查到的有：

玄学的人生观　张君劢演讲　任禹成笔记

苏中校刊第十一期　1928 年 10 月 16 日

国庆日钱大钧师长演讲词　曹宗尧、任禹成笔记

苏中校刊第十一期　1928 年 10 月 16 日

军事训练　王一煊讲　任禹成、龚寿鹤笔记

苏中校刊第十七、十八期合刊　1929 年 3—4 月

对于苏州男女中学史学同志的几点希望　顾颉刚讲　任禹成笔记

苏中校刊第二十一、二十二期合刊　1929 年 6—7 月

名人演讲月月精彩

当胡适之演讲《我们的生路》时，于伶虽然不是记录员，然而，他听得很真切。胡适说"生路"时说到学习、模仿，他说：

模仿人家有两个好处：一、模仿是创造者惟一的出路，如

学习画面和音乐必如此。二、天下惟有不长进的国家，不肯学人家，不敢学人家，不能学人家，如我们学印度，翻译他们四千多种书，即所谓肯学，敢学，能学，中国二千年中的思想，因此也受到种种影响，反转来印度学我们，学到怎样地步，唐太宗叫人把老子的道德经翻译了出来，现成送给印度，他们还不要！还有造纸的法子，在后汉时已发明了，后传于阿拉伯人，再传于基督教徒，使全世界都发生了一种影响，但印度呢，还是用贝叶写的居多，直到基督教入侵以后，方想着用了，还有发明印刷，也是中国最早，在西历 870 年，中欧埃及等已影响到，然而对于印度没有发生一些什么影响，所以只有不长进的民族和国家，不肯去学人家，不识人家的高在何处！长在何处！然而要学人家还得明了自己，……模仿实在不是坏的。

接着，胡适介绍了他一贯的主要思想：

十年前讨论我们的生路有两位先生，一位是塞先生 Science，一位是德先生 Democracy，以为惟有这两条路才是我们生活的出路，民国九年，梁漱溟所做的哲学书里，他也同样得到这个结果。这实在是不错的。

胡适还介绍科学、民治的含义：

科学要求知，民主政治。我们要用科学的方法，用我们的头脑，想法去免除人家的痛苦，提高人类的位置，这实在是真正的道德。

最后胡适总结：

模仿人家，不要害怕，我们要尽量提倡物质文明和民治精神，要提高人的位置，除去人的痛苦。因为世界上惟有伟大的民族，才

筆記

□玄學的人生觀

張君勱先生演講

任禹成筆記

□對於蘇州男女中學的史學同志的幾個希望

《苏中校刊》中任禹成（于伶）的笔记

肯学习人家，敢学人家，惟有不长进的民族，才不肯学人家，不能学人家，不敢学人家！①

由任禹成（于伶）笔记，张君劢演讲《玄学的人生观》共分三个部分：一、汪校长介绍词；二、张先生讲词；有趣的是第三部分——笔记者的"附言"。即于伶自己的话。于伶说："记者介绍与本篇有深切关系的两部书：一、《人生观之论战》1923 年 2 月 14 日张先生在清华学校讲演'人生观'，引起了中国学术界空前的玄学科学之人生观的论战！国内知名人士，加入战线者二十人，是役的成绩留给我们的有《人生观之论战》三集，内含两交战敌方及局外中立者的论文三十三篇。泰东本，实价八角。二、《心与物》本书为哲学界中最新进者英国乔特（C.E.N.Joad，1891—?）原著，本二元论，详论现时流行的心物问题上的学说。唯心主义和机械主义的宇宙观，机械主义宇宙观的破坏，唯心主义，新定命主义，生活力论等。——篇首有张东荪先生的序文，张先生自己撰有长二万余言的表明自己立脚的长序，序中于书中精义，详加开发。对于乔特的立论，多所批评，全书一百九十页，定价七角，商务尚志学会丛书。"

这个"附言"中，于伶展示了他对这位演讲者学术论战方面的了解和推荐，既详细又明白。显然，他是事先做过准备，对于玄学，对于人生观等哲学命题兴味盎然，不能不说这个二十岁高中学生的学术视野和思考水平是超群的。

另一篇演讲是《国庆日钱大钧师长演讲词》，由曹宗尧、任禹成笔记。钱大钧师长的演讲是有鼓动性的，他说到年青人的"立志"。

---

① 胡适之演讲，刊在《苏中校刊》第 1 期上，1928 年 3 月 1 日出版。胡适曾多次来苏州演讲，除上面介绍外，1929 年 8 月 17 日胡适又来苏州演讲《哲学之将来》等。

钱说：

这个立志，并不是旧思想中的立志，只求虚荣利禄；我们的立志，应当谋大众的幸福才是！

针对苏州的现实，他说：

苏州的风气，实在是堕落得太不堪了！要想把这个坏的社会来改造一下，那非要凭着诸位立大志的青年去建设不可，所以我今天把总理讲词内的一段来同诸位讲：……孙总理说革命思想是从欧美传到中国来的，……欧美的革命思想，是在求"自由""平等"。我们中国的所以革命，当然也在求"自由""平等"。不过这个自由平等，是大团体的自由平等啊！要求大团体的自由平等，必须党员先牺牲各个人的自由平等才是。中国人只知道享受各个人的平等自由，不顾团体的平等自由，所以中国的革命，屡次失败，中国革命的发生，是为接受西洋平等自由的新思想；中国革命的失败，也是失败在个人的平等自由上的！……我今天讲的意思。青年男女生活在学校团体里，希望诸位把自己的自由平等，都拿出来交给学校师长。……

接着他剖析苏州的"腐败"，他说：

苏州的社会民众，是怎样的？人人只知道有个人的自由！苏州的社会的情形呢？我们都知道腐败极了！就是以苏州的社会生活来讲：苏州社会生活很呆板的。每天早上起来的时候很迟，起来了就出去喝茶！赌博！花天酒地！所以苏州的社会，个人是很自由平等的，至于团体的平等自由，都无过问了。因此弄得苏州的社会，几十年来，完全没有振作的气概！进步的现象！

最后他说：

　　各位大都是苏州的青年，后起的英秀！将来对苏州社会，定有极大的贡献。所以我很希望诸位，都要明了牺牲个人的自由平等，为民从求平等自由，改造苏州的社会，达到整个苏州的平等自由。……兄弟是苏州人当然很希望苏州变成一个有振作精神的都市；除去从前的种种万恶风气、堕落习惯，成功一个有进取的苏州社会！……

这一番生动的演讲，使同学们感到"改造苏州"的必要，自己肩上的担子和责任。

自从学校加强了军事训练，除原有课内军事训练外，每晨六时半到七时二十分也有军事训练的项目，到第二年，军事教育成了很重要的课程，训练总监部委派王一煊来校宣讲督察。那天礼堂里坐满了学生，于伶被委派坐在第一排，认真地记录着王先生的讲话，他说：

　　……军事教育对于国家，对于社会，对于诸位本身的需要，都是刻不容缓的。设立军事教育课，对锻炼一般青年的身心意志，耐劳，耐苦，坚忍不拔的精神，建设新国家的人才。这是国家的重大希望。

他还语重心长地呼吁：

　　诸位青年，想已见到吾们中国目前所受的环境如此：对内局势的窘迫，对外国际地位的堕落。那么对于军事教育应该有相当的认识；若是没有观察的清楚，随随便便，怎么弄得好呢？

　　青年在四万万同胞中，站在最重要的地位上，我们若没有方法来救国，中国便没有希望了。所以诸位青年，应当团结起来，联合起来，努力于军事教育，以求吾国的国际地位平等，政治地位平等，经济地位平等。

最后，他鼓励说：

　　诸位要知道，外国人为什么说吾们中国是一盘散沙呢？实在因为吾们中国人太自由，太懒惰，而没有纪律，没有坚忍不拔的意志的缘故。吾国的青年，尤其是诸位优秀的学生们，应当奋起精神，向前努力，来辅助中国政府，解决一切的困难。……诸位应该切实练习军事，来养成辅助国家的能力。

苏州中学差不多每月有一次名人演讲。

顾颉刚的史学研究说

1929 年 6 月顾颉刚来到苏州中学，他演讲的题目是《对于苏州男女中学的史学同志的几个希望》，由任禹成（于伶）笔记。在笔记者的附言中，于伶感动地说："我们应该怎样地感谢顾先生呵！当他极诚挚极沉痛地和我们讲了这一大番我们难得听到的话以后，又将笔记稿子要去了，修改了好几处，增加了千多字，遥远地自北平挂号寄来。并且嘱我转语苏州男女中学的史学同志们：关于研究方面的如何认清范围、提出问题、收集材料、着手调查等问题，他深愿详细地和我们讨论。他的通讯处是北平景山东街十七号朴社转收。禹成谨志　六月五日。"

这里，这位笔记者向同学和老师传递了三个信息：一、这里发表的稿子是由演讲者本人过目修订的，是认真而郑重的。二、着重地提出顾颉刚先生对从事史学研究的方法，有一个"如何认清范围、提出问题、收集材料、着手调查等问题"。三、公布了顾先生在北平的通讯地址。这样，不仅于伶本人可以与先生去讨教，其他读者都可以写信给先生去讨论学问。这样的"附言"内容，笔记者的磊落和无私品格都表现了出来。

那么，顾颉刚先生对于史学研究发表了什么意见？这是一份极好的史学教材，也是对苏州地方志深有研究体会的史料，特摘要如下：

首先，他谈对历史方面的认识：过去以为研究历史，读过去的历史书，如"二十四史""九通"就完了，没有考虑近年来发现的新材料。历史学的基础是要建筑在事实上，而不能光建筑在书本上。顾先生举出新出土的殷墟文字、石器、陶器、人骨，刻在上面的文字等，使真实的历史向上伸展数千年。前代人们在书本上传下来的事实，只能说是第二等的材料，因为一件事实，经过几次记载已不及它原来那么自然真确了。

其次，开拓历史新领土于自己民族间，如民间的风俗文艺的搜集，注意于民间文化等。可以说，以前书籍中所保存的都是士大夫及帝王的文化，现在我们向民间去搜集，凡民间口头流传、习俗遵行的，都要花气力集成，系统的来研究。历史的范围也就大了。

对这里的学生，喜欢研究的，最好一是研究近代史，二是研究苏州史。若能于各种报章杂志上，见闻所及的认定范围，搜集起来，寻出目前生活状态的解释，也是极其重要极有趣味的一件事。例如人人在喊打倒帝国主义和取消不平等条约两句口号，要是不明白近代的史实，空喊口号，取易避难，没有功效。研究近代史，不独须注意中国现有的材料，现今国内的问题即是世界的问题，所以应同时搜集外人的史料。如鸦片战争、太平天国等事实，本国都烧毁了，倒是外人比我国自己记得清楚些。

第三，苏州人研究苏州的历史，过去的志书——府志、县志等，已有很多记载，不过前人的目光只注意士大夫阶级，汇集了几个大家的谱牒做成，对于民众方面的记叙太少。现在我们须从社会生活调查下手来研究苏州的历史。苏州本来是文化的中心，从吴越起，文化已经很发达，唐以后尤甚。这与两点有关：一、经济背景，因为运河的经过交通上方便，成了一大都市。二、生活较他处为安适，所以有余闲创造文化。……苏州人不喜欢向外发展，许多优势被别处打倒，如绸缎，如刺绣，苏州好像一家破落大户，在一天天的消沉下去。（举例说明：出门经营带回财富的事不做；苏州人会写文章，科举发达，使苏州人做官，一个人做官可以拖带许多亲友，那时苏州人是有出路的……）苏州人身体不强，技能薄弱，也不能出门的原因，有人常托我介绍出路，可是除了做书记之外别无技能，外出也无望。而在苏州，外地人会馆很多，到外地，江苏会馆却找不到。

他痛心疾首地说，江南人本来很富有创造力，文学尤其发达。

现在，在新文学家中，除叶圣陶外，竟找不出第二人来。大家有了很好的天资和特有的创造力，却不肯去努力发展，这不特对不住自己，而且也对不住创造文化的本邦古人。外面人都知道上有天堂下有苏杭，看苏州人在天堂中，难道有这样的病态之中可以算作天堂吗？现在的官僚和军人，有了钱往往专到苏州来讨小老婆。苏州的房子，也尽卖给许多阔人。所以天堂的苏州，不过成为外人的享乐地了！

顾颉刚很希望这里的男女中学里，有人组织起苏州人生活调查团。起始范围规模，不一定要大，只要各人能力所及，在一街一巷中切实调查，甚至于把一家调查清楚了也好。在调查中，可以找出它所以致此的病源来。……如调查得苏州究竟有多少产业？多少人口？失业的多少人？在外面的多少人？外面在本埠的又有多少？旧文化如何？调查清楚后，出一本苏州年鉴，使得苏州人看了触目惊心，觉悟到现在非得修养好身体和技能，出门奋斗立事业不可！

顾颉刚希望对于学习历史有兴趣的同学起来努力。凡是一种学问，不能专靠书本上有限的呆板的一点儿，非经过自己的一番分析、比较、综上所述合的功夫，不能算是自己的心得。不特历史学是如此，凡是各种学问，都是如此。

最后，演讲者希望性情近于历史的诸位，认清范围，来努力工作，提出问题，收集材料，探求确切的知识，来做破除迷信的革命事业，尽量发挥苏州人的天才和特长。"我相信苏州人的天资，是较人家聪明，只要看凡是苏州人游学他处的，成绩常较人家好就可知了。学以致用，本是前人常谈，但现在研究学问的目的，在求真，只问真不真，不问用不用。然而知识既真，拿来致用，也自然可靠。研究历史的人，固然目的不在致用，但是只要研究得好，它的无形的用处大着呢！"

这篇刊载在《苏中校刊》第二十一、二十二合期，"讲演"栏目（1929 年 6—7 月）上的文章，顾颉刚对苏州人了解之深是无以复加了，他深恶痛绝制约苏州发展的思想和恶习，也寄予苏州中学师生以厚望。演讲者遵循了本人提出的关于史学的研究方法："认清范围、提出问题、收集材料、着手调查"，这样高水平的讲演，除了作者本人是苏州人，对苏州的了解有切肤之痛，他是史学界的泰斗人物，才有掷地有声的见解，他对苏州学子未来的拳拳之心，日月可鉴！

顾颉刚被誉为民国最好的历史老师。他在 1924 年为孔德学校编写的《国史讲话》中说：

> 历史本是与人生最密切的一种学问，只因历史教师的不善阐扬，遂使这门学问成了许多学校中一致的敷衍塞责的功课。我们若能改它过来，使得学生感觉到四围的事物都是历史的材料，都可以取来作历史的研究，那么，不但这门学问可以有很大的进步，而且人生与社会也得到很大的实益了。

这段话讲得真好，至理名言。于伶是幸运的。他在苏州中学求学，扩大了眼界，陶冶了情操，锻炼了能力，提高了水平。不仅如此，这个活跃的师范生，在校期间，他的体魄也强壮多了。

写到这里，需要说明的是，尚待查考上面这些演讲词的作者，是否已然把这些演说内容收入其著作中，是否是轶文、轶事？姑且留待有意者考索参考，做进一步的研究。

如今，21 世纪的学界和市民，愈来愈多地普遍接受讲演这个形式，各类讲座、演讲遍地开花。回顾八十八年前几位名人的精彩演讲，他们的言辞，他们的认真态度，他们的情真意切，他们给学子，包括听众，带来了新风，带来了学养，甚至是世界前沿的学术观点，至今有着现实的指导意义。

2015 年 9 月 18 日改定

原载《世纪》2016 年第 4 期

田汉在上海断片

南国社

田汉（1898—1968）字寿昌，湖南长沙人。早年留学日本，参加少年中国学会和创造社，投身于反帝反封建的新文化运动。写作《咖啡店之一夜》《获虎之夜》等剧本，翻译了莎士比亚的《哈姆雷特》《罗密欧与朱丽叶》，开始了他的戏剧事业。

1921年回国后长期居住上海从事新文艺运动，由他领导的南国社在当时的青年学生中影响较大。办过《南国半月刊》《南国月刊》等刊物，组织"南国电影剧社"，拍摄电影《到民间去》等。1927年秋，田汉任上海艺术大学校长的时候，作为教育实践活动，他在校内开辟小剧场，举行"艺术鱼龙会"，演出由他的创作《苏州夜话》《名优之死》等剧。以其富于才思的构架，富于诗意的语言，清新质朴的演剧风格，在中国戏剧界产生了广泛的影

田汉

响。上海艺术大学宣告解散后，田汉又创办了南国艺术学院，设文学、戏剧、绘画三科，学生中如陈白尘、郑君里、赵铭彝、吴作人等，后来都成为艺术界的杰出人才。但是，这个学校受到政治和经济的困难被迫停办后，田汉又办起了南国社，在他的率领下，在上海、南京、杭州、广州、无锡等地公演，其影响日益扩大，推动了我国话剧运动的开展。

田老大

左联时期，田汉是"左翼戏剧家联盟"党委书记，"文委"委员，创作了大量话剧和歌剧，写了许多振奋人心的歌词，他和聂耳、冼星海等合作大量的革命歌曲，经广泛传唱，吹响了抗日救亡斗争的号角。

戏剧家于伶从北平剧联调到上海时，由聂耳带去向神交已久的赵铭彝报到。赵铭彝又领着于伶去吕班路（今重庆南路）德丰菜馆楼上的"春秋剧社"，会见了敬仰已久的田汉——因为他年长，他的老资格，为人热情豪放，有"及时雨"之风，大家都叫他田老大。

他们的见面也颇有戏剧性。那天，田汉正加紧在钢板上刻蜡纸，他时常这样写剧本，方便马上印出来交付排演。当他看到赵铭彝带了一位年轻人进来时，猜到就是刚从北方来的于伶，马上起身冲过去双手用力紧握着于伶的手，久久不放。于伶顿时感到有尖硬的东西刺进手心，忍了又忍，还是叫出声来，田汉终于松开手，只见于伶的手心已经被刺出血了，这才发现田汉手里握着刻蜡纸的笔。这个特殊的见面礼于伶终生难忘。

"剧联"组织很严密，盟员之间的联系和活动多采取隐蔽、分散、秘密活动方式，很少集会。直至1933年3月15日在田汉三十六岁生日聚会上，说为田老大祝寿，其实借此大家聚聚。

田汉创办的《南国》月刊

祝寿会借德丰餐馆快打烊时（晚上九时）进行，这是一家由白俄开的西餐馆。店面并不大，楼上还有"春秋剧社"话剧界的人士来来往往。聚会前向楼下打了招呼，只需准备每人一碗肉丝寿面。剧社的辛汉文、田洪、王惕予、舒绣文、顾梦鹤忙着招呼客人，到来的有华汉（阳翰笙）、沈端先（夏衍）、赵铭彝、孙师毅、王莹、沈西苓、金焰、于伶、聂耳、王人美等话剧界人士。

那天，济济一堂，边吃边谈，场面非常热闹。田汉首先讲话，从他的生日，讲到戏剧运动的坎坷与奋斗。大家鼓掌。主办人赶快手势阻止。华汉接着讲些祝寿的话。当夏衍站起来发言时，有两个便衣包打听推门进来，一边喊："啥事体？介许多人。"夏衍机警地连忙大声说：好了，吃面啦，吃寿面了！几个主办人急忙跑向厨房，有的上前去敬烟，聂耳拿出小提琴调皮地说："小兄弟给大哥祝寿，三十六岁。"他奏出"咪啦"两个音；又说，今天是3月15日，我拉个曲子祝寿。接着拉起了"36315，36315……"，哄堂大笑。包打听看到金焰、阮玲玉、胡萍等大明星在座，也没有多说。对聂耳骂了一句"神经病",也就走了。

《现代》的叶灵凤想编《舞台与银幕》,请田汉主编。开展工作时,田汉在旅馆开了一间房间,约了不少名人来谈,声势很大。在《现代》杂志上先做了广告。在 1933 年 10 月出版的《现代》第三卷第六期上,笔者查到《舞台与银幕》创刊预告,特约撰稿人名单有四十名:卜万苍、王莹、王尘无、任于人、司徒慧敏、朱穰丞、朱端钧、洪深、周起应、姚苏凤、唐槐秋、程步高、蔡楚生、叶灵凤、欧阳予倩、郑伯奇、郑君里、苏汶等。可以说是"剧坛与影坛权威之大集合",体现了当时上海左翼戏剧电影界的整体实力,也由此可见田汉的号召力和影响力。

《义勇军进行曲》

这事还得从 1935 年 2 月田汉被捕说起。

电通公司决定拍摄《风云儿女》,这片子的故事梗概是田汉写的,片名最初叫《凤凰涅槃图》。他刚写完在十行纸上的几页电影故事和主题歌的歌词,不幸由于叛徒出卖,中共江苏省委各级组织一夜间被破坏,三十六位同志被捕,田汉也在其中。夏衍、周扬、阿英在被追捕中隐蔽起来。后来的"怪西人案",使夏衍更失去了活动的可能性,几乎有一年没有露面。隐蔽期间,夏衍将田汉留在他手边的这几页电影故事,改写成电影台本。(至于歌词,有的人说是田汉在狱中写在一张香烟盒纸上,让家人带了出

聂耳

来，交给夏衍的。于伶说，这张从狱中带出的纸他看到过，不是歌词，是一首七律诗，表示在狱中心迹的诗。收到这张纸后，当时曾想发表，夏衍考虑如果发表可能对狱中的田汉不利，七个月后，田汉经保释出狱，这首题为《打手印后》诗在《民报》上发表过。）

为《风云儿女》主题歌谱曲是聂耳主动"抢过去"的。也是凑巧，聂耳知道这影片最后有主题歌，夏衍在写电影台本，只是苦于找不到作曲者。一天，于伶应孙师毅之约上他家，突然，处于隐蔽状态中的夏衍改了装也来了。夏衍把台本交给孙师毅，请他转给导演许幸之。恰巧聂耳也来了，他和孙师毅曾合作过好几首歌。于是，他对夏衍说："听说《风云儿女》的结尾有一个主题歌？"夏衍递给他看台本，当拿到手稿后，聂耳马上翻找到最后一页上的那一首歌词。他念了两遍，很快地说："作曲交给我，我干。"并马上和夏衍握手，"我干！交给我。"他重复了一遍，"田老大一定会同意的。"于伶看到孙师毅马上在边上抄了一页歌词给聂耳，聂耳如获至宝地笑着跳着走了。

聂耳作曲的《义勇军进行曲》作于1935年，是《风云儿女》的主题歌，也是一首军歌。这影片是由党领导的电通影片公司拍摄，田汉的原作，夏衍写的分场剧本，许幸之导演。它是聂耳在上海最后的一首作品。他完成谱曲任务之后，东渡日本，计划转道去苏联进修音乐。从日本曾寄回来修订了的曲谱定稿，由吕骥负责影片的音乐合成。不幸的是，《义勇军进行曲》成了他最后的曲子。这首歌定为国歌是田汉、聂耳一生中最光荣的事。

创作《丽人行》

抗战胜利后，1946年5月4日，田汉在组织的安排下，由重庆

飞返阔别八年的上海。到上海的
当天，竟没有栖身之地。当夜挤
住在同孚路大中里 108 号于伶的
二十平方米不到的前楼家中，于
伶一家挤在上面的半间小阁楼
上，阁楼下有一张床铺，让田汉
稍有舒适的空间。其实，一望而
知，这家人家过着清苦的日子，
田汉一住几个月，差不多每天
里，于伶向田汉畅谈许多"大后
方"和沦陷区的种种情况。尤其
上海"孤岛"时期的地下斗争的

"丽人行"剧照

故事，田汉被深深地吸引。在于伶家的小桌上，他写了无场次新型
剧《丽人行》，上海剧艺社马上排演。

　　田汉经常在于伶家中约见戏剧界人士，支持他们的各种进步要
求，团结他们开展地下斗争。袁雪芬对此有回忆，1946 年 5 月 6 日
雪声剧团在明星大戏院首次彩排《祥林嫂》，许广平邀集了文化界许
多知名人士和新闻界的朋友去看戏，这是鲁迅作品第一次搬上越剧
舞台。第二天，《时事新报》记者罗林找到袁雪芬和编剧南微，说有
两位搞戏剧运动的前辈想约见你们谈谈。于是在罗林的陪同下，他
们来到大中里于伶的寓所，与田汉和于伶第一次见了面。那天，田
汉谈对《祥林嫂》的看法和意见，关心地询问越剧的历史以及与绍
兴大班的关系等，还对改革地方戏发表意见。对他们在老板制度下
从事改革之不易给予热情的勉励。袁雪芬说："田老谈吐真诚而不矫
饰，待人平等而不倨傲，让人可敬可亲。"

为田汉五十寿辰祝寿

1947年3月14日上海文化界近千人在上海宁波同乡会为田汉五十寿辰祝寿。这是在董必武支持下的一次大规模祝寿活动，以显示戏剧、戏曲、电影界紧密团结的战斗力量。这时八年抗日战争刚过，解放战争又起，社会上部分人士忧心忡忡，对时局有悲观情绪。董老指示：要诚诚恳恳搞好团结，谨慎小心，千万不能有过火的言论，招来不必要的损失等。

祝寿会由洪深主持，郭沫若致祝寿词，评弹女演员唱开篇"百寿图"，周信芳唱了一段麒派拿手戏；越剧有袁雪芬，淮剧有筱文艳，常锡文戏（锡剧的旧称）的名演员都有节目；话剧界白杨、冯喆等朗诵祝寿诗。曾参加过救亡演剧队的滑稽戏演员杨华生与张樵侬，用一张椅子，以表演街头老艺人"拉洋片""看西洋镜"作逗笑，生发出人有近视眼和远视眼，还有左视眼和右视眼，并且借题发挥，说用右视眼看东西，分辨不清是非好坏，最后在"看客"与"老艺人"的争执口角中，讽刺挖苦当时的所谓国民参议员，前来祝寿，端坐台侧的国民党要人显露出局促不安，十分尴尬。当田汉在会上致答词时，也借用杨、张的《西洋镜》里的话"自况"，说自己是右视眼，所以活到五十岁有时还分辨不清是非好坏。看来轻松欢愉的祝寿会，实质是严肃的，成了上海部分地下党员，包括田汉，被迫撤离上海之前的大活动。之后，他转入到华北解放区。

解放后，他在长期担任繁重的文化、戏剧界的领导工作之余，还写出历史剧《关汉卿》《文成公主》以及戏曲《白蛇传》《谢瑶环》等作品，为繁荣我国的文艺事业作出重要贡献。由他作词的《义勇军进行曲》成为我们的国歌，将一代代传唱下去，这是国歌诞生地上海的骄傲。田汉是我国革命戏剧运动的奠基人和戏曲改革运动的先驱者，他是我国早期革命音乐、电影的杰出的组织者和领导人。如今，他的全身塑像安放在上海长乐路上，接受着大众的敬仰和缅怀。

2017 年 7 月 7 日

原载《红蔓》2017 年第 17 期；又《文汇读书周报》刊

一个知识分子的喜悦

——上海解放的那一天

欢迎，欢迎，

欢迎人民解放军！

你是我们的人，

你是民主自由的保护人！

三十八年来的军阀统治从此送终，

战犯、豪门、特务一股脑儿给我滚！

我们是大地的主人，

我们是人民中国的主人！

人民解放军是我们自己的人，

看：雄赳赳，气昂昂，

攻无不克，战无不胜的常胜军！

好似火热光明的太阳，

你的热力温暖了每个人的心！

1949 年 5 月 26 日解放军到达时　另境作

上海解放那天，父亲孔另境站在面向四川北路邻街的三楼阳台上，目睹了解放军进城的那一时刻，"你是我们的人，你是民主自由的保护人！"在激动的心情中，他马上写就上面那首歌颂的诗篇《迎接人民解放军》，第二天又挥笔写下《这一天终于来到了！》等文章，并迅速在《大公报》上刊登。在文章中，他说："昨天，当大队人民解放军的

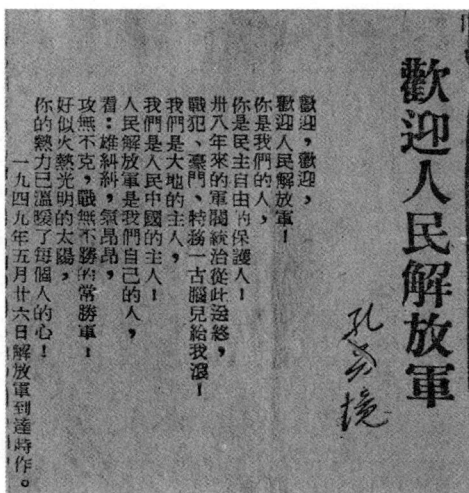

欢迎诗迅速刊在《大公报》上

英姿出现在我眼前的时候，我几乎疯狂般纵笑了！我望着他们行进的步伐，我仿佛看见了盼望二十二年的奇葩瞬息生长又生长，突然亭亭玉立在我们的面前了！我仿佛看见了一个可以把所有反动匪帮一下打成泥浆的巨大无比的铁拳！这情绪，只有在饱受人家欺凌后，投入母怀的孩子方才可以想象！"抱有这样的心情。

在以后的多少个日子里，父亲常常对我们回忆起解放军进城那一天清晨，在晨雾中他亲眼所见的景象：这批解放军战士和衣在四川北路的街头两旁，排列整齐地躺在地上休息，安静得一点声响也没有……

我那时七岁，也依稀记得父亲兴奋而急促地唤我们起床，匆忙中提着衣衫跑到阳台，四处张望，人民解放军在哪里？在哪里？顺着父亲的指点，我亲眼看见了解放军行进的步伐，还远远看到戴着红袖章的工人叔叔，他们在为解放军送水。父亲在阳台上挥手，心里一定不断地翻腾起涟漪：人民解放军是我们自己的人！这是一支

人民的军队！我们是人民中国的主人！

用诗歌来表达当时的心情，直白、简洁、豪爽，这是痛快的意念，是内心喜悦的释放。这在父亲的写作史上绝无仅有。正当此时，我的二妹出生了，父亲为她取名"乃曦"，字面的意思是"东方晨曦"，父亲曾用过"东方曦"的笔名写过不少论战文章。为女儿取这个名，寓意"天亮了"。其实，还包含一个转折的意思，即黑暗已经过去，父亲用上海话开心地说："奈么天亮了！"

"天亮了"，父亲首先想到了什么？

他想到了鲁迅先生，想到了鲁迅精神。他发表《学习鲁迅精神》《鲁迅先生笑吧！》，他说："纵观鲁迅先生的一生，无时无刻不在战斗中度过，……一直到他逝世，可能说从没有停止过他的战斗。他不但一个人战斗，而且招呼了一切有正义感的有思想的人和这些反动势力战斗，现在，他的这些战斗对象全部给人民革命的力量打垮了，而且从根本把它们铲除了！鲁迅先生生前所期待的新中国的远景，已经一步步地实现在我们眼前了，要是鲁迅先生地下有知，是应该到可以纵笑的时候了！"又说："……现在终于完成了鲁迅先生未完成的业绩，前面的道路虽还崎岖，要跨越这一段路程，就得有鲁迅先生那种不屈不挠的精神！"

孔另境在四川北路寓所阳台上

文思在他的笔端流淌。这年，父亲连续发表了《迎接人

孔另境在第一届文代大会上做专题发言

民解放军》《这一天终于来到了！》《旧事新谈——怀念革命的摇篮上海大学》《回想到我们年轻的时候》《文艺工人》《人与人之间》《学习鲁迅精神》《鲁迅先生笑吧！》《放掉你的包袱——北行观感之一》，等等。同年7月，他被吸收为第一批中国作家协会会员及中国作家协会上海分会会员。8月，父亲赴北京参加第一届文代会，在大会上做专题发言。这次北上，是新中国宣告成立前，文化界的一次大集会，父亲精神百倍，全身心地投入、兴奋地期待着新中国的诞生。

回沪后，他及时在《放掉你的背包》一文中写道："在北平，常常听到一句最流行的话——'放掉你小资产阶级的背包'。"并认为"放掉背包"的号召，实在是切中时弊的。从今之后，一切都得重新估量以前的思维方法，使自己跟上时代的步伐。父亲在北平，"接触了许多可敬可爱的模范人物"，"他们的一言一行会给这般未能放下背包者以启发和深思"，"前途是可以乐观的"。父亲满怀喜悦。

"好似火热光明的太阳，

你的热力温暖了每个人的心！"

父亲的诗句表达了他期待火热光明的太阳，永远温暖自己的心。

2009 年 9 月 11 日

原载《文汇报·笔会》2009 年 10 月 13 日

五

作品本事

《女儿眼中的名人父亲》书系·策划人语

    女儿们对父亲、父辈的感情之浓烈，似乎超过家庭的其他成员，如果从人体基因方面去探究，想来会有说明父女情深的深层原因。有一次，本人与一位出版社老总谈话，内容关于出版父亲的文集。他忽然奇怪地发问，怎么都是女儿来关心父亲的事？他举出不少例子，使我顿悟有那么一批名人的女儿，她们有着执着的奉献精神，愿意宣传光大其父的精神品格，挖掘父辈的前尘往事，让读者更多地了解她们的父亲所处的时代和他们的幸与不幸的经历。

    我相信，随着时光的流逝，如果要追寻上海这座文化城市的名人过往、生活趣事、创作背景、掌故史实等，人们会想起这些女儿们留下的印记。她们记录的不仅是这一个父亲的经历，而且是这一代知识分子的遭际和命运；她们用真情实感追忆的是一座城市的文化史。而且，我相信，只有这一代女儿才会

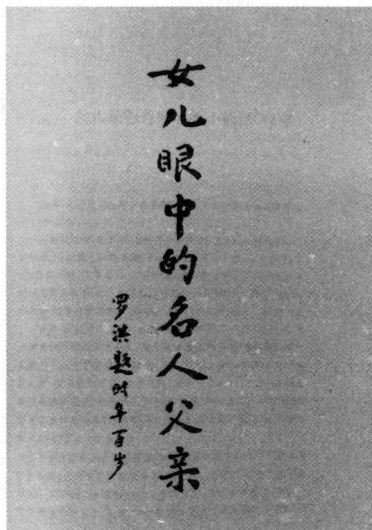

罗洪为女儿们题字

有这样的情感和体验，也只有她们能握笔为文，捕捉刚刚远逝的过去，铺陈心中的印痕。因为，父女之间有着曾经共同的一切，他们曾经同呼吸、同命运、同抗争、同沉浮……他们的感情一致，他们的思绪相通。世上，血缘的牵连是道不明的。再过若干年，这些女儿也将进入垂暮之年，用笔来叙述往事，会成为过去——虽然，她们对亲人的思念会越发强烈。

这套"女儿眼中的名人父亲"书系第一辑已经全部出齐，选择了上海地区若干已故文化名人作为追忆对象，他们是丰子恺、孔另境、赵家璧、章靳以、王辛笛（按出生年月先后排序）等，由其女儿撰写父亲和父辈的故事，配以大量的珍贵照片，通过女儿细腻的笔触和丰富的情感，真实地书写过去，捕捉其父亲闪烁光芒的瞬间，使读者对曾为上海文化做出贡献的老人的历史有更多的关注和了解，这也可为提升上海文化的形象、保留真实的过去留下一份珍贵的史料。

第一辑由中国出版集团东方出版中心出版。五本书为：《梦回缘缘堂·丰子恺》（丰一吟著）、《霜重色愈浓·孔另境》（孔海珠著）、《他与书同寿·赵家璧》（赵修慧著）、《曲终人未散·靳以》（章洁思著）、《何止为诗痴·辛笛》（王圣珊、王圣思著）。

著名女作家、表演艺术家黄宗英应我们这些女儿的邀请，在病榻上为这套书作序，几易其稿，其情其景令人感动。百岁女作家罗洪，对上海这座城市的历史、对丛书中所涉及的已故文化老人都有接触和交往，对我们这些女儿们也有着长期的关心和顾念。她愉快地接受了我们的邀请，拿起好久没提的毛笔，为丛书题签。我们愿意"为难"这两位上海的女性前辈，请她们为这套丛书留下印记，增光添彩。在此，我也代表这套书的作者们向两位老人表示衷心的感谢，并祝她们健康、安享晚年！

这是一套耐读的书、可以长期保存的书。期望更多的女儿们来加入到这个写作的队伍，也期望读者诸君喜欢这套书。

"女儿眼中的名人父亲"书系

策划人　孔海珠

原载《上海作家》2009 年第 6 期

《茅盾的早年生活》新版后记

时间过得真快，离开这本小书出版忽忽已经过了二十八个年头。当时意气风发的中年，不可阻当地进入了老年状态。似乎在以怀旧的心态翻出书箱底下仅存的这本小书，是庆幸当年有这么本小书存在呢？还是后悔当年没有把这本书继续写下去？本来我是有这个写下去打算的。

记得1983年该书出版后，日本研究茅盾的汉学专家松井博光先生，曾建议我将此书交与他们译成日语。我婉拒了，我说这本书太薄了，还是等以后再说吧。他表示理解。然而，却始终没有继续写下去，成了空话。现在，二十八年过去了，以后也不可能有续写这么一回事了，想也不必想。然而，有这本书总比没有好，哪怕是一本小书，当年我们是花了力气认真写的。

1981年初，承湖南文艺出版社的黄仁沛先生好意向我们组稿，写这个题目是王尔龄先生和我共

书影

同商定的。缘于茅盾故乡发现他少年时期《文课》这份新材料。当时传主的《我走过的道路》陆续发表时，还不知《文课》的存在，这些旧文的新发现可供后人研究，弥足珍贵。于是萌生撰写传主求学时代经历并融入史实背景的想法。原以为比较好写，却涉及方方面面的考索问题，不能掉以轻心，经过了一年的努力才交稿。等到该书面世时，茅公已经去世，我把新书寄给茅盾的儿子韦韬和叶圣陶的儿子叶至善先生等，请他们指正，得到了他们的好评。

少年沈雁冰

叶至善给我来信中说：

　　真不好意思，上回收到了您的《茅盾的少年时代》，我还没有道谢，一个星期前又收到了您父亲的文集。两本书，我都从头到尾读了一遍，所以迟迟作复，就是想把读后感告诉您。前一本读完后，不知当时忙些什么，搁了下来，现在只记得您的写法是很可取的，把研究所得和自己的见闻，跟茅盾先生的回忆糅合在一起，既信实，又不枯燥。如果我将来有可能写父亲的传记，大致也是这样的格局。您父亲的文集引起我极大的兴趣。我还记得他当年的模样……

信中，至善大哥（写信时我这样称呼他）所记的书名有误，其实大致意思相同。他对这本小书有这样的评定，我们很受鼓励。以

《文课》第二册封面

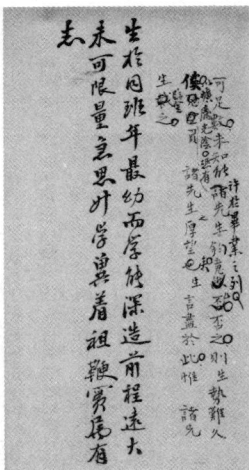

《文课》上老师的评语

后，我的写作路子基本也是这样做的。

韦韬哥的来信写得很长，他在做父亲写作回忆录的助手。原文抄录如下，也是对他去世不久的一个纪念。他说：

海珠、尔龄同志：

您们好！收到《茅盾的早年生活》多日了。最近拜读一遍，十分欣喜。论述茅公童年、少年时代的文章，我陆续看到一些，但像大作这样的连贯、系统地论述茅公早年生活的书，还是第一本，而且是相当成功的，读者可以清晰地看到少年茅盾的成长。

为写这本书，你们搜集了大量的材料，而且做了精到的分析和考证，使人敬佩。可惜印数太少，书店中见不到。假如你们手边尚有多余的，能否再寄我五本？以便珍藏并供其他需要这方面材料的同志。

大作中有一点需要再斟酌，即茅公小学毕业的时间，及与此相关的两本《文课》写作的年代。在《回忆录》中把小学毕业定在 1909 年夏，这个回忆有误，当时是根据秋季始业来推算的，未作详细的考核。后来查明，把学制改为秋季始业在辛亥革命以后，1912 年才开始的，在 1909 年还是春季始业。因此茅公小学毕业在 1909 年冬，1910 年春考入湖州中学，在湖州中学学了一年半，转入嘉兴中学学半年，又转入安定中学学了一年半，因学制改变，故提前半年于 1913 年夏毕业。

在写回忆录时，《文课》尚未发现，故《回忆录》中未提到。《文课》的一册已注明是作于 1909 年上半年，另一册未注明作于何时，估计可能或在 1908 年下半年或是在 1909 年下半年，下半年更有可能。为寻找更可靠的证据，我托乌镇的同志查找 1909 年旧历十月间是否有过一次月食，因为茅公那时写过一篇月食的作业。得到的答复是那年旧历十月有过一次月食。这就证实二册《文课》都写于 1909 年，都是这一学年的作文。

现在《茅盾全集》已据此作了修正。

至于避帝名讳的理由，文中所举《礼器言礼者体也，祭仪言礼者覆也……》一文，从写作的时间来推算，已经是在宣统即位之后，宣统即位于 1908 年旧历十月二十一日，而上文则作于旧历十一月间，已在学期结束之前。如以"避名讳"为由推算写作年代，则 1908 年也不对，应是 1907 年，这当然说不过去，所以只能推想当时的小学生作文，对避名讳还不那样认真。

这个问题，因牵扯到大作中的不少内容，故多说几句，请参考。

听说尔龄同志处保存有茅公的书信，《茅盾全集》将编入书信卷，不知尔龄同志能否将信复印一份寄我？

又，近得悉海珠手头保存有茅公给施蛰存、吴文祺等同志的书信，也望复印一份给我，以便"全集"不漏掉这部分材料。

　　　　匆匆写了几页，想到什么就写，杂乱潦草，请见谅。

　　　　向你们拜个晚年！祝

　　文安！

韦韬　二月三日

　　从来信看，韦韬是认真地读了这本书的，他提出讨论的问题很具体、很细化，经过他深思考证而得出的定论，由此来修订《茅盾全集》是不会错的。我们很佩服。他的责任很重。

　　这次，中国茅盾研究学会发起将八十年来的茅盾研究成果集中推出，由台湾花木兰出版社承印整套丛书。最初征集书稿时，我将1982年少年儿童出版社出版的《茅盾和儿童文学》寄到北京，这是我第一本结集出版的专书，其中新发掘了茅盾最早的有关儿童文学的作品，是茅盾有关儿童文学作品的第一次最新成果的结集，以当时来说，其文献史料价值可想。所以，茅公亲自审核了书目，题写了书名给以鼓励。该书还附录了我撰写的长篇论文《茅盾对中国儿童文学的贡献》。然而，这本书显然不是专著，不能列入这套研究丛书之中。当我从茅研会钱振纲会长处明确地知道这个消息时，丛书已经截稿。钱会长好意地提出将这本《茅盾的早年生活》列入该丛书之中，而且，花木兰出版社杨嘉乐女士请示社长后允诺此事，热情邀请。于是才从书箱底下翻出这本初版只印三千册的书来。

　　本书是王尔龄先生与我的合著。以他的丰富学养带领我进入研究状态，增加了我探索的勇气，尤其书中的某些章节涉及前清学制、小学作文等，只有仰仗这位老夫子才能考订完成。全书的风格也几经考虑，"以传述为主，间或作些考证，以求彰明史实。"也是颇费心思的。所以，我们在"后记"中叹道："虽然只是一本小册子，也断断续续经历了一年时间；其间的一番甘苦，恐怕用得着一句成语了：如鱼饮水，冷暖自知。"

这本合著的书，王尔龄先生出力甚多，然而他谦谦然君子风范，把我的姓名列在著作者的前面，现在回想起来仍历历在目，温暖在心。当我们一同去乌镇实地考察，一同查阅历史文献资料，一同访问乡亲故里，讨论文字取舍……这些甚为愉快的同事合作经历，以后，再也没有遇到过。

此次新版，悉存初版旧文，不作改动。增加一些附录文字和照片，或可避免过于贫乏之诮。

甲午春节前夕，我们上海社会科学院文学研究所新老同仁联欢，正好可以向王先生请教此书新版事宜，商定增加附录部分，增加照片。说到当年（1983年春）由王先生写的《访茅盾故乡》一文中的情景，与现在大不一样了。首先，交通便捷多了，那时我们俩从桐乡坐两小时轮船才到乌镇；现在公路四通八达，半个小时即可通达，如果刻意要坐船大约连影子也见不到了。当时我们看到的乌镇远还没有开发成旅游景点，茅盾故居也没有修缮，住在里面的居民也没有搬迁，那小小的天井的地上湿湿的，大约边上还有一口井。两层回形的房子，我站在天井门口看是那么压抑、暗淡，阳光似乎终日照不进

1982年2月王尔龄和孔海珠
在乌镇茅盾故居留影

来。印象深刻。我们还去镇上探寻遗存的古迹：唐代银杏，昭明太子读书处，立志书院等，才知家乡深厚的文化底蕴。虽则青少年时曾回家乡多次，都是父亲带领，目的在祭扫祖墓，参观孔家花园，或作探亲访友的跟随，对于镇上的文物古迹并不关心。这次，由孔家前辈带领，看到最多的是朴素的民风和平静的古镇。最为兴奋的是听到高亢的乡音，仿佛父亲的话音在耳畔回响……如今引导我们参观的前辈公公也已作古多年，不禁唏嘘。

自从 1997 年笔者父亲孔另境的纪念馆在乌镇西栅落成，曾邀请王尔龄先生参加开馆仪式，重访茅盾家乡。最可感叹的变化是乌镇已成为旅游热点，游客如织。接下去桐乡市规划不单造就一个乌镇，正在把桐乡打造成全国的旅游重镇而努力。王先生让我写一下新的乌镇变化，我想还是留待来日吧，就此打住。

2014 年春节前夕

《茅盾的早年生活·内容提要》

这是一本描写、考索茅盾早年生活的断代传记。叙事之间随文做相关考论。这本小书要传述的是茅盾八十五年（1896—1981）中最初二十年岁月。通过对一位伟大作家的青少年时代成长的环境，他诞生的地方的实地查考，从留存的文献史料、传主的回忆录，以及同时代人的回忆文章，尤其是最新在家乡乌镇发现的茅盾少年时代的文稿，为我们提供了佐证——茅盾的早慧和勤奋，使少年怀志的他遂愿成才。

可以认为，茅盾的思想信仰的形成和文学修养的锤炼都肇始于这个时期。这是值得窥探的人生"第一阶段的故事"。

"茅盾研究八十年书系"之一种，台湾花木兰文化出版社 2014 年版

《霜重色愈浓·孔另境》后记

今天是 2009 年的清明节，我因为脚骨折，不能去陵园和墓地祭扫，这是我有生以来的第一次缺席。然而，坐在电脑前的我，思绪却伴随着键盘敲打的声音，飘入到我这本书的每一篇文章、每一句文字中间。同样是思念，是祭拜，是回望历史的足迹，是梳理沉淀的心灵，书中的每一个字都包含着我对过去时光的追思，这是为了理解我的父亲和父亲经过的时代。

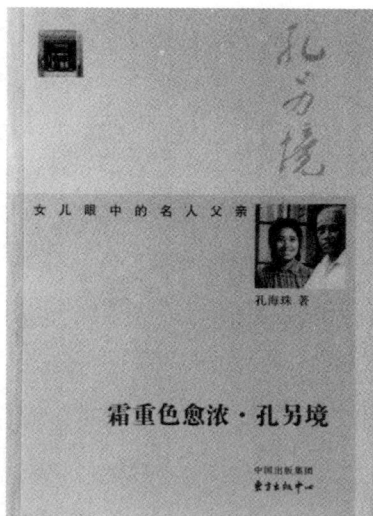

书影

为了这本书，我放下了手头其他一切的写作，专心致志地考虑全书的构成和谋篇，最终把它分成四个部分：坎坷人生、著述剪影、生活足迹、乡贤族亲。本还想写第五部分：父亲和他朋友之间的交往故事。很久以来一直想把这部分内容写下来，但是，限于篇幅和时间上的仓促，这次只得放弃。

现在四个部分的内容总共收了二十七篇文章，其中万字长文有四篇。关于姑父和姑妈，以及父亲的北国三友等文章，这次比以前发表时有了进一步的补充和修改。至于记录孔另境纪念馆筹建之旅的文章，是由于布置展馆的需要，曾经过近一年时间的努力，翻检旧家底和我宝贵的收藏，搜罗了林林总总有关父亲的文献资料，查考了孔姓南宗的历史，等等，可以说是倾力完成了这项工程。但是，展馆文字空间有限，有一部分文字无法展示给观众，现在把其中的考索文字收集在书中，相当于进行一次实地参观，我想还是有意义的。还有一篇长文，是考虑父亲在解放之后的历次政治运动中是名"老运动员"，尤其是对"漏网大右派"这一顶帽子，父亲是至死也不承认的。他始终是一位追求进步的文化人士，是中国共产党的忠实拥护者和追随者，这可以从他光荣的、坦荡的革命历史中证实。那么，他为什么会成为了"罪人"？他的言论是否反动？作为女儿应该有所了解，有所分析。所以，我以《漏网大右派》为题，根据手上现有的材料，做了一次有限的剖析。从中，我看到老父亲刚正不阿的个性，不屈从权贵的死硬。为此，他付出了沉重的代价……写着写着，我忍不住泪流满面。家乡亲戚中的传奇人物沈泽民和王会悟，是我年轻时从父亲那里知道的，于是一直留意在纸面上结识他们，资料积累了很长时间，现在终于花力气写成（遗憾的是，由于篇幅的关系，记述王会悟传奇一生的长文最终未被采用）。

书中展示比较多的小文章有十几篇，是新近写作的，为了写出女儿眼中的父亲，把父亲日常的状态、平时对子女的教育，细细地描摹出来。父亲个性中有刚性的一面，也有柔情的时候，真实地记录下来，是为了还原多维立体的父亲，这只是我尝试的一小部分努力。我认为父亲这代人对子女的教育观，正如叶圣陶老人所说的，平平常常总归情，不刻意去塑造一个伟人或科学家的后代，但是在对后代个人品德修养的培养上，他们是十分关注的。还有，他们注重家庭温情、生活情趣，热爱生活、善待友人。当然他们也有严肃苛求、怒气冲天，甚至家庭风暴的时候，这里面还有许多小故事，一时也没有好好铺陈，只有留待以后的时机。

理解人不易，理解人的一辈子更不易。作为父亲七个子女中的长女，虽然我们父女俩长年生活在一起，女儿开始懂事了，开始有点理解父亲了，却因为外力而一度扭曲了对父亲的认识，因为"运动"而从心里排斥父亲。这对于父亲来说很不幸，因为他在世时没有被孩子们好好理解，从而未能在晚年享受到来自子女们的细致关怀；对于孩子来说又何尝不是一种不幸？作为女儿，这是一辈子无法弥补的缺憾。十年动乱结束看到许多文化老人迎来又一个文化的春天，发挥着他们可观的余热，我的心里很感慨。如果父亲健在，他会受到社会的重视，他的经历就是一笔财富。他积淀的学养，使他能有更多的作品问世，他会帮助、指点我现在的工作，我也可以帮助他完成未竟的事业。现在，我只能做些微薄的补救工作，通过文字走进他曾经的过去；根据我的亲身体验，回望已逝的年华，在书中表达对父亲的怀念，也不知是否符合他的内心实情，理解他的程度又有几何？

平心而论，对社会、对社会关系的误读、不解、困惑，始终在我的生活中存在。我以为是简单不过的事却常常搞不懂，或也不想搞懂究竟是怎么回事。时间已经飞速地过去了，不明白，还是不明白……随它去吧！正如父亲希望我们无忧无虑地幸福生活着，简简单单地只为喜欢的人、喜欢的事忙碌。复杂的人际关系、变幻莫测的社会现象，最好离我们的生活越远越好。

在写作的过程中，我希望用科学的方法、历史的眼光来分析，用事实、史料来说话，然而，掌握资料的程度是没有穷尽的。在书中，我所披露的材料，在我的资料库里仅占一部分；利用好我的材料，是对我有生之年最大的挑战。

慎终思远，缅怀先贤，是社会进步的象征；人的价值，人性的关怀，是时代风尚清明的体现。

这套丛书的出版，得到了东方出版中心的支持，以及责任编辑刘丽星女士的悉心"照料"，耗费了她大量的心血，她的认真、务实，不厌其烦地与"女儿们"沟通、联络，顺利地完成每一本书的编辑，我们感佩她的敬业精神，向她献上我们衷心的感谢！

2009 年 4 月 5 日

中国出版集团东方出版中心 2010 年 1 月出版

《于伶传论》后记

当于伶九十高龄时，上海文化界为他祝寿，称他是"中国革命戏剧的拓荒者，革命电影事业的奠基人"。高度评价了于伶的人生价值和毕生贡献。他是一位值得书写的、中国左翼剧运的代表人物之一。三年前，我承接了《于伶传论》的创作，通过这三年来的全心笔耕，我以为，于伶的一生反映一代追求光明的革命知识分子，他们无怨无悔地从事着进步的戏剧运动，锲而不舍地释放着他们的能量，反映时代激越的呼声。于伶的作品历史地记录了上海这座大城市的昨天，赞扬了小人物的拳拳爱国之心，愤怒谴责民族败类的丑恶，曲折地讴歌正义……为上海留下了聂耳、茅丽瑛等人物的风采，传扬了一代先辈精彩的华章，体现了上海历史向上的精神风貌。他将毕生贡献给剧影事业，时代将铭记这位革命戏剧艺术家不平凡的一生。

书影

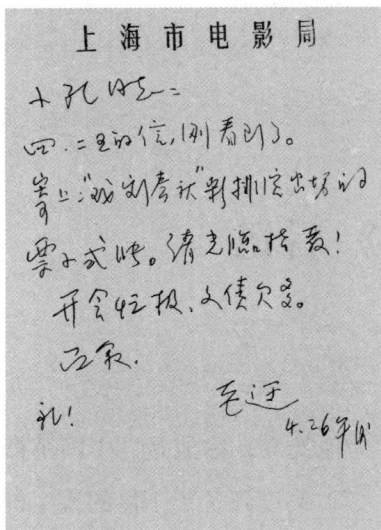

于伶给孔海珠的信

自从进入上海社会科学院文学研究所工作，1979年起我长期跟踪于伶老，他成了我的研究对象，通过访谈录音，查阅上世纪三四十年代的旧报刊，编辑出版于伶的著作等，包括访问京沪等地熟悉了解于伶的老同志，尽可能挖掘和掌握第一手资料，以翔实的文献和查考，梳理时代风雨对于伶戏剧创作和戏剧运动的推动，以及于伶在这个大时代中，尤其对抗战戏剧作出的杰出贡献。

他是一位激励民族斗志的号手。

与老人们的访谈和接触，以及大量地查阅文史资料，正是我专业学习的大好时机，受益良多。以此为契机，促使我着力编辑出版了《于伶戏剧电影散论》《于伶研究专集》，撰写了《于伶抗战戏剧论》《三十年代在上海的"左联"作家·于伶》等论文，在于伶创作生涯六十年的纪念会上，散发一册由我辑编的《于伶生平和著作年表》，并在纪念会上做论文交流发言。

我成了于伶研究的专业户。虽然，掌握并积累了许多宝贵的资料，做了许多写作和研究的初试工作，却一直没有雄心写完一本有关于伶的专著。2007年，上海有关方面在筹划于伶百年纪念会时，上海电影局和上海作家协会都找我做主题发言，这是我第一次在上海影城这样大的会场做讲演，备感光荣和责任重大。之后，上海作协向会员们发出申报《2008年度上海市重大文艺创作项目选题申报和立项资助的通知》，经两位友朋的鼓动，我大胆地申报了《于伶传论》这个项目，不想我这个题目受到重视，获得通过，还多次在报上刊登宣传，给我的压力很大，不做不行了。于是在计划内的三年中潜心写作，希望对这个长期的研究课题做一个总结。现在，这部书稿终于画上句号，计划写作十八万字，却超出预期的一倍。在于伶逝世十五周年的时日，我也步入古稀之年，如期完成书稿，如释重负。时间真快催人老，书稿完成慨而慷！想不到书稿出版也是一个大问题，又一次得到上海作协和上海人民出版社的推荐，上海文化发展基金会的资助才得以面世，想想真是不容易！

"后记"照例要感谢对我写作有帮助的人。我是个"爬格子"慢吞吞的人，有了老伴柏森先生耐心地督促，使我加快了步伐。我们各自有各自的专业爱好，保持"松散联盟"，互不干扰，生活乐乎。巧合的是，当小孙女出生不久，我们去德国探亲，小儿子特意购买了一台笔记本电脑，让我把带去的于伶资料输入电脑以备用。如今孙女已长到三岁了，非常可爱，我再一次来德国探亲，把三十五万

于伶与孔海珠（刘争义摄）

字的书稿又校读了一次，内心非常愉悦。孙女善于表达，记忆力极强，与奶奶的对话十分有趣。在享受天伦之乐的同时，收获自己的新书稿，这样的生命意义，谁说不是人生的双重快乐？

在本项目批准之后，动笔之前，笔者曾两次在上海市政协专访于伶的儿子王力平，聆听他对书稿写作的意见，尤其他赠予的《王季愚传》，对我了解历史和他母亲有很大帮助。于力文、于力一姐弟也尽量回答我的提问，找出有关资料供我利用，十分铭感。上海文史研究馆《世纪》杂志协同我去于伶家乡宜兴考察，受到于伶家乡人的热情接待，对了解传主的早年生活很有帮助。在此一并致谢。

最后，我想说：于伶是一个现实主义剧作家，他从高度的社会责任感出发去观照生活，由此引发诗的激情。这种责任感和激情是构成其剧作诗意的坚实基础。然而，早期急就章式的独幕剧，以配合斗争需要，以后，随着形势的推进，在大城市的上海，写作适宜大剧院演出的多幕剧成了他的目标，然而还是处于急于求成的状态。他被称为："为了剧运而牺牲了戏剧"，和"为了戏剧而牺牲了自己"。这就决定了他不仅仅是硕果累累的剧作家，还是一位毕生献身于革命文艺运动的战士、组织者和社会活动家。他是我国左翼剧运的先行者，抗战剧运的斗士，脱离了时代去要求他的作品是不合适的。

我们尊重历史，尊重选择，尊重他为之奋斗的一切，并将铭记这位毕生为剧影事业贡献一切的革命艺术家不平凡的一生。

2013 年 6 月 5 日

上海人民出版社 2014 年 12 月出版

《鲁迅——最后的告别》新版后记

一晃已经有六年了，想到《痛别鲁迅》这本书刚出版的新书发布会上，有不少前辈作家和学者济济一堂，首肯这本书的价值，因为这是自鲁迅去世以来，第一本全面介绍鲁迅葬仪的书。尤其谢晋充满激情的发言印象特别深刻，他对本书的激赏，使不少媒体记者纷纷以他的发言作为报道的标题，还引起了不少连锁反应，介绍、评论这本书的文字和图片特别多，转载率也很高。这是我从事研究和写作以来，出版物得到关注最多的一本书。许多人喜欢这本书的理由是，它用真实的图片和认真的考查再现了历史的场景，非常珍贵。当然也存有遗憾，尤其是印刷用纸很不适合老照片的再现。如今修订补充后，由人民文学出版社出版新版在即，没有想到，谢晋这样生气勃勃的一位智者，

书影

居然已经撒手人寰，他不能看到这个新的版本，由此想到从来事，光阴急，只争朝夕，让我们在有生之年多做些对文化有益的工作吧。

鲁迅先生的生命五十六年，他的去世如一石激起千重浪，吹响了民族团结的号角，人们感受到失去一位文学巨匠、精神领袖的痛心，他的葬仪由此也成为中华民族觉醒的标记。多少年过去了，当人们回想这动人心魄的告别一幕，看到那系列地记载痛失导师这一幕情景，不由感到七十多年前的历史近在眼前——鲁迅是我们民族之魂。

当初，写作《痛别鲁迅》这本书的起因，是献给父亲孔另境诞辰一百周年的礼物。因为他与尊敬的鲁迅先生的关系非同一般，鲁迅先生的逝世是他一生中"最为悲痛的一件事"。他参加了葬仪的全过程，并把记录葬仪全程的照片做成一本珍贵的相册，成了我们家传的宝物。我成了它的读者，从小到大喜欢翻看的一本相册，由此，也非常熟悉相册中那些动人的场景和参加葬仪的历史人物。当父亲诞辰一百周年来临时，在出版社的鼓动下，把它做成一本公众的书，供更多的读者诸君阅读，了解鲁迅先生的葬仪带给人们的震动，并纪念我父亲做的这件有历史意义的事。这就是这本书的由来。

还记得，为了写好这本书，更多地了解当年的历史，我曾经访问过多位当时参加葬仪的前辈，得到许多宝贵史料，对我的写作很有帮助。也有个别老人，鲁迅逝世时他们不在国内，不在上海，然后说到鲁迅的逝世带给海外的震动，他们当地的悼念活动，同样充满着激情和惋惜，应该说，异国的哀悼也是整个民族悼念活动的一部分。但是，限于篇幅，独立成章地谈及关于海外追悼的情况，书中没有采用、记载，只是限于上海一地的真实记录。这样的史料舍弃，始终是件可惜的事，虽然这方面的资料收集有不全面之嫌，但是，那几位讲述者已经离世，不可能再有补充。所以，保存下来有关的史实，不致被湮没，成了我的一个心病。在此，补述是有必要的。其一，是我的复旦大学进修导师贾植芳老师对我说的一段话，当时我有录音并记录在纸上；另一则是戈宝权先生在给茅盾的第一封信里，披露了在莫斯科得知鲁迅去世时召开的隆重的追悼大会的情况。这则史料在别处好像也没有见到介绍过。

先说第一件：那天看望贾植芳老师，他问我近来在写什么？我说写一本关于鲁迅葬仪的书。我问他，1936年10月19日后几天，你有没有在上海去参加葬仪？贾老师说，那时他在东京，在得到此噩耗后几天，也就是鲁迅去世一周之内吧，在东京举行过一次追悼会，大都是左派留学生来参加，与会者绝大多数怀着悲痛的心情，我也去了。会场上日本的便衣警察来了很多。后来《留东新闻》上出版过追悼鲁迅先生去世的特刊——《葬仪》。当时，贾老师写了两千字左右的文章，用《野草》式的寓言，表达对鲁迅去世的悼念。他说，鲁迅的去世，使亲者痛、仇者快，文章表达这样的主题。但是，这期特刊还没有发行即被没收，都放在东京警察局里了，外面一本也没有。贾老师说："所以，我写的这篇悼念文章到现在还没有找到，没能编入我的文集里。"

开会有些什么人来了？我问。贾老师介绍：名人有郭沫若，日本的王尔德——佐藤春夫也来了，他与鲁迅相识，曾翻译过鲁迅的作品。秋田雨雀是"左派"，也认识鲁迅，他怕给学生带来困难，没有出席。会议由东京日华学会出面召开的，其实是东京"左联"在负责。任白戈是"左联"负责人之一，他是四川人，流亡来日本，是托派叶青的弟弟。贾老师回忆："开会那天，任白戈对我说，小朋友，你的面孔较生，刚来不久，由你来当会议的主席。"那时，贾植芳刚从北平的牢里出来就东渡日本，十九岁，什么也不怕。他一口答应了。后来，会议由萧红当了主席。有这一段亲历者的回忆，聊存一格，当记录。

第二则是戈宝权在 1937 年 1 月 4 日给茅盾的一封长信里，叙述鲁迅逝世时，当地隆重的纪念情况等。他在信上说：此外鲁迅先生逝世时，此地的中国学院及中国工人俱乐部均举行过追悼会及展览会。苏联作家会举行的一次，更为隆重，有萧三、法捷也夫及特莱杰亚考夫等人的演说。并有两位艺术家朗诵《阿 Q 正传》及《孔乙己》。

"讲到鲁迅先生的逝世，就联想到他在逝世前所编的《海上述林》，此书曾从耿先生处借来，但未能细看，即又被其他友人借去，直至现在尚未归还，这本书印刷非常精美，但记得其中有一个错误，就是拜林斯基的相片下，不知怎么会注上一个'拉发格像'的字样，我们知道这一本书已非常的晚，所以托友人到内山去买，但未买到。此地要看这一本书的人太多，有一位友人还这样写信给我：'日前在尊处借阅的书，本拟即日奉赴，但因此书内容珍贵，很想多读几遍，再则还有几位爱好文艺的朋友及对于该书译者编者与出版者敬爱之诚，也想要披览观摩一番，兹拟再借数日，暂延返期。'……"

这封长信涉及的内容相当丰富，真实地反映了 1936 年那个时期的中外文化交流的历史状况，再现消逝了的异国"文化风景"，尤其对鲁迅著译的尊重和热爱。这份珍贵的历史资料，至今还有其新鲜的价值，就以他在信中指出：《海上述林》"这本书印刷非常精美，但记得其中有一个错误，就是拜林斯基的相片下，不知怎么会注上一个'拉发格像'的字样。"如果我没有记错，这个误植的错误以后再也没有人指出过。关于鲁迅追悼会的情况，信中只说了一个大概，并没有详细地记述当时的情景，然而，这个信息已经很珍贵了，对于以后有机会接触这段历史的研究者，可以更多地发掘出苏联当时追悼鲁迅的情景。

这封戈宝权给茅盾的长信，从措辞和内容，可以断定是他们通信的第一次。另外，他还寄有茅盾《动摇》俄译本一册及《巴黎救国时报》三份。《救国时报》中载有纪念鲁迅先生之文字。戈宝权请茅盾阅后转赠许广平女士。

鲁迅先生去世的时候，他的独子海婴才七岁，这么幼稚的心灵却亲身经历了人生中最为艰难的时刻，他从此失去父爱。我相信，上海大陆新村7号留给他的生命体验是深刻的，在我们寻找当年曾经参加鲁迅葬仪的人们时，一个名字首先跳了出来，他就是周海婴，他是鲁迅先生的葬仪最有权威的见证人。《痛别鲁迅》初版时，我曾得到海婴先生的支持和帮助，十分铭感；今天这本书新版时，我又想起海婴先生的这份珍贵的生命体验，作为这个新版的"代序"非常合适。联系之时，海婴先生正在病榻之上，他首肯将这部分写作的文字移作"代序"，十分荣幸。

新版在原著的基础上做了个别的修正和补充，主要补充了1946年鲁迅逝世十周年时，在上海万国公墓举行了隆重的公祭活动的情况，收集了那时的照片补充进去，以说明在各个历史时期，人们纪念鲁迅的情况。这是一次隆重的集会，从照片上看到在现场演讲的人物有：郭沫若、茅盾、沈钧儒、冯雪峰、洪深、叶圣陶、胡风、许广平、曹靖华等。还有不少群众得讯也参加了这个祭扫活动。

据说周恩来曾两次去鲁迅墓祭扫。第一次是1937年7月10日，潘汉年秘密通知于伶，周恩来到上海，相约去扫鲁迅墓。这天，有人带了相机，周恩来阻止拍摄，说怕以后给你们添麻烦。在之前，于伶曾去过鲁迅墓祭扫，那是坐周信芳的汽车去的，在墓前有合影。还有一说，1946 年周恩来从南京到上海，当时有车，也去祭扫过鲁迅墓。现在知道这两次，周恩来都没有留下照片和有关记载，很是遗憾。

可以这样说，自从鲁迅先生去世以后，追悼和纪念活动一直没有停止过，尤其在新中国成立之后，如果要做这方面的资料和图片的收集，怕是一件艰苦的工作，然而，这是有意义的。相信有关方面已经在做这方面的努力，他们一定会做得更好。我这本书只是一个开头而已。

最后，要衷心感谢人民文学出版社对拙作的重视；感谢年轻的王一珂先生，由他责编新版，凭他对历史照片的钟爱，用心尽力地将新版成为一本印刷精良、画面清晰的精美图书，这是我的荣幸、读者的荣幸。

2010 年 9 月 18 日　父亲孔另境逝世三十八周年纪念日

人民文学出版社 2011 年 7 月出版

《孔另境先生诞辰 110 周年纪念文集》后记

　　孔另境先生，1904 年 7 月 19 日出生在浙江桐乡乌镇，今年是他诞辰 110 周年。2004 年，曾在上海举办过孔另境诞辰 100 周年纪念座谈会。2007 年孔另境纪念馆在家乡乌镇落成，开馆之时和五周年之际也举行过纪念活动。今年我们想出版《孔另境先生纪念文集》来纪念孔另境诞辰 110 周年，留下史料性的纪念著作，也为乌镇文化名人的文献积累增添亮色。

　　《孔另境先生纪念文集》是由历年来在报纸杂志上发表的有关纪念孔另境的文字和评论文章汇集而成。这个工作从上个世纪八十年代初就着手准备，那时另境先生已经去世十年，自此时起积累了三十多年，费心相约不少熟识父亲的文化老人撰写回忆文章，这是抢救文

书影

坛记忆，追逝过去年华。父执们个个热情承诺，并很快有佳作问世，使我们十分感动。现在这些老人大都已驾鹤西去，留存的文字成了对父亲、对那一代文化人永久的记忆，具有可贵的文献史料价值。

乌镇在打造文化旅游名镇上很有成就，影响很大，在加强文化内涵上也正不遗余力，每次回乡总有新的惊喜。孔另境纪念馆也在不断地完善中，为中外游客留下了深刻印象，为乌镇名人效应的宣传出力。正如纪念馆展板中所说，孔另境的一生为新文化的传扬作出了重要贡献，纪念馆的展示为我们开启"管窥中国一代知识分子追求真理的坎坷历程，领略先生的坦荡的人格魅力，缅怀那些不该忘却的记忆"。

这部纪念文集由"乌镇孔另境纪念馆编"，乌镇旅游股份有限公司做资金支持，由另境先生曾经工作过的上海文艺出版社承担出版，这是很有意义的。全书分列七个部分：一、生平追忆。有施蛰存、许杰、秦瘦鸥、柯灵、范泉、何满子、田仲济、欧阳翠、周劭、金性尧、钱今昔、纪申等人的文章共十七篇。二、家人思忆。有夫人金韵琴的回忆，及七个子女从不同角度的思忆。三、史事掇珍。选择另境先生重要历史事迹的考索，以史实印证他为新文化传扬的努力，以及一个知识分子在时代风雨中的喜怒哀乐。四、作家与作品评说。收集了从 1980 年至 2014 年报刊书籍上谈论孔另境的文字。遗漏之文敬请识者提供。有五篇序跋文章，包括鲁迅先生、郑振铎先生、茅盾先生、赵景深先生、李霁野先生等。前四篇为另境先生生前所约，尤其鲁迅先生的序言使他感恩有加。这是一篇为中国现代文学史中的书信体文学正名，极具文献价值。最后一篇李霁野先生的序言写于 1986 年，父亲早已含冤去世，上海文艺出版社出版了他在"文革"后的第一本集子，序中李先生记述他们之间珍贵的绵长友谊。五、遗作选载。为其身后发表的作品，有讲述特殊经历第一次面世的遗作，有他在狱中写作的诗词，也有重新发表的文章，以及旧报刊上新挖掘出来的作品，弥足珍贵。六、会议和纪念。自从粉碎"四人帮"以后，人们渐渐从被禁锢的思想中解放出来，《香港文学》由刘以鬯先生主编，首先刊出"孔另境逝世二十周年纪念特辑"。这个特辑得到了包括萧乾在内的老作家的首肯，认为带了一个纪念性的好头。以后，在《新文学史料》上又刊出他逝世三十周年的特辑。在另境先生百年的纪念会上，一本由孔海珠撰写献给父亲百年的书——《痛别鲁迅》举行首发，出席会议的重量级老人之多是鲁迅纪念馆座谈会历史上少有，于是，根据录音我们整理并公布这组口述，虽然未经本人修订，然而是值得纪念的珍贵留言。七、年谱。这是作者经年爬梳的心血记录。枯燥的文字渗透着泪水；点滴的记录刻写着真诚。

收入本书文章的作者们，有的我们平时常有联系，有的老人去世已久，与其家属也失去了联络，希望借助出版此书之际，可以互通音讯，加强沟通，让我们共同缅怀已逝的岁月……

另境先生诞辰已有 110 周年，纪念馆在乌镇建馆也有七年时间，想起建馆时的兴奋情景仍历历在目；展厅曾容纳了多少川流不息参观者驻足、缅怀、感叹、崇敬……这是一堂生动的课程，一个知识分子的坎坷历史，更是南宗孔氏走上革命先进行列的一页篇章。是幸，乌镇有你，你有乌镇。

孔另境纪念馆的落成，有我们家属团体理所当然的支持。笔者曾往返上海和乌镇之间十数次，尽可能地提供相关的实物和资料，查考并撰写展板文字，邀请著名画家贺友直先生配图等，经过一年的努力，希望全面展示另境先生坎坷而坦荡的一生。

　　"后记"要感谢的人不少，包括乌镇旅游股份有限公司总裁陈向宏先生的筹划和支持，包括建馆时费心负责的倪阿毛先生、潘向阳先生，王磊、黄帆等团队人员。尤其在潘向阳先生始终如一地指导和管理下，展馆得以真实呈现馆主丰富的人文精神。我们铭感在心。建馆后的管理是重要的一环，现在景区管理的负责人庄斑、姚洁，以及高昱萍、冀沁、姚潇英等同志，他们不图名利，不计得失，认真的工作态度是乌镇旅游公司长足发展的保证。

　　甲午马年是笔者的本命年，催促我快马加鞭地干活。今天写的"后记"是我今年所写的第四个"后记"，说明近期有四本书出版。丰收之年值得高兴，特记录。并对支持和帮助出版本书的贵人们表示深深的谢意。

乌镇孔另境纪念馆名誉馆长　孔海珠　2014 年 6 月

上海文艺出版社 2014 年 12 月出版

《茅盾晚年谈话录》后记

《茅盾晚年谈话录》是一本新编的回忆录类图书，它的前身是《茅盾谈话录》。

《茅盾谈话录——在茅盾家作客的回忆》一书 1993 年 12 月由上海书店出版社初版，归在"文史探索书系"，由柯灵、范泉先生主编，作者是我们母亲金韵琴。按版权页记载，首印三千册，之后在1995 年 12 月第二次印刷，印数累计六千册。早已售罄。

在我母亲金韵琴（1919—1995）去世近二十年之际，我们将她人生唯一的著作恢复她当年亲手编排的全貌，得以完整出版，心情既高兴又感慨不已。

这本书的写作过程，我母亲在初版后记中已经写得比较清楚，而当年历经种种困难书籍得以出版的过程，长女孔海

书影

珠在 1994 年撰写的《我的母亲和〈茅盾谈话录〉》一文（原刊《聚散之间——上海文坛旧事》学林出版社 2002 年出版），此次作为附录收在书尾，对读者欲全面了解我母亲会有帮助。

现在上海书店出版社重版这本书，由幼女明珠负责，与之前版本最大的变化是增加了第三部分"书简"，收有二十五封我们的姑父茅盾先生在 1974 年 6 月至 1975 年 6 月间写给我母亲金韵琴的私人信件。这是最初我母亲在编《茅盾谈话录》一书的时候，亲自从姑父写给她的大量信件当中挑选出来，提供给接受她书稿的有关出版社，但当时出版受阻。十多年后《茅盾谈话录》在上海书店出版社出书时，终"因牵涉到书简作者的版权问题，不再编选了（金韵琴）"。但此后，这些信件被人民文学出版社于 1997 年收入《茅盾全集（37）书信二集》。既然已经面世，本书出版前，经过上海书店出版社领导与编辑等人种种努力，这二十五封书简的发表得到了茅盾先生著作版权继承人的授权，按照《茅盾全集（37）书信二集》的录入文字编入书中，这样也了却了母亲生前的心愿。

另外，正文的第一部分与第二部分都增加了初版未收入的部分篇章，共有十一篇，大都为谈论人物；插页图片也增加了茅盾先生的手迹等，这样，原先一本装帧比较简单的"小书"在二十年后"升级"成现在这个端庄、清淡而又温暖的模样，就好像见证了时代的变迁，出版业的发展。

更为有幸的是，这次，中国茅盾研究会发起将八十年来茅盾研究成果集中推出，由台湾花木兰文化出版社承印整套丛书。此举非常有意义。主编钱振纲先生诚邀将我们母亲的书纳入其中，虽感意外，这番好意当领受为感。于是有了上海书店出版社的简体字版和台湾花木兰出版社的繁体字版同时发行的盛举。我们殊为高兴。

　　想到母亲在世时，为写作、出版此书受尽委屈，值此清明之际，我们兄弟姐妹依惯例会前去龙华烈士陵园干部陈列室，向长眠在那里的父亲母亲献花，各自在本子上写一段近况，这一次我们会把这本书的两个版本的出版，郑重地告慰母亲。母亲，您请安息。我们为您善意、真诚和勇敢的品德骄傲。您留世的文字将永远受到人们的珍视，因为这是一份茅盾在特定时期弥足珍贵的历史纪实。

孔海珠、孔明珠　2014 年 4 月 5 日

　　上海书店出版社 2014 年 7 月出版，2015 年 3 月二版。又，"茅盾研究八十年书系"之一种，台湾花木兰文化出版社 2014 年 7 月出版

《海上文学百家文库·于伶卷》编后记

于伶，1907年2月出生于江苏省宜兴县西南乡的一个山村。原名任锡圭，字禹成。从小爱好文艺和古典诗词。在家乡读了五年私塾后，1920年春到离家二十里地的燕山尚志小学住读，1923年夏考入苏州草桥的江苏省立二中，在校期间阅读了大量的进步书刊，参加演出宣传反帝的自编幕表戏。1926年进苏州省立第一师范学校（苏州中学师范科），除了每天坚持长跑体育锻炼外，对戏剧的兴趣日益浓厚。从读剧本开始，进而成了进步剧作的业余演出者和组织者。不久，加入了共产主义青年团。

求知的愿望使他北上，进入北平大学法学院俄文政经系学习。参加秘密读书会，专读马列主义理论著作。1931年6月加入中国左翼作家联盟北平

书影

分盟。九·一八事变后，于伶投入到抗日爱国的运动中，并开始了戏剧创作，接连写了三个独幕剧。当北方地下党组织在北平成立了剧联的北平分盟，于伶成了骨干力量。作为学生，演剧、罢课，甚至和军警发生冲突。在剧运的火线上他加入了中国共产党。

由组织安排，于伶来到上海，马上加入到左翼戏剧家总盟的工作，自然重心在戏剧运动的领导。话剧从文明戏，到学生参加公演，进而到社会的业余演出，无不是进步话剧运动在推动。爱国、民主、揭露黑暗、反对封建压迫是当时剧目的主题，演出的文本只有符合时代的需要，符合人民的呼声，才能争取到观众。正如田汉所说："中国自有戏剧以来，没有对国家民族起过这样伟大的显著作用。抗战以前，戏剧尽了推动抗战的作用；抗战开始以后，戏剧尽了支持抗战鼓动抗战的作用。"而于伶的戏剧道路就是这样走过来的。

于伶从 1931 年开始剧本创作，他的作品是时代的记录，人民的心声，戏剧创作与时代同步，是于伶的创作特色。他创作的独幕剧《回声》《汉奸的子孙》《神秘太太》等因贴近时代，成了当时上演次数最多的剧目。在"孤岛"时期，他曾经创作过三十三个独幕剧，有"独幕剧大家"之称。从"国防戏剧"转入"抗战戏剧"的创作中，他放弃了在独幕剧创作已有声誉的"尤兢"这个名字，开始用"于伶"这个笔名创作了十七部多幕剧（不包括集体创作五部）。"一个笔名的改变，代表了作者的再出发和新生"。

上海抗战爆发后，激起了全国人民的抗日怒火。上海戏剧界救亡协会迅速建立了十三个上海戏剧界救亡演剧队、三个战地服务团和一个京剧界救亡协会，分赴全国各地宣传抗日。党组织决定，救亡演剧十二、十三队由于伶带队，留守环境日益险恶的"孤岛"上海。从此开始了他在上海特殊环境下新的战斗生活。

"孤岛"时期，于伶负责主持上海剧艺社，上演大量进步、爱国的剧目同时，培养了一大批演剧人才和各种剧务人才。并和相继成立的一百多个业余剧团和同时演剧的几十个剧团互相支持、探讨剧艺，使话剧观众从知识阶层推广到市民群众，扩大了话剧的社会影响，带动了"孤岛"戏剧运动的高潮，积累了话剧长期职业公演的经验，这些都具有开创性的意义。并且，剧艺社在建立广泛的文艺界的爱国统一战线诸方面起了很好的作用，树立了在特殊环境下党领导剧团、用文艺武器宣传抗日的典型，受到长江局书记周恩来的充分肯定与党内表扬。

由于于伶长期生活在上海，他的创作贴近上海市民的日常生活，他的多幕剧《夜光杯》《女子公寓》《花溅泪》《夜上海》《长夜行》《七月流火》都是反映"孤岛"上海市民抗战这样的主题，创造了用话剧表现上海人民抗战的历史画卷。

夏衍曾经赞许于伶"是一个善于打乱仗的人"。即是指他领导的剧社，长期在复杂的声色犬马的上海，与各色人等周旋，以公开的或半公开的身份，从事秘密的或半秘密的工作，在善于利用各种社会关系中，始终保持着既清醒又容忍的海派特色。同时，抗日救亡民主运动把戏剧界在联合抗战的大旗下空前团结。

抗战时期话剧走在一切艺术形式的前头，创造了话剧的黄金时代。这和在上海有于伶等一批有艺术追求的革命戏剧家分不开。

解放以后，于伶长期居住在上海，1955 年开始写他熟悉的人物《聂耳》，因病不能完成。后受潘汉年事件的影响，不能工作。1959 年于伶和孟波（音乐）、郑君里（导演）共同完成了电影剧本《聂耳》。1962 年完成了描写"孤岛"时期职业妇女茅丽瑛参加妇女运动、惨遭特务杀害的五幕剧《七月流火》。剧本得到李健吾等著名剧评家的好评。

　　"文革"中于伶受到迫害，被关押九年，直至文化大革命结束。然而一有时机，即创作反映党的一大的剧本《开天辟地》，后因故没有公开发表。

　　上海是于伶魂牵梦回的地方，不管他在什么地方，处于怎么样的境地，他的创作离不开"写上海"这样的题材，热情讴歌上海人民抗敌的革命精神，颂扬爱国主义。他不屈不挠地进行话剧创作，为了他钟爱的艺术，为了反映中国人民优秀的一代。他描写的上海市民抗战历史画卷，不仅为上海的话剧舞台增添了亮色，而且永远留在中国戏剧的历史画廊中。

　　1997 年 6 月 7 日，于伶在上海华东医院去世，享年九十岁。2007 年 6 月，于伶百年诞辰之际，上海隆重举行纪念座谈会，彰显他的业绩，缅怀他的人格，表示对上海文化作出贡献老人的崇敬。

　　《海上文学百家文库·于伶卷》的编选，以于伶的创作时间为序，有三部独幕剧、一部三场报告剧、三部多幕剧和一部电影剧本，共八部组成。除《长夜行》在桂林写作完成，大多作品在上海创作完成，作品以反映上海为主要内容，表达了上海这座城市的不屈历史和人民的心声。由于本卷容量有限，编选过程中曾与其家属商量讨论，希望能符合已远离我们的于伶老人的心愿。是为幸。

2009 年 2 月 24 日

上海文艺出版社 2010 年 5 月出版

《"文总"与左翼文化运动》前言

风从东方来。上个世纪初叶，经历了世界大战后的经济大萧条，人们深深地感受到从世界的东方吹来一股强劲的风，整个世界为之震动，有惊喜，有恐惧，有拭目以待，……这就是俄国十月革命的成功，苏联社会主义建设的巨大成就。这股东风，使得欧美知识分子大量左转，渴望把马克思主义的科学社会主义理论和共产主义道路，移植到自己的国家。在这样的左转大潮之下，科学社会主义运动成为世界的主流，相近邻的中国也被深深地吸引。我们的先辈前贤为追求真理，在探求、思索、奋斗、牺牲的过程中，付出了多少代价，换来的历史的经验和教训值得记取。这是需要理清的时代。理解了时代才能认识中国左翼文化运动。

不可否认，国际共产主义运动对中国革命形势有着极为重要的影响。据档案资料集

书影

《联共（布）、共产国际与中国苏维埃运动（1931—1937）》"前言"
中对于共产国际在中国建立苏维埃的方针，制定的缘由、作用及其
失败都有剖析。认为主要表现在共产国际七大在对中国形势和苏维
埃运动前景的估计上保持着教条主义和日益严重的"左"的倾向，
尽管当时苏区和中共武装力量以及城市组织的处境越来越困难，而
此后明显遭到了失败。说明莫斯科在 1927 年至 1935 年间实行的对
华政策彻底失败。①

　　然而，在中国新文学史上，三十年代左翼文化运动，是中国共
产党领导革命文化战线的第一次重大实践，也是中国进步知识分子
将五四反帝反封建文化发扬光大，在无产阶级革命文化运动的中心
地上海，开辟了一条与党领导下的军事斗争遥相配合的文化战线。
在国际共产主义运动的影响下，在进步的文学活动和革命文学相互
声援下，在相当广阔的范围内传播了新进的思想和理论，哺育了成
千上万的读者，最终和着时代的步伐、民众的抗日呼声融合在一起，
成为民族民主解放运动的主干，发挥着最为光彩的先锋作用。

　　中国左翼文化总同盟（以下简称"文总"）的成立，是第二次国
内革命战争时期，中国共产党领导的革命文化团体的联合组织。是
在"左联""社联""剧联""美联"等联盟相继成立之后，接着组成
这些联盟的总的组织，为了便于接受中国共产党中央文化工作委员
会（简称"文委"）的领导，开展广泛的革命活动。

　　今天，我们在认识"文总"的时候，还应该清楚在 1930 年至
1936 年的六年中，它的步履是艰难的，任何运动的发展都不是处在
同一个水平线上，总是有起有伏，有高有低。文化运动的发展也是

---

① 《共产国际、联共（布）与中国革命档案资料丛书》第 13 卷，中共中央党
　史研究室第一研究部译，中共党史出版社 2007 年版。

如此。从 1930 年至 1936 年的中国左翼文化运动呈现出波浪形的发展阶段，寻找它发展过程中的特点，来划分成各个时期，有利于对它的深入研究和探讨。

"文总"在三十年代波澜壮阔的左翼文化运动中，起到了集合的作用，其中，"左联"在这个集合体中，无疑有着最先锋的色彩。在本著中，"左联"常常成了代词，可认作左翼文化组织的整体，显然也包含着"文总"组织的意思。因为他们是一体的，他们之间的活动界线常常并不明显。显然，"左联"的名气太响了，以致作为上级的"文总"被淡化了。也由于可挖掘的"文总"史料非常有限，《文报》发现后，笔者本想做《"文总"与文报》这样的题目，所以在本书中偏向了这个方面，虽然探究还是很不够的，先做一个交待。

近几年，苏联档案在不断解密，只是还没有看到涉及"文总"方面的解密档案。虽然如此，我们还是能从解密档案中窥探到一些重要信息，对了解革命大潮下的文化决策很有帮助。至于个人，在时代大潮中能起多大作用？有的只是左翼文化中一枚螺丝钉；有的登高一呼便能一呼百应。他们都是这个时代中不能忘怀的人物，他们的事迹值得书写。尤其是左翼文化界的革命烈士，他们的事迹，正是印证了左翼思潮对他们成长的影响。上海是一块神奇的土地，中国共产党在这里诞生，左翼文化在这里风生水起，她始终鼓动着人们吸收新鲜的养料，以宽广的胸怀海纳百川，潮起潮落，闻风舞动着精彩……

　　《上海左翼文化研究丛书》之一。由中共上海市委党史研究室、上海鲁迅纪念馆编，上海人民出版社 2016 年 8 月出版

六

谈谈我自己

秋天的感恩

——我的左翼文化研究

　　秋天是收获的季节。忙忙碌碌耕耘的人们，都期盼在金色的秋季有颇丰的收获；寂寞跋涉的行路人，到达终点时，都期望有亲人在路旁等候，迎接他的到来。我们长期从事社会科学的工作者，在盘点进上海社会科学院以来的耕耘和收获时，金色收获的喜悦，跋涉带来的成果，都是对秋天的感恩。感恩时代给了我们安宁

孔海珠在上海外滩

的生活、研究的环境；感恩养育我们的亲人，教育我们真诚做人；感恩……

　　如同在上班时一样，退休以来，每天总有段时间端坐在电脑前，敲打着冰冷的键盘，应付各方面来的约稿。有的是我自己愿意写的，憋在脑子里许久，不吐不快；有的是为了纪念活动，手上有相关的资料，正是清理的时候，也要忙于奉献出来。所以，不得停滞不前，不得故步自封，直至生命的结束。这也是我的真切愿望。

　　回顾学术上艰辛的跋涉道路，耕耘的收获乐趣，是每个自然人都愿意做的。

　　"四人帮"粉碎以后，1979 年 9 月，我带着上海社会科学院文学研究所的调令、上海出版局封闭的档案，带着我正做的课题，步入淮海路这个院部。简略地说，当时我正在为茅盾写作回忆录，做相关的资料助手。复旦大学中文系的老师，上门要求我与他们合作，完成中国当代文学研究资料丛书中的"茅盾研究专集"的课题。从此，我走上了研究的道路。在中国现代文学研究方向，勤勤恳恳工作，完成并出版了十七部书稿，还有两部书稿至今没有出版。总的说来，大都是关于左翼文化的研究范畴。

　　左翼文化研究不是新课题，但在较长时间里处于研究的停顿状态。在纪念中国左翼联盟成立七十周年时，有记者惊呼：《"左联"研究陷入停顿》。这是实际存在的现象。我们文学研究所早年曾申报过有关这方面的重点课题，做过全面的规划，但是过不久人员星散，大家的研究兴奋点不在"左翼"这个点上，或者说各人有各种想法，没有人继续做下去。而我想做下去，我有自己的积累和优势，做过不少左翼个体研究、文献研究，有独立的一点想法，在此前后的多

年时间里，大致从事过以下几个方面的粗浅局部的探究，不妨归纳
一下：

个体研究：鲁迅，茅盾，于伶，柔石，孔另境，郭沫若，陈处
　　　　　泰，施蛰存；

群体研究：左联后期，上海地下党新文委，上海剧艺社，中国
　　　　　文协；

时段研究：鲁迅葬礼，胡乔木在上海；

地域研究：上海文坛旧事，寻访茅盾在上海的居住地；

文献研究：关于《草鞋脚》文献，《文报》研究，高尔基声援中
　　　　　国革命作家的历史文献，悼念瞿秋白史料的新发现，
　　　　　等等；

版本研究：周作人著作书目，郭沫若著作版本考释，张恨水小
　　　　　说的伪作，孔另境著作版本小识，等等。

在做以上各项研究的同时，克服种种困难，尤其作为女同志，
要付出比常人更多的勇气、大家能想象的困难，花较多的精力和
时间，查阅各种档案和资料，编著有关专题出版物，考索三十年
代上海文坛旧事为中心的一些人和事。林林总总的文章在香港、北
京、上海等地的重要刊物上发表，产生一定的影响。其中，花了长
达十年的时间，磨砺一部关于左翼文化在上海的专著《左翼·上海
（1934—1936）》，在当时学术著作出版处于艰难时期，获得上海市
第十五次马克思主义学术出版资助，那种知遇之喜是难以表达的。

历年出版的专著（编著）大致有：

《茅盾研究专集》二卷（合作编著）（福建人民出版社 1983 年，1985 年）

《茅盾和儿童文学》（少年儿童出版社 1984 年）

《于伶戏剧电影散论》（中国戏剧出版社 1985 年）

《血债》（海峡文艺出版社 1985 年）

《茅盾的早年生活》（合著）（湖南文艺出版社 1986 年）

《我的记忆——孔另境散文选》（上海文艺出版社 1987 年）

《于伶研究专集》（学林出版社 1995 年）

《血凝早春——柔石》（山东画报出版社 1999 年）

《左翼·上海（1934—1936）》（上海文艺出版社 2002 年）

《聚散之间——上海文坛旧事》（学林出版社 2002 年）

《痛别鲁迅》（上海社科院出版社 2004 年）

《庸园新集——孔另境自述散文》（上海文艺出版社 2006 年）

《秋窗晚集——孔另境文史随笔》（上海文艺出版社 2006 年）

《沉浮之间——上海文坛旧事二编》（汉语大辞典出版社 2006 年）

《海上百家文库·于伶》（2010 年上海文艺出版社）

《霜重色愈浓·孔另境》（2010 年东方出版中心）

《鲁迅——最后的告别》（2011 年人民文学出版社）

《茅盾的早年生活》（合著　新版　2014 年台湾花木兰出版社）

《茅盾晚年谈话录》（新版　2014 年台湾花木兰出版社）

《孔另境先生纪念文集》（2014 年上海文艺出版社）

《于伶传论》（2014 年上海人民出版社）

《"文总"与左翼文化运动》（2016 年上海人民出版社）

之所以如此乐此不疲的原因，主要在于对有关课题有兴趣，有积累，有第一手材料，更有成就感。是厚积薄发的必然。长期以来，出于对五四以来这批优秀知识分子学识和品行的崇敬，对上海这座光荣而多彩的魅力城市的探求，对文学的多样性和丰富性的吸纳，对中国现代文明曲折历史的求索，都是我毕生向往的，希望再能深入地做下去。

我的有利条件，在于这批先知先觉的前辈，大都是我的父执，

谢晋激赏《痛别鲁迅》

和他们接触有亲近感，理解他们的思想情感，了解他们的生平事迹，阅读过一些他们的著作，与之过往，如同沐浴在恒久而鲜活的知识海洋里，仿佛父亲又在我的身边。时常听得施蛰存先生抱怨，某某人的儿子对他父亲的事一点也不了解，一问三不知，还搅掉我不少时间。他对我就不一样，时常点拨我，大约"孺子可教"，以我的学识修养与之对话，是我的幸运。

我是上海新闻出版专科学校第一届毕业生，1961 年分配到上海图书公司从事图书资料工作时，年龄才十八九岁。从抄卡片开始，到管理各种类别的资料书库，对民国时期的各种版本图书尤有兴趣。依照贾植芳先生说法，我在这段时间里，正如"老鼠跌入米缸里"。耳濡目染和家庭环境的熏陶，使我日后有条件做茅盾写作的资料助手。同时，也创造了条件，在做助手的二年多的时间里，系统地翻阅了大量的新文化运动的报刊图书资料，无疑是一次再造和新的出发。

因为走上了一条中国现代文学研究的"不归路"，沿着这条生命

轨道，每天习惯于伏案、看书、写作（用电脑）。我把每天做的事，称之为"做功课"，其中含有不断地学习并运用积累的知识，向社会这个老师交上满意的答卷。

我知道，我做学问用的是死功夫，笨功夫，靠日积月累，靠坐冷板凳；进而，对资料的敏感，对史实的触觉，可以"手到擒来"，"水到渠成"。用真感情做学问。每当我进入到传主生平和史实之中，总有一股冲动要层层地表达出来，让死的材料活动起来。选择左翼文化这样的课题，除了崇敬革命先烈，用我笨拙的笔，客观地表达革命先辈经历的种种磨难、追求、无奈和失误，再现他们所处的时代和境遇。再有的话，就是在商品经济大潮面前，别的事情做不来，只有静下心来耕作别人放弃的田地，心无旁骛地干活。目标在于运用掌握的材料，释放积累的知识，描绘心中的形象，考索事件的真实，重点在挖掘鲜为人知的一些史实，使致不被湮没散失。

中国左翼文学、左翼文化的产生有着深刻的历史背景，有着国际性的普遍意义和价值观念。今天正确地审视历史，不仅是必要的，而且对今后的思想建设有着重要的意义。总觉得历史的复杂性和随意性，历史的真相和虚假，常常会蒙蔽我们的眼睛，影响我们的客观判断。但愿有更多的有识之士进入到这个课题，深究其根源和影响。

第二个乐此不疲于中国现代文史研究的另一个原因，家里建有一个文史资料库，它是上面这些作品得以出版问世的基石和原始材料。但是，到目前为止，我利用的仅限于一小部分，由父亲和我两代人几十年来的辛辛苦苦积累的史料，还需要不断地整理，利用这些材料和研究心得做出一些事情。如果我不做的话，那么这些材料将怎样完成它的存在价值和历史使命？

我的眼睛因用眼过度，生过严重疾病，动过大手术，医嘱不能再过度用眼。但是，思维是不会停滞，总会思考、表达所关注的大大小小的问题。需要做的事情千头万绪，人的精力会越来越不济，担心着如何打理家里的这些"宝贝"，这是很实在的问题。真希望天假以年，多活几十年，待我慢慢地、一步一步地做出来。因为没有助手，谁愿意进行这项艰难

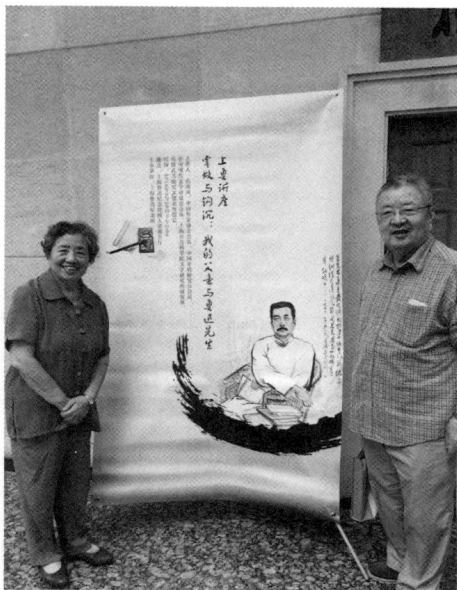

在鲁迅纪念馆做讲座

困苦的、没有收益、没有出版计划的工作？尤其在现在的社会变革转型期间，经济决定一切，很难有志愿者加入我的队伍，况且，还要能胜任这工作的志愿者。

大力发展我国的文化事业是基本国策。在上海作家协会第八次代表大会上，也号召作家积极投身文化大都市的建设，并规划筹建文学博物馆，加大上海现当代文学的文献、资料、文物的收集、整理和研究等。那么，我们是否迎来新的历史机遇？文学史研究将得到重视，人才得到尊重，并加以关怀和支持。我们期待着。

2008 年 9 月

2019 年 5 月补充

原载上海社科院工会编：《同一个梦想——我与社科院》2008
年 6 月印

父辈文化的传承

——孔家姐妹（海珠、明珠）谈创作之路

自从答应卢湾区图书馆邀请我们姐妹谈谈自己的创作体会，内心也很矛盾。一方面，想想自己已到耳顺之年，年届七十，有机会谈谈走过的路，总结一下，很好；另一方面觉得，多年来成果并不多，做得不够好，一辈子爬梳的、积累的材料还没有有效地整理出来发挥作用。这个会开好以后，压力会很大，有点吃不消。然而，讲到父辈文化传承，的确，父辈对我们的成长有很多帮助，是我们的优越条件。又想不妨谈一谈。

———— 一 ————

盘点一下，老一辈文化名人中对我有亲切教导的人不少，如姑父茅盾、父亲孔另境、于伶、夏衍、胡乔木、赵景深、施蛰存、戈宝权、顾廷龙等，都对我有语重心长的谈话，或多或少都对我成长多有鼓励。一直铭记在心。如赵景深先生 1986 年的题词对我很是鼓励。那时，我在主编《茅盾和儿童文学》这本书，书后需要有篇《茅盾对儿童文学的贡献》的长篇论文。遇到不解的地方，常去他府上请教。他还鼓励我把父亲在 1936 年出版的《现代作家书简》再续

孔家姐妹

两姐妹讲的介开心

编下去，提供他的珍贵收藏给我利用。我在找寻民国资料时，发现他早年有一篇《孙毓修与儿童文学》的文章很少见，于是复印后带去，请他谈谈商务印书馆出版少儿书的大致情况。因为茅盾早年的童话作品等大都在商务印书馆工作时出版的。

施蛰存先生与我父亲交好，我唤他"施伯伯"。我曾有一篇小文章题目就是《施家伯伯》。他是我喜欢亲近的老人。他曾对我讲，他接待过许多朋友的后代，来问我事体，我和他们讲的，他们一点也不懂，无法谈，倒搞掉我许多时光。你好。他用手指指我。因为我能和他交谈，熟悉文坛旧事。他也托我办事，找资料等。他像父亲一样指导我。我父亲在文革中受迫害六十八岁去世，而他老人家这么长寿，我当面对他说真是不公平！你猜，他怎么回答我？他说，你父亲脾气太直，又有糖尿病。是呀，他了解我父亲。这些年来，我遇事和他商量，心里才有底。

讲到胡乔木，他是我们书店的老读者，老首长。我写过三篇有关胡乔木的小文章，在新民晚报上连载，影响蛮大，转载很多。连中央办公厅秘书处也来电话，要求转载在他们的刊物上。因为文中内容别人写不出来。我在研究左联史料时写的论文，向首长求证当时的情况，真是找对人了。他回我长长的五页信纸，都是干货，这信的内容重要，已被收在《胡乔木书信集》中。这是对我研究左联后期史实的鼓励和有力帮助。信末他还说：许多事见面再说。于是，趁在北京开会时机，联系后去他家拜访。他在中南海两次见我，长谈当时的组织历史，人事变动，……我们是在先辈教导和扶助下成长的。

二

讲到家庭影响，我父亲是个进步文化人，早年投身革命，在鲁迅、茅盾等人的影响下，积极从事新文化运动。他的经历非常丰富，曾四次坐牢，中国革命的各个历史时期他都坐过牢。最后回归到文化工作。他是文化人，虽然留下了十卷著作（全集在整理中），但是，他的大半辈子都在为他人作嫁衣，他是一名出版工作者。父亲曾给我说，自己一生中做编辑出版工作的年份比从事其他工作长了许多。

上海作协秘书长臧建民发言

　　由于我是长女，十八岁参加工作，和父母亲同在出版系统，所以交流的内容比较多。我从新闻出版学校毕业，被分配在上海图书公司下属的上海旧书店做资料工作，专门接待首长和专家学者，实际上是管理书库，每天接触大量的版本图书，回家有时向父亲讨教。记得我收集不少作家笔名记在业务学习的本子上，父亲看到后替我补充和纠正了不少。有段时间我对同书异名，偷版、盗版书等版本有兴趣，做了一些笔记。有一次，赵景深先生来到我书库里，他对我说，你这里张恨水的作品收集了不少，但是，有些是冒名的，不可以算是张的作品。回来后，我对父亲说这件事，父亲向我讲述当时书商和文人做假的种种手段，盗版书粗制滥造不难鉴别，并提供我鉴别的线索，从书架上取出一本中英对照的厚书，让我从中获取信息。所以，我很早就写出一则业务学习的心得《张恨水作品的盗版》。逐渐地我喜欢这个工作，向老职工请教，向专家、教授请教，侃书海经，听文坛轶事，非常有趣。我这个工作需要不怕苦，不怕脏，每天泡在书库里分类、上架做卡片，工作量很大，我乐在其中。正如贾植芳老师说的，好像"老鼠跌入米缸里。"

我一个人管理四个书库，有封存书库，资料书库，革命珍贵书库和第三门市，即一般介绍信不能看的图书，涉及的面相当广，常常忙得吃饭时间过了也不知道。胡乔木曾当着我的面，对我的领导说："好好培养小孔。"这句话我至今没有忘记，成了激励我努力工作和学习的动力。安心地从最基层做起，当时我的目标是做个"活目录"，读者有什么需求，我能马上找到他们需要的书，心里很满足。

三

我有四十二年工龄。1961年参加工作，到2002年退休。在书店工作十八年，调到社科院文学研究所工作二十四年。

前面部分是我学识和阅历的积累时期，为我以后从事文学史研

参加座谈会的部分合影

究打下了基础。尤其为茅盾写作回忆录做资料助手的两年收获很大。我不断地跑上海图书馆、藏书楼、作家协会资料室、辞书出版社资料室等，全上海的特藏、后库都向我开放，查看了许多珍贵的文献，复印了大量的资料。当时我的笔记很多，现在还保存着。这些一手材料，每周一次、两次地邮寄到北京供茅公参考，当我发现新的线索和材料也及时地报告。因为有在书店资料室工作的经历，许多报刊以及旧平装的名头都如数家珍，有数有目。有时，茅盾的儿子韦韬来一封快信，要查些什么范围的资料，我马上做，可以说熟门熟路。由于茅盾的人生阅历和创作成果非常丰富，由此我系统地大量地从第一手文献资料着手，跟随他的人生足迹，对中国近现代历史和文学发展史加深了解很有帮助。我在查找和发现他的作品过程中，同时也积累了许多宝贵的史料，为今后的研究现代文学史打下了扎实的基础。

感恩时代给我的机遇，感恩生活的磨难和挫折激励我向前，感恩大家来出席我们姐妹的作品研讨会！感恩。

2011 年 5 月 22 日　2019 年 5 月 6 日修订

本文是 2011 年 6 月 3 日在卢湾区图书馆的发言稿。后《文汇读书周报》《联合时报》《解放日报》《文学报》均有报道，原题《孔海珠孔明珠作品研讨会在沪召开》。

父亲纪念馆开馆感言

今天，父亲纪念馆开馆，此时此刻的心情是百感交集，很难用语言表达。

记得有一次，桐乡的一位小车司机送我回上海，一个多小时的路程中，他问了我几句印象深刻的话：他问，你来桐乡有什么事？我答，为父亲建纪念馆的事。他接着问：你父亲是干什么的？文化人，我答。他有点不耐烦，继续问，他最大当过什么官？我一时语塞无以回答。

在一般人眼里，总要有一官半职才会做纪念馆之类的事，或者他的儿女中有当大官的。我们都没有。我父亲有光荣的历史，但说到底只是一介书生，一个自由职业者。今天，在父亲的家乡占地二百七十平方米，景色秀美的灵水居里，他的纪念馆开馆了，这是长期保存下去的纪念馆。无疑父亲是有幸的。感谢家乡为他所做的一切。

父亲现在可以说是"荣归故里"。还记得他最后一次踏上故乡的土地，在 1967 年的秋天。正是这次，他是从故乡被揪回上海批斗的。两者的境地反差很大。

2007 年孔另境纪念馆开馆

乌镇孔另境纪念馆

　　那一年，他说"迁地避嚣"（这是他的一句名言），"文革"的"噪音"使他受不了，想出门做一次逍遥游，再看一次故乡。这也是他的天真，以为故乡是一块纯洁之地不被"污染"。不意他刚出发第二天，他原来的单位的造反派要批斗他，却找不到他了，马上以发现"阶级斗争新动向"的姿态，分别找我母亲和我谈话，交待他的行踪。他们先到乌镇，又追踪到碛石，在一家小旅馆里找到了他并押送回上海。这是他最后一次与故乡亲近，在非常时期安排了一次最后的旅程。以后他失去了身体的自由和健康的允许。

父亲说过："人是感情的动物，也是理智的动物。因为有感情，所以不能忘记过去；因为有理智，所以认识现实和理想将来。"我想，纪念馆的建立让我们重温了一个知识分子的心历路程，他的坎坷而真实的遭际，我们不能忘记过去。同时，纪念馆的建立也让我们知道，只有走改革开放的道路，建立和谐社会，尊重人性，尊重人才，我们的国家才有希望，我们的民族才有希望，我们每个个体才有理想的将来。

今天邀请到这么多父亲的老朋友、老同事、生前的学生、学者教授，出版社的同仁，媒体的记者朋友，父亲生前友朋的子女，以及上海和浙江的党政领导、社会团体领导，在这春暖花开的日子里，大家聚集在这里纪念已远行多年的父亲，令人感到温暖。非常感谢大家的光临。请以后多多地来乌镇享受水乡的悠闲、呼吸千年古镇的乡土气息，看一看我父亲当年看过的风景，多多光临孔另境纪念馆，把乌镇、孔另境记在心里。再次感谢大家。

2007 年 4 月 6 日

我和父亲

——看病的事

　　一个星期天的早晨，父亲和我约好，先陪他去横浜桥的第四人民医院空腹验血，再去吃早点，然后去虹江路旧货摊赶早市。我很乐意。天色朦胧之中，我们就起身了，路上行人很少，第四人民医院的化验部设在医院大门的对面，与我们家在一条直线上，不用过马路。我们去得早了，化验部还在做准备，我坐在靠墙的长椅上，只见挂在上面的日光灯发出的蓝光在晃动，父亲挽起衣袖让护士抽血，针筒里顷刻有暗红色的液体流入，倒入试管里满满的。在注视中，不知不觉地我倒了下去，父亲吃惊地回过头来，马上意识到我晕血，还可能因为没有吃早饭，血糖过低的缘故。当我醒来发现自己躺在长椅上的时候，父亲安慰我再躺一会儿，那护

父女合影

士笑我这么没有用，如果在战场上，不用子弹，见血你就躺下了。我无以回答。本来陪父亲这个病人的，成了父亲扶着我回家了。

印象最深的是在出版学校毕业前一年，我染上急性肝炎，来势很猛，全身无力，不能上学，用品要消毒，成了孤家寡人。没有人来与我说话，只有父亲每天上班前，在我的病床前逗留一下；下班后又进我的房间，问问感觉怎么样，吃药怎么样，小便颜色又怎么样。当我无声无息地躺了三个月后，父亲说要起来走走，我们去第四人民医院看夜门诊。这是我病后第一次出门。挽着父亲的臂膀，靠在父亲的身旁，他让我走在马路的里边，一步一步慢慢地移过去。这段路并不长，在我以后的心里却留下长长的记忆。父亲是我病体有力的支撑。

最后一次了。我结婚生子，住在婆家，母亲打电话到我上班的地方，父亲送医院了，一直昏迷着。我赶紧请假去第四人民医院，只见他躺在急诊室的地上，没有医生理会他的病情，却要了解他的政治身份。他是从牢里保外就医出来，没有公费医疗，送不进病房。在苦苦哀求下做了一次验血，却一直拿不到报告。记得父亲曾经对我们说过，一旦昏迷，大多是低血糖的缘故，需用食糖化水喂他。这时，我不顾一切冲到医院对面的小食品店，那时买糖需要票证，我买回小包的砂糖，临床有人招呼我，说认识我父亲，借了碗和匙，用开水化开，小心喂了下去，不久，父亲苏醒过来，才知道他被送进了医院。

医院还是要单位证明，医药费有问题是不抢救的。母亲要我跑一次单位，当我拿着需要单位盖章的纸，转了两次车到打浦桥，那时他的单位是上海出版文献资料编辑所，造反派当家。我坐等在楼下，想到父亲还躺在地上需要抢救，心里的着急不可言说。可是，慢吞吞的造反派头头一直在楼上商量，根本不理睬我，不顾不问，我只得在楼下伏案痛哭。多少时间过去了，最后一纸空白还给我，说了几句不痛不痒的话。无奈的我硬着头皮返回时，父亲已经转入病房了，据说正好碰到熟人，她和医院有关系，说了好话，想了办法。但是，这时母亲已经接到好几张病危通知。在时时昏迷和昏睡的间隔中，父亲和我说了最后一句话："海宝，爹爹不行了！不要活了！"生离死别一瞬间，刻骨铭心。父亲孔另境终年六十八岁。

2010 年 6 月 8 日

后　记

　　《俯仰之间——上海文坛红色记忆》是继我先前出版的《聚散之间》《沉浮之间》之后的第三本文史类散文集。《聚散之间》2002年出版，《沉浮之间》2006年出版，都是作为上海文坛旧事的题材汇集。现在相距第二本出版已经有十三年没有编集了，这次结集与上面已经出版的《聚散之间》《沉浮之间》两书的内容大致不相重复。相同的是在栏目的设置上基本一致，只是优先以红色题材为主色。这本第三编的主要栏目包括：云迷故人、旧闻上海、红色记忆、爬梳偶得、作品本事等。着重在钩沉和爬梳鲜为人知的文坛红色故事和需要传扬的历史人物的吉光片羽。本着用翔实的史实说明他们是我们建立新中国的不朽基石，是红色基因的传播者和勇敢的马克思主义捍卫者。我们要牢记他们的优秀品德和奋斗精神。

　　之所以这样延续编集，而不是另起炉灶，可能在于《聚散之间——上海文坛旧事》和《沉浮之间——上海文坛旧事二编》出版后，《中华读书报》《文汇读书报》《新民晚报·读书》《文汇报·读书摘》《解放日报·读书》，以及上海人民广播电台《读书时光》，东方卫视《读家报导》等都有推介、评论和访谈。意外地得到媒体如此厚爱，以及前辈的鼓励，觉得有继续进行下去的价值。

　　尤其如资深学者何满子先生说："孔海珠的《沉浮之间》和她先已问世的《聚散之间》，都以'上海文坛旧事'这副标题而构成系列的记述文坛轶事的著作，写的都是现当代文坛名流的行实，这些具体生动的史实绝非一般文学史所能备载，有的是和文运大事的背景，有的是一些文坛名流的生活素描，有的虽只是文人交往间的琐屑小事，却显示着人物的性格，而且与文运大事相勾连，可供知人论世之助。其中还包括他处无法觅得的珍贵史料，因其原始性而带有文献意义，对文学史的撰述者也有汲取和参考的价值。"(《沉浮之间·序》)

　　也有左翼文化研究专家张大明在信中说："你的文章，第一个特点是史料扎实。这有几层含义：一是史料丰富；二是准确、实在、过硬，不像当今有的'天才'，下笔万言，随意杜撰，胡说八道；三是总有新货，不炒冷饭，不躺在别人成果堆上过日子。因此，读你的书叫人放心，不会被骗，借用你的辛劳，也不会心虚。你这部书另一大长处是图文并茂，好看，叫读者赏心悦目。"

　　我的辛勤劳动得到好评，是我继续加力的动力。我想，学术的价值在于求真，这种求真的精神构成历史的力量。可惜年事已高，写作只能慢慢来，然而心中对于文坛史料，尤其红色革命史料的求真和热爱是我终生的追求。曾经从书上看到这样一句话：去做你想做的事情，留下一个你认为重要且永久的痕迹，那么生命就没有虚度。我很同意。

　　书名取《俯仰之间》，意在欣赏钱穆的"仰不愧，俯不怍，只是一心"这句话。相信仰不愧于天，俯不怍于人，善者，自有天助。不是吗？自从拙著《于伶传论》得到 2008 年度上海市重大文艺创作项目资助，顺利出版。过了十年，本人提出《俯仰之间》的结集出版的申请，又一次获得了 2018 年度第二期重大文艺创作项目资助通过，似有天助，真的非常高兴。

三年前，应约写过一篇《我的退休生活一瞥》，说到我年轻时磨磨蹭蹭文章出货很慢，被我母亲说是"茶壶里煮饺子"，说得好听一点是"厚积薄发"。退休十三年间像在赶出货，林林总总前后出版了十四本书。除了编我父亲孔另境的书，还有于伶的书等，自己写上海文坛旧事类的书，影响较大的是《痛别鲁迅》，毕竟是第一次专写鲁迅葬仪的书，当时还有盗版。过了六年，人民文学出版社又找我做修订新版。此书成了我的代表作品。其实，于伶老生前，我替他在老报刊上寻找钩沉许多资料，也编著过几本书，直到退休，才有机会和勇气花了三年时间，写了本五十一万字的《于伶传论》，被上海作家协会评为年度优秀成果。我想说，退休真好！

最近，在纪念共和国成立七十周年，上海解放七十周年，也是我们社科院文学所成立四十周年之际，很高兴应邀参加各项活动，讲述有关共和国的红色故事，编集这本新书也在其中。适逢其时，有幸得到上海社科院和上海人民出版社的支持出版，德高望重的李伦新先生赐序，老伴吴柏森先生题写书名，这些都是我退休生活中有意义的事。特此感谢！

那么，接下去做什么呢？眼下还有不少旧藏要整理，希望有合适的助手相帮。而且身体出现各种状况，尤其视力越来越差，不可逆转。人生苦短，时间不知去哪儿了？我的茶壶里还有不少饺子要倒出来……只有保重身体，延年益寿，愉快地迎接每一天的阳光。

孔海珠　2019 年 5 月 30 日

图书在版编目(CIP)数据

俯仰之间:上海文坛红色记忆/孔海珠著. —上
海:上海人民出版社,2020
ISBN 978 - 7 - 208 - 16314 - 0

Ⅰ.①俯…　Ⅱ.①孔…　Ⅲ.①散文集-中国-当代
Ⅳ.①I267

中国版本图书馆 CIP 数据核字(2020)第 023779 号

封面题字	吴柏森
责任编辑	陈博成
封面设计	零创意文化

俯仰之间
——上海文坛红色记忆

孔海珠　著

出　　版	上海人民出版社	
	(200001　上海福建中路 193 号)	
发　　行	上海人民出版社发行中心	
印　　刷	上海商务联西印刷有限公司	
开　　本	635×965　1/16	
印　　张	32.25	
插　　页	2	
字　　数	369,000	
版　　次	2020 年 4 月第 1 版	
印　　次	2020 年 4 月第 1 次印刷	
ISBN 978 - 7 - 208 - 16314 - 0/I·1872		
定　　价	128.00 元	